Le Petit Café des Grands Romantiques

TASH SKILTON

Le Petit Café des grands romantiques

ROMAN

Traduit de l'anglais (États-Unis) par
MATHILDE JOY

H&

Titre original :
GHOSTING: A LOVE STORY

Publié avec l'aimable autorisation de La Nouvelle Agence

HARPERCOLLINS FRANCE
83-85, boulevard Vincent-Auriol, 75646 PARIS CEDEX 13.

www.harlequin.fr

ISBN 978-2-2804-5310-3 — ISSN 2271-0256

Aux quatre sœurs – Haideh, Homa, Haleh et Hengameh – qui m'ont donné mon histoire d'amour préférée.

S. T.

À mes parents, Earl et Ros Hoover, à qui je dois depuis longtemps une dédicace, qui m'ont transmis l'amour des livres, et à leur première rencontre inégalable.

S. S.

Quand quelqu'un vous attire, cela signifie seulement que votre subconscient est attiré par son subconscient, inconsciemment. Ce que l'on pense être le destin n'est donc que deux névroses qui reconnaissent être faites l'une pour l'autre.

NORA EPHRON, *NUITS BLANCHES À SEATTLE*

1

À : Tous les employés de Dis-le à mon cœur

De : Leanne Tseng

Re : Nouvel « Espace de travail »

Chère équipe,

Bien que les deux derniers mois aient été éprouvants, j'aimerais prendre le temps de vous féliciter pour votre ouverture d'esprit et votre adaptabilité à notre nouvelle direction. J'espère aussi que vous profitez tous de la liberté et de l'indépendance que procure le télétravail (en parcourant le site du *Wired*, je suis tombée sur cet article, au sujet des bureaux du futur. Nous sommes des lanceurs de tendances !)

Par ailleurs, à celui qui a mis *Tell It to My Heart* en sonnerie sur mon téléphone… j'apprécie la blague. Elle a vraiment bien fonctionné lors de la « fête d'adieu aux locaux ». Mais personne – pas même les soi-disant génies du Genius Bar – ne semble réussir à la désactiver. Qui que tu sois, pourrais-tu te dénoncer et venir la changer ? Car si j'entends à nouveau cette chanson, je risque fort de tuer quelqu'un. Et aucun de vous ne touchera son salaire si votre P-DG se retrouve en prison.

Bien à vous,

Leanne

Miles

Tout va bien. Parfaitement bien, même.

Pourquoi ça n'irait pas ?

Parce que mon ex-fiancée vient de publier une photo de sa main, désormais dépourvue de bague, caressant ce qui est sans l'ombre d'un doute un ventre de femme enceinte ? Parce que nous avons rompu seulement six semaines auparavant ? (Je ne prétends pas être un expert obstétricien, mais je suis à peu près certain qu'un *baby bump* de six semaines ne ressemble pas à ça.) Ou parce que, pris dans un élan de confusion et d'exaltation spontanées, je lui ai écrit : « On va avoir un bébé ? » illustré d'un emoji, au cas où elle aurait besoin d'une représentation visuelle du mot « bébé », et que je n'ai reçu aucune réponse alors que le message est marqué comme « lu » ?

Je ne vois que deux explications possibles. Soit l'enfant est de moi, et Jordan a décidé qu'elle ne me laisserait pas faire partie de sa vie. Soit… Jordan me trompait avant de me larguer, de me briser le cœur et de voler mon appartement.

Je ne suis pas sûr de savoir laquelle de ces deux options serait la pire.

Un tintement me signale une notification sur mon ordinateur portable ; un message accompagné de la minuscule photo d'une jolie brune souriante.

Jules478 : Salut, tu vas bien ?

Et merde. Je dois travailler. Aider d'autres personnes à bâtir leur vie amoureuse. Quelle ironie cosmique. Sans compter que je n'ai dorénavant ni bureau, ni de collègues avec qui discuter, ni de machine à café pour m'abreuver de caféine à volonté. Juste une machine à expresso, qui pourrait passer pour le cockpit d'un 747, et un coin de canapé (pas le mien) qui semble avoir été confectionné en toile de jute, vu que mon ami Dylan vit dans un catalogue de Maison du Monde. (Vous pensez sûrement qu'un squatteur de canapé ne devrait pas se montrer si exigeant, mais songez que la moitié de mes cheveux est dans un état constant d'électricité statique, ce qui n'arrange rien à ma déprime ; alors j'estime que si, je peux me montrer critique).

Je ferme les yeux le temps d'essayer l'exercice de respiration que Jordan m'a un jour enseigné – inspire quatre temps, retiens sept, expire huit – avant de répondre :

HommePersan : Salut, toi. Je vais très bien. Et toi ?

Aucun problème. Je serais capable de mener ce genre de conversation superficielle les yeux fermés. Je ne suis pas devenu le meilleur prête-plume de Dis-le à mon cœur en deux ans pour rien. J'ai tellement perfectionné ces compétences que je pourrais travailler en mode « pilote automatique ».

Jules478 : Ça va.

Ouais. Sauf que je viens d'enfreindre la règle cardinale des rencontres en ligne : comme dans l'impro, ne jamais poser une question à laquelle on peut donner une réponse fermée.

Je vais essayer de rectifier le tir.

HommePersan : Au fait, tu as vu le programme du concert d'été prévu au stade Forest Hills ? Ça va être assez incroyable cette année.

Mon client… Je survole les fichiers ouverts à la recherche de son nom… Farhad. Voilà. Farhad est fan de musique, donc je sais que c'est important.

Jules478 : Oui ! Belle et Sebastien et Greta Van Fleet ? Génial !

HommePersan : N'est-ce pas ?

Je tape la réponse sans même y réfléchir avant de dérouler le programme de l'événement pour essayer de deviner lequel de ces stupides groupes Farhad pourrait aimer. Ah, voilà. Il a noté LCD Soundsystem dans son questionnaire.

HommePersan : Moi, je suis super impatient de voir LCD.

Jules478 : Ah oui ? Ils sont cool aussi.

OK, donc elle ne les aime pas plus que ça. Mais, eh, leur relation pourrait très bien fonctionner malgré des divergences musicales. C'est ça, la beauté de la romance, non ? Les partenaires partagent leurs centres d'intérêt, les mêlent et les entremêlent, pour former un petit embryon qui a génétiquement combiné leurs passions, publiable sur Instagram en noir et blanc avec un filtre *artsy*.

HommePersan : Tu aimes les enfants ?

Waouh. WAOUH. *Qu'est-ce qui te prend, bon sang, Miles ?* Comme le suggère la page 22 du *Manuel des free-lances de Dis-le à mon cœur*, certains sujets ne doivent jamais, jamais être abordés au cours d'un premier échange : la politique, le mariage, la rencontre des parents, et évidemment les enfants. En aucune façon. Je le sais, parce que j'ai *littéralement* écrit ce manuel. Ayant été le premier employé de Leanne, j'ai pu jouer un grand rôle dans la définition de mon poste et de la culture de l'entreprise.

L'interlocutrice de Farhad marque une pause avant de se remettre à écrire.

Jules478 : Ouais. Je les aime bien.

HommePersan : Tu sais à quoi ressemble le ventre d'une femme enceinte de six semaines ?

Je ne comprends pas ce qui est en train de se passer. Mes doigts ont pris leur autonomie.

Jules478 : Euh…

HommePersan : Une femme n'a pas l'air vraiment enceinte à ce stade, si ? Genre, on ne devrait pas pouvoir le deviner ?

Au point où j'en suis, pourquoi me prendre la tête ? Jules doit en savoir plus que moi sur le sujet étant donné qu'elle, au moins, est équipée pour la grossesse. J'imagine qu'elle a déjà été à une *baby shower*, ou quelque chose comme ça.

Jules478 : Sans doute que non.

HommePersan : C'est bien ce que je pensais.

Au fond, je sais que ce bébé n'est pas de moi. Je l'ai probablement toujours su, et le silence qui a suivi mon message (« lu à 8 h 37 ») me le confirme. Jordan n'élèverait pas un enfant seule, pas si le père souhaite faire activement partie de sa vie. Combien de fois l'ai-je serrée dans mes bras alors qu'elle me racontait pourquoi son père absent était un enfoiré et combien son indifférence avait affecté certains aspects de sa vie ou de sa personnalité ?

Jules478 : Bon… Écoute. Je crois que je dois y aller.

Merde. Je me suis laissé prendre dans une spirale de pensées amères au lieu de faire mon job et de convaincre cette fille que Farhad correspond parfaitement à ses attentes et mérite un premier rendez-vous.

HommePersan : Ah, excuse-moi, je ne voulais pas te faire peur.

Il faut que je me décarcasse pour trouver une excuse solide pour justifier mes questions déplacées.

HommePersan : Je suis en train d'écrire une chanson, et ça fait partie de mes recherches.

Bon, il existe bien des chansons sur les courbes féminines, alors pourquoi pas sur un ventre de femme enceinte ?

Jules478 : Oh… Tu es musicien ?

HommePersan : C'est un hobby.

Je parcours de nouveau le questionnaire de Farhad.

HommePersan : Je travaille dans la finance.

Parfait, parfait. J'ai subtilement manœuvré jusqu'au sujet de l'emploi stable. Je pourrais bien retomber sur mes pattes.

Jules478 : Tu joues dans quel genre de groupe ?

Je survole les informations renseignées par Farhad une dernière fois. Oh ! putain.

HommePersan : Un quatuor à cordes.

Longue pause.

Jules478 : OK… Je suis désolée, mais ma pause déjeuner est terminée et je dois vraiment y aller.

Il est 8 h 52.

Jules478 : On peut continuer plus tard peut-être ?

Elle se déconnecte avant que je puisse répondre.

Franchement ?

Je leur ai probablement rendu service à tous les deux.

L'amour n'existe pas, de toute façon. Sans vouloir la jouer hard rock, l'amour n'est qu'une illusion. Un écran de fumée dissimulant une peine de cœur. Pourquoi s'infliger une chose pareille ? Pourquoi ? Soit on vous quittera, soit c'est vous qui partirez, ou alors – dans le meilleur des cas – vous vivrez heureux jusqu'à ce que l'un de vous meure en laissant l'autre complètement détruit, l'ombre de lui-même.

Alors pourquoi se prendre la de tête ?

Un message de Leanne apparaît à l'écran de mon ordinateur.

Leanne T : Miles ? J'aimerais te voir dans mon bureau.

Putain de merde.

Miles I : Je serai là dans vingt minutes. Ça te va ?

Leanne T : Oui.

Puis, sans réfléchir, j'ajoute :

Miles I : Hé, Leanne. Question pour toi : sais-tu à quoi ressemble le ventre d'une femme enceinte de six semaines ?

Le bureau de Leanne se trouve dans un bâtiment qui était clairement un entrepôt trente minutes auparavant quand, un jour, un magnat de l'immobilier a pris conscience qu'il pouvait créer quatre cent cinquante bureaux placards et imposer un loyer exorbitant pour le privilège de travailler juste à côté de l'autoroute West Side, située à moins d'un quart d'heure de n'importe quelle ligne de métro.

Après avoir sonné à l'Interphone, j'attends qu'elle m'ouvre avant d'emprunter l'un des monte-charges jusqu'au neuvième étage et d'arriver devant le placard de Leanne.

Deux mois et demi plus tôt, les bureaux de Dis-le à mon cœur étaient installés dans un espace de travail, petit mais spacieux, au cœur du Meatpacking District. D'immenses baies vitrées donnaient sur les rues branchées où déambulaient de riches flâneurs habillés en Jimmy Choo avec des lunettes de soleil de luxe, et/ou des clubbers à la gueule de bois habillés en Jimmy Choo avec des lunettes de soleil de luxe. J'avais l'habitude de regarder par la fenêtre et de penser que l'une de ces personnes était très probablement l'un de nos clients revenant d'un rencard réussi, qui se serait poursuivi jusqu'au petit matin. Un client qui se dépêcherait de rentrer chez lui pour se rendre présentable pour le travail, mais qui serait incapable de dissimuler ce fameux sourire que seule une nouvelle relation pouvait provoquer. Non pas une marche de la honte, mais une marche de la fierté. Qui ne serait pas fier et grisé après une nuit de passion ? Et, peut-être, seulement peut-être, aurais-je joué un rôle dans tout ça. Cela *me* rendait fier et euphorique, par association.

Mais désormais, je ne suis plus dupe.

Désormais, je sais qu'une nuit de folie se terminera en relation agonisante à un moment ou à un autre – à cause de messages restés sans réponse, de disputes provoquées par les parents insupportables de l'autre, ou encore de la bataille pour obtenir la garde des plantes après la séparation. Je leur ouvre en fait la voie vers l'enfer et la damnation.

Quant au changement de bureaux ? Eh bien. On doit ça à une autre idée brillante mais catastrophique de Clifford, l'ex-mari de Leanne.

Pour paraphraser Taylor Swift : il était une fois, il y a de cela quelque temps et beaucoup d'erreurs, Leanne et Clifford, un couple d'idiots qui croyait partager un amour éternel. Non contents d'avoir échangé leurs vœux, acheté un appartement ensemble (coopératif en plus, un cauchemar) et adopté un chat, ils eurent un jour la riche idée de franchir un nouveau cap : monter une boîte ensemble.

Main dans la main, ils ont lancé Dis-le à mon cœur, à l'origine l'idée de Leanne. Amoureuse de l'amour, elle observait depuis des années ses amies célibataires ramer sur les sites de rencontre, se prendre la tête à chaque étape, de l'élaboration de leur profil à la rencontre, en passant par la peur de ne pas dire ce qu'il faut dans les e-mails, messages privés et SMS. Jusqu'à ce que, un beau jour, Leanne prenne conscience d'une chose : elle savait écrire. Elle pouvait les aider à rédiger leurs messages.

À partir de là, tout s'est enchaîné : l'idée d'ouvrir une agence de prête-plumes, qui aiderait les gens à mettre le pied à l'étrier pour trouver le véritable amour. « Nous ne sommes pas des prête-plumes, nous sommes des cupidons », disait Clifford.

C'était le rôle de Clifford : s'occuper du marketing et des opérations.

Ce fut donc son idée d'appeler l'entreprise « Dis-le à mon cœur » (ce fut certainement la dernière fois que Leanne et Clifford furent d'accord). Ensuite, il a voulu obtenir les droits de la chanson de Taylor Dayne[1] afin de l'utiliser dans toutes nos publicités. Sur le papier, l'idée avait l'air bonne. Sauf que Taylor Dayne et les compositeurs n'ont pas souhaité être associés à une obscure agence de rédaction pour rencontres en ligne, et ils ont réclamé un montant exorbitant afin de protéger leurs droits.

1. Taylor Dayne est une artiste américaine qui interprète une chanson intitulée *Tell It To My Heart* (« Dis-le à mon cœur », en français). (NdT)

Toute personne normalement constituée aurait essayé de négocier, ou compris que cette chanson n'en valait pas la peine. Mais s'il y a bien un mot pour définir Clifford, c'est « anormal ». Il a accepté leurs conditions sur-le-champ, sans consulter Leanne ni les avocats, ni qui que ce soit.

Leanne a gagné l'entreprise à l'issue du divorce, mais elle s'est retrouvée à devoir gérer les conséquences des mauvaises décisions de Clifford.

Alors, oui, vous aurez le plaisir d'entendre la chanson à chaque fois que vous verrez l'une de nos publicités. Quant à moi et aux trois autres employés à temps plein de l'agence, nous avons le plaisir de ne plus avoir de bureaux.

Et la pauvre Leanne, la P-DG, est reléguée à ce placard sans fenêtre et poussiéreux qui peut à peine contenir son bureau et deux chaises, et certainement pas les œuvres d'art dont elle avait décoré nos anciens locaux.

Cependant, malgré le décor, Leanne a l'air aussi impeccable que jamais. Elle est sino-américaine, avec de longs cheveux raides et noirs, et le port d'une danseuse étoile. Sa garde-robe est constituée de vêtements qui doivent être accompagnés d'une notice. Elle les porte toujours bien, alors que je suis à peu près certain que toute autre personne vêtue de ces mêmes pièces aurait l'air de l'Empire State Building dans un concours de beauté douteux.

— Tu pourrais m'expliquer ce qui s'est passé aujourd'hui, Miles ? interroge-t-elle de sa voix calme et profonde, le genre de voix qui peut provoquer un tsunami d'ampleur dévastatrice si nécessaire.

Je m'éclaircis la gorge.

— De quoi tu parles ?

— Commençons par le fait d'avoir oublié que notre client fait partie d'un quartet à cordes, avant d'aborder ton dérapage sur le ventre des femmes enceintes.

— Tu es au courant de tout ça ? dis-je d'une voix faible.

— Miles. Après le fiasco des trois derniers clients, je t'ai averti que je me connecterais à ton ordinateur pour surveiller tes discussions. Et tu as accepté ma requête d'accès à distance ce matin.

— Ah oui.

Merde. C'est vrai. Et j'avais vraiment prévu de donner le meilleur de moi-même aujourd'hui, mais c'était avant que Jordan annonce au monde (et, du coup, à moi) qu'elle attendait un enfant.

Leanne soupire avant de reprendre :

— Écoute. Je sais que tu traverses une période difficile en ce moment.

Je ne lui ai pas raconté les détails, juste que Jordan et moi avons rompu. Et que j'ai emménagé dans le salon de Dylan. Et que le petit ami de Dylan, Charles, m'a fait comprendre de manière passive agressive que j'étais un obstacle à leur vie de couple. Et qu'il m'a forcé à retourner le papier toilette économique que je leur avais acheté en remerciement car, comme il l'a déclaré, aucun derrière ne mérite un tel traitement, pas même le mien.

OK, peut-être que j'ai raconté beaucoup de choses à Leanne. Le problème, c'est que, durant les dix-huit mois qu'a duré notre relation, j'ai fini par avoir les mêmes amis que Jordan. Et je me retrouve désormais à essayer de reconstruire un semblant de vie sociale.

— Voilà ce qui se passe, déclare Leanne. Je ne peux pas me permettre ce genre de dérapages, Miles. Je ne peux *vraiment* pas. Nous avons un sérieux problème.

Elle désigne d'un geste vague les murs à la peinture écaillée et le mobilier Formica.

— Perdre *quatre* clients en un mois ? C'est tout simplement inacceptable.

Je hoche la tête. Je prends soudainement conscience que je pourrais, en plus de tout le reste, perdre mon travail. J'ai l'impression de vivre l'épisode pilote d'une comédie : l'histoire d'un homme dont la vie s'effondre et qui décide de partir élever du bétail dans un ranch, près de la ville fantasque où vivait sa grand-mère. Sauf que tous mes grands-parents sont morts et que, dans la vraie vie, perdre son emploi ne conduit pas forcément à une épiphanie pleine d'humour et de sens révélant notre but dans la vie. Plutôt à un besoin soudain d'ajouter LinkedIn au rituel quotidien des réseaux sociaux qui vous font sentir comme une merde.

Leanne a dû lire la panique sur mon visage, car elle adoucit le ton :

— Tout le monde sait que tu as toujours été mon meilleur employé, Miles. Personne ne comptabilise autant de happy ends que toi. À combien de mariages as-tu été invité ? Trois ?

— Quatre, dis-je dans un grognement.

Toujours en tant que vieil ami du marié car, bien sûr, personne ne veut avouer à sa future épouse que leur relation est bâtie sur – soyons honnêtes – un mensonge.

— C'est incroyable, convint gentiment Leanne, avant de redonner à sa voix ce ton ferme mais juste qui a fait d'elle une directrice artistique à succès à l'époque, quand je travaillais encore comme rédacteur dans son équipe.

— Mais je ne peux pas me reposer sur ce que tu *as fait*, je dois me reposer sur ce que tu *fais*. Je veux garantir à nos clients quelqu'un qui écoutera leurs désirs, leurs besoins et qui travaillera de son mieux pour les amener à rencontrer la personne faite pour eux.

— Oui, dis-je sans préciser qu'elle aurait aussi besoin de quelqu'un qui croit à tout cela.

Dans une autre vie, j'y croyais. Plus maintenant.

— Alors voilà ce qui va se passer…, explique-t-elle.

Je m'attends à ce qu'elle sorte une indemnité de départ de son tiroir, si j'ai de la veine.

Mais elle sort son iPad.

— Je te laisse une chance pour te rattraper. Un client qui aura besoin que le bon vieux Miles lui offre la vraie expérience de Dis-le à mon cœur™.

Bien entendu, elle ne prononce pas le « TM » en exposant, mais je peux quasiment l'entendre dans sa voix. Une autre brillante idée hors de prix de Clifford.

— Alors choisis-en un. Vas-y. Tu as trois candidats.

À contrecœur, je lui prends la tablette des mains et fais défiler les fichiers des trois candidats, dans cette présentation que je connais si bien : une photo souriante accolée à leurs réponses au questionnaire. Celui-ci voudrait être idéalement marié d'ici deux ans. Celui-là vient d'arriver en ville et cherche quelqu'un avec qui croquer New York à pleines dents. (Ce sont ses mots, pas les miens. Il est évident qu'il faudra y faire quelque chose si je le choisis.)

Et enfin, Jude Campbell. Il est assez beau. Ses réponses sont plutôt normales. Son profil ne laisse rien paraître d'original. Ou, plutôt, *presque* rien.

Jude est arrivé d'Écosse il y a deux ans. Ce qui signifie que Jude a un accent. Et si je dois jouer ma carrière sur un seul célibataire, je mise sur celui avec l'accent.

2

À : Mes rock stars

De : Clifford Jenkins

Re : Ch-ch-ch-changes ! (L'entreprise change de nom)

Quoi de neuf, mec ? D'après des témoins oculaires de l'époque, c'est ce que Justin Bieber aurait dit le jour où il a rencontré le Président Obama. Mais je ne veux pas oublier les filles qui travaillent avec nous, bien sûr ! Donc. Voilà ce qui se passe. On en a fini avec Chaussure à son Pied. Effacez-le de votre disque dur, de la signature de vos mails et de votre cerveau. C'est terminé. Faisons comme si tout ça n'était jamais arrivé, d'accord ? Nouvel URL, nouveau nom de domaine, nouveau départ, nouveau nom.

Nous nous appelons officiellement Petits Mots Doux LLC, et nous allons botter le cul de nos concurrents avec ça.

SI VOUS RECEVEZ ENCORE DES MAILS DE LÀ PART DE FÉTICHISTES DES PIEDS, NE RÉPONDEZ PAS. Transférez ce genre de messages au service clients (saluuut Crystal) et supprimez-les. C'est aussi simple que ça. Crystal s'occupera des cas particuliers.

Je serai ravi de répondre à vos questions au cours de notre prochaine réunion mensuelle, mais en attendant, effacez toute référence à CASP (ainsi que TMTC, pour les anciens parmi nous) et remplacez-les par Petits Mots Doux. Les changements seront répercutés sur notre portail au cours de la semaine.

On se capte plus tard,

Clifford,

P-DG, Chaussure à son Pied, précédemment connu sous le nom de Toi-Même Tu Sais

Zoey

Traverser la rue. C'est tout ce que tu dois faire : traverser la rue.

Sauf que, évidemment, ce n'est pas si simple, car il ne s'agit ni d'une rue normale, ni d'une ville normale, et avant de pouvoir traverser la rue, il faudrait d'abord que je sorte de mon appartement. Étant entendu que le mot « appartement » est le nom de code oh-trop-hilarant pour « trou à rats ». Même si j'imagine que pour des rats, ce serait un palace. D'ailleurs, j'aperçois des rats, dans un coin, qui attendent de se faufiler entre mes jambes. De petits rats aux dents qui crissent, des maladies sur pattes, aux poils recouverts de germes formant autour d'eux un nuage toxique à la Pig-Pen[1].

Bien. Tout va bien. Le fait que « l'appartement » fasse à peine la moitié d'une chambre, que le canapé serve aussi de lit, que la douche se trouve dans un coin de la cuisine et qu'il faille enjamber les meubles pour se déplacer n'est pas une raison de s'énerver. Je vis une nouvelle expérience ! Certes. Mais si je ne m'échappe pas, je risque de devenir folle, voilà où nous en sommes.

Ordinateur portable : check.

Sac à main : check.

1. Pig-Pen est un personnage fictif issu de la bande dessinée américaine *Peanuts* de Charles M. Schulz.

Clés : check.

Déverrouille la porte. Entrouvre-la lentement et le plus silencieusement possible.

— Je sors !

C'est une tactique qu'une voisine m'a conseillée, le jour de mon emménagement. Depuis, je ne l'ai plus jamais revue. Je l'entendais, pendant un moment, de la même façon qu'elle devait m'entendre quand j'annonçais ma sortie. Le couloir ne peut être emprunté que par une personne à la fois, alors si vous ne prévenez pas et que vous croisez quelqu'un, vous courez le risque de préjudices corporels, et l'un de vous devra battre en retraite pour laisser passer l'autre. Comme personne ne me répond, j'ouvre grand la porte et sort rapidement avant de la verrouiller derrière moi.

— Dans le couloir !

Je hurle de nouveau pour avertir un potentiel voisin. Pour une raison qui m'échappe, je prends ma voix de baryton à chaque fois que je crie. Je veux être certaine d'être entendue. Mes boots de combat m'aident à signaler ma présence à l'étage inférieur.

Nouvel obstacle : les escaliers. J'utiliserais bien l'ascenseur mais la dernière fois j'ai trouvé quelqu'un endormi à l'intérieur. (Mary, mon ancienne cheffe et actuelle propriétaire, n'a pas été spécialement choquée par cette nouvelle : « À mon époque, on retrouvait les gens évanouis dans leur vomi. ») Depuis, j'ai peur qu'il y ait *systématiquement* quelqu'un endormi à l'intérieur et que, la prochaine fois que j'y monte, cette personne ouvre les yeux d'un coup en me saisissant la cheville.

À Los Angeles, je craignais que quelqu'un ne soit caché sous ma voiture, prête à me couper les tendons, alors j'ai plutôt l'habitude de ce genre de phobies. Cependant, une fois sortie, dans l'air « frais », toutes similarités, réelles ou imaginées, avec la Cité des Anges disparaissent.

Tuuut ! Scriiii ! Bip ! Chhhh !

— Eh !

Je suis agressée par le bruit. Les odeurs. Les poubelles empilées devant les marches de l'entrée, dont l'odeur se répand. La cacophonie.

Je résiste à l'envie de recouvrir mes oreilles avec mes mains, de fermer les yeux et de prier pour me téléporter. Pourquoi faut-il que le trottoir soit si bruyant ? Qu'une fumée d'origine non identifiée s'échappe d'une grille d'égouts dégoûtante au milieu du trottoir ? Que tout le monde me frôle, en me donnant des coups de coude, dans un rythme effréné ? Au moins, mes boots me protégeront. Elles ne m'aideront pas à aller vite par contre, ça c'est sûr.

Rejoins le coin de la rue. Juste le coin de la rue, pour pouvoir traverser.

Je comprends l'attrait pour les kiosques à journaux. Vraiment, je comprends. Et les stands à hot-dogs. Bien sûr. C'est juste que je dois désormais les contourner en veillant à ne pas heurter accidentellement un passant et en évitant d'être éclaboussée par l'huile et de sentir une odeur que j'aurais voulu ne pas sentir si tôt dans la matinée.

Mon Dieu, j'ai à peine parcouru la moitié de la rue et on m'a déjà regardée de travers, reluquée, marché sur les pieds et bousculée. Que ne donnerais-je pas pour retrouver la tranquillité de ma voiture en Californie ! Je sais, je sais, la circulation californienne est la plus dense au monde, mais vous savez ce qu'on a ? De l'espace. Un climat tempéré. De la place pour respirer, la possibilité d'écouter de la musique, un podcast, ou la radio si on en a envie, et la capacité de L'ENTENDRE dans le calme de nos véhicules, en sirotant un café glacé ou en réfléchissant à la réplique d'un dialogue.

J'arrive enfin à cette intersection, et le feu passe au vert pour les piétons. Mais je ne me fais pas avoir. Les trois premières voitures ne s'arrêtent pas. Deux d'entre elles passent à toute vitesse et la troisième klaxonne, comme si elle me mettait au défi de songer à traverser.

Vous savez ce que nous avons aussi en Californie ?

Des montagnes. Des arbres. De la place. De l'herbe (de différentes sortes).

Avant que je m'en aperçoive, ce maudit feu repasse au rouge et j'ai raté ma chance. J'attends, frustrée et embarrassée. Pourquoi ai-je tant de mal à faire avancer mes pieds ? D'autres personnes s'ajoutent à la foule qui m'entoure et je me tends immédiatement, me préparant à être happée par la masse. Puis, d'un seul bloc, ils traversent tous la rue ! Malgré le feu qui signale « NE PAS TRAVERSER » ! Ils ont apparemment tous envie de mourir. J'aurais dû m'accrocher au T-shirt de quelqu'un pour me laisser entraîner. C'est probablement le seul moyen pour moi d'arriver au Café Crudité.

Deux feux verts plus tard, c'est à mon tour. Je me force à partir en flèche, aussi vite que possible, ma tête baissée ouvrant le chemin. *Dans vos faces, petits cons !* Je passe devant la fromagerie et un magasin Duane Reade avant d'entrer dans le café. Il est un peu tard, pourtant personne n'a pris la grande table près de la baie vitrée ; ma journée s'améliore. Je me promets d'être productive. Je vais passer les six ou huit prochaines heures à jongler entre mon script et le portail de Petits Mots Doux pour voir si je peux mettre la main sur de nouveaux clients. Je n'ai pas été assez rapide ces quatre derniers jours, et cela va se sentir sur mes revenus. Je me demande si les autres free-lances ont programmé un système d'alertes pour me coiffer au poteau systématiquement.

Mon ventre se met gargouiller. En ce moment, mon frigo ne contient rien d'autre que des sachets de ketchup et une bouteille de riesling à moitié vide. Je ne peux pas me permettre cette quiche ultra-chère pour le petit déjeuner, car je dois garder mon argent pour le taxi. On dirait bien que ce sera encore une matinée biscuits (je vise ceux de l'assiette posée sur le comptoir : le Café Crudité offre les biscuits vieux d'un jour). La salle est quasiment vide ; un seul client fait la queue devant moi, et il n'y a personne derrière. En attendant mon tour, je vois le type tendre au ralenti une main vers les biscuits gratuits, que j'ai baptisés « *Mon* petit déjeuner ». Il n'en reste plus que deux, pile ce qu'il faut pour mon triste repas. J'ai si faim que je commence à saliver.

J'ai *besoin* de ces biscuits.

— Attendez ! je beugle.

C'était ma voix spéciale « couloir », qui a bizarrement résonné. Je reprends aussitôt, d'une voix normale cette fois :

— C'est juste que… ces biscuits sont à moi, alors…

La main du type s'immobilise en pleine action tandis qu'il se retourne vers moi. Il est grand, bronzé, comme les rêves californiens de mon enfance, mais il n'y a rien de sympathique, d'aérien ou d'océanique chez lui. Ses cheveux d'un noir intense sont coiffés en brosse, comme s'ils étaient en colère ; il porte des lunettes de hipster dont il n'a probablement pas besoin, et une barbe façon « ceci n'est pas une barbe », qui semble ne pas savoir ce qu'elle veut faire quand elle sera grande. Il ressemble à Zayn Malik, si ce dernier était un étudiant en médecine dentaire stressé.

— Comment peuvent-ils être « à toi » ? demande Zayn Malik, en mimant les guillemets.

— Tu peux prendre les muffins vieux d'un jour, dis-je en les désignant.

(Ben quoi ? Certes, ils sont aux légumes, mais Monsieur Lunettes Hipster ne le sait peut-être pas. Il ne sait peut-être pas ce que veut dire « crudité » en français).

J'ajoute, mâchoires serrées :

— Ils sont plus gros, plus rassasiants. Je te fais une faveur en te les laissant.

— Quelle magnanimité. Ils sont *rassis*.

— C'est pour ça qu'ils sont gratuits !

— Ils sont probablement fourrés à la courgette ou au chou kale.

Oups. Donc, il sait.

— Les biscuits sont durs par nature, donc ils ont toujours le même goût, lâche-t-il, en tendant de nouveau la main dans leur direction. Alors que les muffins sont DÉGUEULASSES. En plus, j'étais là en premier.

Son plaidoyer enragé et sa tête ébouriffée me rendent furieuse. Il est évident que quelqu'un a passé les doigts dans ses cheveux la nuit dernière en un geste passionné et qu'il n'a pas pris la peine de se recoiffer. Il pense relancer la tendance Coiffé-Pas-Coiffé, la coupe du lendemain matin qui suit le retour du guerrier triomphant ; il a probablement fait la grasse matinée avec son amante, avant de lui servir des œufs et des toasts au lit, et maintenant il pense qu'il peut aussi prendre *mon* petit déjeuner ! Cependant, sa main n'a pas atteint les biscuits, ce qui signifie qu'il peut encore être raisonné.

— Je prends *toujours* les biscuits, dis-je dans un grognement. Ils les gardent pour moi.

Je peux pratiquement en sentir le goût sur ma langue.

La barista arrive et tend au type son café. Son nom, Evelynn, est inscrit sur son badge.

— Gardez-vous les biscuits vieux d'un jour pour cette cliente folle, Evelynn ? l'interroge-t-il.

— Je ne l'ai jamais vue, et non. Premier arrivé, premier servi.

— Je viens ici tous les jours ! Du lundi au dimanche, sept jours par semaine.

Evelynn hausse les épaules.

— Je ne me souviens pas de vous.

— Je vous fais gagner plus d'argent que lui, dis-je en désespoir de cause. Je suis une cliente fidèle, je travaille ici tous les jours depuis que j'ai emménagé à New York.

— Quand ça ? demande Monsieur Lunettes Hispster.

— Il y a un mois.

— Oh ! waouh, ouais. Tu es genre, une LÉGENDE, s'exclame-il d'une voix forte. Miss Café ! Un mois entier, tu dis ? Ouais, c'est impressionnant… Sauf QUE JE VIENS DEPUIS PRESQUE QUINZE ANS !

Il me *hurle* dessus. Un parfait inconnu. En public ! À L.A., seules les célébrités se permettent ce genre d'attitude. La partie reptilienne de mon cerveau me crie : *REPLI !* Mais la partie affamée lui répond : *N'essaie même pas, putain !* Par conséquent, je me redresse.

— Alors pourquoi ne t'ai-je jamais vu avant ?

— Parce que *j'espace mes visites* comme tout le monde est censé le faire.

— Tu devrais peut-être les espacer un peu plus la prochaine fois.

J'ai l'air folle, mais il n'a pas autant besoin des biscuits que moi. C'est un gars d'ici, libre de déambuler, contrairement à moi qui suis coincée dans ce quartier pour un bon moment.

— Attendez.

Evelynn claque des doigts vers moi.

— Je me souviens de vous. Café à volonté, rien à manger.

— Donc elle ne rapporte pas d'argent, souligne Monsieur Lunettes Hipster. Elle en fait même perdre !

— Evelynn, je vous donne dix centimes pour les biscuits, dis-je.

— Vingt-cinq, coupe le type.

Evelynn nous regarde l'un après l'autre. Je crie :

— Soixante-quinze !

— Le fait est qu'ils sont gratuits, rétorque lentement Evelynn, parce qu'ils ne sont pas très bons.

— Ce sera juste pour vous, Evelynn, dis-je. De la main à la main. Pas besoin de déclarer quoi que ce soit.

— Deux dollars, interrompt Monsieur Pété d'Oseille en sortant déjà l'argent. C'est ma dernière offre.

— Le fait est qu'ils sont gratuits, je répète en guise de protestation.

Je ne peux plus rivaliser. J'ai besoin de mon argent pour le café à volonté.

Evelynn tire l'assiette vers elle.

— Super ! fulmine le type. Maintenant, personne ne peut les avoir et personne ne sera plus jamais heureux !

— Waouh, OK. Plus jamais ?

De ses mains gantées, Evelynn coupe les biscuits en deux. Elle glisse deux morceaux dans mes mains ouvertes, et deux autres dans celles du type. Pourquoi les a-t-elle coupés d'abord ? Est-ce le seul moyen qu'elle a trouvé pour exprimer sa colère ? Est-ce pour que nous ayons chacun deux morceaux, que nous la fermions et que nous nous en allions ? Ou veut-elle nous rappeler qui a le pouvoir dans cette histoire ? (Non pertinent, je sais. Mais c'est ce genre de détails qui fait le personnage. J'en prendrai note dès que j'en aurai l'occasion.)

Les morceaux de biscuits bien en sécurité au creux de mes mains, je commande un americano et place soixante-quinze cents dans le pot à pourboires, étant donné que c'est la mise que j'avais proposée.

Les joues me brûlent et j'évite de croiser le regard d'Evelynn lorsqu'elle me tend ma boisson. Monsieur Coupe-de-Cheveux-Sexy-Dramatique a pu filer avec son gain mal acquis après m'avoir crié dessus, tandis que j'ai dû rester plantée là et accepter les ondes d'agacement qui émanaient d'Evelynn telle une vague de chaleur. Je marmonne un « merci » avant de pivoter pour détaler. Je sens ses yeux dans mon dos tandis que j'avance vers ma grande table près de la baie vitrée, et je ne lui en veux pas. Je pose mon café et…

Vous vous foutez de moi ? Un sac est posé sur le siège d'en face, le mignon petit banc contre la vitre. *Ma* vitre.

Il s'agit d'un sac à bandoulière avec un rabat à scratch, une de ces pièces fonctionnelles et uniques conçues en Suisse ou quelque chose comme ça, faites de caoutchouc et d'une ceinture recyclée qui sert désormais de bandoulière. C'est un sac moralement supérieur à tous les autres, et c'est bien la seule raison de l'acheter, et maintenant, il se trouve à ma table. Son propriétaire est ailleurs. Alors, techniquement, je pourrais… le *pousser* du banc et prétendre qu'il était tombé et que je ne l'avais pas vu. Qui va à la chasse perd sa place. Je regarde de tous les côtés avant d'avancer mes boots de combat pour le décaler quand…

— Cette place est prise, déclare une voix masculine.

Je m'immobilise, prise sur le fait.

Et évidemment, *évidemment*, c'est encore l'autre enfoiré. Pour appuyer ses dires, il s'avance vers moi et, d'un geste dramatique, retire le sac du banc pour le poser au centre de la table.

Je retire mon café.

— Oh là là, très bien. Je m'en vais.

Je remarque qu'Evelynn nous surveille du coin de l'œil. Hors de question de provoquer une nouvelle scène, alors, avec autant de dignité que possible, je me faufile vers une autre table. Il a intérêt à ne pas rester longtemps. Il n'a sûrement même pas besoin d'être là – il doit être du genre à toujours se jeter sur le meilleur de ce qui est disponible. Cette table est clairement la reine du royaume Café Crudité, les autres sont disposées autour d'elle comme des sujets. Elles sont si petites qu'il n'y a même pas la place de poser à la fois mon ordinateur *et* mon sac.

D'ordinaire, je ne me serais pas énervée pour si peu. Je serais même relax, si je ne passais pas encore une matinée pourrie dans cette ville pourrie, si mon script était plus prometteur, si je n'étais pas en mal de nourriture et de clients, et, OK, si ce type était un peu plus banal. Avec son col à peine relevé, ses yeux d'un marron profond, sa silhouette svelte et ses cheveux épais, il est ridiculement séduisant, ce qui implique qu'il n'a jamais dû faire d'efforts sur sa personnalité. Il doit certainement évoluer dans la vie en se présentant tel qu'il est, là où il veut, et tout lui est servi sur un plateau. Eh bien, ça ne marche pas sur moi. Je viens du pays des mannequins-slash-acteurs, alors son apparence ne me fait aucun effet.

C'est la première fois que je me fais piquer la grande table, mais je suis résolue à attendre qu'il parte. Je n'arriverai jamais à travailler dans mon placard new-yorkais ; et il n'y a pas d'autres cafés situés dans ma zone de confort.

Quarante minutes plus tard, il n'a toujours pas bougé. Il rêvasse, et ses longues jambes étendues devant lui menacent de faire trébucher quiconque oserait s'approcher. Je n'ai plus de café et j'ai envie de faire pipi.

Va-t'en ! je lui ordonne par télépathie. *Va-t'en !* Je me lève pour aller aux toilettes, en souhaitant que cet individu et sa coiffure stupide soient partis à mon retour.

Mais non. En sortant des toilettes, je le trouve pianotant fiévreusement sur le clavier de son ordinateur. Il a l'air de s'être installé pour longtemps. J'ouvre mon ordinateur (posé sur moi pour la première fois de son existence, au risque de déclencher un cancer des cuisses) et me connecte au portail de Du Bon Pied – je veux dire, Petits Mots Doux – sur lequel je reçois le message tant redouté :

Il n'y a actuellement aucun nouveau client à pourvoir. Nous travaillons à attirer davantage de clients. Nous apprécions votre patience. En attendant, pourquoi ne pas ajouter une ligne à la base de données des répliques ? On se capte plus tard !

Sous le message apparaît le logo familier du pied d'une femme sexy en talon aiguille. J'imagine qu'ils n'ont pas encore fini de « nettoyer » le portail et qu'il reste encore des références à l'ancien nom de l'entreprise.

Les nouveaux clients ont dû m'échapper alors que j'attendais dans la haine le départ du voleur de table. Cela arrive souvent ; Clifford travaille avec tant de collaborateurs free-lance que le ratio des rédacteurs par rapport au nombre de clients est disproportionné. Il affirme que nous grandissons quotidiennement, et je le crois (je pense), mais il est difficile de gagner un salaire fixe de cette façon. Nous pouvons obtenir des primes – prétend-il – lorsque nous amenons des clients jusqu'à la ligne d'arrivée, mais ça ne m'est encore jamais arrivé. Je soupire en cliquant sur la base de données des répliques. Clifford a eu l'idée de créer un package DIY : les clients payent pour avoir accès à une liste de répliques toutes faites – classées dans des catégories telles que Charmeur, Insolent, Sexy, Décontracté – qu'ils peuvent utiliser auprès de correspondants crédules. À chaque fois que je contribue à la base de données, je gagne 5 dollars par réplique, et j'ai l'impression désagréable de précipiter ma propre chute en rendant mon travail obsolète.

J'ai envoyé une trentaine de CV depuis mon arrivée dans la Grosse Pomme Moisie, mais pour l'instant, Petits Mots Doux constitue mon unique source de revenus. Il faut absolument que ça marche, même si je dois me connecter au portail cinquante mille fois par jour.

Ping.

Un nouveau message apparaît sur mon téléphone.

Pourquoi tu m'as ghosté ? ? ! !

Oh ! non. Est-ce que j'ai merdé ? J'ai fait attendre un crush alors que c'était à moi de donner une réponse ? C'est un sujet sérieux dans ce milieu. Nous devons répondre immédiatement, sauf si nous avons pour stratégie de créer l'attente. Tess, ma cliente, n'a jamais validé ça, je dois immédiatement régler la situation.

Oh mon Dieu, je suis désolée, j'ai été débordée, je suis vraiment…

Alors que je tape ma réponse, je remarque qui est l'expéditeur. C'est Nick, pas un client. Nick, le type avec qui je sortais plus ou moins à L.A. (Le mot-clé étant « plus ou moins ». C'était le dealer de ma boss Mary, alors nos moments ensemble étaient… irréguliers.)

Zoey : Je ne t'ai pas ghosté. J'ai déménagé.

Nick : Tu n'as répondu à aucun de mes messages. C'est ce qu'on appelle GHOSTER.

Zoey : Non, on appelle ça « dire au revoir ». Ghoster, c'est créer un mystère qui n'est jamais résolu.

Nick : OK, bonne chance dans la vie, J'IMAGINE. Ta boss me doit 2 000 dollars d'herbe.

Je suis certaine qu'il dit la vérité, mais que suis-je censée y faire ?

Zoey : Vois ça avec elle.

Bloquer. Suivant.

Je passe les deux heures d'après à travailler sur mon script et à me connecter au portail de Petits Mots Doux. À ma seizième tentative, trois clients sont disponibles. Je clique frénétiquement sur l'un d'eux, mais je ne suis pas assez rapide. La page se met à jour avec son bla-bla habituel : *Il n'y a actuellement aucune nouveau client à pourvoir.* Au moins, le logo a changé : ça représente désormais une personne chuchotant dans l'oreille d'une autre. (Petits Mots Doux, doit-on en déduire.) Les gars de l'informatique sont occupés, eux. Le site est beaucoup mieux comme ça. Si seulement je pouvais participer.

Je décoche un autre regard au voleur de table. J'aurais été plus rapide pour décrocher un client s'il ne m'avait pas volé mon petit déjeuner et mon environnement de travail.

Quand l'horloge sonne 14 heures, il est encore là.

Je déambule jusqu'au comptoir – heureusement, Evelynn a fini son service et j'ai l'occasion d'avoir l'air normal aux yeux du nouveau barista – pour me resservir du café. Ce faisant, je regarde avec envie un bol de quinoa et de haricots rouges. C'est le plat le moins cher de la carte, mais c'est encore trop cher pour mon portefeuille à un seul client.

De retour à ma table pour enfants, je trouve un e-mail de la part de Clifford. Sans doute un nouvel accord de confidentialité à signer, ou un manuel protocolaire mis à jour (il paraît qu'il l'aurait volé à son ancienne boîte). Quand je clique sur le lien Dropbox, une chanson retentit soudainement dans tout le café : le chanteur The Weeknd me hurle en musique qu'après avoir si bien travaillé, je l'ai biiiennn mérité.

Que se passe-t-il ? J'appuie frénétiquement sur la touche pour baisser le volume jusqu'à ce qu'on n'entende plus la musique. Les gens dans la queue haussent les sourcils. L'un d'entre eux secoue la tête. Et je suis certaine que le voleur de table l'a entendue, lui aussi.

Les joues en feu, je mets mes écouteurs que je branche à mon ordinateur avant d'activer progressivement le son en m'assurant que personne d'autre ne l'entende. C'est une vidéo. Le cœur battant à tout rompre, mais convaincue qu'il s'agit cette fois d'un visionnage privé, je télécharge de nouveau le fichier. Sur un écran noir, The Weeknd m'assure une nouvelle fois que je l'ai bien mérité, puis Clifford apparaît. Il avance vers la caméra comme s'il traversait une pièce.

« Je te salue, super star ! Ne t'en fais pas, cette chanson ne nous a rien coûté puisqu'il s'agit d'une parodie. Mais meuf, tu l'as bien mérité. »

Est-ce qu'il a un message automatique pour les femmes et un autre pour les hommes ? je m'interroge distraitement. *Si c'est le cas, est-ce offensant pour l'un des deux groupes ?*

« Si tu regardes ce message, c'est que tu es au top ! Ton dernier client… » Une pause étrange, suivie d'une voix préenregistrée disant « … Tess Riley… » intervient, puis il poursuit : « a supprimé son profil des sites de rencontres. Cela veut dire que tu comptabilises une nouvelle réussite ! Oui… » Pause pour laisser de nouveau place à la voix préenregistrée : « Tess Riley »… « a trouvé l'amour ! Qu'est-ce que cela signifie ? Cela signifie que TU remportes un bonus de 500 dollars (effet sonore KA-CHING ! accompagné de pièces de monnaie qui tombent autour de Clifford) ainsi qu'une fête DIY en ton honneur. Consulte tes mails, alligator, pour recevoir une surprise à bulles ! Et, cerise sur le gâteau, le prochain client te sera directement attribué. Inutile de te précipiter, il est tout à toi. Félicitations, et passe une bonne journée ou soirée. »

Je suis encore sous le choc de ce message inattendu de Clifford et de The Weeknd, mais il s'agit sans l'ombre d'un doute d'une excellente nouvelle. Avec 500 dollars, je pourrais me payer des dizaines de courses en taxi. Si un jour je dois aller quelque part, je serai folle de joie.

Puis je percute enfin : la raison principale pour laquelle il est si difficile d'obtenir un nouveau client sur le portail, c'est que la majorité est transférée aux free-lances qui ont fait leurs preuves. Soit Clifford est un enfoiré, soit c'est un génie de la motivation. Avec ce système, inutile de virer ceux qui n'ont aucune aptitude pour ce travail, puisqu'ils n'auront tout simplement jamais de clients, sans même savoir pourquoi. C'est comme s'ils étaient ghostés. Je ne sais pas trop ce que je pense de tout ça, mais quoi qu'il en soit je l'ai effectivement bien mérité, merde ! Tess Riley voulait rencontrer un architecte entre vingt-huit et trente ans avec un corps de joueur de football. Elle a prié pour tomber sur quelqu'un des origines sud-américaines ou danoises. Ai-je rempli la mission ? Bien sûr !

Mateo Van de Berg avait *les deux*.

Je ferme mon ordinateur et remballe mes affaires en ayant l'impression de surfer sur une vague de satisfaction. Il est temps que cette journée se termine, alors autant le faire sur une nouvelle planante (d'ailleurs, un peu d'herbe m'aiderait à me calmer après le trek de retour à la maison). Une sirène retentit soudain au loin et, quand je l'entends se rapprocher, je me crispe. La ville, vivante et infatigable, est de nouveau prête à me malmener comme une balle de ping-pong.

En sortant, je passe devant le voleur de tables. À l'instant où il lève la tête vers moi, je détourne immédiatement les yeux, mais pas avant que nos regards se soient croisés. Puis je prends une profonde inspiration et pousse la porte d'entrée. Malgré la foule et le bruit menaçants, je souris brièvement. Parce que, il ne le sait pas encore mais, c'est la dernière fois qu'il est assis à cette table.

3

À : Tous les employés de Dis-le à mon cœur

De : Leanne Tseng

Re : Mot du jour

Chère équipe,

Au risque de ressembler à une certaine personne que nous connaissons et détestons tous, le mot du jour est « marge ». Cette semaine, j'aimerais que vous gardiez à l'esprit que nous sommes une agence de services complète avec une grande diversité d'offres. Aidons nos clients à tirer profit de notre pool de consultants talentueux. Parcourez de long en large votre fichier de clients et proposez-leur une idée pour les aider à repartir du bon pied.

En parlant de ça, bien que nous n'ayons pas encore entrepris d'actions en justice, sachez que nous sommes en train d'enquêter pour savoir si des entreprises offrant des services similaires – mais évidemment de moindre qualité – ont enfreint la propriété intellectuelle ou nous ont volé toute information nous appartenant légalement. À nos rédacteurs en free-lance qui travaillent peut-être aussi pour ces concurrents, nous espérons résoudre ce problème dès que possible sans que votre responsabilité ou votre loyauté soit impliquée.

Cela étant dit, le but reste de faire évoluer l'agence de telle sorte qu'il soit possible d'engager chacun d'entre vous à plein temps afin que vous n'ayez plus à passer la moitié de votre semaine à endurer les commentaires inappropriés de votre autre patron.

Le mot du jour, les gars. Le mot du jour.

Bien à vous,

Leanne

Miles

Evelynn ne plaisantait pas au sujet du café à volonté. « Je suis une légende » est là-bas, au coin d'une table, penchée au-dessus de son ordinateur depuis ce matin, me jetant des coups d'œil meurtriers de temps en temps. Mais comme je l'ai dit, cela fait quinze ans que j'habite à New York. Si je ne peux pas passer outre les yeux revolver d'une petite brune, je ne mérite plus ma carte de transport.

D'ailleurs, même si elle n'a rien dit, j'ai deviné qu'elle n'était pas de New York rien qu'à son look. Nous sommes fin avril et elle porte un short et un débardeur. Le blizzard a soufflé sur la ville à peine deux semaines auparavant, ce qui explique – quoique, pas tellement en fait – les boots de combat. Cette tenue pourrait aussi être sa façon de faire savoir au monde entier qu'elle a un corps de bombe mais qu'elle peut botter le cul à quiconque la matera trop longtemps. Ce que je respecte. En revanche, j'ai beaucoup plus de mal à expliquer les mitaines – clairement faites main par quelqu'un en état d'ébriété ou cherchant à illustrer le hashtag #j'aitoutdechire – qui lui remontent jusqu'aux coudes. Elle vient probablement d'un endroit sans saison et, soyons honnêtes, sans goût. Peut-être un lieu hautement prévisible comme la Floride.

Quelle que soit son histoire, je préfère l'ignorer. Tout comme je préfère ignorer la raison pour laquelle je n'ai pas été au Café Crudité pendant six semaines. Ce n'était pas exactement « notre » café de prédilection, à Jordan et moi. Mais on avait l'habitude d'y aller de temps en temps, tous les deux, quand elle vivait dans le coin en colocation, avant qu'on s'installe dans un appart de l'autre côté du pont, loin du quartier qui commence par « Man » et se termine par « Bon sang, c'est dingue le prix de ce placard, mais il y a un balcon où je peux loger une chaise et avoir une sorte de cour extérieure, où puis-je signer ? »

Le but de l'opération était bien sûr d'emménager ensemble, mais à l'époque le fait d'atterrir à Brooklyn m'a davantage marqué que l'évolution de notre relation. *Nota bene* : L'année dernière, Miles était un crétin.

Et un benêt. Un putain de romantique des temps modernes – malgré son âge. Comme s'il lui avait fallu trente et un ans pour comprendre que l'expression « heureux pour toujours » n'existe que dans les contes de fées. Pour enfants.

Ainsi que Gemma, la Britannique avec qui je suis brièvement sortie avant Jordan, avait l'habitude de dire : « Quelle couille molle. »

Quoi qu'il en soit, cette couille molle s'est dernièrement tenue éloignée du café, car de trop nombreux souvenirs lui sont associés, comme acheter un café après avoir passé la nuit avec Jordan, ou bien s'attarder ici après le dîner parce qu'ils étaient assez sympas pour nous le permettre même si nous n'avions pas beaucoup d'argent. Raison pour laquelle, quand les bureaux de Dis-le à mon cœur se sont évaporés comme la fumée des joints de Clifford, ce café est devenu mon endroit de prédilection où me poser pour travailler. Certes, le trajet depuis Brooklyn avait des allures de trek, mais venir jusqu'ici me permettait de garder la sensation « d'aller au bureau ».

Et voilà pourquoi je me trouve ici aujourd'hui. C'est le dernier endroit où je me souviens de m'être soucié un tant soit peu de mon boulot. Et si je suis maintenant obligé, sous la menace d'une disgrâce professionnelle et du chômage, de ressusciter Miles Ibrahim, l'employé de l'année… Ce café me paraît l'endroit logique pour le faire.

J'ouvre le questionnaire de Jude Campbell pour le lire. Et le relire, encore et encore, jusqu'à ce que je le connaisse par cœur. Terminé, les quatuors à cordes surprises. Je parcours les trois sites de rencontres sur lesquels il est inscrit pour repérer ce qu'il faudrait modifier dans son profil. Il n'a pas livré beaucoup d'informations – erreur de débutant. Il ne faut pas écrire un roman, mais fournir assez de contenu pour montrer que vous avez pris le temps de compléter le questionnaire. Cela donne l'image d'une personne minutieuse et impliquée dans la cause. Évidemment, la frontière est fine entre une personne minutieuse et une personne qui s'est contentée d'écrire sans lire la consigne ; et c'est là que j'interviens. Les mots doivent être soigneusement choisis pour refléter la personnalité (améliorée et révisée) de notre client ; ils doivent éblouir… tout en incitant à en savoir plus.

J'écris un mail à Jude afin de me présenter comme son rédacteur de Dis-le à mon cœur et lui proposer un rendez-vous, dès aujourd'hui s'il le souhaite. J'ai à peine cliqué sur « Envoyer » qu'une musique retentit du côté de la table en coin, attirant mon regard.

C'est « Je suis une légende », dont le visage est devenu écarlate et les cils se sont mis à papillonner comme Bambi alors qu'elle appuie frénétiquement sur le clavier de son ordinateur. Je suis à peu près sûr qu'il s'agit d'une chanson de *Cinquante Nuances de Grey*. C'est ça qu'elle est venue faire ici ? Se gaver de biscuits gratuits en regardant un porno pour maman en public ? Ça l'excite ou quoi ? Je l'observe pendant une seconde, curieux de voir si je peux déceler une preuve de son excitation. Puis je me reprends. Hors de question de me mettre à mater les filles, même dans une visée purement anthropologique.

Une alerte m'annonce un nouveau message. C'est un e-mail de Jude, qui est disponible dès 16 heures. Excellent. Impatient et réactif, c'est bon signe pour un client. Je lui réponds en lui précisant l'adresse du Café Crudité.

Puis je prends mon téléphone pour tester mes connaissances sur son profil.

J'ouvre 24/7, l'une des innombrables applications de rencontres que j'ai téléchargées. (Pour le travail, bien sûr, car pour ma part, il est clair que je ne chercherai plus jamais de copine. Les profils que j'ai créés ne me correspondent même pas, c'est un ramassis d'informations que j'ai inventées et de photos volées sur Google qui doivent certainement provenir d'une brochure universitaire tchèque). Je parcours les vingt-quatre photos d'utilisatrices, accompagnées de mini-profils, qui sont apparues dans ma liste de suggestions, puis j'en choisis cinq qui, je pense, pourraient intéresser Jude. J'hésite entre une analyste financière qui joue au softball le week-end et une coordinatrice marketing qui est aussi professeure de Pilates. Je finis par opter pour Miss Pilates : elle est certainement moins occupée, en plus d'être plus souple. Je demanderai confirmation à Jude à l'issue de notre rendez-vous.

J'ai maintenant quarante-cinq minutes à tuer avant son arrivée. J'ai un peu faim, mais il n'y a plus de biscuits (évidemment), et un client désespéré a même pris les muffins au chou kale. Je jette un coup d'œil vers la table en coin et m'aperçois que « Je suis une légende » est sur le point de partir. Elle me lance un dernier regard avant de pousser la porte. Adieu, Baie de Tampa. Tu ferais mieux de t'endurcir rapidement, ou New York te dévorera en moins d'une semaine et te renverra dans les marécages ensoleillés d'où tu viens.

Malgré mon estomac vide, je décide de ne rien acheter à manger. Même si je me suis montré particulièrement sérieux aujourd'hui, qui sait si j'aurais encore un emploi la semaine prochaine ? Alors je m'en voudrais de devoir sauter un dîner pour avoir cédé à un pop cake à 4 dollars. Maintenant que la Légende est partie, je n'ai plus personne d'intéressant à observer/mépriser depuis mon poste de guide non officiel de la *véritable* expérience new-yorkaise.

Je sors de nouveau mon téléphone. Et avant de prendre conscience de ce que je fais, j'ouvre Instagram et me retrouve face à l'annonce de grossesse de Jordan. Cette fois-ci, je me contente d'observer la photo pendant une minute, puis je me mets à sonder le puits sans fond de commentaires.

Entre les félicitations et les Oh-mon-Dieu, je tombe sur de vraies pépites.

« Bravo à vous, Miles et Jordan ! » de Greta, la correspondante allemande que mes parents ont hébergé un été. Ah ah ! Au moins je ne suis pas le seul à avoir pensé que le bébé était de moi. D'ailleurs, je devrais peut-être lui écrire... Même si je ne suis pas sûre de la meilleure façon de tourner le message :

Salut Greta,

Ça fait longtemps. J'espère que tu vas bien. Au fait, peux-tu supprimer mon ex-fiancée adultère de tes contacts ?

Danke,

Miles

Puis un simple « Félicitations » de la part de... Sérieux ? Ma tante Fatma ?

Comme si elle pouvait deviner à la fois ma crise de nerfs imminente et mon incrédulité envers sa mère, ma cousine Aisha m'envoie justement un message.

Aisha : Comment ça va ?

Miles : Tu as activé ton mode Spiderman ?

Aisha a un don – ou plutôt, j'aime à penser que nous l'avons tous les deux – pour sentir le moment précis où l'un de nous a besoin de l'autre. C'est certainement parce que nous sommes tous les deux enfants uniques. Nous nous considérons comme frère et sœur.

Aisha : J'espère que tu ne regardes pas la publication de Jordan. Que tu ne lui écris pas. Que tu ne penses pas elle.

Miles : Bien sûr que non. Pourquoi lui écrirais-je ?

Enfin, pas depuis ce matin, mais il est évident que l'adrénaline est à blâmer sur ce coup-là.

Miles : D'ailleurs, en parlant de messages, tu devrais parler à ta mère.

Aisha : Mon Dieu, qu'est-ce qu'elle a encore fait ?

Miles : Oh ! pas grand-chose. Elle a juste félicité mon ex-fiancée pour le bébé qu'elle va avoir avec un autre homme. Sur Instagram. Pas grand-chose, vraiment.

Aisha marque une pause considérable avant de m'écrire à nouveau.

Aisha : Tu sais qu'il existe une option « contrôle parental » sur les téléphones ? Ils devraient faire la même chose en sens inverse. Pour contrôler les PARENTS. Je lui parlerai. Je suis désolée.

Je ris malgré moi.

Miles : Tu sais quoi ? C'est la première fois que je ris depuis que Jordan m'a sorti son « Il faut qu'on parle ». Alors tu devrais peut-être remercier ta mère.

Aisha : As-tu besoin que je te rappelle que Jordan ne te mérite pas, que tu es bien mieux sans elle et que tu t'en remettras rapidement ?

Je commence à lui répondre « non » avant de me raviser et d'écrire :

Ça ne peut pas faire de mal…

Aisha : Eh bien, elle ne te mérite pas. Tu es beaucoup mieux sans elle. Et tu seras passé à autre chose bien plus tôt que tu ne le penses. Vous n'étiez pas faits l'un pour l'autre.

Je ris amèrement.

Miles : Je ne crois pas à ce concept.

Aisha : Ouais, bien sûr. C'est le Miles Largué qui parle.

Écris-moi dans deux mois quand tu seras redevenu le Miles qui aime secrètement les comédies romantiques.

Miles : Eh, je ne l'ai jamais caché.

Aisha : Ouais, ouais. En attendant, supprime Instagram de ton téléphone.

J'hésite, les yeux rivés à mon portable. Pourrais-je vraiment faire ça ? Je veux dire, est-ce que quelqu'un sur terre en serait capable ?

Aisha : Oui, tu peux le faire.

Aisha répond encore une fois à mes signaux cérébraux.

Aisha : Et crois-moi, je vais m'assurer que ma mère le fait aussi.

Je soupire avant d'appuyer sur l'icône pour supprimer l'application.

Miles : Très bien. Autre chose ?

Aisha : Oui. ♥

Miles : ♥ aussi.

Aisha : Et si je croise Jordan un jour, je lui botterai le cul.

Je ris. Aisha doit faire un mètre cinquante mais elle suit des cours intensifs de kick-boxing trois fois par semaine. Je ne parierais pas contre elle.

Miles : Merci. Mais peut-être pas dans son état.

Aisha : Tu as raison. Je lui jetterais un sort pour… Voyons… Huit mois de dépression post-partum ?

Miles : Ça me paraît plus juste.

Quand la cloche de la porte du café retentit, je lève les yeux sur un visage familier.

Miles : Je dois te laisser. Mon client vient d'arriver.

Aisha : Oohh. Parle-lui de moi stp. Je ne serais pas contre des heures supplémentaires ce mois-ci.

Miles : Compte sur moi.

Je me lève en rangeant mon téléphone pour attirer l'attention de Jude, puisque j'ai l'avantage de savoir à quoi il ressemble. Ses cheveux auburn sont coiffés avec style, et sa barbe est bien entretenue. Il a sans aucun doute choisi son T-shirt moulant dans le but de mettre en valeur à la fois ses yeux et ses biceps – l'un des avantages qu'il doit tirer de son métier de coach sportif. Si nous étions vingt ans auparavant et qu'il cherchait juste à lever des filles dans un bar… Ce type n'aurait pas besoin de mon aide.

D'ailleurs, ce ne serait pas délirant de faire appel aux talents de photographe d'Aisha. Son allure, magnifiée par un éclairage professionnel, de bonnes poses, un filtre magique… Je suis quasiment sûr qu'elle pourrait le faire ressembler à Jude Law si elle voulait.

— Salut. Miles, c'est ça ? demande-t-il en me tendant la main.

Oh oui, j'ai bien fait de choisir l'accent. Bien sûr, ce sera un peu difficile de le comprendre, essentiellement à cause du bruit que feront toutes les culottes lancées sur son passage, mais c'est un bon choix.

— Oui. Salut, Jude. Ravi de te rencontrer. Assieds-toi, je t'en prie. Puis-je te commander quelque chose à boire ? Un café ?

— Oh ! non, merci, répond-il. J'ai arrêté la caféine depuis quelques jours.

J'en prends note.

— Mais tu penses qu'ils me serviraient une tasse d'eau chaude avec un peu de citron ?

— Je suis certain qu'on peut arranger ça. Je reviens tout de suite.

Je fais la queue avant de passer commande auprès de la remplaçante d'Evelynn, qui ne commente pas le fait que j'ai passé la journée ici et viens à présent demander quelque chose de gratuit. Je laisse un dollar dans la tasse à pourboire pour mon karma.

— Merci, lance Jude lorsque je pose la tasse devant lui, puis il rit. Désolé, c'est un peu bizarre, non ? De rencontrer quelqu'un censé se faire passer pour moi.

— Ne pense pas à moi en ces termes, dis-je en levant les mains. Considère-moi comme un coach. Ou un rédacteur. Je suis là pour t'aider à exprimer la meilleure version de toi-même sur le papier. Ou, plutôt, l'écran.

— Ouais. Je me suis dit que j'avais besoin d'aide dans ce domaine. Le problème, c'est que je ne sais jamais quoi répondre quand on m'écrit, puis j'oublie, et avant que je m'en rende compte, j'ai accidentellement « ghosté » quelqu'un. C'est comme ça que plusieurs filles l'ont formulé, en tout cas.

Je hoche la tête.

— Écrire est une compétence. Tu es juste en train d'engager un consultant pour t'aider à mettre le pied dans la porte. C'est comme si tu avais embauché quelqu'un pour t'aider à refaire ton CV.

— Très bien, très bien, répond Jude en sirotant sa tasse. Alors comment ça marche exactement ? Puis-je choisir les profils qui me correspondent ?

— Eh bien, dis-je, prêt à sortir mon baratin. Nous proposons plusieurs offres. Avec l'offre de base que tu as choisie, tu peux sélectionner les profils qui t'intéressent et notre but est de t'assurer un premier rendez-vous en face-à-face. Tu peux toujours ajouter des services à la carte comme, par exemple, l'aide de notre consultante *(Georgie, aussi connue sous le nom de community manager et assistante graphique de Leanne)* pour trouver les personnes qui te correspondent le mieux.

Nous proposons aussi une offre « photo ». Notre consultante photo – qui est absolument fantastique, d'ailleurs – peut choisir et mettre en valeur tes visuels. *(Voilà comment je jette des graines en direction d'Aisha.)* Nous avons même des coachs en conversation qui peuvent t'aider à préparer tes rendez-vous.

Ce serait Giles, l'avocat de Leanne, qui – pour une raison qui nous échappe totalement – lui doit une immense faveur.

— Je vois, dit Jude.

— Nous avons aussi d'autres options. L'offre « argent » t'amènera jusqu'au troisième rendez-vous et inclut trois photos retouchées ainsi qu'une consultation téléphonique avec notre coach en conversation. L'offre « or » comprend la totale : shooting photo avec dix retouches incluses ainsi qu'une variété d'options pour ton profil. Notre consultant en conversation sera disponible sur demande et peut même discrètement assister à l'un des rendez-vous pour t'accompagner à l'aide d'une oreillette.

Nous pouvons nous permettre de proposer ce service uniquement parce que personne ne le choisit jamais. Nous ne possédons évidemment pas l'équipement nécessaire et je suis à peu près certain que Giles n'a même pas connaissance de cette option.

— Waouh, s'exclame Jude en pressant nerveusement le citron dans sa boisson. Ça fait très « James Bond ».

Je le sens dépassé. C'est le moment parfait pour moi de le rassurer avec un cocktail de confiance et de flatterie.

— Nous rencontrons beaucoup de succès avec chacune des offres. Mais dans ton cas, je conseillerais plutôt l'offre de base. Je ne pense pas que tu auras besoin de beaucoup d'aide.

— Vraiment ? fait-il en levant des yeux pleins d'espoir vers moi.

— Absolument, dis-je sans vraiment mentir.

Du coin de l'œil, j'aperçois la barista l'observer d'un air songeur. Ce type se retrouvera marié d'ici la fin de l'année ou entouré d'un harem – tout dépend de sa position dans le spectre des relations qu'il cherche à nouer. Bien que, généralement, les gens qui font appel à nos services recherchent plutôt des relations sérieuses.

— Et si jamais tu as besoin de quoi que ce soit en plus, on avisera. Je mentionnerai les prouesses d'Aisha au prochain rendez-vous.

— OK, dit Jude en hochant la tête.

— Aujourd'hui, je vais t'indiquer deux ou trois parties de ton profil que tu pourrais optimiser. Cela te permettra de voir notre façon de procéder et de constater que nous ne changeons rien à ce qui fait ta personnalité.

— Très bien, lâche Jude.

— Super, dis-je avant de naviguer jusqu'à son profil Alchimie. OK, ici, par exemple. Dans la catégorie « J'aime », tu as répondu « une pinte ». C'est une bonne réponse, honnête. Mais qu'apprécies-tu dans le fait de boire de la bière ?

Jude me regarde comme si j'avais trois têtes.

— Euh, me bourrer la gueule, mec.

— Bien sûr, dis-je avec un sourire. Mais à part ça… As-tu un faible pour une boisson en particulier ? Un bar ?

— Oh ! répond-il. Eh bien, en fait, j'ai entrepris une petite quête un peu bizarre. C'est idiot, je t'assure.

Il prend une gorgée de son eau en tenant sa tasse tel un enfant accroché à son doudou, comme si le fait de révéler sa quête bizarre mais absolument charmante, j'en suis sûr, pouvait être embarrassant. Ce mec, c'est le prototype du héros de comédie romantique.

— Non, non, je t'en prie. Dis-moi. Les quêtes fonctionnent toujours. Elles révèlent le caractère des gens.

— Eh bien, je suis à la recherche d'une bière artisanale sans gluten à faible valeur calorique qui aurait le goût d'une bière classique. J'ai parcouru la ville pour essayer de goûter toutes les bières à la pression.

Eh ouais. Qu'est-ce que je disais ?

— Je n'ai pas eu beaucoup de chance, jusqu'à présent. Mais j'ai de grands espoirs pour Brooklyn.

Il peut.

— C'est très bien. Cette information est très utile.

— Vraiment ?

— Absolument. Tu ne voudrais pas une partenaire avec qui faire cette tournée des bars ?

— Ce serait sacrément bien, répond-il en riant.

— Eh bien, je suis là pour ça. Alors allons-y. Ça te dérange de te connecter à ton compte ?

Je tourne l'ordinateur face à Jude pour le laisser renseigner son mot de passe. Puis j'oriente l'écran vers moi en veillant à ce que Jude puisse toujours voir ce que j'écris.

Ce que j'aime :

Je suis à la recherche de la bière artisanale parfaite et de la fille parfaite pour m'accompagner dans cette quête. Tu aimes les quêtes ? Tu serais partante pour explorer cette ville incroyable avec un but, mais avant tout pour profiter de la compagnie ? Si oui, écris-moi.

— Oh ! c'est super, s'exclame Jude. C'est vraiment très bien.

— Merci. Alors si tu es prêt à signer, je peux t'envoyer le contrat par mail ainsi que les instructions pour changer tes identifiants de connexion et nous permettre ainsi d'accéder à ton profil. Pour info, nous ne changerons rien sans ton accord.

— Bien, dit-il en hochant la tête avant de prendre une dernière gorgée de sa tasse. Et puis merde, allons-y !

Il me sourit en me tendant la main.

— Génial ! dis-je en la lui serrant. Écoute, avant de partir, j'aimerais te parler d'un jeu auquel j'aime bien jouer.

Je sors mon téléphone et appuie sur l'icône de l'application 24/7.

— Puisque je vais t'aider à exprimer ta voix, j'aimerais essayer de voir à quel point je te connais juste en ayant lu le questionnaire. Alors, dis-moi, laquelle de ces femmes choisirais-tu ?

— Hum, OK.

Jude me prend le téléphone pour mieux observer les photos.

— Écris les réponses sur ce bloc-notes.

Il prend le temps de réfléchir. Si bien que j'ai pu commencer un jeu de KenKen sur mon ordinateur avant de l'entendre enfin s'éclaircir la gorge.

— Voilà, je suis prêt.

Je regarde le bloc-notes. Puis je souris en tournant la page afin de lui révéler celles que j'avais choisies. Il va sans dire que je ne lui aurais pas montré mes réponses si elles n'avaient pas correspondu aux siennes.

Mais c'est généralement le cas.

Quatre sur cinq. Miles Ibrahim : Cyrano est de retour.

4

À : Tous les chéris

De : Clifford Jenkins

Re : LES CARTES-CADEAU FONCTIONNENT

Les Beatles avaient tort. On PEUT acheter l'amour. Je suis super content de vous annoncer que le bug des cartes-cadeau est désormais résorbé. De plus, je l'ai paramétré pour que le montant de départ soit fixé à 299 dollars. Traitez nos détenteurs de cartes comme des rois, parce qu'ils rencontreront SUPER VITE leur partenaire premium. On parle en miettes de temps, à la *cinnamon roll*.

(Cela étant dit, si leur premier choix capote, rappelez-leur que leur carte-cadeau peut être de nouveau créditée à l'infini. La saison des mariages approchant, nous allons faire de la pub DIRECTEMENT auprès des mariés. C'est le cadeau de remerciement parfait des « casés » aux « largués » quand la tension et les émotions sont à leur max.)

Je regrette de ne pas m'être *moi-même* offert une carte cadeau la veille d'un certain événement, mais bien sûr elles n'existaient pas à l'époque. J'imagine que mon malheur fait le bonheur des autres aujourd'hui. #perspective

Rappel : Notre prochaine réunion aura lieu le mardi 12 mai, et je loue l'arrière-salle du Porchlight pour l'occasion, alors préparez-vous à picoler ! D'ici là, en avril, ne vous découvrez pas d'un fil !

Clifford,

P-DG, Petits Mots Doux (DÉSORMAIS ÉMETTEURS DE CARTES-CADEAU)

PS : Si vous vous y connaissez en Bitcoin, écrivez-moi.

Zoey

Quand l'alarme de mon réveil hurle à 4 heures du matin, mon bras décrit aussitôt un arc de cercle pour le frapper et le jeter au sol, comme au début d'un film. Cela fait un mois que j'habite ici, pourtant je me surprends encore à calculer l'heure qu'il est sur la côte Ouest. 1 heure du matin me semble beaucoup mieux que 4 heures. 1 heure du matin évoque l'amusement et la frivolité. Ce sont les feux d'artifice dans *The Room*[1] au Sunset Five. Des descentes affamées au Pink's Hot Dogs, ou des bains de minuit dans une piscine à débordement avec vue sur les collines de Hollywood. (Je n'ai fait ça qu'une fois, mais quand même. Ça aurait très bien pu se reproduire souvent.) 1 heure du matin, c'est aussi essayer de suivre l'extraordinaire cerveau de Mary, Frank et moi sur ses talons, tandis qu'elle fait les cent pas dans sa cuisine. Frank est son furet, son soutien émotionnel. Je suis à peu près certaine que sa magie a aussi opéré sur moi. Il grimpait sur mon épaule et j'inventais des répliques pour sauver dles scénarios ramollos. La dernière fois que je me souviens de m'être sentie à ma place sur terre, j'observais le lever du soleil à travers la baie vitrée de Mary donnant sur Studio City.

Travailler pour Mary n'était pas de tout repos, bien sûr. C'était plutôt comme le circuit d'une maison hantée ; retournements, virages et sautes d'humeur suivies d'éclats de rire démoniaques. Mary déambulait

1. *The Room* est une comédie indépendante américaine.

dans les pièces comme si elle était en ville. Elle était très lucide sur sa propre excentricité et m'accueillait chaque matin avec une variante de « Tournons la roue de ma personnalité ! ». Elle avait le double de mon âge et, pourtant, elle gardait l'âme d'une étudiante. Elle était capable de procrastiner pendant des semaines puis de se livrer à un travail acharné des nuits entières afin de rendre ses devoirs à temps. Je vivais pratiquement chez elle, je passais souvent la nuit dans la chambre d'amis avec balcon et mini-frigo. Certains jours, tout ce qu'elle attendait de moi était de lui lire les dernières nouvelles des rubriques *people* tandis qu'elle s'allongeait avec des rondelles de concombres sur les yeux, Frank somnolant à ses pieds. La semaine suivante, nous pouvions passer des journées de dix heures au musée de la Télévision et de la Radio, plus connu sous le nom de Paley Center sur Beverly Drive, à enchaîner de vieilles émissions à la recherche de l'inspiration (elle était occasionnellement embauchée pour écrire le discours d'un acteur devant présenter un autre acteur aux Golden Globes, aux Emmys ou aux Academy Awards).

Son agence de rédaction s'appelait Mary, Fuck, Kill. Je rougissais à chaque fois que je décrochais le téléphone, en essayant de prononcer les mots d'une traite pour qu'on ne puisse pas les comprendre.

— Mary Fuckle, que puis-je faire pour vous ?

Elle me reprenait à chaque fois.

— Les gens vont croire que j'ai épousé un plouc appelé Fucle. Articule.

— Laissons-les penser ce qu'ils veulent, alors.

— Si tu ne le prononces pas correctement, je change le nom de l'entreprise pour « Les sept mots de George Carlin que vous ne pourrez jamais prononcer à la télévision », me menaçait-elle. Regarde, je m'occupe déjà de la paperasse : Merde, Pisser…

— OK, OK, capitulais-je en lui jetant un distributeur de bonbons PEZ inspiré du film *Undersea*.

Cet objet vintage représentait son ancienne vie d'actrice. Dans les années 1980, avant ma naissance, elle avait joué la duchesse Quinnley dans un film de science-fiction sur des sirènes intergalactiques. Mais après une blessure survenue pendant la dernière semaine de tournage, elle avait perdu le goût du jeu et quitté le milieu les poches remplies grâce à un procès, tuant dans l'œuf les deux volets suivant. À partir de là, elle a essayé de faire profil bas. Des fans lui en ont voulu pour la fin abrupte de ce qui était censé être une trilogie, mais dans d'autres cercles, son départ a accentué la fascination qu'avait provoquée cet unique film. Ainsi, disaient-ils, cette œuvre ne pouvait être gâchée comme d'autres séries au long cours, parce qu'elle n'aurait jamais de fin. Les conventions de fans et les compétitions de cosplay ont entretenu ce culte, et la boîte mail de Mary était quotidiennement inondée d'invitations pour participer à des panels. Une partie de mon travail était de les supprimer, sans même les lire, chaque matin.

Parmi toute la collection apparemment infinie d'objets à son effigie sur eBay (jouets, jeux et figurines), le distributeur PEZ était le seul qu'elle possédait, car il symbolisait son travail actuel de réécriture : « Les gens me paient pour relever le menton et cracher quelque chose de naïf et sucré sur commande, et ils s'attendent à ce qu'il y ait dix autres répliques du même acabit derrière. »

Sept semaines auparavant, elle m'avait annoncé que j'étais la meilleure assistante qu'elle ait jamais eue et que c'était pour cette raison qu'elle devait me virer. Au lieu de vivre ma propre vie, je vivais la sienne. Or je devais me jeter à corps perdu dans de nouvelles situations si je voulais devenir écrivaine, pour *moi*. Je l'ai suppliée de me laisser six mois de sursis, le temps de décider où je voulais aller et ce que je voulais faire, et elle m'a répondu qu'elle y réfléchirait. Le lendemain matin, quand j'ai frappé à sa porte, elle m'a tendu un aller simple pour New York, auquel était jointe l'adresse d'un appartement qu'elle avait loué à mon nom. (J'ai découvert plus tard qu'elle avait acheté l'immeuble dans les années 1980 avec l'argent de sa duchesse Quinnley. Il vaut une fortune aujourd'hui, mais elle préfère le louer à des artistes affamés et leur offrir des réductions au mérite.)

Elle m'a envoyé un baiser et a fermé la porte à clé. J'ai pu apercevoir

Frank par la fenêtre l'espace d'une demi-seconde avant que les stores ne soient tirés.

Et maintenant, me voici à 4 heures du matin dans la Grosse Pomme Pourrie, m'obligeant à me réveiller affreusement tôt un jour de semaine afin d'être la première cliente au seul endroit où j'irai aujourd'hui, qui se trouve juste au bout de cette foutue rue.

Quelque chose me dit que ce n'était pas vraiment ce que Mary entendait quand elle m'a conseillé de « vivre ». Mais à moins que New York ne cesse d'être si menaçante et grotesque, je ne vois pas comment la situation pourrait changer.

En rentrant chez moi hier, un panier m'attendait devant ma porte. À l'intérieur se trouvait une carte à peine lisible sur laquelle était écrit :

Champagne pour les champions ! Tu vaux de l'or, bébé ! Clifford

Le panier était vide. Quelqu'un a *volé* mon champagne.

Cette expérience résume ma vision de Manhattan. Tout y est en libre-service, et quelqu'un s'était servi.

Je roule sur mon canapé-lit à bosses et atterris dans la « kitchenette », aussi connue sous le nom d'« espace où se trouvent la plaque de cuisson et le mini-frigo ». Un autre conseil de la part de la voisine que je n'ai vue qu'une fois : utilise le four pour ranger ton manteau. (Étant sans armoire ni talent culinaire, ça m'a semblé malin. Malheureusement, je suis aussi sans four. J'accroche mes pulls dans un placard vide.)

Par la fenêtre, la ville me paraît sombre et hostile. Le bruit d'un camion en marche arrière – *bip, bip, bip* – fend l'air. Existe-t-il une seule heure où règne le silence, ici ? Jamais ? Je me prépare une tasse de café profondément ironique afin d'être assez éveillée pour faire le pied de grue devant le Café Crudité et m'assurer d'être la première cliente et de pouvoir commander plus de café. Ensuite, je m'assois en tailleur devant le miroir disproportionné pour examiner mon visage. Hier, j'avais l'air d'un sevrage de Xanax personnifié, éblouie par la lumière, mais aujourd'hui, il n'en est pas question. Ça ne suffit pas de battre le voleur de tables, je veux le faire tout en étant canon (mais naturelle, on ne doit pas voir que j'ai fait des *efforts* pour l'être). J'applique un peu de fond de teint, un trait d'eye-liner et un rouge à lèvres discret. J'enfile quand même mes boots et les mitaines que Mary m'a tricotées car je refuse de me sentir mal dans un lieu beaucoup trop climatisé, mais à part ça je ressemble déjà beaucoup moins à une fée délurée ; plutôt à celle qui dirait « Oh ! j'ai mis du maquillage, c'est vrai ? » Contente du résultat, je souris à mon reflet.

Dehors, sur le trottoir plongé dans la pénombre, je sens monter l'adrénaline. La rue est presque déserte, ce qui me va très bien, mais d'un autre côté, *la rue est presque déserte*. S'il m'arrive quelque chose, ou si j'ai besoin d'aide, qui m'entendra crier ?

Boots, en avant marche. Et vite.

J'atteins l'autre côté du passage piéton dès ma seconde tentative. C'est un progrès. Puis, à 5 h 1 précises, Evelynn arrive devant le café pour déverrouiller la porte. Elle sursaute quand elle m'aperçoit.

— Salut ! Désolée. Salut. On dirait que je suis la première aujourd'hui, ah ah ah. Suis-je *vraiment* la première ? dis-je en bégayant.

— Oui, répond-elle. Peux-tu reculer pendant que je…

— Je suis curieuse de savoir : est-ce que les biscuits m'attendent déjà ? Ou est-ce que tu dois les sortir et les mettre sur le comptoir ?

— Nous avons décidé d'arrêter, après l'altercation d'hier.

Je suis bouche bée.

— Tu es sérieuse ?

— Non, lâche-t-elle en agitant la main, peux-tu me laisser ouvrir ?

Cinq minutes plus tard, j'ai installé mon bureau nomade sur la glorieuse grande table, dévoré tous les biscuits gratuits, merci beaucoup, et bu la moitié de ma deuxième tasse de café. Dix minutes après, la salle grouille de clients, mais aucun signe du voleur de table. Dans le feu des hostilités, il a mentionné qu'il espaçait ses visites, alors peut-être qu'il se trouve dans un autre café. Je serais furieuse de m'être levée si tôt et donné autant de mal pour rien ; j'aimerais qu'il se pointe et soit le témoin de sa propre défaite. Qu'il *ressente* la perte de la meilleure table avant de sortir de mon café, et de ma vie.

J'avale les dernières gouttes de ma seconde tasse quand l'homme tant attendu, Monsieur Personnalité, fait son entrée. Il balaie la salle du regard avant de s'arrêter sur moi.

— Pas aujourd'hui, Satan, dis-je dans un murmure triomphant.

Ses yeux marron se font perçants.

— Tu peux répéter ?

— Euh, j'ai dit que cette place est prise.

— C'est ce que je vois, étant donné que tu es actuellement assise dessus.

— Je voulais seulement m'assurer que c'était bien clair. Je serai là toute la journée, au fait, donc inutile d'attendre que je parte.

— J'imagine, répond-il avec dédain. *Cinquante Nuances* ne va pas se regarder tout seul.

— Pardon ?

— Je trouve que visionner du porno pour maman six heures d'affilée, c'est faire preuve d'une endurance admirable.

— Je ne vois pas *du tout* de quoi… Oh. The Weeknd.

Merde, Clifford !

— Euh, c'était une… une parodie, je reprends en bégayant.

— C'est vrai qu'on n'accorde pas assez de crédit à la parodie porno, rétorque-t-il d'un ton condescendant.

— Je ne suis pas là pour regarder du porno, dis-je en chuchotant.

— Rends-moi service et baisse le son, d'accord ? Certains sont là pour *travailler.*

Enfoiré !

— Miles, ta commande est prête, crie Evelynn.

Miles, hein ? Donc il a un nom. Mais aucune place où s'asseoir. Toutes les tables sont prises, et d'autres clients arrivent. Il s'occupe en ajoutant de la crème et du sucre à son café tout en scannant les lieux, à l'affût d'une place qui se libérerait. Malheureusement, la crème et le sucre sont juste à côté de moi. Je perçois le mouvement de son regard et jette un coup d'œil vers lui au moment où il verse la moitié du sucrier dans sa tasse. (Dire que je le trouvais déjà sur les nerfs avant ça. Il va se transformer en Hulk dès que son taux de glycémie sera au plus haut.)

Sans prévenir, *Mary Jane's Last Dance* de Tom Petty jaillit de mon ordinateur. *Non, pas encore !*

Une fenêtre d'appel apparaît sur mon écran.

J'essaie de cliquer sur « Refuser » aussi vite que possible, mais, dans ma précipitation, j'appuie sur « Accepter ».

— Frank devrait-il avoir son propre compte Instagram, et si oui, quel devrait être le thème ? hurle Mary.

Je parviens à raccrocher tandis qu'une douzaine de paires d'yeux me transpercent avec irritation.

— Il y a un cours d'informatique pour débutants pas loin d'ici, lance Miles (aussi connu sous le nom de « sucre avec une pincée de café ») en portant sa tasse à ses lèvres.

Je n'ai pas le temps de contre-attaquer qu'il ajoute :

— Attends. Est-ce que c'était... Est-ce que c'était la vraie Mary Clarkson qui t'appelait ?

L'image de profil qui s'est affichée est un portrait d'elle rétro issue d'un vieux numéro du magazine *Interview*. Elle a des bigoudis dans les cheveux et des lèvres rouge vif auxquelles est suspendu un joint. La chanson reprend à nouveau, avec une notification indiquant « Contrary, Quite[1] voudrait vous joindre via FaceTime ». Cette fois, je refuse l'appel.

— Hum ?

Je feins l'ignorance.

— Mary Clarkson, articule-t-il. *Undersea*. Mary Clarkson !

— Peut-être.

Je parie que tu regrettes maintenant de ne pas t'être montré plus gentil avec moi.

— Et tu viens... tu viens... de raccrocher au nez de Mary Clarkson.

1. En référence à la comptine pour enfants Mary, Mary, Quite Contrary (littéralement, « Mary, Mary, plutôt le contraire »).

— Je lui envoie un SMS. Contrôle du volume, tu te souviens ?

J'oublie toujours que pour des types « d'un certain âge » (comme Clifford), Mary, en tant que duchesse Quinnley d'*Undersea,* personnage de sirène courageuse et féministe, représente l'âge d'or de l'enfance. Elle a été le premier crush de ces garçons et, pour certains d'entre eux, le premier amour. Je me demande si c'est le cas pour Miles. Il a l'air plus jeune que Clifford, pourtant. Il est en bien meilleure forme que lui, c'est certain. Les remarques acerbes, ça conserve.

Moment confession : je n'ai jamais vu *Undersea.* C'est d'ailleurs la raison pour laquelle j'ai décroché le poste d'assistante auprès de Mary.

L'agence d'intérim à laquelle je me suis inscrite après avoir obtenu mon diplôme à l'université de Santa Monica m'avait envoyée remplir une mission mystérieuse auprès d'une autrice anonyme vivant au-dessus de Studio City, à Mulholland. Je n'avais aucune idée de qui il s'agissait ou de ce qu'elle recherchait. Je l'ai reconnue quand elle (et Frank) ont ouvert la porte, mais pas comme une fan l'aurait reconnue. Une simple pensée : « Oh ! c'est elle. »

Elle m'a fait passer un entretien standard en parcourant mon CV. À la fin, elle m'a dit :

— Et maintenant, la question la plus importante. Comment s'appelle la planète des Sworkas ?

— Euh…

Je ne pouvais pas l'inventer. J'étais à peu près sûre que les Sworkas étaient des créatures détestées des fans, plutôt mignonnes et au timbre perçant. Je croyais me rappeler qu'ils ressemblaient à des dauphins, mais quant au nom de leur planète, je n'en avais aucune idée. Si j'avais su que j'allais rencontrer Mary Clarkson, j'aurais téléchargé le film et préparé l'entretien. Je me suis dit que c'était le destin.

— La Planète Merchandising ? ai-je répondu avec un haussement d'épaules.

Elle m'a souri et, en un clin d'œil, ma vie a changé.

— Il n'y a que deux règles, m'a-t-elle expliqué, le regard pétillant. La première : si jamais je me soucie un jour du fait que tu connaisses la réponse à cette question, tue-moi. La deuxième : ne regarde jamais le film. Tu y es parvenue jusqu'à présent, maintiens ta position. Partante ?

J'ai appris plus tard qu'elle n'embauchait pas de fans. Elle acceptait que vous l'ayez vu en sirène une ou deux fois quand vous étiez enfant, mais si vous citiez des répliques par cœur en tant qu'adulte, ou si vous possédiez un dictionnaire sworkas/anglais, cela vous disqualifiait immédiatement.

— Comment aurais-tu pu me prendre au sérieux si tu l'avais vu ? a-t-elle dit quelques jours plus tard, alors qu'elle portait un cache-œil à paillettes et des pantoufles en fourrure mal assorties.

Pour en revenir au café, Miles est toujours en train de rôder.

— Tu permets ? J'ai du mal à me concentrer à proximité des voyeurs, lui dis-je.

— Il n'y a plus de place, fait-il remarquer. Tu viens vraiment ici tous les jours depuis que tu as emménagé à New York ?

À ces mots, mes paupières tressautent. Avec cette déclaration, je souhaitais hier faire valoir ma crédibilité en tant que cliente fidèle, et non alimenter sa moquerie.

— Oui, dis-je, les dents serrées.

— Pourquoi ? Il existe un truc qui s'appelle « la ville » tout autour de toi, et qui se trouve être l'un des endroits les plus extraordinaires au monde…

Dans un foudroyant éclair de lucidité, une réponse me vient à l'esprit : « Tu pourrais peut-être me dire par où commencer ? Tu as survécu pendant quinze ans ici, tu connais certainement chaque coin et recoin, et je pourrais vraiment, vraiment avoir besoin d'un ami. Quelqu'un qui sait ce qu'il fait, parce que, moi, je suis totalement paumée. » Mais je me souviens que je parle à un enfoiré actuellement en train de m'insulter. *Une fois de plus.*

Je lui tourne le dos, mets mes écouteurs et ouvre une fenêtre de discussion avec Mary.

Zoey : Salutations depuis l'enfer.

Crontrary, Quite : Es-tu en train d'étendre tes horizons ?

Zoey : Quelqu'un m'a marché sur le pied dès la première semaine et m'a cassé le petit orteil.

Contrary, Quite : De quoi te plains-tu ? Il est décoratif.

Zoey : Je vais probablement le perdre.

Contrary, Quite : Je t'envoie un colis surprise pour te réconforter.

Zoey : Pourquoi ? On me le volera sûrement. AU FAIT, tu dois à Nick, je cite : « 2K de beu ».

Contrary, Quite : Mensonges et calomnies. Je n'achète que de l'herbe de qualité. Mais cela explique pourquoi il a été si morose et mélancolique ces derniers jours.

Zoey : Comment ça ?

Contrary, Quite : Il en pinçait pour toi.

Zoey : Faux.

Contrary, Quite : L'autre jour, il m'a demandé pourquoi je ne te donnais jamais de jours de congé. Apparemment, il avait obtenu des tickets pour le Super Bowl et tu lui as dit que tu devais travailler tard tout le mois. TOUT LE MOIS ? ?

Zoey : Je ne l'aimais pas tellement.

Contrary, Quite : Il te suffisait de me dire que tu avais prévu quelque chose, et nous aurions pu finir tôt N'IMPORTE QUEL JOUR.

Zoey : *Il* avait prévu quelque chose et *je* préférais travailler.

Contrary Quite : As-tu déjà goûté le poulet frit de Momofuku ?

Zoey : Pas encore.

Contrary, Quite : Ne cherche pas à me recontacter avant que ce soit fait. Je suis sérieuse. Tu es partiellement morte pour moi à partir de… maintenant.

Tess Riley était ma première cliente, et elle a vraiment trouvé Chaussure à son Pied. Cela n'a pas été facile de la conduire dans la bonne direction, cela dit ; il m'a fallu plusieurs rendez-vous téléphoniques avec elle pour lui faire comprendre qu'elle pouvait se montrer un peu plus sélective quant au partenaire qu'elle recherchait. La ville de New York ne manque pas d'hommes célibataires, mais Tess avait des scrupules à éliminer qui que ce soit avant de l'avoir rencontré. Je lui ai fait remarquer que sa peur de rater une occasion la paralysait, puis j'ai manœuvré pour l'aider à aborder d'éventuels partenaires.

Tout ce que je sais sur ma deuxième cliente, c'est son nom (Bree Garrett), son âge (vingt-cinq ans), et qu'elle a reçu une carte cadeau de Petits Mots Doux de la part de ses amies le jour de la Saint-Valentin. Il a dû se passer quelque chose entre-temps pour qu'elle se décide finalement à l'utiliser des mois après, mais si j'en crois le mail de Clifford, il est possible que sa carte ne fonctionnât pas jusqu'à présent. J'ai décidé de ne pas lire son profil avant de la rencontrer. Je ne veux pas être influencée par des réponses probablement trop réfléchies ; j'ai besoin de matière spontanée et enflammée pour projeter un être authentique, imparfait mais aimable, dans le monde, en espérant qu'elle rencontre un homme tout aussi authentique, imparfait mais aimable.

D'après le *Manuel du Free-Lance* : « Ne présentez pas une image parfaite. Personne ne s'y fiera. (Et à raison.) Pensez à cette vieille question d'entretien : "Quel est votre plus gros défaut ? " et au type qui y répond par : "Je suis beaucoup trop organisé." Ne soyez pas ce type. Disséminez de petites imperfections ici et là. »

Mon téléphone vibre alors que je me dirige vers les toilettes du café. Un SMS de Petits Mots Doux.

Appel entrant. Cupidon est ce que Cupidon fait !

Une demi-seconde plus tard, je reçois l'appel en question. Je laisse passer deux sonneries, le temps de prendre une profonde inspiration et de plaquer un sourire faux sur mon visage, puis j'active ma voix calme et professionnelle.

— Bonjour ! Ici, Zoey de l'agence Petits Mots Doux. En quoi puis-je vous aider ?

— Pour faire court, mon filet à queues est en panne, lance Bree Garrett.

Malgré des années de remarques sans filtre professées par Mary, je suis prise de court par cette déclaration.

— J'en suis navrée, je parviens à lui répondre tout en étouffant une quinte de toux dans mon poing. Mais la bonne nouvelle, c'est que nous pouvons commencer à réparer ce qui ne fonctionne plus.

— Comment ça marche tout ça ? demande-t-elle. Allez-vous me servir de Yentl ?

Je suis à peu près sûre qu'elle voulait dire « yenta », mais même ce mot serait mal employé – la faute à *Un violon sur le toit.*

— Exactement, dis-je avec entrain. Même si je suis un peu plus jeune que l'entremetteuse traditionnelle. D'ailleurs, c'est l'une des choses dont nous sommes le plus fiers à l'agence : nous considérons notre métier comme une offre d'entraide entre pairs, comme si un ami de confiance vous arrangeait un rendez-vous après vous avoir assisté dans le tri des candidats. Nous vous aidons à vous exprimer de manière concise et – nous l'espérons – charmante, afin d'obtenir des réponses positives du type d'hommes que vous souhaitez rencontrer. Vous serez ravie de savoir que mon taux de réussite est de cent pour cent.

Je rougis légèrement. (Techniquement, ce n'est pas un mensonge. Ma seule cliente a réussi !)

— Génial ! répond-elle. Et tu es une putain de bête en orthographe et en grammaire aussi ?

— Tout à fait. Sauf que je ne me qualifierais pas de « putain ».

— Super, parce que je n'ai pas non plus envie qu'on flique mes moindres virgules.

— Quel est votre emploi du temps ? On pourrait se voir aujourd'hui ou demain pour mettre à jour votre profil ?

Elle utilise sa carte cadeau, ça veut dire qu'elle est motivée. Mais je ne veux pas non plus l'effrayer.

— Évidemment, nous pouvons commencer la semaine prochaine si ça vous arrange.

— Pourrais-je juste vous faire suivre un profil que j'ai déjà rempli ? demande-t-elle.

— Vous pourriez, mais je me suis aperçue que les gens s'ouvraient à moi lorsque je les rencontrais en face-à-face. Cela m'aide à cerner votre personnalité, ce que vous aimez et n'aimez pas, et ce que vous recherchez physiquement. Parce que le physique compte tout autant que le caractère.

— C'est vrai.

— Nous allons synchroniser nos ordinateurs et trouver quelques candidats à contacter, et voir ensuite où cela va nous mener. Quel est votre site de rencontres préféré ?

— La semaine dernière, j'aurais dit Flirtville, mais il y a beaucoup, beaucoup trop de mecs avec des MST.

Ah. Quelque chose s'est effectivement produit pour l'inciter à utiliser sa carte-cadeau. Une pensée effrayante me traverse l'esprit : et si Clifford nous écoutait ? Je ne vois pas comment ce serait techniquement possible, mais je préfère ne divulguer aucune information personnelle au téléphone, au cas où cela tomberait dans les oreilles d'un type qui signe ses mails par « On se capte plus tard ».

— Jeu, Set et Match est une très bonne plate-forme, dis-je, plutôt adaptée à ceux qui recherchent des relations sérieuses. Est-ce le cas ?

— OUI. Je veux absolument me poser. Peut-on déjeuner ensemble chez Dominik samedi ? demande Bree.

Je cherche l'adresse sur Internet et un frisson d'horreur me parcourt quand elle s'affiche. Cinquante-cinquième Avenue et Huitième Avenue. À au moins deux stations de métro d'ici.

— En temps normal, ce serait parfait, mais mon chat est malade, dis-je non sans culpabilité.

Il est malade au point de ne pas exister en fait…

— Donc malheureusement, je dois rester près de chez moi. J'habite dans l'East Village. Vous connaissez Cheese ?

— Vous vous moquez de mon prénom, c'est ça ?

— Non, pas du tout. En fait, c'est un restaurant.

— Et ils ne servent que du fromage ?

— Je crois, oui. Si vous n'aimez pas le fromage, on peut trouver un autre endroit.

Comme le Duane Reade, le seul autre restaurant de ma rue.

Je croise alors le regard de Miles.

— Souriez et dites *cheese*, murmure-t-il en passant.

Je lève les yeux au ciel. Comment m'a-t-il entendue ? Je parle à voix très basse afin de ne déranger personne. Enfin, j'ai l'impression. Mais peut-être que cette discussion sur le fromage m'a enthousiasmée. Après tout, je peux maintenant me permettre un restaurant.

— Est-ce qu'il serve du vin avec le fromage ? s'enquiert Bree.

— Je ne sais pas trop.

— Je pourrais apporter ma propre bouteille.

— OK, pourquoi pas ?

Boire un verre de vin est une excellente idée. Elle sera d'autant plus détendue. En plus, je pourrai faire comme si je déjeunais avec une amie devant un plateau de fromages et du vin, ce qui est une chose totalement normale et saine à faire pour une personne bien intégrée. Plus que, disons, d'aller dans un restaurant de fromages seulement parce que je vis, travaille et « m'amuse » dans les limites d'un pâté de maisons.

Nous convenons d'une heure à laquelle nous retrouver samedi, et je lui communique l'adresse du lieu.

— À quoi ressemblez-vous ? demande-t-elle.

— Mes cheveux ont deux teintes. Plus par négligence que parce que je suis cool. Ils sont foncés au sommet et plus clairs vers le bas.

— J'ai les cheveux blonds, sur toute la longueur, et je porterais mon T-shirt *Undersea* de 1981. Je l'ai déniché dans un vide-grenier le week-end dernier. Je me sentais presque coupable de ne le payer que 5 dollars ! J'ai failli dire un truc du genre : « Il vaut probablement 5 000 dollars, mais bon… »

— Vous aimez le film, ou plutôt la culture pop en général ?

Je suis sincèrement curieuse de le savoir. Les fans sont toujours surprenants.

— Oh mon Dieu. J'adoooooore *Undersea*. Vous ne pouvez pas vous imaginer. Je ne le précise jamais dans mon profil parce que je ne veux pas être catégorisée comme geek ou un truc du genre, mais j'adore me déguiser pour des projections de minuit, je sais reproduire la même coiffure et tout. Alors cette fois, j'aimerais le mentionner clairement. J'aimerais vraiment être MOI, vous voyez ? Parce que sinon, à quoi bon ?

Je me mords la langue. *Je* serai elle, en tout cas au début. Mais la contredire sur ce point renvoie à la règle numéro un du *Manuel du free-lance* :

> Ne mentionnez jamais que vous communiquez avec leurs correspondants en tant que Cyrano. Cette formulation mine la relation que vous avez avec votre client ; il va commencer à se demander s'il sera capable d'être à la hauteur, au moment des rendez-vous en face-à-face. Il vaut mieux s'immiscer aussi discrètement que possible et laisser le client prendre la suite quand vous avez attiré un bon candidat.

— Vous avez vu le film, n'est-ce pas ? me demande Bree, en revenant au sujet principal. Si vous vous faites passer pour moi, vous devez pouvoir faire référence à *Undersea*.

Je ne réponds pas tout de suite. Je suis trop occupée à secouer mon poing face à l'Univers. J'ai évité ce film pendant vingt-neuf ans, dont huit à la requête expresse de la duchesse elle-même.

— Vous avez raison, dis-je. Puis-je vous emprunter le DVD pour me rafraîchir la mémoire ?

J'opte pour un coup de bluff version *light* en suggérant que je n'ai pas vu le film depuis longtemps. (Si Petits Mots Doux recrute une clientèle fétichiste dont nous n'avons jamais entendu parler et que Clifford doit encore changer le nom de l'agence, je lui proposerais Bluff light.)

— La version originale ou celle coupée au montage ? L'édition spéciale ou…

— Comme vous voulez. La version dont vous pouvez facilement vous passer.

Nous échangeons nos numéros de téléphone afin qu'elle n'ait plus à passer par le standard la prochaine fois qu'elle veut discuter. Je lui dis que je suis impatiente de les rencontrer demain, elle et son T-shirt *Undersea* vintage.

Quelque part en Californie, Mary lève un verre à ma santé en riant.

5

À : Tous les employés de Dis-le à mon cœur

De : Leanne Tseng

Re : Einsteins

Chère équipe,

Voilà ce que je sais : vous êtes tous des génies créatifs qui ne recevez pas nécessairement la compensation financière que vous méritez à cause de circonstances hors de notre contrôle. Voilà ce que je sais aussi : nous pouvons exploiter ce QI créatif pour essayer de remédier à cette situation.

Vous avez une idée pour une super promotion ? Un partenariat exceptionnel ? Une pub romantique (sans jingle) ? Je serais ravie de l'entendre. Les idées les plus farfelues sont les bienvenues, même s'il est vrai que la simplicité l'emporte très souvent. Une idée aussi basique et pourtant incroyablement brillante que – au hasard – des cartes-cadeau pourrait vraiment faire la différence entre une entreprise en difficulté et le leader du marché. Je ne vous ai jamais caché ma volonté d'être leader et j'espère ne pas vous avoir caché non plus que j'aimerais que vous le soyez avec moi.

Oh ! et à part les promesses de promotions et de gloires à venir, toute idée réalisable sera récompensée d'une prime de 500 dollars.

Bien à vous,

Leanne

Miles

Je n'ai pas fait beaucoup de jogging ces six dernières semaines. Je ne ressentais aucune motivation pour me maintenir en forme, prendre l'air, ou traiter mon corps comme un temple ; il m'apparaît plutôt comme un mausolée de choses sans vie, comme les sentiments ou l'estime de soi. Je me suis promené de temps en temps au Morningside Park, à quelques mètres de l'appartement de Dylan et Charles, mais c'était surtout parce que l'attitude passive agressive de Charles m'avait poussé à fuir.

Je ne sais pas trop pourquoi je préfère aller à Riverside Park, aujourd'hui. Peut-être parce qu'à chaque fois que j'écoute la chanson *The River Is Long, The River Is Strong* sur mon téléphone – la chanson phare de *Undersea* – cela me pousse à écouter en boucle la bande-son dans son intégralité. Or, cette bande-son ne mérite pas une promenade misérable. Elle mérite une longue balade avec vue sur la puissante rivière Hudson, entre les tombes en marbre de soldats légendaires, sous les branches majestueuses de cerisiers en fleurs qui ont presque, quoique pas tout à fait encore, perdu leurs fleurs. Je ne passe qu'une toute petite partie de cette balade à rêver de Mary Clarkson en sirène. Et une autre à me demander si la Terreur des biscuits la connaît vraiment. Cette fille est un mystère enrobé d'une énigme emballée dans des mitaines bizarres.

De retour à l'appartement, je suis à bout de souffle et en nage. Ma montre m'indique que j'ai couru dix kilomètres. J'avais l'habitude d'en faire beaucoup plus dans Prospect Park, mais c'était des mois auparavant, avant que ma partenaire de course attrape un « mal de ventre » d'un mois et me largue. (Avec le recul, je suis vraiment, vraiment naïf.)

Je sonne à la porte de l'appartement. Dylan et Charles ont tous les deux été trop occupés pour me faire un double des clés, et je suis trop déprimé pour m'en charger. En plus, je suis sûr que cela rendrait la situation beaucoup trop durable aux yeux de Charles (et peut-être même de Dylan).

— Oh bon sang ! lance Charles en ouvrant la porte. Tu pleures ?

— Je transpire.

Il m'observe plus attentivement afin de vérifier que les gouttes viennent en effet de mon front.

— Hum. On dirait bien. Fais attention au tapis à l'entrée. C'est un Kermanshah classique, m'avertit-il en indiquant le tapis noir qui orne le sol du couloir et sur lequel il évite précautionneusement de marcher avec ses pantoufles *corduroy*.

— Je crois qu'on l'a acheté à Target. Ou sur Overstock.com, me chuchote Dylan en passant d'un air de conspirateur tandis que je me déchausse.

Je lui souris alors qu'une goutte de sueur coule le long de mon nez et atterrit sur le parquet sombre. Il prend un mouchoir sur la table d'entrée et l'essuie immédiatement.

Dylan était mon colocataire à la fac, et il est fantastique. Amical, propre, il ne se fâchait pas si vous, vous ne l'étiez pas. Il est toujours comme ça, mais maintenant il est avec Charles, sans doute uniquement parce qu'il n'accorde pas trop d'importance à l'adjectif « gentil » chez ses petits amis.

Ce n'est peut-être pas juste. Peut-être que Charles se montre parfaitement aimable avec les gens qui n'ont pas passé les six dernières semaines à envahir son espace personnel, à transpirer sur son tapis Kermanshah et à remplir son frigo avec des boîtes à moitié vides de nourriture chinoise. (Je n'aime pas la manger réchauffée, mais je n'aime pas non plus gaspiller la nourriture, alors les restes ont tendance à s'accumuler. C'est le dilemme ultime du *millenial* : se montrer consciencieux mais vouloir tout sur commande.)

— Il me déteste, dis-je en rangeant soigneusement mes chaussures près de la porte.

— Il ne te déteste pas, répond Dylan beaucoup trop vite, ce qui le rend très peu crédible.

Pour être honnête, je ne suis pas sûr que Charles m'ait un jour apprécié. Je n'ai peut-être pas assez bien caché l'expression sur mon visage qui disait « WAOUH / POURQUOI » le jour où Dylan me l'a présenté. À l'instant où Dylan, qui est la quintessence du type grand, sombre et beau – le compagnon de drague parfait, puisqu'on ne joue pas dans la même catégorie – est entré dans le bar, tout rougissant, avec Charles derrière lui, j'ai cru qu'il venait tout juste de se séparer du petit ami que j'aurais dû rencontrer et qu'il l'avait remplacé par un vieux gentleman chauve à lunettes. Je me suis tordu le cou à la recherche du jeune homme sexy auquel je m'attendais.

Jusqu'à ce que Dylan glisse son bras autour des épaules de Charles en me souriant.

— Je te présente Charles.

Il était probablement déjà trop tard pour essayer de dissimuler le choc sur mon visage, et Charles l'a remarqué. Charles remarque tout.

Comme hier soir. Alors que je réfléchissais à ce que j'allais commander pour dîner, Charles a jeté un coup d'œil à l'appli que je consultais.

— Laisse-moi deviner : des nouilles sautées.

J'ai pris des makis, juste pour le contredire. (Et maintenant, une nouvelle boîte à moitié vide trône dans le réfrigérateur.)

La semaine dernière, il a dû apercevoir les fenêtres de Sudoku, mots croisés et KenKen ouvertes sur mon ordinateur car, quand je suis sorti des toilettes, il m'a demandé, l'air de rien, comment se passait mon travail.

— C'est une période chargée, ai-je répondu du tac au tac.

— Vraiment ? a-t-il fait. Le mot dans la deuxième colonne est faux, au fait.

Aujourd'hui, alors que je viens d'enlever mon T-shirt pour sauter dans la douche, il vient s'appuyer nonchalamment contre le mur.

— Alors, tu as enfin été courir pour de vrai ?

Je me mords la langue pour me retenir de lui demander ce qu'il en sait, étant donné que le peu d'exercice qu'il fait consiste à ouvrir la bouche.

Je suis un invité dans son appartement. Un appartement qui n'a qu'une chambre.

— Ouais, dis-je à la place. À Riverside Park.

Il hoche la tête.

— Un joyau de la ville que tu as découvert dans *Vous avez un message* ? rétorque-t-il en souriant diaboliquement avant de partir.

Je lui fais un doigt d'honneur dès qu'il a le dos tourné. Comment peut-il savoir que Riverside Park joue un rôle crucial dans cette comédie romantique s'il n'a jamais vu le film, hein ?

Il ne se retourne pas mais me lance : « Tu vois, les fenêtres ? », en me regardant dans les yeux dans l'une d'elles. « Elles montrent ton reflet. » Je range alors soigneusement mon majeur dans mon poing avec le reste de mes doigts.

Quand je sors de la douche, Dylan et Charles sont partis à un dîner organisé par le cabinet d'avocat de Dylan. « Sers-toi de ce que tu veux dans le frigo », m'a écrit Charles sur le tableau blanc de la cuisine. « Sérieusement. Mange. Tes. Restes. »

J'ouvre le réfrigérateur et comptabilise six boîtes en carton en plus de celle des makis. À part une sauce vinaigrette, de la confiture et une bouteille de ketchup impeccablement alignées, il n'y a rien d'autre. Charles et Dylan ne cuisinent pas. Je le faisais avant, si on considère que se faire livrer tous les ingrédients accompagnés des recettes dans une box une fois par semaine est de la cuisine. Mais puisque je n'ai plus d'adresse où me faire livrer ladite box, cela ne m'arrive plus très souvent.

Ça me tue de le reconnaître, mais Charles a raison. Je devrais manger les restes. Je devrais les réchauffer et les manger… Mais est-ce qu'un bol de nouilles sautées toutes fraîches ne serait pas parfait à l'instant même ?

Aisha : Merci de m'avoir envoyé le tombeur. J'ai l'impression de travailler pour la couverture de Vanity Fair.

C'est un texto de ma cousine. Comme prévu, je n'ai eu aucun mal à vendre sa prestation à Jude après notre premier rendez-vous.

Miles : Il a quand même vraiment besoin de ton aide. Ses photos ne le mettaient pas en valeur.

Aisha : Je lui ai parlé brièvement au téléphone. Il parle comme Jamie Fraser[1].

Je me creuse la tête en essayant de me souvenir de qui il s'agit. Quand Aisha s'aperçoit que je ne réponds pas tout de suite, elle devine mon problème.

Aisha : Outlander.

Miles : Ah, oui.

Je n'ai plus de télé depuis longtemps, alors je n'ai jamais vu la série.

Aisha : Pourquoi ce type a-t-il besoin de toi déjà ?

Au moment où je reçois sa question, mon téléphone vibre pour m'indiquer la réception d'un autre message. Jude.

Jude : Salut. J'ai reçu un premier message d'une fille qui m'intéresse. Qu'est-ce que je fais ?

Je réponds d'abord à Aisha :

Je crois qu'on va bientôt le savoir. Je dois y aller. Mission Cupidon.

1. Personnage écossais de la série télévisée *Outlander.*

Puis je reprends la conversation avec Jude.

Salut. Parfait. T'es libre pour un appel vidéo ? C'est plus facile pour t'accompagner dans tes premiers pas.

Mon téléphone sonne immédiatement.

— Salut, lance Jude en apparaissant sur mon écran.

— Salut ! Alors, sur quel site on est ?

— Jeu, Set et Match, m'indique Jude.

— Super.

De tous les sites de rencontres sur lesquels je travaille, celui-là est l'un de mes préférés. L'interface est claire et intuitive. Et les profils correspondants sont idéalement classés en trois catégories : Jeu (coups d'un soir), Set (pour ceux qui ne savent pas trop ce qu'ils veulent) et Match pour les relations à long terme.

— Ça te dérange si je prends le contrôle de ton ordinateur ?

— Il est tout à toi, chef.

Je clique sur le programme d'accès à distance que j'ai déjà fait installer à Jude, puis j'attends qu'il accepte ma demande et voilà, son écran apparaît sur le mien. L'interface de Jeu, Set et Match est déjà ouverte et je peux voir dans ses notifications qu'il a reçu un message. Je clique dessus.

Il vient de quelqu'un qui s'appelle RayaJack5 et dont la photo de profil est celle de l'énorme croix qu'elle porte autour du cou et qui est donc, en fait, une photo de sa poitrine.

RayaJack5 : Salut. On dirait qu'on se correspond alors je voulais te dire : salut.

Je constate qu'elle est classée dans la catégorie « Set ». Bon, c'est mieux que « Jeu », puisque Jude et moi avons déjà établi qu'il cherchait plus que ça.

— OK, dis-je à Jude. Alors, pour faire simple, elle t'aborde mais la balle est dans ton camp. C'est assez classique.

Parfois, les gens vous bombardent dès le premier message, parce qu'ils essaient de vous transmettre tout ce qu'ils espèrent vous faire savoir à leur sujet en un seul bloc de texte qui se révèle – plus souvent qu'on ne voudrait l'admettre – un cri de désespoir.

— Donc je devrais lui répondre… « Salut » ? m'interroge Jude.

— Euh… Non. Réfléchis-y. Qu'est-ce qu'une telle réponse accomplirait ?

— Je ne sais pas, admet Jude avec un haussement d'épaules.

— Exactement. Vois-le de cette façon : chaque interaction devrait avoir un but, si modeste soit-il. Mieux connaître la personne, la faire rire, flirter, lui en dire plus à ton sujet, etc. Tout le monde est débordé, pas vrai ? Alors pourquoi gaspiller ton temps ou le temps de quelqu'un d'autre avec quelque chose qui, c'est évident, ne fonctionnera pas ? Pose les bonnes questions, et tu n'auras pas ce problème.

Jude éclate de rire.

— C'est bien la chose la plus new-yorkaise que j'aie jamais entendue.

— Peut-être. Mais ça marche, dis-je avec un haussement d'épaules.

Jude baisse les yeux sur le message de Raya avant de m'accorder de nouveau son attention.

— Très bien. Alors que répondrais-tu, toi ?

— Je vais l'écrire, et si ça te plaît, tu cliques sur « Envoyer », d'accord ?

Il m'est plus facile de rassembler mes idées à l'écrit.

— Parfait.

— Laisse-moi une minute, le temps de lire son profil.

Jude accepte avec un hochement de tête. J'explore alors le profil de Raya et constate qu'elle a vingt-trois ans. Elle est assistante chef pâtissier et, apparemment, elle est fan de films d'horreur chrétiens. (Est-ce que ce sont des films sur des exorcismes ? Je suis légèrement intrigué.) Ah, et elle est arrivée en ville à peine deux mois auparavant.

— OK, que dis-tu de ça…

ScOtLeGrand : Salut. Je vois que tu viens d'arriver à New York. Comme moi, il y a deux ans. As-tu déjà décidé si tu adorais ou détestais cette ville ?

— Qu'en penses-tu ?

— Super, répond Jude. Ça sonne bien.

— OK. Tu as l'autorité de donner ton approbation finale en cliquant sur « Envoyer ».

— Approuvé, lance Jude en envoyant le message à Raya. OK, alors maintenant... Ah. Elle est en ligne.

En effet. L'icône indiquant qu'elle est en train d'écrire apparaît. Nous attendons sa réponse. Elle ne tarde pas.

RayaJack5 : Pas encore décidé.

J'attends, au cas où Raya voudrait poursuivre la conversation et poser une question à Jude. *Nada.* Apparemment, elle n'a pas suivi de cours d'improvisation non plus.

ScOtLeGrand : J'ai une théorie selon laquelle ton sentiment sur la ville est fortement lié à l'endroit où tu manges ta première pizza. Tu tombes sur une super pizza, et toi et New York, c'est un Match. Tu tombes sur une mauvaise pizza... et ce n'est qu'un Jeu.

Jude fronce les sourcils en lisant mon message.

— Cette réponse ne te plaît pas ?

— Si, elle est très bien, mais c'est juste que... je ne mange pas de pizza. Je suis le régime paléo depuis deux ans maintenant.

— Ah, OK, dis-je en effaçant le message avant que je prenne conscience de ses propos. Alors tu n'as... jamais mangé de pizza à New York ?!

Il fait non de la tête.

— Et tu es encore là ? je m'exclame, incrédule. Bon sang, mais comment sais-tu si tu aimes cette ville alors ?

— Les hot-dogs n'étaient pas si mal, rétorque Jude en souriant. J'en ai mangé un à l'un de ces stands une fois.

— J'imagine mais... attends. Tu en as mangé un sans pain, n'est-ce pas ?

— Ouais, répond-il l'air penaud.

Je secoue la tête.

— Me faire passer pour toi pourrait se révéler bien plus difficile que je ne m'y attendais. OK, alors que penses-tu de ça plutôt ?

ScOtLeGrand : J'ai une théorie selon laquelle ton appréciation de la ville dépend en grande partie de ton premier jogging. Choisis un endroit idyllique, une belle journée en automne ou au printemps, et New York se retrouve dans la catégorie Match. En revanche, si tu te retrouves à courir en centre-ville en février, ça devient un vrai film d'horreur et tu peux la caser dans Jeu.

— Beaucoup mieux, déclare Jude.

RayaJack5 : C'est cool le jogging.

Mon Dieu. Cette femme a probablement plus besoin de notre aide que Jude.

— OK, c'est l'heure de vérité, dis-je à Jude. À quel point apprécies-tu cette fille d'après son profil et cette brève interaction ?

— Euh, je ne sais pas. Il ne se passe pas grand-chose.

— Exactement. Tu te souviens de ce que je t'ai expliqué au sujet de l'efficacité ? Maintenant, s'il y a quelque chose qui t'attire vraiment chez elle, une sorte d'alchimie qui te prend aux tripes, alors on continue. Mais sinon... Je te propose de lui donner une dernière chance de nous impressionner avant de couper court. Qu'en penses-tu ?

Je vois Jude cliquer sur le profil de Raya.

— La deuxième option, m'indique-t-il finalement.

Dieu merci. Je veux dire, je me suis retrouvé à animer une conversation entre correspondants réticents plus d'une fois, mais là, on a l'impression d'être au point mort.

— Laissons-lui une vraie chance de se rattraper quand même, dis-je. On va parler d'une chose qui est censée l'intéresser, d'accord ?

— D'accord, accepte Jude.

— As-tu vu *L'Exorcisme d'Emily Rose* ?

— Euh… Ouais. Je crois.

OK. Je me contenterai de ça.

ScOttLeGrand : Eh, tu as vu L'Exorcisme d'Emily Rose, n'est-ce pas ? Tu savais qu'ils avaient prévu d'utiliser une doublure pour réaliser les contorsions du personnage, mais que finalement, l'actrice était si souple qu'elle a pu jouer le rôle en entier avec très peu d'effets spéciaux. C'est pas dingue ?

Jude clique sur « Envoyer », et nous attendons.

Nous attendons de longues secondes. C'est peut-être bon signe. Peut-être que Raya a finalement quelque chose à dire.

— C'est vrai, au fait ? m'interroge Jude.

— Oui. Je crois que c'est l'une des raisons pour lesquelles elle a décroché le rôle.

— C'est génial, s'exclame-t-il.

— On va poursuivre la conversation avec une question plus ouverte, dis-je pour le rassurer. C'était juste pour lui indiquer que tu n'es pas ignorant sur un sujet dont elle est fan.

Une notification, enfin.

RayaJack5 : Jamais vu.

Euh… OK, il faut que je pose la question.

ScOtLeGrand : Vraiment ? Comme tu aimes les films d'horreur chrétiens, je me suis dit que c'était un parfait exemple du genre, non ?

Jude est apparemment aussi curieux que moi car il clique sur « Envoyer » immédiatement.

RayaJack5 : Christian d'horreur. www.fifty-shades-of-horreur.net

Lorsque je clique sur le lien, mes yeux sont subitement agressés par un site Internet noir avec une typo rose néon. Je plisse les yeux pour essayer de lire.

Chapitre 1

Christian d'Horreur était beaucoup de choses. P-DG milliardaire. Dieu du BDSM. Et vampire.

Et moi, Anastasia d'Argent, j'étais sur le point de devenir sa croix. Peut-être même sa… croix d'argent. Ou d'ail.

Bon sang. Est-ce que c'est de la *fan fiction* de *fan fiction* ? Est-ce que la tendance est de nouveau aux vampires ? Et puis, c'est quoi le délire avec *Cinquante Nuances de Grey* cette semaine ?

— Alors… Tu penses en avoir assez vu pour prendre ta décision au sujet de Raya ?

Je me concentre de nouveau sur ma mission en essayant de garder le ton de ma voix aussi neutre que possible. Après tout, je ne suis pas là pour commenter les goûts de mes clients, seulement pour les aider à trouver ce qu'ils cherchent.

— J'en ai même un peu trop vu, camarade, répond Jude, l'air confus. Je ne crois pas qu'elle me corresponde.

Chic type.

— Très bien. Faisons les choses correctement, d'accord ? Pas de ghosting.

ScOtLeGrand : Ah, d'accord. Je me suis emmêlé les pinceaux. Écoute, je dois y aller. Mais je te souhaite bonne chance. C'était sympa de discuter avec toi.

Il n'existe aucune façon élégante de faire ça. Un rejet reste un rejet. Mais il vaut mieux qu'il soit explicite plutôt que de poster quelque chose comme : « On se parle plus tard peut-être ? » Parce que c'est faux. Ils ne se reparleront pas.

RayaJack5 ne répond pas. Elle se déconnecte.

— Je suis désolé que ça n'ait rien donné, dis-je à Jude. Mais cela demande parfois du temps pour trouver quelqu'un avec qui cela vaut la peine de discuter.

— Pas de souci, mec, j'apprécie ton aide, répond-il. L'efficacité ? C'est comme ça que tu appelles ça ? ajoute-t-il en riant. Eh bien, tu avais raison. Cela m'a fait gagner pas mal de temps.

— Je te conseille de jeter un coup d'œil aux profils que la plate-forme te recommande. Pour voir si quelqu'un attire ton attention. Nous pouvons engager la conversation et la faire partir du bon pied.

— OK. Je vais regarder ça.

— Reste dans la section Match si possible.

— Très bien. Je te dirai si je trouve quelqu'un.

— Super.

Nous nous disons au revoir avant de raccrocher. Après quoi, j'utilise immédiatement mon appli pour me commander des nouilles sautées.

Apparemment, le livreur arrive en bas de l'immeuble en même temps que Dylan et Charles, parce que c'est en fait Charles qui m'apporte mon repas.

J'envisage brièvement de lui donner un pourboire, mais GrubHub ne propose pas d'option pour laisser un peu de monnaie à l'homme belliqueux chez qui vous squattez. Sans oublier que, comme n'importe quel véritable New Yorkais, je n'ai pas de monnaie sur moi.

6

À : Les meilleurs joueurs

De : Clifford Jenkins

Re : Lancement international

C'est l'heure ! Pour ceux qui suivent nos communiqués de presse (si ce n'est pas votre cas, vous devriez), ce ne sera pas une surprise d'apprendre que notre lancement mondial est sur le point d'aboutir. Bientôt, les amoureux de TOUS LES FUSEAUX HORAIRES (mention spéciale pour la Russie !) pourront accéder à nos services.

Cela étant dit, si vous recevez des messages d'une adresse mail se terminant par .ru, transférez-les à Crystal qui les filtrera. Pas de Svetlana ou d'Ivan avant d'être certains qu'il ne s'agit pas d'une arnaque pour casser la baraque, d'accord ?

En attendant, voici ce que je vous demande : installez Whatsapp car c'est l'application que les gens d'autres pays utilisent pour trouver l'amour. FaceTime et Skype sont *so* 2016.

Aussi : je cherche des mannequins pour notre portail international. Des gens normaux avec une saveur exotique. Peau noire ? Cheveux noirs ? Magnifiques yeux en amande ? Tout ça en même temps ? Oui, s'il vous plaît !

Sinon, je devrais me servir de vieilles photos de vacances de Vous Savez Qui, ha ha.

Mais sérieusement, si vous avez un côté exotique, pensez-y. Vous aurez l'occasion d'être le visage de l'entreprise ! Stock-options et autres avantages pour l'heureux élu.

Clifford

P-DG, Des Mots Doux International, LLC

Zoey

Je fais la grasse matinée samedi et ne m'autorise qu'une tasse de café tandis que je me prépare à mon déjeuner avec Bree. À 10 h 45, Clifford apparaît sur l'écran de mon téléphone ; c'est un appel vidéo Whatsapp. Je pourrais prétendre que c'est bientôt l'heure de mon rendez-vous de 11 heures, mais le restaurant ne se trouve qu'à une minute de chez moi. Avec un mauvais pressentiment, je me décide à décrocher.

— Eh, championne ! J'appelle toutes les rock stars ce matin pour m'assurer qu'elles ont bien installé Whatsapp.

Il est évident que c'est le cas, sinon il n'aurait pas pu m'appeler dessus.

— *Aye, aye,* capitaine.

Je le salue en espérant qu'il ne va rien me demander d'autre.

— As-tu, euh, vu la note d'information que j'ai envoyée ?

— Oui, je l'ai vue. C'est très cool ce…

Je me dépêche de lire son mail en diagonale.

— Oh waouh, ce lancement international. Je n'avais pas conscience qu'il y avait une demande.

— Si, si. Mais nous avons vraiment besoin de visuels. En particulier, de photos de personnes.

— Ah, d'accord. Avec « une saveur exotique ». Comme les chips à l'agneau et à la menthe.

— Elle est bonne, celle-là ! Tu as un visage quelque peu exotique et je me demandais si tu étais entièrement américaine, ou à moitié seulement, ou majoritairement. Je peux me permettre de poser la question puisque mon ex-femme est chinoise.

— Euh… je suis quasiment certaine qu'aucun employeur ne peut poser ce genre de questions.

Moi, au bout de deux mois au service de Mary, après m'être trompée dans de la comptabilité de base : « J'espère que vous ne m'avez pas embauchée parce que vous avez cru que j'étais bonne en maths. »

Mary : « Non, non, je t'ai embauchée parce que j'ai cru que tu étais bonne en meth[1]. *Mon Dieu, que je suis ridicule ! »*

— Revenons en arrière, coupe rapidement Clifford. Abordons la question sous un nouvel angle.

— Quand tu dis « quelque peu exotique », fais-tu référence à ces deux beautés en amande ? dis-je en pointant mes yeux du doigt.

Ils sont moitié philippins, ils viennent de mon père.

J'ai été élevée par la mère de mon père, Nana Dalisay, dans sa minuscule caravane près de la plage de Santa Monica, à partir de mes dix ans.

En parlant d'océan : plus Clifford parle, plus j'ai envie de m'y enfoncer. Saluer Nana et Mary le long du rivage et me laisser lentement submerger. Mon dernier acte de bravoure sur terre sera de faire un doigt à Clifford avant que l'eau ne me recouvre entièrement.

Il y a peu de chance que ça m'arrive. Je vis désormais dans une ville saturée de murs, dedans comme dehors. Le ciel est-il toujours là ? Comment le savoir ? Le paysage n'est qu'immeubles et vitres à l'infini ; la claustrophobie au grand air.

Clifford s'enfonce un peu plus :

— Pourrais-tu *prétendre* être au trois quarts asiatique ? Juste pour la photo ? Pas comme si c'était une véritable représentation de toi-même

1. Drogue.

ou je ne sais quoi. Nous sommes, après tout, dans le business des faux-semblants, non ? Tout ça fait partie d'une même grande opération.

— Non, désolée.

Je refuse d'être l'enfant vedette de son ignorance.

Clifford a l'air vraiment déçu, mais il ne se laisse pas démonter pour autant.

— Compris. OK. Pas de problème.

— Je dois te laisser. J'ai rendez-vous avec une nouvelle cliente.

— Ohhhh. Est-ce qu'elle est d'origine étrangère ? Tu pourrais prendre quelques photos d'elle en douce et les envoyer à Aisha pour...

Je me fais toujours une joie de donner de nouveaux clients à Aisha, notre photographe free-lance, mais pas sans l'autorisation des clients, et surtout pas pour qu'ils deviennent à leur insu l'égérie d'une publicité internationale.

Je lui raccroche au nez. S'il m'interroge plus tard, je lui dirai que je n'ai pas beaucoup de réseau chez moi. Il dispose évidemment d'un million d'autres façons de me contacter, et pile au moment où j'y pense, un nouveau message apparaît sur l'écran de mon téléphone.

CliffBar : On a été coupés je crois. Bonne chance avec Bree ! Défonce tout, tigresse !

J'attends, me demandant s'il m'a envoyé le pire dont il était capable ou s'il y a plus. Évidemment...

CliffBar : Pas comme une maman tigre, quand même ! LOL. N'importe quel genre de tigre. On se voit à la réunion la semaine prochaine !

Il n'est que 11 heures du matin, et j'ai déjà désespérément besoin d'un verre.

Au restaurant Cheese, Bree est assise sur une banquette au fond – il y a beaucoup d'espace pour accueillir nos ordinateurs – et se verse une bonne rasade de pinot noir. La façon dont le liquide éclabousse les parois du verre me rend nerveuse. Et si elle en renversait sur son T-shirt spécial ? L'affiche d'*Undersea* est imprimée dessus. Il est délavé, et le tissu a l'air tout doux. Je comprends pourquoi elle l'aime autant. Comme elle l'a précisé au téléphone la veille, elle a des cheveux blonds qu'elle a relevés en une queue-de-cheval nattée. Ces cheveux associés à ses yeux bleu clair et ses lèvres roses devraient lui donner un air de Barbie, mais le fait qu'elle soit comptable dans un cabinet médical fait voler en éclats le stéréotype. Toutefois, d'un point de vue superficiel, elle n'aura AUCUN problème pour attirer des prétendants. Je me lance un défi personnel : lui décrocher un premier rendez-vous en une semaine.

Elle se lève dès qu'elle me voit et, lorsqu'elle avance pour me donner l'accolade, je suis surprise par l'émotion que cela suscite en moi. Cela fait un mois qu'on ne m'a pas prise dans les bras ou touchée sans que ce soit le prélude d'un combat au couteau. *Mon pauvre petit orteil cassé.* Il ne me fait plus mal – je ne crois pas qu'il le *puisse* – mais s'il devenait bleu et se décrochait pendant mon sommeil, je ne serais pas vraiment étonnée.

Bree me dépasse de plusieurs centimètres, alors ma tête se retrouve brièvement au niveau de sa clavicule avant qu'elle ne me libère. Ses cheveux sentent la noix de coco.

— Comment vas-tu ? je lui demande. Est-ce que le menu a l'air bien ?

— La carte est géniale ! Mais…

Elle se met à murmurer tandis que nous prenons place l'une en face de l'autre.

— Ils n'autorisent pas leurs clients à apporter leur propre bouteille. Elle m'a facturé un droit de bouchon à 75 dollars. Je suis désolée.

Mais c'est quoi le problème avec New York ? À Bottega Louie, à L.A., vous pouvez apporter autant de bouteilles que vous voulez gratuitement.

Je me souviens tout à coup de qui règle la facture et je souris.

— Aucun problème, vraiment. Je vais faire une note de frais.

On se capte plus tard, Clifford.

Bree me rend mon sourire, soulagée.

— Et est-ce qu'on pourrait, hum, prétendre que je ne te paie pas ? J'ai bien aimé ton discours sur l'entraide, l'autre jour. Ça me mettrait plus à l'aise si on se parlait comme des amies, comme si tu étais simplement calée en sites de rencontres et que tu m'aidais pour le *fun*.

— Bien sûr, pas de souci. Merci d'être venue près de chez moi, j'apprécie vraiment.

Pitié, ne m'interroge pas sur mon chat. Je n'ai pas encore inventé son histoire.

— Est-ce que tu habites dans Alphabet City[1] ou… ?

— J'habite juste de l'autre côté de la rue.

— Oh mon Dieu ! Tu vis ici ? Ces appartements sont immenses ! Et ils acceptent les animaux domestiques ? Ça te dérange si je te demande combien tu payes ?

Je suis tellement sous le choc qu'elle puisse croire que mon appartement est spacieux que j'en reste sans voix. En plus de mon orteil cassé, mes tibias sont couverts de bleus à force de me cogner contre des objets faute d'endroit où me tenir debout. Par ailleurs, je ne peux pas vraiment lui dire que ma boss est propriétaire de l'immeuble où je vis et que je ne paie que cinquante pour cent du loyer de base, parce que ça me conduirait à lui révéler que ma boss est la femme sur son T-shirt. Son niveau d'adulation pour *Undersea* ne se remettrait pas d'une telle information, et j'ai une mission à accomplir aujourd'hui. Même si j'adore l'idée de faire semblant d'être des amies sorties déjeuner, la vérité, c'est que je travaille.

Heureusement, la serveuse apparaît et se présente avant que mon silence ne devienne anormalement long. Chaque serveur de l'équipe se fait appeler, non pas par son prénom, mais par le nom du plat qu'il préfère.

1. Alphabet City est un quartier de la ville de New York, situé dans Manhattan. (NdT)

— Je m'appelle Nuggets au fromage, et j'ai le plaisir de m'occuper de vous aujourd'hui.

(Et en effet, le badge qu'elle arbore indique « Nuggets au fromage ».)

Nuggets au fromage nous explique que Cheese est une enseigne expérimentale spécialisée dans les sandwichs au fromage et la fondue. Puisque c'est « aux frais de l'entreprise », j'invite Bree à prendre tout ce qui lui fait envie. Nous commandons toutes les deux des toasts au fromage extra-fort et au piment jalapeños, accompagnés de croquettes de pomme de terre au fromage. Bree demande aussi du fromage de chèvre servi avec des framboises et arrosé de sirop d'érable.

Une fois Nuggets au fromage partie, Bree me sert un verre de vin et nous trinquons.

— Il faut que j'arrête de boire, m'informe-t-elle en buvant. Sincèrement, je crois que c'est la cause de tous mes problèmes. Pas de *tous* mes problèmes, seulement mes problèmes relationnels. Ce n'est pas dérangeant que je boive avec toi, ou mes copines après le travail. Mais avec les mecs ? Argh. Je me sens détendue, joyeuse et désinhibée beaucoup trop tôt, tu vois ce que je veux dire ? Je n'ai aucun regret, ce n'est pas ce que je dis. J'ai souvent fait la fête depuis l'université, et c'était marrant, mais je crois que j'en ai fini avec cette phase de ma vie. Je suis à un tournant, tu vois ? Tout le monde sait que, si tu n'es pas mariée à vingt-neuf ans, à New York, ça veut dire que ça n'arrivera jamais. Pourquoi voudraient-on sortir avec une fille de presque trente ans alors qu'il existe je ne sais combien de nanas de vingt-deux ans et qui sont genre, fertiles ? Il faut vraiment que je trouve un mec de qualité. Parce que mon filet à queues est…

— Cassé. OK.

Je ne risque pas d'oublier cette phrase de sitôt.

— Je n'ai rien à reprocher aux queues en elles-mêmes, seulement aux mecs attachés au bout. Tiens, laisse-moi te montrer…

Avant que je puisse l'en empêcher, son téléphone se retrouve à deux centimètres de mon visage. Elle passe rapidement d'une photo à l'autre à l'aide de son index : *dick pic*[1], après *dick pic*, après *dick pic*.

— Ça va. Je n'ai pas besoin de…

Elle accélère. Je n'ai jamais vu défiler une telle variété de parties masculines.

— Waouh. C'est une sacrée collection. Combien de temps t'a-t-il fallu pour amasser une telle…

— Je n'ai pas pris ces photos ! Je n'ai pas vu la moitié d'entre elles en vrai. Ce sont les photos que des mecs *m'ont envoyées* sur Flirtville, sans aucun message. Je ne comprends pas.

Ahh. Le commentaire qu'elle a fait la veille au sujet des psychopathes me revient, et je comprends qu'elle en a bavé récemment. Je veux l'aider à inverser la tendance.

— Hum. Regardons ton profil Flirtville pour voir ce que je peux en comprendre.

Elle vient s'asseoir à côté de moi en plaçant son ordinateur près du mien. Elle entre ses identifiants et oriente son écran de façon à ce que je puisse voir son profil. En réponse à la question « Dites une chose que vos parents ignorent à votre sujet », elle a écrit, tout simplement, « Prête à baiser ».

Je crois que nous venons de résoudre le mystère.

— Oh mon Dieu. Je ne me souviens même pas d'avoir tapé ces mots, gémit-elle. Je devais être ivre. Voilà encore une raison de lever le pied avec l'alcool.

Nous trinquons à ce constat.

Bree efface sa réponse et en tape une nouvelle.

— Voilà : Prête à se marier. Ça devrait régler la situation.

— Ça… pourrait marcher, dis-je (Bluff light). Sinon, on pourrait quitter Flirtville et repartir de zéro sur un nouveau site de rencontres. Qu'en penses-tu ?

Elle replace ses cheveux derrière ses oreilles, l'air sérieuse et déterminée.

1. Photo de sexe masculin, généralement prise par son propriétaire. (NdE)

— Repartir de zéro.

Vingt minutes plus tard, nous avons synchronisé nos ordinateurs à son compte sur Jeu, Set et Match, rempli le questionnaire avec des remarques concises et une déclaration drôle mais ferme stipulant que son compte n'était pas un réceptacle de *dick pics*.

À l'aide des informations qu'elle m'a fournies, je l'ai décrite comme une jeune femme sociable, ouverte d'esprit, résidant dans le quartier Hell's Kitchen de Manhattan, qui a bien profité de son célibat mais recherche désormais une relation plus sérieuse. Elle aime les films d'action fantaisie et participer à des visites historiques de quartiers, surtout s'il y a des maisons hantées. (J'adore cette précision, car c'est une idée de rendez-vous parfaite.) Elle est comptable pour un cabinet de pédiatres, où elle s'occupe également d'aménager la salle d'attente des enfants avec des jeux, des jouets, des DVD et un aquarium coloré.

Nous décidons de passer sous silence son affinité avec les blagues de pets. J'en prends note avant de classer l'information dans mon dossier « futur aveu ».

> Un « futur aveu » n'est pas quelque chose dont on doit avoir honte. Voyez ça plutôt comme une récompense, un prix même, accordé à un correspondant après de multiples rendez-vous réussis. Révélé trop tôt, il risque de saboter la relation bourgeonnante. Protégez les futurs aveux et gardez-les seulement pour ceux qui auront prouvé en être digne.
>
> *Le manuel du free-lance*

Après avoir dévoré nos sandwichs au fromage et éteint les flammes du jalapeño avec du vin, nous festoyons au fromage de chèvre arrosé de sirop d'érable.

Nous voilà parées. Les filtres sont activés pour sélectionner des hommes entre vingt-quatre et trente ans vivant à Brooklyn ou Manhattan, qui font du sport, aiment les animaux et souhaiteraient se poser dans les prochaines années. Le chiffre 5 est notre chiffre magique, c'est le nombre de personnes à qui nous prévoyons d'envoyer un « service » (l'équivalent du *poke* de Facebook). Si quelqu'un nous « renvoie la balle », une conversation privée est enclenchée. Si la cible du service ne répond pas dans un laps de temps prédéterminé, ils atterrissent dans le dossier « ace » (un « ace » étant une balle de service qui n'a pas été touchée par le receveur) et n'apparaîtra plus dans le résultat de recherches. C'est une façon efficace d'écarter les personnes qui ne répondent pas.

— Combien de temps devrions-nous leur laisser avant de les classer dans « ace » ? je demande à Bree, qui en est à son deuxième verre de vin.

— Une semaine ? suggère-t-elle.

— Je pensais plutôt à quarante-huit heures, mais coupons la poire en deux et disons quatre-vingt-seize heures.

— OK, ça me va. À qui devrions-nous lancer le premier service ? interroge Bree, impatiente.

— Je pense que nous devrions être plus sélectives. Il y a des milliers de gens sur ce site.

— Est-ce qu'on devrait réduire la tranche d'âge ?

— Je me disais qu'on pourrait plutôt préciser la catégorie « style de vie ». Tu as évoqué le fait que l'alcool t'avait déjà causé des problèmes. Et si nous ajoutions un filtre « Ne boit pas d'alcool » ?

— Tu veux dire « non-alcoolique » ?

— … Oui.

Je ne sais pas si « non-alcoolique » est une faute de langage ou un nouveau terme employé par les moins de vingt-cinq ans. La différence d'âge de quatre ans entre Bree et moi pourrait tout aussi bien équivaloir à une génération. J'ai passé les deux dernières décennies en compagnie de femmes dans la cinquantaine ou soixantaine, et honnêtement je me sens beaucoup plus proche d'elles que des gens de mon âge. Même si, malgré ce que pense Miles L'Impoli du café, je suis TRÈS calée en informatique.

— OK, lâche Bree.

J'apprécie qu'elle ne s'y oppose pas. Cela prouve qu'elle veut sérieusement diminuer sa consommation d'alcool pour avoir la chance de s'engager dans une relation à long terme.

Je clique sur les cases appropriées et rafraîchit la page.

Le premier profil qui apparaît présente un type maigre comme un rail avec une moustache fine et le regard vitreux. Je crains d'avoir égaré Bree. « Ne boit pas d'alcool » doit être le code pour « Se shoote à l'héroïne ».

— Désolée, laisse-moi faire quelques ajustements.

Je change le filtre pour « responsable ».

— Ohhh, que penses-tu de celui-là ? s'exclame-t-elle immédiatement.

La photo de DoitAimerLesChiens montre (devinez ?) son chien, qu'il tient dans ses bras et regarde avec un air de pure adoration. Sa description indique :

> Je cherche quelqu'un d'aussi merveilleux et loyal que mon labrador noir, Henrietta. Même si je ne crois pas que je trouverais aussi parfaite qu'elle. LOL.

— Oh ! ajoute Bree. C'est trop mignon !

Avant que je ne puisse l'en empêcher, elle clique sur « Service ».

— Oups ! OK, euh, si c'est ce que tu veux, mais j'ai comme un doute. Tu vois ces personnes qui appellent leurs animaux domestiques des « bébés en fourrure » ?

— Ouais ?

— Je crois que pour lui, cette chienne est sa « femme en fourrure ».

— Mais il a écrit « LOL ». C'est une plaisanterie.

— Oui... Seulement, je crois qu'il est sérieux. Tu ne veux pas entrer dans ce combat.

— Je l'ai déjà servi. Est-ce que je peux annuler ?

— Non, mais ce n'est pas grave. Et qui sait, je me trompe peut-être ?

C'est juste que la photo montre plus Henrietta que lui. On ne voit pas vraiment à quoi il ressemble, et ses centres d'intérêt ont tous un rapport avec sa chienne.

— Tu vois, s'exclame-t-elle en poussant un gémissement. Je t'avais dit que mon filet à queues était cassé.

— En voie de guérison, dis-je.

Il *faut* que je la convainque de ne plus employer cette expression. Ma paupière droite bat à chaque fois.

DoitAimerLesChiens renvoie immédiatement la balle, ce qui, honnêtement, est très mauvais signe.

Bree écarquille les yeux à la lecture du message.

DoitAimerLesChiens : Demain, c'est l'anniversaire de Henrietta ! Pas besoin de dépenser beaucoup – un cadeau à moins de 100 dollars, ce sera déjà super ! – mais si tu veux venir, nous serions ravis de te rencontrer. Wouaf, wouaf ! (c'était Henrietta ! :-))

— Moins… moins de 100 dollars ? bégaie Bree.

— Répondons, puis passons à autre chose.

— Ne te donne pas cette peine ! C'est écœurant.

Je résiste à l'envie de souligner que c'est *elle* qui a voulu le contacter. La moindre des choses est de lui répondre pour conclure l'histoire correctement.

— Il ne compte pas, dis-je pour la rassurer. Nous allons en trouver cinq autres.

J'écris au nom de Bree :

BLaDuchesse : Un très joyeux anniversaire à une chienne si spéciale ! Je ne suis malheureusement pas disponible. J'espère que vous passerez une journée géniale !

Puis je le classe en catégorie « ace » afin qu'il n'apparaisse plus dans nos futures recherches. Je crains que la Bree « d'après le boulot » le recontacte par erreur.

Nous faisons défiler les autres profils.

— Ce mec a l'air cool, fait-elle remarquer. Il est avocat.

— Il est fan de festivals sur la Renaissance. Ce n'est pas vraiment ton époque, si ?

— Ouh là, non, réplique-t-elle avec une grimace.

Qui aurait cru que les cosplayers étaient si snobs ?

— Mais il n'y va qu'une fois par an, dans le nord de l'État. Et il a un joli sourire, fais-je remarquer.

Elle m'ignore et pointe du doigt un type tout en muscles avec une coupe de cheveux style mouton. Son pseudo est PilluleRouge.

— Que penses-tu de lui ?

Je lis sa description à haute voix :

— « Pour savoir si nous sommes compatibles, répond à la phrase suivante : Sully est une supercherie, oui ou non ? »

Bree pousse un cri de surprise.

— C'est vrai ? s'exclame-t-elle.

— Non ! dis-je en criant, avant de me calmer. Non, Sully n'était pas une supercherie.

Le miracle de l'Hudson est la seule chose qui, j'en suis certaine, est vraie et pure au sujet de New York. Je refuse d'entretenir l'idée qu'il puisse en être autrement.

— Je crois qu'il voudrait qu'on réponde « oui », fait Bree.

— Sûrement, mais…

Elle clique sur « Servir » et tape « Oui ».

Je serre les dents. Il va falloir qu'on travaille sur son côté impulsif.

Deux secondes plus tard, elle reçoit une réponse.

PilluleRouge : Tu viens d'être automatiquement inscrite à ma newsletter.

— Les gens qui ne consomment pas d'alcool craignent, déclare Bree.

Je ne peux pas la contredire.

— Et si on essayait « consommateur d'alcool occasionnel » ? Le genre « tout en modération » ?

— Alléluia ! Oui, s'il te plaît.

Nous commandons une fondue car, pourquoi pas ? Cela fait deux heures que nous sommes là et nous avons à peine progressé. J'ai envie de dormir et j'ai mal à la tête ; en plus, je soupçonne Nuggets au fromage d'attendre qu'on lui donne un pourboire avant de rentrer chez elle. D'ailleurs, c'est une autre serveuse qui nous sert notre fondue. Son badge indique « Moisis en or ».

— Qu'est-ce que ça veut dire ? interroge Bree en le pointant du doigt.

— Gorgonzolas, camemberts, stiltons et roqueforts. Tous les fromages sont moisis, non ? Mes fromages délibérément moisis préférés sont disponibles sur un plateau, répond-elle d'une voix monocorde.

— Est-ce qu'on devrait essayer ? demande Bree.

— Je crois qu'on devrait se le garder pour la prochaine fois, lui dis-je gentiment. Et j'aimerais m'excuser, car je crois que je t'ai fait trop travailler. Que dis-tu si je parcours les profils de mon côté en essayant différents filtres, avant de t'envoyer une liste des cinq meilleurs plus tard dans la soirée ? Ça te conviendrait ? Je n'en contacterai aucun sans ton accord.

— Oui, je te laisse t'en charger. C'est épuisant.

Nous demandons l'addition et, en l'attendant, Bree se renfonce dans son siège.

— Je peux te demander ton histoire ? m'interroge-t-elle.

Sérieusement ? D'où vient cette obsession au sujet de ma race aujourd'hui ?

— Mes origines, tu veux dire ? je m'enquiers prudemment.

— Non, je me demandais si tu étais mariée, à quoi ressemblent tes parents, toute information que tu voudrais partager avec moi. Nous avons tellement parlé de moi… J'aimerais entendre ton histoire.

— Oh ! OK, dis-je en me détendant immédiatement. Je n'ai jamais été mariée, et mes parents forment un couple d'écolos qui se sont rencontrés aux Philippines, où mon père a grandi. Ma mère était là-bas avec le Corps de la paix, elle était bénévole pour rebâtir des maisons après le passage du typhon Herming quand ils sont tombés amoureux. Neuf mois plus tard : ta-da !

— Oh ! tu as eu la chance de devenir leur nouveau projet !

— J'ai plutôt été incorporée à l'ancien. Ils m'ont traînée d'une catastrophe naturelle à l'autre jusqu'à mes dix ans et jusqu'à ce que ma Nana – ma grand-mère – s'y oppose.

Ses mots exacts furent : « Ce n'est pas une façon d'élever un enfant. »

— Elle les a convaincus de se poser ?

Je prends une bonne gorgée de vin avant de répondre.

— Oh ! non. Ils ont voulu continuer à voyager, dis-je avec un haussement d'épaules. Ce que je comprends. Cela fait partie de leur ADN. On a inventé le terme « tourisme bénévole » pour désigner ce qu'ils font. Alors Nana et moi, on a loué un appartement d'une chambre à Santa Monica, près de la plage.

Si je ferme les yeux et place mes mains sur mes oreilles, je jure que je peux entendre l'océan m'appeler.

— Ça dû représenter un sacré ajustement, souligne Bree. Être libre et, genre, parcourir le monde, puis se retrouver coincer avec mamie dans un studio.

— Non, oh, non. C'était un rêve devenu réalité. Plus d'interruption, plus de surprise, défaire ses valises pour de bon… J'ai adoré. Se réveiller et s'endormir chaque soir au même endroit, c'était tout ce que j'avais toujours voulu.

Nana pensait la même chose que moi. Une fois arrivées, nous ne sommes plus jamais parties. Nous n'avons jamais été en vacances. (Pourquoi faire ? Nous vivions déjà au paradis.) C'était un immense soulagement. Et je n'ai même pas eu besoin de quitter la ville pour aller à l'université, car Santa Monica City College se trouvait juste à côté. J'ai passé les dix premières années de ma vie comme une vagabonde, et les vingt suivantes, les pieds sur un sol stable, entourée de confort, ancrée dans une routine. Je sais ce que je préfère.

— Qu'est-ce qui t'amène à New York, alors ? questionne Bree.

Ce n'était pas par choix, ça, je peux te le dire…

Je me force à sourire, à un tel point que j'en ai mal aux dents.

— Je suis là pour écrire un scénario. Mais bon, je m'ennuie moi-même à raconter ma vie, alors je n'imagine même pas ce que tu ressens.

— Je ne m'ennuie pas, je suis fascinée ! Où sont tes parents en ce moment ?

Je réclame de nouveau l'addition.

— C'est une excellente question.

Une fois que Bree et moi avons pris congé l'une de l'autre, son DVD d'*Undersea* bien en sécurité dans la pochette de mon ordinateur, j'envisage de poursuivre au Café Crudité l'étude des autres profils. C'est l'option la plus intelligente et la plus productive.

Mais on est samedi, proteste une petite voix dans ma tête, *et tu fréquentes ce café tous les jours. Et si tu innovais, juste une fois ? Et si tu prétendais te rendre au café, mais au lieu d'y entrer, tu faisais un pas plus loin, juste un pas de plus, et puis un autre, et que tu continuais à marcher ?*

J'ajuste mes nombreux sacs et jette un coup d'œil à l'intérieur de l'établissement en passant devant, tout en essayant de ne pas montrer que je cherche quelqu'un en particulier, la seule personne qui n'est pas en lien avec mon travail et à qui j'ai adressé plus de deux mots depuis mon arrivée à New York.

Pourquoi ne l'ai-je jamais vu avant l'incident des biscuits alors que, maintenant, je le vois tout le temps ? Est-il là, à essayer de conquérir je ne sais quoi à coups de clics ?

À travers la vitre, je m'aperçois que la grande table est libre. Je pourrais entrer et m'y asseoir, mais une victoire sans public, est-ce vraiment une victoire ? S'il n'est pas là pour me voir en profiter à ses dépens, quel est l'intérêt ? Et d'ailleurs, évidemment qu'il n'est pas là. C'est le *week-end*. Il a une vie.

Il n'y a aucune raison que je n'en ai pas une aussi.

Mon élan de courage dure cinq rues. La bouche de métro m'interpelle alors, telle l'entrée vers les Enfers.

Je pourrais descendre ces marches. Mais si je n'en sortais jamais ?

Je m'arrête abruptement. Mes pieds refusent de faire un pas de plus. Les gens me bousculent de tous côtés, jouant des coudes et me lançant des regards mauvais ; seulement mes jambes sont enfoncées dans le sol comme les deux bras d'une rivière. À moins que quelqu'un me tire sur le côté ou me propulse pour me dégager du chemin, les passants devront me contourner. Je visualise une échelle conduisant à un puits, et je me trouve au milieu, immobile. Je ne peux descendre ni monter. Je suis paralysée.

Sous moi, dans le sol, dans les ténèbres, un train arrive, amenant avec lui un grondement puissant et une vague de chaleur dégoûtante qui stagne sous les rues de la ville, depuis des centaines d'années. Quelle folie pousse les gens à monter dans cette chose, serrés contre des étrangers, secoués à travers la ville, chahutés tous les cinq mètres, comme si l'humanité avait été conçue pour voyager sous terre comme des rats ? Parce que, ne vous y trompez pas, je suis actuellement sur le territoire des rats. Ou plutôt, je le serais si je descendais. Pourquoi ne puis-je pas m'arrêter d'avoir si peur, de me sentir si stupide et démunie ?

Une goutte de sueur coule le long de ma nuque. Je me sens comme une enfant perdue. Mais personne ne me trouvera parce que personne ne me cherche. Ils n'ont même pas remarqué que j'étais partie.

Je prends une profonde inspiration, rentre la tête dans les épaules et me retourne pour faire demi-tour. Ma respiration se fait saccadée et j'ai la tête qui tourne.

Je ne peux plus vivre comme ça, me dis-je. Et j'aimerais, plus que tout au monde, que ce soit vrai.

Et si le vrai problème c'était que cela *pourrait* m'arriver ?

Dans une ville de neuf millions de personnes qui passent devant moi sans même me remarquer, qui s'en soucierait ?

7

À : Tous les employés de Dis-le à mon cœur

De : Leanne Tseng

Re : Situation hypothétique

Chère équipe,

J'ai parlé à Giles, et nous souhaiterions vous donner un conseil d'ordre général. Imaginons qu'on vous demande de devenir le « visage » d'une entreprise que vous ne dirigez pas. Mon conseil : ne le faites pas. Que se passerait-il si l'entreprise faisait faillite et brûlait dans un incendie qu'elle aurait elle-même déclenché, et que votre image y soit associée ? Aucun bonus n'en vaut la peine… C'est une hypothèse, bien sûr.

Maintenant, qu'en est-il si ladite entreprise utilise votre image sans votre permission, vous fournissant ainsi le recours légal pour mettre le feu aux poudres ? J'appellerais ça le cycle de la vie, celui qui nous fait tous avancer, etc. Giles est disponible – au cas où la lionne aurait l'opportunité d'avoir son Simba au cours d'un doux, si doux procès.

Bien à vous,

Leanne

Miles

Charles est vraiment un très bon coach en motivation. Si ce travail de professeur de droit à Columbia ne marche pas, il devrait envisager une reconversion. Leanne pourrait peut-être même l'embaucher en tant que consultant.

Je quitte désormais l'appartement vers 6 heures du matin, avant qu'il ne soit réveillé, et je cours dix kilomètres à Riverside Park. J'achète ensuite un bagel et du café au stand du coin de la rue, et je suis de retour à l'appartement vers 8 heures, ce qui me laisse une bonne vingtaine de minutes pour discuter seul avec Dylan – mon Dylan préféré.

Ensuite, je me douche et m'habille – je prends même le soin de mettre mes lentilles de contact – et me retrouve prêt à partir vers 9 h 45, juste à temps pour éviter Charles lorsqu'il rentre entre deux cours. J'emprunte le métro pour arriver au Café Crudité vers 10 h 30, pendant le creux entre le rush du matin et la foule du midi, ce qui me permet d'espérer avoir la bonne table.

Ce matin, avant même d'entrer, j'ai regardé à travers la vitrine à la recherche de la cafteuse aux cheveux bicolores et aux yeux immenses à la Mary Tampa Moore. Elle n'est pas là aujourd'hui. Je me demande pourquoi. Est-ce que quelqu'un a haussé un sourcil dans sa direction et l'a fait détaler ? À l'intérieur, je m'aperçois que non seulement la table est libre, mais qu'en plus il reste une poignée de biscuits gratuits sur le comptoir.

Regarde ça : tout commence à s'arranger, Miles. Qui s'intéresse à la raison de son absence ?

Je viens de récupérer mon café et les biscuits et me dirige vers le comptoir où sont mis à disposition le sucre et la crème quand je remarque quelque chose aller et venir dans mon champ de vision périphérique. Je tourne la tête.

C'est… une poussette. Dans laquelle se trouve un enfant de deux ou trois ans. N'a-t-il pas passé l'âge de circuler en poussette ? Jordan et moi avions l'habitude de rire des enfants qui font un bond de croissance, passant de la taille d'un mini-burrito emmailloté à celle d'un énorme paquet de cuisses rondes et de bras potelés, désormais trop grands pour participer à n'importe quelle activité : boire un biberon, sucer une tétine, pleurnicher. « As-tu déjà vu un enfant dans la phase intermédiaire ? » lui ai-je un jour demandé, peu après nos fiançailles. « Comment ça se passe ? Est-ce qu'un soir tu mets au lit une petite masse indéterminée pour découvrir le lendemain un être qui ressemble à un énorme costume de bébé d'Halloween, avec la voix de Seth MacFarlane ? » Elle a ri, comme je m'y attendais. Ce qui m'a surpris en revanche, c'était sa réponse : « Je ne sais pas. Et si on essayait bientôt ? » Je ne crois pas l'avoir plus aimée qu'à ce moment-là, quand je l'ai regardée et que j'ai su que nous partagions la même vision de l'avenir.

Bref. *Cette* poussette est poussée par une maman différente, une femme dans la trentaine très, très enceinte (de plus de six semaines, à n'en pas douter). Elle a l'air d'être réveillée depuis aussi longtemps que moi, sans le bénéfice de la longue course et du café. Son enfant crie et je peux l'entendre marmonner tout bas, encore et encore : « Nathan. *S'il te plaît.* »

Cette supplique ne provoque aucun changement dans le comportement de Nathan. Mais ils sont installés à la grande table. Elle sort un assortiment de jouets cliquetants, hurlants, chantants et lumineux de sous la poussette et les pose sur la table devant le visage rouge de Nathan. Celui-ci se met à crier de plus en plus fort à chaque objet qui émerge. Elle sort finalement un iPad, la seule chose pour laquelle il montre de l'intérêt, et il se calme immédiatement au milieu d'un sanglot.

Je balaie le café du regard à la recherche d'une autre table libre. J'en repère une dans le coin le plus éloigné de la grande, ce qui me rendra plus difficile l'accès à cette dernière une fois que Nathan et sa mère seront partis. Oh ! Eh bien. Combien de temps un gamin de deux-trois ans peut-il tenir dans un café ? Je serai juste sur le qui-vive durant la prochaine demi-heure.

Je fais tenir mon ordinateur sur la minuscule table qu'il occupe entièrement, et je me connecte. J'ai reçu un e-mail de Leanne, qui souhaite prendre le contrôle à distance de mon ordinateur ce matin, et un autre de Jude me signalant qu'il a trouvé quelqu'un qui l'intéresse dans la catégorie Match.

J'indique à Leanne que je suis disponible, et elle me demande l'accès à mon ordinateur – j'accepte. J'ai couru ce matin, j'en suis à ma deuxième tasse de café – grâce à Charle –, je suis donc à peu près certain que Leanne ne tombera pas sur quelque chose qu'elle ne devrait pas voir.

Je clique ensuite sur le lien vers le profil que Jude m'a envoyé.

Bree, vingt-cinq ans, surnommée BLaDuchesse. La première chose que je remarque est celle que tout le monde remarque sur les profils des sites de rencontres (et la raison pour laquelle Aisha ne sera jamais au chômage) : elle est canon. Blonde, bronzée, bien faite, elle joue dans la même ligue génétique que Jude, à moins qu'elle n'ait elle aussi un conseiller en image. (On parie…)

Les informations sur son profil indiquent qu'elle cherche une relation plutôt sérieuse. *Bien vu, Jude*. Elle aime les lieux hantés : petit détail original sympa. Et… Quoi donc ? Elle est fan des grands classiques du cinéma fantastique… Je rassemble les éléments à ma disposition en prenant en compte son pseudo et… bingo ! Serait-ce quelqu'un avec qui je pourrais parler d'*Undersea* ? Cette matinée s'annonce bien mieux que prévu.

Je décide de lui écrire un message bref mais caustique. Dans son e-mail, Jude a précisé qu'il avait rendez-vous avec des clients aujourd'hui et qu'il ne pourrait certainement pas se connecter, mais il m'a donné ses identifiants et sa permission d'envoyer ce que je jugeais nécessaire. Il aura un rapport complet de tous les messages d'ici à la fin de la journée.

Je me mets à écrire : « Bien le bonjour de Neath, ma Dame. Le Seigneur de la mer vous adresse ses salutations » – avant de tout effacer. Mieux vaut faire une allusion subtile à la fin plutôt que de commencer par un assaut violent de geek.

De : ScOtLeGrand

À : BLaDuchesse

Salut Bree,

(Toujours mentionner le prénom. Cela peut paraître évident, mais plus de soixante-cinq pour cent des messages sont des copier-coller – et ça se voit.)

Des lieux hantés, hein ? Moi, je ne crains pas les fantômes. Mais je trouve l'idée géniale. Je vis à New York depuis deux ans et je n'avais encore jamais pensé à en visiter. (Tu crois qu'il est possible d'aller chez le mec de Twitter qui parle sans cesse de son appartement hanté [1] ? Franchement, on est d'accord pour dire que certaines personnes ont vraiment de la chance ? Pourquoi aucun poltergeist terrifiant n'a choisi de hanter *mon* immeuble pour l'éternité afin qu'on puisse s'arracher les droits de l'histoire de *ma* vie ? Comme toujours, je blâme la copro…)

J'envoie le message quand la sonnette de la porte du café retentit, et je lève les yeux sans réfléchir. Miss Floride en personne. Je l'observe jeter un coup d'œil à la grande table ; son visage s'assombrit face au véritable magasin de jouets qui y est installé. Elle balaie le café du regard jusqu'à ce que ses yeux tombent sur moi.

Je lui adresse quelque chose qui doit ressembler à un demi-sourire, accompagné d'un haussement d'épaules. *Match nul aujourd'hui, on dirait.* Je n'ai cependant pas le temps de déchiffrer l'expression de son visage avant qu'elle ne détourne les yeux vers la seule table libre. Elle regarde son sac, se demandant clairement si ça vaut la peine de le poser pendant qu'elle va passer sa commande ou comptoir,

1. Référence à Adam Ellis, un New-yorkais qui publie sur son fil Twitter les manifestations du fantôme d'un petit garçon qui hanterait son appartement. (NdE)

au risque de se le faire voler, ou s'il vaut mieux s'exposer à se faire prendre la place.

Ne fais pas ça. Bien sûr, la tentation d'un café *latte* hors de prix à 7,99 dollars digne de *Million Dollar Listing New York*[1] est forte… Mais on en n'est pas moins à New York. Je ne la quitte pas des yeux, tentant de l'inciter silencieusement à ne pas se séparer de ses affaires. Elle se dirige vers la table et marque un temps d'hésitation avant de retirer une des mitaines qu'elle porte toujours et de la poser sur la chaise.

Elle avance vers le comptoir sans me regarder, alors que j'ai presque envie de lui sourire. C'était bien joué.

Avec un timing impeccable, j'entends un *waouh* me signaler la réception d'un nouveau message de Leanne au sujet de l'entreprise. Cela suffit à me rappeler la raison pour laquelle je me trouve ici : pour travailler, sauver ma carrière, et prouver à tout le monde – et surtout à moi-même – que je ne suis pas juste une ombre.

Je relis ce que j'ai écrit à Bree jusque-là. C'est un peu perché. Le genre de message qui pourrait faire fuir n'importe qui.

J'écris le début d'un nouveau message :

Le Seigneur de la mer vous salue, et il adorerait conspirer avec vous.

Jude

Je fixe mon écran pendant quelques secondes et, avant de changer d'avis, j'appuie sur « Envoyer ». Ça y est, il est parti, mais honnêtement… j'ai souvent une bonne intuition pour ce genre de choses. Enfin, quand il est question de la vie amoureuse des autres, en tout cas.

Je m'apprête à envoyer un e-mail à Jude dans lequel j'ai copié le message écrit à Bree en lui précisant que cette fille me semble être un bon choix, au moment où je reçois une nouvelle notification.

Bree vient de se connecter et elle m'a déjà répondu.

1. Série de télé-réalité américaine qui suit la vie de trois agents immobiliers de luxe. (NdT)

BLaDuchesse : Ce n'est pas un poltergeist. C'est un spectre déguisé en démon enfant. Tu ne sais donc rien sur les célébrités du Net ?

Je lui réponds immédiatement :

ScOtLeGrand : Je crois que j'ai perdu mon *Manuel des morts récents*.

C'est un peu risqué. Mais si elle aime les classiques fantastiques des années 1980, elle sait peut-être aussi…

BLaDuchesse : #Génialissime…

Bingo.

BLaDuchesse : Tu sais, quand j'étais petite, je rêvais de voir des fantômes emménager chez moi pour pouvoir danser sur le plafond.

ScOtLeGrand : C'est pour ça que tu aimes les lieux hantés ? Tu espères devenir l'incarnation d'une chanson de Lionel Richie ?

BLaDuchesse : Peut-être. Waouh, mon psy ne me l'avait jamais sortie celle-là. Et on ne se parle seulement que depuis deux minutes sur un chat… Un « lobby », comme dit le site, excuse-moi.

ScOtLeGrand : De rien. Je prends 125 dollars l'heure. Mais j'offre une réduction aux duchesses, surtout à celle de la planète *Undersea*.

Bree ne répond pas tout de suite. C'est la première fois qu'elle marque une pause depuis le début de notre conversation.

BLaDuchesse : Règle numéro un : ne jamais mentionner la planète *Undersea* au cours du premier échange.

ScOtLeGrand : Oh ! c'est vrai ?

BLaDuchesse : Je me suis déjà fait avoir. C'est un sujet de conversation qui ne peut être discuté qu'en face-à-face. J'ai besoin de voir le blanc de tes yeux pour pouvoir parler de Sa Majesté avec toi.

Sc0tLeGrand : Comme dans… la Bataille de Bunker Hill [1] ?

BLaDuchesse : Les rencards, c'est comme la guerre, mon brave.

Sc0tLeGrand : Touché. Je respecte cette vision des choses. De soldat à soldat.

J'hésite.

Sc0tLeGrand : Ça te paraîtrait trop direct si je te disais que ça me plairait d'avoir cette conversation rapidement ?

Pause. Merde. Ai-je été trop vite ?

BLaDuchesse : La Duchesse approuve.

Sa plus célèbre réplique, évidemment. Mais…

Sc0tLeGrand : Oh ! oh. C'est un piège ?

Elle me répond en envoyant l'émoji « Tête de mort ».

BLaDuchesse : Le blanc de tes yeux, tu te rappelles ? Ne m'incite pas à enfreindre ma propre règle au cours de notre premier échange.

Sc0tLeGrand : Oui, soldat.

BLaDuchesse : Capitaine.

Sc0tLeGrand : Oh ! désolé. Je croyais qu'on jouait d'égal à égal.

1. Bataille sanglante de la Guerre d'indépendance des Etats-Unis (1775), au cours de laquelle le général Israel Putnam aurait dit à ses troupes : « Ne tirez pas avant de voir le blanc de leurs yeux ! »

BLaDuchesse : Est-ce seulement possible ?

Il y a un blanc dans la conversation, ce qui me permet de jeter un nouveau coup d'œil à la photo de Bree. Belle et intelligente. Bien joué, Jude.

BLaDuchesse : Alors, c'est vrai que tu es fraîchement débarqué ? Aurais-tu un accent, à tout hasard ?

ScOtLeGrand : *Aye*[1]. J'en ai un… et tu devrais m'entendre dire « accent ».

BLaDuchesse : Ouh. C'est moi ou il commence à faire chaud ? Sérieusement, continue à parler écossais.

ScOtLeGrand : Whiskey. Bruyère. Kilt.

BLaDuchesse : Hum. On devrait peut-être garder ça aussi pour le jour on se verra.

ScOtLeGrand : Les sous-titres ne sont pas apparus ?

Évoquer deux fois de se voir en personne, c'est plutôt bon signe.

BLaDuchesse : Je dois y aller. Mais c'était sympa.

Oh ! J'espère que je n'ai pas mal interprété nos échanges. « C'était sympa » est la première phrase banale que Bree ait écrite, et ce genre de réplique ne s'avère positive que six fois sur dix. J'espère que je n'ai pas gâché cette chance pour Jude. Ou pour moi, me dis-je en me rappelant le petit logo de connexion à distance qui clignote silencieusement en bas mon écran depuis le début.

BLaDuchesse : Ça te dirait qu'on remette ça ? Demain, peut-être ?

Ouf.

ScOtLeGrand : Ton heure sera la mienne.

1. « Oui », en écossais. (NdT)

DLaDuchesse : 9 heures, ce serait trop tôt ?

ScOtLeGrand : C'est parfait. Je n'ai pas de sessions d'entraînement avant le début de l'après-midi.

Le travail de Jude – coach sportif – est indiqué sur son profil, mais pourquoi se priver d'un rappel inoffensif ?

BLaDuchesse : C'est ta façon subtile de me faire remarquer que tu as des muscles ?

Oups. Ce n'était peut-être pas aussi naturel que je le pensais. Je devrais me montrer plus prudent, d'autant plus que cette fille a l'air particulièrement vive d'esprit.

ScOtLeGrand : Oui. On dirait que ça a marché, non ? Tu te sens inconsciemment très attirée par moi ?

BLaDuchesse : Bien sûr. Freud serait bien occupé avec moi.

Je souris devant mon écran.

ScOtLeGrand : Alors… On se dit « jusqu'à ce que l'aube chasse les étoiles d'un baiser, ma Dame ».

Une autre pause.

BLaDuchesse : Tu es plutôt du genre à enfreindre les règles, toi, non ?

ScOtLeGrand : Seulement quand c'est nécessaire.

J'ajoute un emoji qui fait un clin d'œil, qu'elle me renvoie aussitôt.

BLaDuchesse : On verra bien. À plus tard.

ScOtLeGrand : À plus.

Bree se déconnecte. Assez content de la tournure des événements, je copie-colle la transcription de notre conversation dans l'e-mail que je dois envoyer à Jude. Apparemment, je ne suis pas le seul à être content.

Leanne T : Beau travail.

Miles I : Merci !

Leanne T : Donc... Puis-je être levée de mes fonctions de baby-sitter maintenant ? Le Miles Normal est de retour ?

Miles I : Estime-toi congédiée.

Leanne T : Merci, mon Dieu.

Juste avant de se déconnecter de mon ordinateur, elle m'envoie un dernier message :

Leanne T : P.S. : Tu m'avais manqué.

J'apprécie le sentiment mais, le Miles Normal est-il véritablement de retour ? Pas vraiment. Il va me falloir plus de huit semaines pour accepter que la femme que je pensais épouser ait désormais complètement disparu de tous les scénarios futurs. Jordan ne discutera plus avec moi pendant que je cuisine, elle ne se blottira plus contre moi sur le canapé devant un documentaire Netflix, et elle n'avancera jamais vers moi en robe blanche. Sans même m'en rendre compte, je tourne le regard vers Nathan et prends conscience que nous ne nous émerveillerons jamais devant un être humain que nous aurons conçu ensemble, épuisés et satisfaits.

Mais pour Leanne, bien sûr, je peux être de retour. Je peux orchestrer la vie amoureuse des autres. Je suis doué pour ça. Et heureusement, je crois que Bree et Jude vont me faciliter la tâche.

Un projectile attire mon regard : Nathan vient de jeter sa chaussette. Je remarque aussi que sa mère range toutes ses affaires dans une myriade de sacs suspendus à des attaches-poussette, pendant que Nathan se contorsionne.

Je commence moi aussi à rassembler mes affaires quand...

Qu'est-ce donc ?

Non. Impossible.

Mais si. C'est Je suis une légende, qui a ramassé une coupelle sous la table et qui discute avec la mère de Nathan.

— Je peux vous aider ? demande-t-elle.

Elle regarde ensuite Nathan, ouvre grand la bouche, louche en produisant un son de gorge étrange.

Nathan se met à gazouiller immédiatement.

— Oh ! pitié, avec joie, s'exclame la mère de Nathan. S'il pouvait continuer à sourire au lieu de crier, je vous serais éternellement reconnaissante.

— Aucun problème, répond Légende avant de s'accroupir à hauteur de Nathan. Tu sais qu'un jour j'ai gagné un concours de grimace ? C'est parce que je peux toucher mon nez avec ma langue. Regarde.

Elle lui fait la démonstration.

— Waouh, s'exclame Nathan en écarquillant les yeux.

Il tire sa petite langue qui, évidemment, n'atteint pas son nez.

— Le secret, c'est de s'entraîner, lui conseille Légende. Tous les jours pendant au moins vingt minutes. Et je vais te faire une confidence…

Elle regarde autour d'elle, puis lui murmure :

— Les cafés sont les meilleurs endroits où s'entraîner. J'ai appris tout ce que je sais pendant que ma mère buvait son café.

Nathan hoche la tête l'air sérieux, alors que sa mère observe Légende comme si son derrière était la source de projection des rayons du soleil.

— Merci, murmure-t-elle, les yeux remplis de larmes en poussant un Nathan grimaçant – et donc silencieux – et sa panoplie à l'extérieur du café.

Légende leur sourit et je ne peux m'empêcher de remarquer à quel point son sourire est éclatant. Il est tout en fossettes. Je ne l'avais jamais vue sourire auparavant. Cette distraction me coûte cher : au cours de cet échange, elle a réussi à placer son sac sur la chaise que la mère vient de libérer. Puis elle jette un coup d'œil dans ma direction. Son sourire disparaît aussitôt, comme si le soleil était soudain caché par des nuages.

Qu'il ne soit pas dit que je suis mauvais joueur, cependant. Je frappe lentement des mains, d'un geste dramatique, et elle fait une petite courbette avant de s'asseoir théâtralement. Je lève les yeux au ciel, même si je dois reconnaître que je suis assez impressionné. Légende va peut-être s'en sortir après tout.

La chaussette de Nathan, en revanche, va hanter le sol du café pour le reste de l'éternité – ou jusqu'à ce qu'une barista passe la serpillière – pour nous rappeler à tous son long et mémorable séjour dans ces lieux. Et me rappeler aussi que je devrais appeler ma mère.

Je ne cesse de reporter ce coup de fil, malgré ses nombreux messages vocaux inquiets, auxquels j'ai répondu par de brefs textos afin qu'elle sache que je suis en vie. Mais ce pourrait être le bon moment, pour la simple raison que, quand elle examinera mon visage à la recherche d'indices sur mon état de santé, elle remarquera que je suis propre et dans un environnement social.

Je mets mes écouteurs et lance FaceTime. Elle répond à la deuxième sonnerie. Je vois son visage pendant une seconde avant que mon écran ne soit rempli des fleurs blanches et violettes de son chemisier tandis qu'elle serre sa tablette contre elle.

— Oh ! Dieu merci. Ahmad, viens là. C'est Miles.

Elle installe l'iPad sur la table devant elle et approche son visage de l'écran, comme si cette position allait l'aider à m'épier.

— Au moins, tu n'es pas chez toi. Mais tu as l'air maigre, remarque-t-elle, comme toutes les mères juives depuis le début des temps. Est-ce que tu manges ?

Mon père arrive à ce moment-là. Il porte sa tenue classique composée d'une chemise boutonnée jusqu'au cou, agrémentée de deux stylos – un rouge et un noir – coincés dans la poche. Je ne connais personne d'autre que lui qui utilise une pochette pour protéger sa poche sans pour autant être un intello tout droit sorti d'une BD des années 1980.

— Miles, comment vas-tu ? demande *baba*.

L'année prochaine marquera la cinquantième année depuis son arrivée en Amérique, pourtant, il n'a toujours pas perdu son léger accent égyptien. Que ma mère m'observe avec inquiétude est une chose, mais que mon père fasse de même signifie que j'aurais dû les appeler depuis des siècles.

— Je vais bien, dis-je.

— Menteur, rétorque immédiatement ma mère, chaussant ses lunettes papillons pour me jauger.

— OK. Pas vraiment. Mais je vais mieux.

J'ai bien évidemment dû leur annoncer que le mariage était annulé. Et bien évidemment, puisqu'il s'agit de mes parents, j'ai dû leur expliquer pourquoi – la véritable raison. Même si j'ai laissé à Aisha le soin de raconter les détails les plus gores de l'histoire.

— Quand comptes-tu nous rendre visite ? m'interrogent-ils ensuite, presque à l'unisson.

Vous voyez, tout le monde pense que les juifs et les musulmans sont ennemis jurés, que le couple que forment mes parents ne devrait même pas exister, encore moins vivre harmonieusement. Mais ce qu'ignorent la plupart des gens, c'est qu'il existe tant de similitudes entre eux que c'en est presque risible. À commencer par le caractère culpabilisant des parents. Séparément, chacun représente une force à ne pas négliger, mais ensemble, ils sont invincibles. Comme quand les Power Rangers se sont tous unis pour former le Megazord.

— Bientôt, dis-je.

Ma mère hausse les sourcils, me laissant deviner qu'elle est sur le point de me traiter de nouveau de menteur.

— Je vous le promets.

Il me faudrait une sacrée bonne raison pour m'inciter à me rendre dans la Salle d'attente de Dieu, qu'on appelle plus communément la Floride. Voir mes parents, par exemple. Quand je perds foi en l'amour, et que je commence à craindre que cela n'existe pas vraiment…

Eh bien, mes parents sont la preuve vivante que l'amour existe, qu'il peut être plus fort que les origines ou l'éducation. Plus fort que votre propre famille. Quand mes parents se sont mariés à la sortie de l'université de Pennsylvanie, je crois que personne ne s'attendait à ce que leur union dure, pas même l'unique personne qui les soutenait :

oncle Hassan, le frère de mon père et le père d'Aisha. Ils étaient si jeunes – vingt et un et vingt-deux ans – que tout le monde pensait que c'était un amour de jeunesse motivé par le visa étudiant de mon père sur le point d'expirer.

Mais Ahmad et Louisa ne s'en sont pas laissé conter ; au diable les âges et les origines. Ça tenait de Roméo et Juliette, puisque aucun parent n'était heureux de cette union, sauf que leur rendez-vous a eu lieu dans une fête de fraternité et non un bal masqué. Les parents de Louisa voulaient des petits-enfants dont ils pourraient célébrer la bar/bat mitzvah (C'est mon cas, d'ailleurs. Je suis peut-être le seul gamin qui ait lu une portion du Coran en plus de la Torah. Comme le juif-musulman millénial et multitâche que je suis, je suis devenu un homme devant Dieu/Allah en même temps.) Les parents d'Ahmad, eux, souhaitant que leur fils rentre en Égypte et épouse une gentille Égyptienne afin qu'ils puissent voir grandir leurs petits-enfants.

Mais il n'y a pas eu de petits-enfants, au pluriel. Seulement moi. Je suis arrivée quinze ans après l'officialisation de leur union au City Hall de New York. Ma mère aime plaisanter en disant qu'il leur a fallu « aussi longtemps pour comprendre comment aménager la nurserie ». Ce qui serait plus crédible s'ils n'avaient pas opté pour le thème archi-original des… bateaux. En fait, je sais qu'ils étaient trop occupés à s'aimer pour penser à avoir des enfants. Ils étaient jeunes, ils avaient le temps. Quant à savoir pourquoi il n'y a pas eu d'autres enfants après moi… Eh bien, des rumeurs circulent à mon sujet. Il paraît que j'étais une terreur. Et quand je dis « des rumeurs », je veux dire des souvenirs que ma mère aime me rappeler deux à trois fois par mois.

Bref. Revenons à la saga des Capulet et des Montaigu. Lorsque je suis né, grand-père Frank était mort et grand-mère Naima n'allait pas tarder à suivre. Grand-mère Ellen, elle, a fini par se laisser amadouer. Je me souviens même d'avoir joué près de son tapis à chaussures. J'ai dessiné sur un de ses coussins, et elle gloussait de joie en disant à ma mère de ne pas me crier dessus – elle trouvait que ça embellissait le motif de la tapisserie.

Mais je ne crois pas que mon père ait reparlé au sien. Ils prenaient des nouvelles l'un de l'autre auprès de Hassan. Mais ils ne se sont jamais départis de leur entêtement, même dans la maladie ou à l'approche de la mort.

— Peut-être pour la fête du souvenir ? propose ma mère, essayant de fixer une date.

— C'est un peu tôt, dis-je. J'ai beaucoup de travail en ce moment. Mais… avant la fin de l'été. Je vous le promets.

Je regrette immédiatement de m'être engagé dans ces termes car il existe peu d'endroits aussi insupportables que la Floride en été. Cependant, j'aperçois maman inscrire l'événement sur le petit agenda qu'elle garde sur la table basse, alors je sais que je ne peux plus me désengager.

Je prends des nouvelles de leurs amis et ils me mettent à jour sur ceux qui portent une perruque, ceux qui ont quitté le club de mah-jong, et les enfants de leurs amis qui sont mariés/divorcés/enceintes.

— Julia va avoir une petite-fille, m'apprend ma mère, peut-être pas avec un air rêveur, mais dans mon état d'esprit, c'est comme ça que je le prends.

Je jette un coup d'œil à la minuscule chaussette sur le sol et me sens obligé de lui demander :

— Maman, comment viennent les enfants ?

Ma mère cille.

— N'avons-nous pas eu cette conversation il y a longtemps ? demande-t-elle avant de se tourner vers *baba*. Je veux dire, je t'ai laissé t'en charger et j'ai cru que c'était fait.

— Moi aussi, répond *baba*. Je lui ai enseigné la physique, pas la biologie, alors peut-être que c'était un peu confus dans son esprit ?

— Non, dis-je. Je ne vous demande pas d'où viennent les bébés…

— Dieu soit loué, s'exclame maman. Je ne suis pas sûre d'avoir assez de médicaments pour la tension pour t'expliquer ça *maintenant*. En plus, c'est ce qui me réconfortait dans le fait que tu étais un garçon et pas une fille : ce n'était pas à moi de le faire.

Elle regarde *baba*, l'air joueur.

— Laisse-moi vérifier mes notes, déclare-t-il. Je suis certain que nous avons eu cette conversation.

— Oui, *baba*. Je te le confirme. Je me demandais seulement comment un minuscule bébé devenait soudain si grand. Comme s'il n'y avait pas d'entre-deux… Vous savez quoi ? Laissez tomber.

— Je crois que tu divagues parce que tu ne manges pas assez, rétorque maman. Viens immédiatement à la maison et je te cuisinerai mon chili, OK ? Et mon pain mandel.

— Oui, maman, lui dis-je, obéissant.

— Tu ne me fais jamais de pain mandel à moi, s'écrie *baba*.

— Tu peux te le faire toi-même, rétorque-t-elle.

— Lui aussi ! C'est un homme de trente et un ans.

— C'est vrai, reconnaît maman. Mais il sera toujours mon bébé. N'est-ce pas, mon petit chéri ?

Je secoue la tête en souriant malgré moi, alors que maman m'envoie des baisers. Ils sont en forme aujourd'hui.

Mais grâce eux, je me sens mieux. Parce qu'il y a au moins certaines parties de mon avenir qui m'apparaissent clairement.

Une vision de moi, donnant le meilleur de moi-même dans la piscine de leur résidence en faisant des longueurs, pour le grand plaisir des compagnes de chaises longues de ma mère.

8

À : Vous savez qui vous êtes

De : Clifford Jenkins

Re : Un espion chez les Mots Doux

Écoutez, je suis désolé, mais ce ne sera pas un message facile à lire.

Il est venu à mon attention grâce à RUMINT (le service des rumeurs) qu'il y aurait un traître parmi nous. Un traître involontaire, peut-être. Un idiot utile, pour ceux qui connaissent l'expression. Il ou elle ou ILS ont travaillé pour une autre agence qui, au premier abord, semble avoir une fonction similaire à la nôtre.

Je comprends. Les temps sont durs. On doit accepter le travail qu'on se voit proposer.

La partie qui m'inquiète, sur un plan personnel, humain, c'est que ceux qui servent plus d'un seul maître risquent d'être victimes d'abus (de la part des autres, évidemment, pas de la mienne). La bonne nouvelle, c'est qu'il existe un moyen facile de s'en sortir.

Réécrivez l'histoire.

Je mets sur la table une promotion et 250 cartes de visite.

Vous avez quarante-huit heures pour accepter mon offre.

Clifford.

PS : Rendez-vous à 16 heures au Porchlight pour notre réunion mensuelle. Je ne serai peut-être pas là physiquement, mais soyez assurés que je manifesterai ma présence quoi qu'il en soit…

Zoey

Je pensais qu'*Undersea* serait une échappatoire bienvenue. Après avoir échoué à prendre le métro ce week-end et passé une soirée entière de procrastination durant laquelle j'ai « servi » une trentaine de profils à la place de Bree, je me suis installée devant le film avec du pop-corn préparé au micro-ondes. Malheureusement, ce n'était pas une bonne idée de regarder, sobre à minuit, un film avec des dialogues obscurs et de prétendus effets spéciaux. Je souhaitais apprécier l'importance historique du premier film d'action fantasy réalisé par une femme, mais le style daté des années 1980, ainsi que la bataille des sexes peu crédible, m'a plus crispée qu'autre chose, et j'ai quitté le navire à la moitié, pile au moment où les nageoires de Mary faisaient leur entrée.

Et maintenant, Mary me manque. La vraie Mary.

J'ai cherché sur Google « Mary Clarkson Undersea » pour la première fois.

Playboy, 1996

Perdue de vue : Comment Mary « Jane » Clarkson, persona non grata du cinéma, est devenue le secret le mieux gardé de Hollywood.

Dix ans auparavant, à l'âge de vingt-deux ans, Mary Clarkson a décroché le rôle d'une vie en tant que duchesse Quinnley dans la saga Undersea. *Enfin, dans le film. Ce qui devait être une trilogie a tourné court, comme nous le savons tous, quand l'actrice, qui se décrit elle-même comme une ancienne accro à l'adrénaline, a insisté pour réaliser elle-même les acrobaties de son personnage. Elle est tombée (alors qu'elle portait le costume moulant de sirène qui a alimenté de nombreux rêves humides), s'est cogné la tête contre un rocher dissimulé sous l'eau. Après un mois à l'hôpital à se remettre d'une vertèbre cassée au niveau du cou, elle a rabroué son kiné quand il lui a annoncé que la thérapie aquatique était le seul moyen pour lui faire retrouver la mobilité totale de sa colonne vertébrale.*

Désormais « à 87 % de sa capacité » *comme elle le déclare,* « sans avoir remis un pied dans une maudite piscine, merci bien », *elle vit dans une forteresse bien gardée au cœur des collines de Hollywood, aussi loin que possible de l'océan, tout en restant à Los Angeles. Au cours de plusieurs heures de conversation, nous avons évoqué sa courte carrière d'actrice et le travail de l'ombre qu'elle exerce aujourd'hui : elle est devenue la consultante en scénario la plus demandée de Hollywood, dont les dialogues et les rebondissements apparaissent à notre insu dans deux douzaines de films.*

Au sujet de l'agression qui l'a conduite à passer quatre jours en prison :

« Tout ce que j'ai toujours souhaité, c'est un public captivé, alors c'était un rêve devenu réalité, vraiment. Les autres femmes, avec qui je suis restée en contact diront « J'étais dans la prison de Bedford Hills avant ceci ou cela », tandis que moi je dirais : « J'étais dans *Undersea.* »

Sur son rejet de Hollywood :

« C'est un milieu foutrement sexiste. Les artistes masculins se battent tout le temps et cela participe à leur côté mystique, viril. C'est l'effet Hemingway. Je donne un coup à un enfoiré – qui, je pense que nous sommes tous d'accord, le méritait – et c'en est fini de ma carrière ? Je suis "inassurable" sur un plateau ? Pitié. »

Sur les distributeurs PEZ à l'effigie de la duchesse Quinnley :

« C'est vraiment cruel. Le cou se détache ! Comment le prendriez-vous si le pire moment de votre vie était immortalisé sous la forme de friandises ? »

Au sujet des fans qui aimeraient qu'elle prenne son courage de sirène à deux mains et qu'elle termine la trilogie :

« Même si j'accorde beaucoup d'importance à l'opinion de parfaits inconnus, bien plus qu'à ma santé physique et mentale, les compagnies d'assurances ne sont pas près de vouloir m'assurer de sitôt, même si je voulais jouer de nouveau. La vie est beaucoup plus sûre derrière une machine à écrire. »

Si elle pouvait rétablir un malentendu au sujet de l'agression dont elle est accusée, quel serait-il ?

« OK, d'abord, ce n'est pas un coup de poing qui l'a mis K-O. Non, je lui ai jeté au visage un exemplaire des œuvres condensées de Dorothy Parker (connue pour sa vélocité). Franchement, il devrait s'estimer chanceux. Ça a probablement multiplié son QI par dix. »

Est-ce vrai que vous enfilez parfois un masque de la duchesse Quinnley pour assister incognito à des diffusions de nuit du film ?

« Je ne le révélerai jamais. »

Vous avez témoigné de nombreuses fois devant le Congrès en faveur de l'usage médical de la marijuana à accorder au niveau fédéral. Comment était-ce ?

« Cette séquence vidéo est l'une de mes plus grandes œuvres. Et je crois qu'on aurait pu résoudre la Guerre Froide plus vite si tout le monde à Capitol Hill avait été plus stone, je le pense vraiment. »

Sur le fait d'être devenue une sauveuse de scénario :

« Je lance des blagues et non plus des livres sur les gens, youpi ! Est-ce ce que vous voulez m'entendre dire ? »

Il paraît que vous réécriviez des titres d'articles sur vous et les renvoyiez par mail aux rédacteurs en chef des magazines. Est-ce vrai ?

« Oh ! mon Dieu. Ils ne faisaient aucun effort. Combien de fois ai-je vu des variantes du titre "Une sirène à la mer" ? Ce n'est pas si difficile de trouver un bon titre.

Donnez-moi un exemple…

« Je n'en sais rien. Que pensez-vous de "Mary Clarkson décroche un rôle en béton" ? Ça, c'est drôle. Sentez-vous libre de vous en servir. »

Je me suis endormie et j'ai rêvé que j'étais dans le public de *Cheese : La Comédie musicale*, avec, dans le rôle principal, Mary en fromage moisi en or (« Je suis un bleu / Je suis pleine de pénicilline / Il vaut mieux me laisser dans l'assiette / ou tu souffriras le martyre »).

Samedi, je me suis invitée moi-même à une soirée déprime. D'après *Sex and the City*, tout le monde sauf moi passe ses journées à bruncher, siroter des mimosas et glousser en racontant ses dernières escapades romantiques. Je ne me suis jamais sentie aussi seule. À Los Angeles, je rendais visite chaque semaine à Nana, et Mary me tenait occupée avec ses moments d'inspiration impromptus.

Lundi, les dieux m'ont envoyé un cadeau rien qu'à moi, appelé Sc0tLeGrand. Avec l'accord de Bree (« OH OUI PUTAIN »), j'ai le champ libre pour le contacter de nouveau.

Nous sommes à présent mardi, et j'ai hâte de reprendre l'échange, mais avant je dois terminer de regarder *Undersea*. C'est pour cette raison que je suis encore chez moi et pas au Café Crudité. (*Ne prends pas tes aises, Miles.*)

J'ai réussi à esquiver une discussion sur le film durant ma prometteuse conversation avec Jude, mais si je veux être fidèle à la personnalité de Bree, je ne peux pas sécher sur les sujets clés de son profil. Elle m'a dit plus d'une fois qu'elle voulait assumer son statut de fan, et plus vite je caserai Bree, plus vite j'encaisserai mon salaire et passerai à un nouveau client.

Si tu la cases, tu n'auras plus l'occasion de parler avec Sc0tLeGrand, me fait remarquer une petite voix intérieure. C'est la même voix qui a voulu me piéger en m'incitant à prendre le métro samedi.

Inapproprié, je rétorque en retour. *Il ne discute pas avec « toi ». Il discute avec Bree. Et tout ce que tu lui dis, tu le dis en son nom.* Toutefois, je me mentirais à moi-même si je prétendais ne pas être en train de flirter avec un jeune et sublime Écossais qui est également charmant et vif d'esprit. Personne ne pourrait me reprocher ça, n'est-ce pas ?

Une pointe de doute me transperce soudain : et s'il avait déjà trouvé quelqu'un d'autre avec qui parler, et qu'il la préférait ? *Dépêche-toi de regarder ce film, meuf !*

Étendue sur mon canapé-lit et encore en pyjama (travailler en free-lance a ses avantages), je clique sur le menu des chapitres du DVD de Bree, à la recherche du moment où je me suis endormie tout en me demandant s'il n'y aurait pas un moyen de visionner le film sans, vous savez, le regarder vraiment. C'est à ce moment-là que je percute : quelque part, quelqu'un a déjà répondu à cette question. C'est sûr ! Je m'installe pour une immersion YouTube en espérant dénicher un résumé créé par un fan.

Ce que je découvre se révèle plutôt divertissant.

Vingt minutes plus tard, je me connecte au nom de Bree et écris un message à Sc0tLeGrand :

BLaDuchesse : Bonjour ! J'ai une question extrêmement importante pour toi : as-tu vu la vidéo d'un type qui a enregistré Undersea en avance rapide à 123 % ou un truc comme ça, au point où le dialogue ressemble à la série « À la Maison Blanche » version lunaire ? C'est une expérience complètement différente !

Sc0tLeGrand : Blasphème ! Quelqu'un a infligé le traitement des Chipmunks à Undersea ?

BLaDuchesse : Sans les leçons de morale discutables de « faire ce qui est le mieux pour le groupe VS le narcissisme d'Alvin ».

Je reçois le *gif* d'une balle de tennis fendant l'air dans une nouvelle fenêtre de conversation. Je suis servie par un type qui s'appelle Andrew. Seulement « Andrew » ? Cela signifie qu'il était parmi les premiers de la plate-forme à choisir un pseudo, et donc qu'il est inscrit à Jeu, Set et Match depuis le début. Attention : drapeau rouge. Malgré mes réserves, je clique sur « Accepter ».

Andrew : Quoi de neuf ?

BLaDuchesse : Pas grand-chose. Et toi ?

Andrew : Est-ce que tu as de jolis pieds ? Si la réponse est oui, je suis sur le point d'aller pendre un ver dans un bar, tu veux jouir ?

Je mets ma main devant ma bouche grande ouverte. Est-ce vraiment en train de se produire ? Quand on s'est débarrassé de Du Bon Pied à cause du nom de l'entreprise, je pensais en avoir fini avec ce genre de population. Quelle naïveté !

Andrew : Oups ! Faute de frappe. LOL. Tu veux « venir », je voulais dire. Au bar, pour boire un verre. Je vois que tu n'ai pas loin de…

Sans réfléchir, je copie sa réplique puis je reprends ma conversation avec Jude. Le Jude beau, sexy et NORMAL.

BLaDuchesse : Désolée pour l'attente. VRAIMENT désolée. Je devais envoyer un ACE à quelqu'un. Tu ne croiras jamais ce qu'il vient de me dire.

> N'évoque jamais les autres personnes avec lesquelles tu discutes. Personne n'aime se savoir en compétition. Les exceptions : quand les échanges sont si merdeux que tu as besoin d'en rire avec quelqu'un. Former une conspiration de moquerie pourrait créer du lien, style « nous contre le monde ».
>
> *Manuel du free-lance*

ScOtLeGrand : Parfois je me dis qu'ils devraient créer une option « Bombe lacrymogène ». Je n'ose même pas imaginer ce que vous, les femmes, devez endurer.

BLaDuchesse : J'en ai l'illustration parfaite…

Je colle le message d'Andrew dans la fenêtre de conversation de Jude. Jude (et je peux le comprendre) a besoin de quelques secondes pour s'en remettre.

ScOtLeGrand : Waouh. Au nom de tous les hommes, je te présente mes excuses. Pas seulement pour le fétichisme flippant des pieds, mais aussi pour les fautes d'orthographe.

BLaDuchesse : Merci ! « Pendre un ver » ? Est-ce qu'on doit comprendre que les catacombes sont revenues au goût du jour ?

ScOtLeGrand : Personnellement, je suis plus offensé par « N'AI ».

BLaDuchesse : C'est kif-kif. Je crois qu'il faudrait faire passer des tests d'orthographe avant de permettre aux gens de s'inscrire sur des sites de rencontre.

ScOtLeGrand : Entièrement d'accord. Avec un alcootest.

BLaDuchesse : Bref, avant d'être si grossièrement interrompue, j'allais te dire que la première fois où Blanca Hinley a dépassé le budget, ils ne pouvaient plus payer la machine à vagues. Alors c'est Mary Clarkson qui bascule littéralement d'avant en arrière dans les scènes avec le roi Océano qui, comme tu le sais, la menace de remplacer ses jambes par des nageoires. Ce balancement leur a permis une réduction de coûts de 1 000 % au moins.

ScOtLeGrand : Ah ah ! J'adore les infos sur les coulisses. Où as-tu entendu ça ?

BLaDuchesse : Je ne suis pas sûre, c'est sûrement une intox.

(Merde. Ce n'est pas une simple rumeur. Mary m'a révélé cette info au milieu d'une histoire hasardeuse pleine de regrets, alors qu'elle était au milieu d'une cure de pollen d'abeille et de limonade au charbon. Je devrais m'arrêter avant que cette situation ne devienne hors de contrôle et qu'il se rende compte que j'ai vu le film en accéléré seulement. Il faut que je fasse avancer les choses et que je convainque Sexy Scot d'accepter un rendez-vous.)

BLaDuchesse : Bref, voici le lien si tu veux voir la version Chipmunk. Mais j'espère que tu garderas au moins la fenêtre de notre conversation ouverte pendant que tu la visionnes…

ScOtLeGrand : Je regarderai plus tard. Je trouve notre conversation plus passionnante.

BLaDuchesse : Ah oui ? *battement de cils*

De peur qu'il ne s'aperçoive que je raconte de la merde sur *Undersea*, je prends une décision impulsive.

BLaDuchesse : Qu'as-tu prévu aujourd'hui ?

Il marque une pause le temps de consulter son agenda. Ou de me faire croire que c'est ce qu'il fait.

Sc0tLeGrand : Je travaille jusqu'à 17 h 30.

BLaDuchesse : Ça te dirait de prendre un café après ?

La première fois que j'ai parlé à Bree, elle m'a appris qu'elle se déguisait en personnage du film pour des séances au ciné, et qu'elle pourrait même « refaire la coiffure » de la duchesse. C'est sûrement quelque chose de sexy/adorable, c'est-à-dire quelque chose d'irrésistible pour un fan d'*Undersea*, non ?

BLaDuchesse : Je me ferai une certaine coiffure qu'on connaît et qu'on adore tous.

Sc0tLeGrand : Sérieusement… ?

Les points de suspension marquent-ils l'envie ou l'horreur ?

BLaDuchesse : Autant jouer le jeu à fond, non ?

Sc0tLeGrand : Es-tu toi aussi une réfugiée de Flirtville ?

BLaDuchesse : Je me suis enfuie dès que j'ai pu. Il y a un trou dans le mur de la taille de BLaDuchesse depuis le jour où je suis partie.

Je suis récompensée par l'emoji aux yeux en forme de cœur. Je ne peux m'empêcher de sourire.

Sc0tLeGrand : On pourrait se retrouver dans une brasserie plutôt ? Je suis en mission : j'aimerais découvrir les pubs du coin.

Mince. Bree et la bière ne vont pas du tout ensemble, malgré une sonorité proche. C'est typiquement le genre de subterfuge qu'utilise le diable pour communiquer avec les humains.

(D'un autre côté, la bière n'est pas à proprement parler une liqueur forte. C'est du blé ! C'est sans danger !)

BLaDuchesse : Je suis partante.

ScOtLeGrand : J'ai hâte ! Je t'envoie l'adresse. À plus alors…

J'aligne 30 dollars et 6 cents (l'équivalent de deux repas à emporter) pour une course de taxi jusqu'au Porchlight, car il s'agit seulement de la deuxième réunion qu'organise Clifford depuis que je travaille pour lui, et je veux avoir l'air d'une employée modèle. C'est agaçant car, d'après son dernier mémo, il y a des chances qu'il n'y soit même pas, mais je ne peux pas prendre le risque de ne pas y assister.

Le trajet est un cauchemar pour mes sens. En plus de l'écran de télé qui hurle incessamment et qu'il est impossible d'éteindre, la clim' est trop forte et je n'ai pas mes mitaines pour me réchauffer. Je regarde par la vitre tel un chien coincé dans une voiture qui le ramène à la fourrière. À ma droite, j'aperçois la rivière Hudson, célèbre pour le « miracle de l'Hudson ». Sully ne peut PAS être une intox. J'ai besoin de Sully. J'ai besoin du miracle de l'Hudson.

Les cyclistes et les joggers semblent presque libres, ils se dépassent agilement les uns les autres sur la chaussée étonnamment large et propre qui longe la rivière.

Peut-être aurais-je le courage de me joindre à eux le week-end prochain.

C'est en tout cas une jolie pensée qui me distrait le temps d'arriver au lieu du rendez-vous.

— Est-ce qu'il t'a demandé de devenir l'égérie internationale de l'agence à toi aussi ? je demande à Aisha Ibrahim d'une voix forte pour me faire entendre dans la cacophonie du bar.

Nous nous sommes mises à l'abri dans un coin à l'éclairage tamisé. Elle sourit en levant les yeux.

— *Comment* as-tu deviné ?

Avec sa peau brune, ses bras galbés, ses cheveux noirs bouclés et son sourire espiègle, Aisha serait super sous un objectif ; mais son expertise se trouve plutôt derrière l'appareil. Elle est plus petite que moi, mais athlétique et puissante grâce à ses trois cours de kick-boxing par semaine – dont je connais les horaires car ce sont les seuls moments où elle ne répond pas au téléphone. En tant que photographe et expert Photoshop de l'agence Petits Mots Doux, elle est très demandée pour aider nos clients à appliquer un filtre de Vaseline sur leurs photos. Ça pourrait paraître facile, mais c'est tout le contraire. Aisha transforme des photos de profil en œuvre d'art discrètes, et elle dissimule si bien les preuves de son intervention qu'il est impossible de deviner ses coups de baguette magique. Nous nous sommes souvent parlé au téléphone, mais c'est la première fois que je la vois, et rien que pour cette rencontre, je suis contente d'avoir fait le déplacement.

— Nous aurions pu devenir célèbres, dis-je en me lamentant.

Nous faisons tinter l'un contre l'autre nos verres de punch à 4 dollars obtenus grâce aux tickets de consommation que Clifford a payés. Ils nous ont été donnés par un homme en tenue de hockey à l'entrée, qui a apparemment été embauché par Clifford comme une sorte de mascotte pour cette « soirée » de milieu d'après-midi. Son T-shirt affiche le logo de l'entreprise avec des cœurs et la flèche de Cupidon. Encore plus étrange : le visage du type est masqué.

Il porte un casque de hockey. À l'intérieur d'un bar.

« Petits Mots Doux ! ! » crie le type toutes les deux minutes, pour une raison inconnue. Est-ce pour chauffer la salle ? Lancer un exercice de team building ? Qui peut le dire ? Clifford le paie peut-être pour crier.

— C'est quoi l'embrouille avec les mémos de Clifford ? dis-je en gémissant de ma voix à la Jerry Seinfeld[1]. Tu as lu son pétage de plomb paranoïaque du jour ? Ma partie préférée, c'est l'avertissement du début.

— La MISE EN GARDE, crie Aisha en riant.

— Sur le fait que, je cite, « ce ne sera pas un message facile à lire ».

— On a une nouvelle pour toi, Cliffy. Aucun de tes messages n'est facile à lire.

— Et de quoi parlait-il, d'ailleurs ? C'était encore plus mystérieux que d'habitude.

— Oh ! oh, oh, murmure-t-elle en se penchant vers moi. C'était pour moi, le message subliminal.

— Non, dis-je folle de joie.

— Oh oui. Clifford veut m'enrôler comme agent double.

— Comment… Quoi…

— Parce que je travaille aussi pour l'agence de son ex-femme. L'agence originelle.

— Tu es l'agent double, dis-je en comprenant enfin.

Presque en même temps, nos visages se tordent dans une grimace de dégoût.

— Il a proposé de « m'accréditer » à un niveau de confidentialité élevé. Il veut que je passe en revue son fichier d'idées et que je lui livre ensuite une analyse détaillée lui révélant si ses concepts sont meilleurs ou pires que ceux de Leanne.

— Et maintenant, il a peur que Leanne t'ait demandé de faire la même chose et que tu sois devenue un agent triple ?

— Probablement. Je n'en sais pas plus que toi à ce stade.

— Comment toute cette histoire entre Clifford et Leanne… a-t-elle commencé ?

— Leur mariage ? lance le joueur de hockey masqué. Je sais ce qui s'est passé.

Aisha et moi sursautons presque de peur à son arrivée.

1. Jerry Seinfeld est un acteur américain, célèbre pour avoir joué dans la série télévisée *Seinfeld*. (NdT)

Sa voix m'est familière.

Je le regarde attentivement, les yeux plissés, pour me convaincre moi-même que ce n'est pas ce que je crois. Pour me convaincre que ce n'est pas, en fait, *Clifford* qui a enfilé un costume stupide et un casque de hockey afin d'infiltrer sa propre réunion.

Je peux déjà entendre le processus de réflexion qui a mené à un tel sketch : *J'ai pensé me mêler à vous, un chef sous couverture si vous voulez, afin de n'intimider personne. Je veux prendre la température des troupes, le pouls des abeilles travailleuses, découvrir ce qu'elles pensent vraiment.*

— Oui, oui, l'Histoire de Clifford et Leanne, entonne le joueur de hockey en frottant la partie de son casque sous laquelle se cache son menton. Il arrive parfois que deux âmes créatives désirent collaborer dans leur activité, mais le diagramme de Venn ne se dessine pas comme les deux l'auraient souhaité. C'est tragique, mais ce sont les épines de la vie.

C'est lui.

Aisha refuse de croiser mon regard. Et tant mieux, car si nous réagissons ensemble à la situation, de quelque façon que ce soit, nous perdrons notre sang-froid et certainement nos emplois. Dieu merci, Clifford gagne le milieu de la salle pour son grand moment de révélation.

Il retire son casque puis se met à crier :

— Tadaaa ! C'était moi depuis le début ! Pourquoi suis-je habillé ainsi ? Parce qu'à partir de maintenant, Petits Mots Doux est l'équipe de hockey des rencontres en ligne ! Nous nous battons pour nos clients. Défense, attaque, nous sommes là pour vous ! Rassemblez-vous, rassemblez-vous, j'ai une annonce à vous faire.

Le groupe d'une vingtaine d'employés se réunit autour de Clifford.

Notre patron est un quadra exubérant, à l'enthousiasme contagieux. J'ai, l'espace d'une seconde, un aperçu de ce que Leanne a pu voir en lui. Génial et passionné, c'est l'incarnation de la devise « saute, et le filet apparaîtra ». Dans ses messages bizarres, il se montre comme le Michael Scott de la série *The Office*, mais en vrai, il ressemble davantage à Jim. L'échec, semble-t-il dire, sera le lot de ceux qui n'ont pas la chance d'associer leur destin au sien. Je peux comprendre qu'on puisse se laisser embarquer par sa confiance en lui inébranlable, parce que… et s'il avait raison ? Je peux aussi comprendre comment, après plusieurs années de pratique, on peut s'en lasser. Pour le dire poliment.

Je me rebranche à temps sur son monologue pour saisir le cœur de sa nouvelle idée :

— … et je me dis, il existe bien un site de rencontre sur le thème du tennis. Alors qu'en est-il du hockey ? Un tel site pourrait faire partie de la famille Petits Mots Doux, sous la même ombrelle de services, et nous serions les conseillers internes. Nous pourrions appeler nos offres « Assist », comme au hockey, non ? Et nous offririons une réduction à tous ceux qui *utiliseraient notre messagerie de hockey.* Au lieu des « services », des « aces » etc., nous aurions « Repérage », « Dégagement de zone » et « Sortie ». Pour les comportements abusifs.

— Tu comptes attirer les utilisateurs abusifs ? demande Aisha, l'air perplexe.

— Pas volontairement, répond-il d'un ton pétillant avant de tourner ses grands yeux pleins d'espoir vers moi. Qu'est-ce que tu en penses, *toi* ?

— C'est intéressant, dis-je. Une idée intéressante.

Ce que je ne formule pas : « Repérage » m'évoque plutôt un site de trafic d'êtres humains qui rabat de jeunes vierges pour les vendre aux enchères.

— Cool. Cool. Merci pour ta franchise. Je vais prendre la température du reste de la salle, voir si ça prend.

— Il vient d'admettre qu'il compte concurrencer Jeu, Set et Match en ne changeant rien d'autre que le vocabulaire sportif, s'esclaffe Aisha une fois qu'il est suffisamment loin de nous.

— C'est bien ce qu'il vient de faire, oui. Est-ce qu'on devrait, je ne sais pas, le signaler ? Et à qui ?

— C'est exactement ce qu'il a fait avec le site de Leanne. Un de ces jours, quelqu'un va lui coller un procès et gagner.

— Je veux bien le croire.

Nous regagnons nos places pour finir nos boissons.

— Comment c'est, de travailler avec Leanne ? je demande.

— C'est… plus fluide. Moins « Tue ou sois tué » et plus « Nous sommes ensemble dans cette aventure ». Enfin, il y a quand même des jours où je comprends pourquoi Clifford et elle se sont entendus pendant si longtemps. Mais Leanne a une approche plus… subversive.

Nous regardons toutes les deux Clifford, qui encourage deux collaborateurs free-lance à lui faire boire une bière à travers son casque.

— J'ai l'impression qu'il est difficile d'être moins subversif.

Aisha explose de rire.

— Je crois que l'équipe de Leanne est au complet, mais si cela venait à changer, je te le dirai.

— C'est vrai ? Merci beaucoup.

— Hé ! Si Clifford pense sérieusement créer un nouveau site de rencontres, il te donnera peut-être un peu plus de travail pour l'aider à rédiger les questions des profils.

— Si je pouvais concevoir un questionnaire, j'éliminerai toutes les questions « cliché ». Fini, les conneries du genre : « Quels sont les trois albums que vous emporteriez sur une île déserte ? » Il devrait plutôt y avoir une section pour les paroles de chansons mal mémorisées ou comprises de travers.

— Ouaiiis. J'ai cru pendant des années que *Living on a Prayer* de Bon Jovi, c'était « Living on a Prairie », répond Aisha, les yeux scintillants. Et j'aimerais vraiment savoir comment quelqu'un réagirait à cette information avant de sortir avec.

Si seulement Aisha pouvait devenir mon amie. Je poursuis :

— Je voudrais aussi savoir dans quels endroits bizarres le mec se rend pour décompresser. Moi, par exemple, ce sont les magasins de fournitures de bureau.

Elle me regarde quelques secondes avant de répondre :

— Je devrais te présenter mon frère. En fait, c'est mon…

Je la coupe immédiatement :

— Merci, mais je ne suis pas sur le marché en ce moment.

(Qui voudrait sortir avec un ermite virtuel ?)

— Tu en es sûre ? C'est un mec *génial*. Il sort d'une rupture douloureuse, ce n'est pas sa faute, mais…

— Je n'ai jamais connu de rupture douloureuse. Sûrement parce que je n'ai jamais eu de bonne relation.

Waouh. D'où ça sort, ça ? Ce punch doit être bien dosé.

— Les deux vont de pair, non ? dis-je pour m'expliquer. Plus la relation est belle, plus la séparation doit être difficile ?

— Peut-être. En fait je ne pense pas qu'il aurait dû se mettre avec cette fille, au départ. Mais bref, je pourrais te montrer sa photo…

— S'il est mignon, j'aurais du mal à dire non, dis-je en riant. Mais on en reparle plus tard, OK ? Je dois filer. Ma nouvelle cliente a un rencard juste après le travail et elle m'a demandé de l'aider à se préparer.

— Je vais partir, moi aussi. Mon devoir d'agent double m'appelle. Tu vas au sud ou au nord de la ville ?

— Je vais .. à gauche. Heureusement, son bureau n'est qu'à quelques rues d'ici, alors je peux marcher.

Par « quelques rues », je voulais dire douze, et le temps que j'arrive au cabinet Blue Sky Family, je suis en nage et éreintée, et mes chaussettes ont glissé au fond de mes boots, dévoilant un talon. C'est ce qui arrive quand vous êtes convaincue que le métro va s'effondrer si vous le prenez. Super moments.

Vêtue d'une jupe et d'un chemisier, Bree me fait entrer dans de larges toilettes réservées aux patients, où elle applique les touches finales de son maquillage. Les murs sont tapissés d'un papier peint vintage décoré de livres pour enfants. Je suis prête à parier que c'est l'œuvre de Bree.

J'essaie d'ignorer les gouttes d'urine sur le bord du lavabo, près du mur. La plupart de ses collègues sont partis, sauf, apparemment, le propriétaire de la main qui se faufile à travers une petite fenêtre de bois pour récupérer les échantillons d'urine.

— Bonne soirée ! crie Bree à la main qui la salue en retour sans lâcher son petit flacon.

Bree tourne son attention vers moi.

— Tu sors de la salle de sport ? me demande-t-elle gentiment.

Je me souviens alors pourquoi je l'apprécie ; elle ne mâche pas ses mots et, en plus, elle a foi en son prochain.

— Voilà, c'est ça.

Bluff light. La marche rapide est un sport après tout.

— As-tu eu l'occasion de lire les messages de ce matin ? Je t'en ai imprimé une copie, si cela peut t'aider.

Je sors les pages de mon sac à main.

Elle s'est montrée brutalement honnête quant au fait d'avoir survolé nos premiers échanges. (Qu'elle a qualifié de « babillage ».)

— Ce qui compte, ce sont les rendez-vous, me répète-t-elle. Le reste, ce n'est que du bruit.

— Absolument. Mais lire les conversations est important pour bien se préparer, pour voir ce dont vous avez déjà discuté et pouvoir poursuivre la conversation.

Je l'observe attentivement alors qu'elle lit la retranscription de la conversation de ce matin.

Elle ne cille pas au moment de l'interruption d'Andrew.

C'est *ma* réaction qui la chiffonne.

— Zoey ! Tu avais promis de ne pas faire le flic de l'orthographe !

Quoi – mais – Jude me suivait. Il était d'accord avec moi. Il aime *le flic de l'orthographe !*

— Désolée, c'est juste que… si quelqu'un ne se soucie même pas d'écrire correctement, surtout pour faire une bonne première impression…

— Tu es censée te faire passer pour moi, et cela ne m'aurait pas dérangé. Personne ne s'attend à lire du Shakespeare sur un chat.

— OK. Tu as raison, dis-je d'un ton pincé. Si tu penses que je ne t'ai pas bien représentée, ou si c'est quelque chose dont tu ne veux pas t'occuper, on peut toujours annuler…

— Bon sang, non. As-tu vu la photo de Jude !

— En effet, dis-je en hochant la tête, l'air sérieux.

— Du sexe en barre. Irlandais en plus, c'est ça ?

— Écossais.

— C'est pareil. J'aime ce que je vois en tout cas.

Et ce que tu lis c'est de l'or pur, mais bon. Elle tourne la page comme si elle parcourait une thèse et que sa souffrance était sans fin. Elle *s'ennuie.*

— Je vais me calmer sur le babillage, dis-je pour résumer, les dents serrées.

Mais si tu avais été TOI, Bree, le « babillage » ne t'aurait peut-être pas emmenée si loin, alors un peu de gratitude ne serait peut-être pas trop demander, si ?

— C'est bon. Mais avec un peu de chance, tu n'auras pas besoin d'écrire à nouveau pour moi – avec un peu de chance, je peux me débrouiller dès maintenant. Tu as fait du bon boulot jusqu'ici en tout cas. C'est exactement le genre d'homme que je cherche.

Le mot-clé étant « genre ». Il est son genre mais elle n'a certainement pas bu ses paroles.

Bree écarquille les yeux en lisant les derniers mots de la conversation, et sa gentillesse se dissout immédiatement comme sous l'effet de l'acide.

— Pourquoi lui as-tu dit que je ferais la coiffure ? Cela risque de me prendre au moins une heure.

— Oh. Eh bien, je peux t'aider, et il ne t'attend pas avant 18 h 30, alors nous avons le temps de…

— Tu sais à quoi ressemble la coiffure ?

— Je crois…

Bree jette les feuilles à terre et saisit rageusement son téléphone. Elle soupire et fait défiler une mosaïque infinie de photos de Mary version 1985.

— Tu vois ? C'est un gros engagement.

Oh ! mon Dieu. Comment ai-je pu l'oublier ?

Il ne s'agit pas d'une jolie tresse sur le côté ou d'une banane sexy avec un ruban. C'est une nageoire en cheveux qui pointe depuis l'arrière de son crâne tel un cône de signalisation.

(Mary, au sujet d'une invitation à un festival à San Diego : « S'ils imaginent que je vais étirer le peu de cheveux qui me reste pour porter le chapeau de la fête, ils n'ont qu'à tripler ma commission. » Je me rappelle aussi vaguement d'une lettre trouvée dans un album souvenir, écrite à Lorne Michaels de Saturday Night Live : « Dois-je des droits d'auteur à la tête en cône ? Encore une fois, je crois que mon déni est plausible. Dans l'espace, personne ne peut vous entendre crier (au sujet des droits d'auteur)… »)

— Que puis-je faire ? Comment puis-je t'aider ? je lui demande gentiment.

— Des épingles à cheveux. Autant que tu pourras en trouver. Tout de suite.

Quand je reviens de ma course à la pharmacie, je retrouve Bree dans de meilleures dispositions.

Elle a enfilé une mini-robe et a retouché son maquillage. Elle me prend les épingles à cheveux des mains et fixe sa coiffure élaborée en regardant son reflet dans le miroir.

— Tu es sûre qu'il aime *Undersea* autant que moi ?

— Nous n'avons quasiment parlé que de ça.

Chose que tu saurais si tu avais lu les messages !

Mon Dieu, qu'est-ce qui ne va pas chez moi ? Ce n'est pas parce qu'elle n'apprécie pas l'humour de Sc0tLeGrand qu'elle n'appréciera pas ses… attributs en face-à-face. (Mais si elle n'aime pas ses plaisanteries, est-ce qu'elle devrait vraiment être *autorisée* à le rencontrer ?)

Cela ne m'a jamais dérangée quand ma première cliente, Tess, sortait avec ses matches. Cela n'a aucun sens, de toute façon. Comme je l'ai dit à Aisha : je ne suis pas fréquentable dans l'état où je suis.

— Bonne chance, Bree. J'espère que tu vas passer une nuit d'enfer !

En disant ces mots, je ne peux m'empêcher de croiser les doigts derrière mon dos.

9

À : Employés de Dis-le à mon cœur

De : Leanne Tseng

Re : Creuser en profondeur

Chère équipe,

Les histoires d'amour… on en a tous. Même si, parfois, on aimerait que ce ne soit pas le cas.

Cette semaine, j'aimerais que vous alliez plus loin et que vous vous impliquiez de manière personnelle. Il est important que nous travaillions pour nos clients, mais aussi pour l'amour lui-même. Et la meilleure façon de le faire, c'est de se trouver des points communs avec les clients afin de pouvoir éprouver de l'empathie et comprendre ce qu'ils cherchent.

Mais je ne peux pas vous demander de vous impliquer personnellement sans montrer l'exemple, n'est-ce pas ? Alors voilà : j'ai déjà été amoureuse. Assez pour me marier. En apparence, nous n'étions pas faits l'un pour l'autre. Et il s'est avéré que, en creusant un peu sous la surface – peut-être seulement cinquante millimètres sous la surface – nous n'étions vraiment pas faits l'un pour l'autre. Cependant, il est important d'examiner précisément ce qui a fonctionné dans cette relation. Les blagues qui m'ont fait rire, l'enthousiasme débridé pour mon travail et son soutien, et la sensation – bien que furtive – d'être regardée et aimée pour ce que j'étais. Voilà les pensées et les sentiments que j'essaie de convoquer à chaque fois que je travaille avec un client.

Finalement, ce que nous faisons *est* personnel… tout en étant un travail. Le succès repose dans l'équilibre entre les deux.

Bien à vous,

Leanne

Miles

Oh. Voilà un message surprenant de la part de Leanne. Est-elle nostalgique de *Clifford* ? Si c'est le cas, quelles sont mes chances de me remettre de Jordan, qui est au moins 90 % moins détestable que l'ex de Leanne ? Bien que, si on tient compte de la tromperie, on peut revoir le pourcentage à 85.

La brasserie avec les bières spéciales que Jude souhaite goûter n'est pas très loin de chez Dylan et Charles.

C'est une bonne raison d'y passer durant son rencard. Ça, et le fait que je me suis réveillé ce matin à côté d'une pile de journaux *Metro* posée sur la table basse en acajou et verre devant le canapé. Ils étaient tous ouverts à la rubrique des petites annonces et chaque appartement disponible était entouré. Charles n'a pas cours aujourd'hui, ce qui signifie qu'il sera à la maison toute la journée, et personne n'aime être confronté à son agresseur passif.

Et puis, je dois l'avouer. Une part de moi aimerait bien voir Bree en personne, pour savoir si son humour transparaît aussi dans la vie réelle. Eh, je suis censé éprouver de l'empathie pour mes clients, non ?

À vrai dire, je ne peux pas la rater. Bon sang, elle a vraiment reproduit la coiffure du film. Elle se détache d'au moins plusieurs centimètres au-dessus de la foule, tel un parfait triangle isocèle. Et vu l'expression bouche bée de Jude lorsqu'il lui serre la main, je crois que j'ai oublié de lui en parler, probablement parce que je ne pensais pas qu'elle était sérieuse.

La vérité, c'est qu'elle a l'air… sexy. C'est manifestement une femme séduisante, mais cette coiffure ajoute quelque chose d'audacieux et d'intello qui la propulse à un tout autre niveau. Ils semblent tous les deux sortis tout droit d'un catalogue (un catalogue cosplay, mais quand même). Si Jude n'est pas capable de s'en rendre compte maintenant, je vais devoir le raisonner plus tard pour qu'il ne passe pas à côté de cette perle rare.

Je me glisse sur un tabouret de bar à proximité de leur table. Je peux les voir du coin de l'œil et, surtout, je peux les entendre.

— Tu as l'air…, commence Jude, avant d'hésiter. Intéressante ? (Puis il se reprend.) Sympa ?

Il semble incapable d'enlever ce point d'interrogation. Je devrais peut-être sortir mon carnet de notes afin de le débriefer en bonne et due forme après cette soirée.

— Merci, répond Bree en se touchant les cheveux. D'habitude, c'est un peu plus ressemblant, mais je n'avais pas beaucoup de temps.

— Oh ! rétorque Jude.

Et puis, plus rien. Il s'éclaircit la gorge, avant de saisir le menu.

— Eh bien, merci d'être venue. J'ai entendu beaucoup de bien de cet endroit. Ils ont environ quarante variétés de bière pression et je crois que six d'entre elles sont *light*.

C'est la première fois que j'entends quelqu'un employer ce mot avec autant d'enthousiasme ; d'ailleurs, il ne m'a jamais rien dit avec autant de passion. Décidément, je sors mon carnet.

— Très bien, réplique Bree en prenant un menu.

Ils le parcourent tous les deux pendant un bon moment.

— Qu'en penses-tu ? demande Jude. La Monterey Jack IPA a l'air bonne. Et je crois que je vais goûter la Wil Belgian Wheaton.

— Euh… Est-ce qu'ils proposent à manger ?

— Oh ! répond Jude. Tu as faim ? On peut demander au serveur la carte de la nourriture.

— Oui, ce serait super.

Jude met du temps à attirer l'attention d'un serveur et, en attendant, ils n'échangent pas un seul mot.

Ce que j'ai dit est vrai : certains ont plus d'humour en ligne qu'en personne. Mais en ce qui concerne Bree… je ne peux m'empêcher de penser que le problème vient de Jude. Elle s'est vraiment donnée à fond, avec cette coiffure – alors ça pourrait au moins servir de sujet de conversation –, et il ne fait aucun effort. Je dois lui parler. Cette fille ne restera pas libre longtemps, et il passerait vraiment à côté de quelque chose s'il la laissait filer.

Un serveur arrive enfin vers eux et les informe qu'ils ne servent rien à manger, à part une planche de fromages à 40 dollars, conçue pour s'associer à chaque sorte de bière.

— Qu'en dis-tu ?

— Euh, du fromage, répond-elle. Bien sûr. Pourquoi pas ? J'ai assez faim.

— Cool. As-tu choisi ce que tu voulais boire ? lui demande-t-il avant que le serveur ne disparaisse de nouveau.

— Oh ! Juste un Coca Light.

Le serveur cligne plusieurs fois des yeux puis note sa commande.

— Et vous ? lance-t-il à Jude.

— Euh… En fait, je n'ai pas encore choisi.

— OK, OK. Faites-moi signe quand vous serez prêt, conclut le serveur en exprimant subtilement son irritation dans la façon dont il fait cliqueter son stylo.

— Tu ne veux pas goûter de bières ?

— Non, j'évite l'alcool en ce moment.

— Oh ! rétorque Jude, l'air profondément confus et jetant un coup d'œil dans ma direction. Je ne le savais pas. Je suis désolé. Si j'avais su, je ne t'aurais pas donné rendez-vous dans une brasserie.

Merde. Je suis quasiment sûr qu'elle n'a jamais mentionné cette information lors de nos conversations, mais je vais devoir vérifier.

— Pas de problème, le rassure Bree. Je ne l'ai peut-être pas évoqué. Qui sait ?

— Eh bien… Est-ce que tu veux aller ailleurs ?

Bravo à Jude pour cette proposition. Mais je dois lui retirer un point car il lui a posé la question tout en regardant avec insistance le menu.

— Honnêtement ? Je ne suis pas sûre que cette coiffure survivrait à un trajet vers un autre endroit, alors il vaut peut-être mieux qu'on reste ici.

— D'accord, OK, répond-t-il, avant de reprendre le menu de manière embarrassée, le scrutant avec une concentration intense.

Quand le serveur revient, il finit par lui commander une bière artisanale, ainsi qu'un plateau de fromage et un Coca Light.

— Alors…, reprend-il une fois le serveur parti.

— Alors…, dit Bree.

Mon Dieu, que c'est laborieux. Des flash-back de RayaJack5 me reviennent. Si seulement je pouvais taper les mots sur un clavier pour les transmettre directement au cerveau de Jude.

— Alors… Tu travailles dans le médical, c'est ça ? demande-t-il.

— Je suis comptable. Pour un cabinet médical.

— Ah, OK. Ça te plaît ?

— Beaucoup. C'est plus drôle que ça en a l'air.

— Tu es sans aucun doute… quelqu'un de drôle, fait-il remarquer en esquissant un geste vers sa coiffure.

Il me faut fournir un effort surhumain pour ne pas me frapper la tête contre le comptoir du bar.

— J'imagine, répond-elle. Et toi… Désolée, je ne me souviens pas vraiment de ce que tu fais dans la vie.

Vraiment ? Elle a pourtant fait un commentaire ironique quand j'ai mentionné l'activité de coach personnel quelques jours auparavant. Se pourrait-il qu'elle jongle entre plusieurs matches et qu'elle ne se souvienne pas de toutes les conversations ? Ce n'est pas bon signe, mais cela signifie qu'il faut que je mette le paquet pour m'assurer que Jude se hisse jusqu'au haut du panier.

— Coach personnel, déclare Jude, l'air affable.

— Ah oui, ce qui explique ceci, réplique Bree en touchant brièvement le haut du bras de Jude.

Jude lui répond par un sourire. OK, ça commence à aller mieux.

— Alors tu viens d'Irlande. Attends, non… d'Écosse.

— Ouais, confirme Jude avec un hochement de tête.

— Où exactement, en Écosse ?

— D'un petit patelin près de Glasgow qui s'appelle Auchentiber. C'est très joli.

— Ça *sonne* joli. En tout cas, quand tu le prononces.

— Merci, dit Jude en souriant.

On pourrait croire que le train a enfin quitté la gare, mais… non. Un autre arrêt, à environ un mètre d'où ils sont partis. Aucun d'entre eux ne dit quoi que ce soit jusqu'à l'arrivée du serveur avec leurs boissons et un gigantesque plateau de fromages qui prend presque toute la place sur la table.

— Eh bien, à ta santé ! s'exclame Jude.

Alors qu'il lève son verre jusqu'à ses lèvres, il interrompt soudainement son geste.

— Oh ! attends. Je suis désolé. J'aurais dû te demander avant si cela ne te dérangeait pas que je boive devant toi. C'est impoli de ma part.

— Pourquoi ne pourrais-tu pas boire devant moi ? fait Bree en cillant.

— Je ne sais pas, si tu as décidé d'arrêter de boire, fait vœu de sobriété, ou…

Il laisse sa phrase en suspens. Dieu merci il ne l'accuse pas d'être une alcoolique débridée.

— Oh non. Ce n'est pas ça du tout. J'ai juste décidé de ne plus consommer d'alcool lors de rendez-vous, explique-t-elle en baissant la voix et en se penchant vers lui. Cela m'a conduite à prendre de mauvaises décisions dans le passé. Alors, santé ! Fais-toi plaisir.

— Ah, je comprends, rétorque Jude en lui souriant de nouveau, avant de prendre une gorgée de bière.

— Quels fromages te tentent ? interroge Bree en se saisissant du couteau.

— En fait, je ne mange pas de fromage. Je suis le régime paléo, admets Jude.

— Oh. Je suis censée manger ce plateau toute seule ?

— Je suis sûr que tu peux les prendre à emporter, la rassure Jude.

— C'est vrai. Bonne idée.

Elle se met ensuite à couper les fromages. Tous. Elle les coupe et les mange par petites tranches, sans s'arrêter : pas de conversation, aucun geste, à peine un contact visuel. Malgré son charme et son physique avantageux, Jude a besoin d'aide.

— Oh mon Dieu ! s'écrie Bree, me faisant lever les yeux vers eux.

Une mèche de ses cheveux a glissé dans de la feta.

— Beurk, s'exclame-t-elle en retirant sa mèche du fromage tandis que Jude lui tend une serviette qu'elle utilise pour s'essuyer en riant.

— J'imagine que la duchesse n'a jamais rencontré ce genre de problème dans l'espace. Zéro gravité.

Jude lui sourit en hochant légèrement la tête, mais il est évident qu'il n'a aucune idée de ce dont elle parle. Je crois qu'il n'a jamais vu *Undersea*. Ce film m'obsède depuis si longtemps que je n'ai même pas pensé que cela était possible. La première chose à faire est peut-être de remédier à cela. Un faible prix à payer pour accéder aux bonnes grâces de cette fille.

— Excuse-moi une minute. Je vais aller arranger ça…, explique Bree en désignant sa coiffure.

— Bien sûr, répond Jude en se levant pour aller reculer sa chaise comme un gentleman, mais Bree a déjà gagné les toilettes.

Une fois certain que Bree est hors de vue, je m'approche de Jude. Il se passe une main dans les cheveux.

— Je n'ai jamais trop suivi la mode d'avant-garde, déclare-t-il.

— Euh, ce n'est pas une mode, lui dis-je. Cette coiffure est inspirée du film *Undersea*. Mary Clarkson ?

— Oh ! répond Jude, le temps que l'information percute. Ohhhh. Oui, je m'en souviens. Vaguement. Je ne l'ai pas vu depuis que je suis gamin…

— Eh bien, il va falloir qu'on s'occupe de ça parce qu'il est évident qu'elle est fan.

— Très bien, lâche Jude d'un ton incertain.

— Ne t'inquiète pas, c'est génial. Le devoir le plus facile que tu aies jamais eu.

— OK. Des devoirs, mais… Tu penses vraiment…

— Merde, je dois y aller.

Je saute sur mon tabouret de bar tandis que Bree revient à table. Elle porte désormais ses cheveux lâchés et elle a à la main un morceau de carton en forme de bonnet d'âne.

Jude se lève à son arrivée et, cette fois, il arrive à reculer sa chaise à temps pour l'aider à s'asseoir.

— Merci, lui dit-elle.

Il regagne sa place en lui souriant.

— J'ai compris, s'exclame-t-il avec enthousiasme et en esquissant un geste vers sa tête. *Undersea !*

— Euh… Ouais, réplique Bree, tout en ayant l'air de vouloir lui planter le bonnet d'âne sur la tête.

Le rendez-vous ne dure pas plus longtemps que ça. Tout à coup, Bree n'a plus si faim, Jude a fini sa bière, et seuls des murmures (« C'était sympa ») me parviennent, sans plus de commentaires.

Zut.

Une fois que Bree a quitté la brasserie, Jude me rejoint au bar. Il commande de l'eau, puisqu'il a apparemment atteint son quota journalier de bière. Je commande, moi, une Jameson bien fraîche.

— Au moins, cette Wil Belgian Wheaton pourrait être une candidate sérieuse pour ma quête, déclare Jude. Elle était plutôt bonne.

— Ce n'est pas encore fini. On peut encore sauver les meubles.

— Tu crois ? fait Jude en pressant un citron dans son verre d'eau avec un haussement d'épaules. Je ne sais pas. Tu te souviens de ce que tu as dit au sujet de l'efficacité ? On devrait peut-être passer à autre chose.

— Je ne pense pas, dis-je immédiatement.

Il est vrai que, d'habitude, quand mon client a un mauvais pressentiment après un premier rendez-vous, je suis 100 % d'accord avec lui. Il existe de nombreux profils dans l'océan, surtout pour un type comme lui, et mon travail est de lui éviter de perdre son temps.

Mais voilà. Je ne pense pas que Bree soit une perte de temps. Bien sûr, ce n'est pas le premier rendez-vous le plus mémorable de l'histoire de la romance, et ils devront certainement l'embellir s'ils en viennent un jour au point de raconter leur histoire à leurs petits-enfants (d'un autre côté, peut-être que ce sera hilarant : la coiffure qui a failli empêcher leur existence). Mais il se pourrait qu'il ne s'agisse que d'un mauvais jour ; tout ce que je sais au sujet de Bree me laisse croire qu'elle en vaut la peine. Alors je le dis à Jude.

— Très bien, conclut-il. Mais pour être honnête, je ne suis pas sûr qu'elle considère que, *moi*, j'en vaille la peine.

— Laisse-moi y réfléchir. Si c'est vrai, je trouverai quelque chose pour la faire changer d'avis.

— C'est toi l'expert, déclare Jude en levant son verre.

Ce soir-là, en rentrant à la maison, je trouve Dylan seul sur le canapé avec un plateau de chips et de la sauce salsa sur les genoux, devant Shark Tank[1].

— Où est Charles ? je lui demande en espérant que sa réponse sera une variante de « Parti pour toujours ».

— Il dîne avec un ancien élève, de qui il a été le mentor, m'explique Dylan.

OK, d'accord. Je dois admettre que cette réponse est meilleure que

1. Émission de téléréalité américaine sur le monde des affaires.

celle que j'attendais. Charles et moi ne nous entendons peut-être pas, mais il faudrait être aveugle pour ne pas voir que lui et Dylan sont absolument fous l'un de l'autre. Et s'il y a bien une chose qui n'a pas changé, c'est que je reste un vrai romantique.

Seulement, c'est encore le même problème auquel je me heurte : le Miles Normal n'est pas là et je doute sincèrement de vouloir le revoir. Car être un romantique invétéré implique de s'exposer trop facilement et de retrouver son cœur massacré, passé sous un rouleau compresseur et laissé pour mort.

D'un autre côté, me montrer totalement cynique au sujet de l'amour ne m'a pas rendu service non plus. Je ne me sens plus le même ; j'ai l'impression d'être une version de moi-même qui voit le monde à travers une bavure de Vaseline. Rien n'est clair et je ne peux me fier à aucun de mes sens. Ce n'est pas une façon de vivre, surtout pour un New Yorkais qui a besoin d'être constamment en alerte pour ne pas s'asseoir sur une tache indéfinissable et collante répandue sur le seul siège de métro disponible.

Je rejoins Dylan sur le canapé et il me tend le bol de chips, dans lequel je me sers tout en essayant d'éviter de faire tomber des miettes pour ne pas aggraver ma situation de squatteur au long cours.

— Je crois que Barbara va se taper ce type, m'indique Dylan en esquissant un geste en direction de la télé.

— Peut-être. Ou Kevin, dis-je.

— Beurk. Je n'espère pas. Il mérite mieux.

Dylan a apparemment cru au portrait de méchant qui a été fait de l'investisseur surnommé Monsieur Merveilleux.

Peut-être est-ce la réponse. Je peux être Shark : un investisseur dans le jeu de l'amour qui ne s'implique pas personnellement. J'ai l'emploi parfait pour cela. Je ne suis pas seulement dans les tribunes à regarder les grandes romances des autres ; j'en suis le véritable architecte. J'en plante la graine, pour ainsi dire. Et si je fais mon travail et que je le fais correctement, je peux être témoin d'un succès sans me retrouver en danger personnellement si la graine ne prend pas.

Je n'ai pas besoin d'être le Miles Normal. Je peux devenir le Miles 2.0.

Et je crois que Bree et Jude sont le couple parfait sur lequel miser.

10

À : La bande de l'édition spéciale

De : Clifford Jenkins

Re : Être orienté « résultats »

Ce message va vous sembler beeeaaauucoup plus sérieux que d'habitude, et je reconnais que ce n'est pas mon genre, mais écoutez-moi, OK ? La vérité, c'est qu'entre la taupe de notre équipe, le lancement de Palet et But (ce n'est qu'un titre de travail, on a bien le droit de rire !), et ce qui ressemble fort à un bombardement de procès (ça prouve qu'on fait des envieux. alors je ne m'inquiète pas), je ne m'attendais pas à découvrir que nos pairs de LA CENTRALE DU NICHON proposent un « satisfait ou remboursé ». Qui ferait ce genre de choses, franchement ? L'amour est une chose splendide, qui ne peut être précipitée ni forcée. Il est évident qu'ils en ont une vision cynique pour penser que les émotions peuvent se mesurer avec de l'argent. Nous ne partageons PAS ce point de vue.

Cependant, nous serions naïfs de ne pas répliquer. Alors j'ai pensé à un compromis. À partir de la semaine prochaine, nos clients pourront demander à changer de rédacteur s'ils estiment qu'on ne répond pas à leur besoin. Malheureusement, cela signifie que le rédacteur initial ne sera pas payé, car on ne peut pas exiger de nos clients qu'ils payent deux fois s'ils ne voient aucun résultat. L'avantage, c'est que cette nouvelle offre attirera sans aucun doute plus de clients que nous ne pouvons en gérer, alors au final, c'est une grande VICTOIRE pour notre famille !

Paix à vous,

Cliff

Zoey

Je crois que Bree m'évite.

Trois jours ont passé depuis son rendez-vous avec Jude, et elle n'a répondu à aucun des messages que je lui ai envoyés pour savoir comment il s'était passé. Je suis en panique.

Si l'entretien que j'ai passé par téléphone la veille pour être lectrice de scénario s'était mieux déroulé, je ne m'en soucierais pas autant. Mais il s'est conclu sur le faux compliment ultime : « Je crains que vous ne soyez trop qualifiée pour être heureuse avec nous. »

Je ne sais pas ce que j'aurais pu faire pour les convaincre que cela ne me dérange pas de faire des courses et de répondre au téléphone. En fait, c'est ce que j'ai fait pendant huit ans ; pourquoi ne pourrais-je pas continuer ?

Puis, ce matin, j'ai reçu la réponse à un CV que j'avais envoyé six semaines auparavant. Aucune salutation, aucun rappel de l'entreprise dont il s'agissait. Seulement :

Il est indiqué que vous avez travaillé pour un *script doctor*[1]. Est-ce qu'il faut passer un doctorat pour ça ?

J'ai répondu en expliquant le terme, et j'ai obtenu cette réponse :

Je suis surpris que vous n'ayez pas compris la blague.

1. Consultant en scénario. (NdE)

Je croyais que les blagues étaient votre « truc ». De toute façon, nous n'embauchons pas.

Je suis tellement déstabilisée par les refus que j'ai reçus et l'argent qui risque de me manquer qu'il m'est impossible de me concentrer sur le script que je suis censée écrire. Je reste bloquée à la page 2, j'ai changé les noms des personnages et refait le dialogue d'ouverture tant de fois que je ne sais plus de quoi parle l'histoire, si tant est que je l'ai su un jour.

Je sais que Mary ne me mettrait jamais à la porte, mais la seule idée de lui dire que je n'ai pas réussi me rend malade, étant donné qu'elle a tout fait pour m'aider. Après la réaction de Bree en entendant mon histoire, j'ai fait des recherches sur l'immeuble où je vivais. J'ai appris que je devrais payer 4 000 dollars par mois pour cette minuscule pièce, ce qui n'a AUCUN sens, mais ce qui veut dire que Mary a été bien plus généreuse que ce que j'imaginais ; si je ne peux pas payer le loyer mensuel avec les 70 % de réduction, je ne mérite pas d'habiter cet appartement. Que quelqu'un qui en est digne prenne ma place.

Et puisque les mauvaises nouvelles viennent toujours par trois, Clifford menace maintenant de rogner sur la paie de ce que je pensais être un emploi stable ! Il faut que je découvre ce qui s'est passé. Les messages vocaux et les textos ne donnent rien, alors je décide de me connecter au compte de Bree sur Jeu, Set et Match afin de trouver moi-même des réponses. Elle ne m'en a pas donné la permission depuis la dernière fois que nous nous sommes vues, MAIS elle ne me l'a pas interdit non plus.

C'est peut-être bon signe de ne pas avoir de ses nouvelles. Elle et Jude sont peut-être si enamourés qu'ils n'ont pas le temps pour autre chose. Je vais me connecter, trouver un paquet de messages niais – je parie que Jude en écrit de très bons – et transmettre à Clifford la bonne nouvelle d'une autre de mes réussites.

Nom d'utilisateur BLaDuchesse

Mot de passe : 1374552x9992080

Le nom d'utilisateur ou le mot de passe que vous avez renseigné est incorrect.

Je lève les yeux au ciel. C'est parce qu'il s'agit d'une série de chiffres pris au hasard et qui correspondent à des sortes de coordonnées GPS d'*Undersea*. Je vérifie les données avant de les taper à nouveau.

Le nom d'utilisateur ou le mot de passe que vous avez renseigné est incorrect.

Je serre les dents et fais une troisième tentative.

Au moment où j'appuie sur la touche « Entrer », l'écran devient noir et une balle de tennis atterrit sur le visage d'un joueur en dessin animé. Son œil gonfle et quelques-unes de ces dents tombent. Charmant.

Puis un message écrit en blanc apparaît :

Veuillez contacter un administrateur pour restaurer les données de votre compte. Bye !

Oh merde ! Combien de temps sera-t-elle déconnectée ?

Je suis en train d'imaginer toutes les implications possibles quand je reçois une notification me signalant de la réception d'un e-mail. Il vient de Clifford et c'est une vidéo. Putain, il ne manquait plus que ça ! Au moins, je me trouve chez moi et personne ne risque d'être témoin de sa folie. Je clique dessus, une main devant les yeux pour regarder entre mes doigts. *Quand* trouve-t-il le temps de faire ces vidéos ?

Oh ! il s'est bien amusé avec celle-ci.

La vidéo montre Ariana Grande chantant et dansant, mais son visage est grossièrement recouvert par la photo de profil de Bree. La queue-de-cheval d'Ariana pointe du sommet de la tête de Bree, ce qui n'est pas sans rappeler la coiffure en forme de cône, quand on y pense. Elle (et The Weeknd, parce que l'obsession de Clifford continue) chante que, si je veux les garder, je dois les aimer plus fort. Puis Clifford s'avance vers moi devant un écran blanc.

« Voilà le problème. Ta cliente a rempli une évaluation cliente, et elle t'a attribué (il grimace) une étoile sur cinq. C'est *presque* le pire résultat possible. »

Quel est le pire ? Se faire assassiner ?

« Tout le monde n'est pas compatible, mais cela va plus loin que ça. »

Sans blague ! Est-ce que mes boots sont compatibles avec ta jugulaire ?

J'ai vraiment du mal à imaginer comment le rendez-vous de Bree et Jude aurait pu mal tourner. J'avais tout prévu ; tout ce qu'elle avait à faire était de se présenter et de discuter de son sujet préféré, et elle aurait gagné sur tous les tableaux. Jude et moi avons établi un *lien*. Si cela s'est mal passé, ce n'est pas ma faute.

J'éteins la vidéo de Clifford (juste après l'avoir entendu dire « Ouh-oh ! Mayday ! Mayday ! ») et pars pour faire les cent pas dans mon appartement à 4 000 dollars par mois. Mais je fais seulement six pas avant de devoir faire demi-tour.

C'est grave. C'est très grave.

Je parcours la liste de mes contacts dans mon téléphone avant de m'arrêter au nom d'Aisha. J'ai *besoin* de parler de Clifford, et qui d'autre peut me comprendre ? Elle comprendra mieux que personne. Mais j'hésite.

C'est vendredi soir ; elle est probablement sortie.

Si je laisse entendre à quel point je suis nulle dans mon travail, elle ne parlera jamais de moi à une autre agence.

Je continue de chercher avant d'appeler un autre contact.

— Maison de retraite Starry Eyes, Ruby à l'appareil.

— Bonjour, Ruby, dis-je en essayant d'avoir l'air joyeuse malgré le nœud dans ma gorge. Est-ce que ma grand-mère est dans le coin ? C'est Zoey.

— C'est vendredi, alors elle est au karaoké-bingo ce soir. Tu veux que je lui demande de te rappeler ? Ce ne sera pas avant 23 heures…

— Non, ce n'est pas grave… Dis-lui que j'espère qu'elle s'éclate avec Doris.

Je raccroche puis fixe les murs de mon appartement. Ma grand-mère de quatre-vingts ans mène une vie sociale plus trépidante que moi. Je suis contente pour elle – elle le mérite –, mais elle me manque et mon ancien « moi » me manque, la personne que j'étais avant, quand les choses avaient un sens et que mon emploi du temps n'était jamais contrarié.

Réveil à 6 heures, petit déjeuner devant la télé, puis prendre la route 10 jusqu'à la 405 puis la 101, travailler avec Mary toute la journée, prendre la 101 jusqu'à la 405 puis la 10, maison, dîner devant la télé (à moins que je ne sois restée plus tard pour dîner avec Mary), au lit à 23 heures. En boucle.

Cela n'avait pas d'importance si je ne sortais pas beaucoup ; à Los Angeles, j'étais toujours entourée. Je n'avais jamais à y penser. Je fréquentais en douce Nick, le dealer d'herbe, à chaque fois qu'il passait chez Mary, alors ce n'était pas comme si j'avais besoin de sortir avec des mecs. Mary elle-même organisait des fêtes auxquelles elle m'invitait, et pas en tant qu'employée. J'étais toujours la bienvenue. Je faisais partie du groupe. On ne me prenait jamais de haut.

C'est peut-être de là que vient ma peur de New York. Ici, je ne me sens pas la bienvenue.

J'ai désormais beaucoup trop de temps et personne avec qui le passer.

OK. Réfléchissons. Que dirait Mary au sujet des événements de ce soir ?

Il n'existe qu'un seul moyen sûr de le savoir. Il n'est que 18 heures en Californie ; pas que ça ait une quelconque importance, les concepts abstraits comme le « temps » n'ont aucune incidence sur Mary.

Quelqu'un décroche à la quatrième sonnerie.

— Mary, Fuck, Kill, en quoi puis-je vous aider ? demande une douce voix masculine.

Choquée, je raccroche immédiatement. Mon cœur bat la chamade. J'ai la tête qui tourne, mes doigts et mes bras semblent engourdis, comme quand j'ai passé la journée à taper sur un clavier. J'ai des symptômes fantômes d'un travail que je ne fais plus depuis des mois.

Mes yeux se remplissent de larmes. *Je suis si stupide.* J'aurais dû m'en douter.

Elle m'a remplacée.

Elle m'a remplacée par quelqu'un qui ne bafouille pas en prononçant le nom de son entreprise.

J'essuie mes larmes et secoue la tête. Elle m'a dit que j'étais la meilleure assistante qu'elle ait jamais eue, et j'ai cru que cela signifiait qu'elle n'en aurait jamais d'autre. Qu'après moi, elle s'en sortirait tant bien que mal. Qu'elle se concentrerait sur l'adaptation de ses mémoires pour le théâtre comme elle avait prévu de le faire.

Je suis vraiment ridicule. J'étais son assistante, pas sa partenaire, même si elle me demandait mon avis sur les scénarios et me laissait trouver les blagues. Ce n'est pas parce qu'elle m'a donné un titre d'associée ou qu'elle a envoyé son voiturier me chercher quand j'ai eu la grippe afin de veiller sur moi dans sa chambre d'ami et de me nourrir de soupe matzo de chez Canter's Deli, et qu'elle nous a emmenées, moi et Nana, à Catalina Island pour l'anniversaire de Nana, et que j'ai pensé, j'ai pensé…

OK. Ressaisis-toi.

Après avoir répondu à son courrier pendant huit ans et rédigé sous sa dictée, tu la connais presque mieux que toi-même. Alors. Que dirait Mary au sujet de Bree ? Probablement quelque chose comme : « Quand la vie te donne des citrons, fais des amaretto. »

Amen. Je n'ai pas les ingrédients, mais j'ai la moitié d'une bouteille de riesling vieille d'une semaine. J'ouvre le réfrigérateur et bois une longue gorgée revigorante au goulot. Le liquide pénètre doucement mon organisme. Avec mon masque de bravoure bien en place, j'appelle Bree via FaceTime. Je ne ressens ni honte ni culpabilité. Nous sommes en soirée, donc je ne risque pas de la déranger au travail, et elle me doit une explication.

Bree apparaît à l'écran, l'air triste.

— Je suis désolée, couine-t-elle. Saluuut.

— Salut, lui dis-je, de marbre. Que s'est-il passé ? Est-ce que tu vas bien ?

— Tu as eu des ennuis, c'est ça ? Je suis désolée au sujet de l'évaluation, mais elle n'arrêtait pas d'apparaître, et le seul moyen de m'en débarrasser était d'y répondre. En plus, c'est la vérité ! Le rendez-vous était complètement foiré.

À distinguer de « à moitié foiré » ?

— Tu sais, Bree, dis-je lentement afin de ne pas exploser. Je suis sincèrement surprise. Peux-tu me le raconter en détail, s'il te plaît ? J'aimerais comprendre ce qui s'est mal passé.

— Il ne mange pas. Il voulait seulement boire, et tu savais que ça ne le ferait pas pour moi. Cela aurait difficilement pu être plus bizarre. Et il n'a même pas reconnu ma foutue coiffure. JE NE LA FAIS PAS POUR TOUT LE MONDE, TU SAIS.

— Et pourtant, je ne peux pas m'empêcher de remarquer que tu l'as faite une nouvelle fois aujourd'hui.

J'ai les mâchoires si serrées que c'est un miracle qu'elle puisse comprendre ce que je dis.

Elle renifle et touche légèrement sa coiffure, dont la moitié est hors de l'écran.

— Il y a une soirée Blu-ray à minuit ce soir, explique-t-elle, vexée. C'est une nouvelle sortie de la version avec les coupes du directeur et dix-huit secondes de film inédites.

— OK. Je suis désolée que le rendez-vous se soit mal passé, vraiment. Est-ce que tu as… (je ferme brièvement les yeux) trouvé un autre rédacteur ?

— Non, répond-elle. Je ne savais pas que je pouvais en choisir un autre.

— Tu ne peux pas, dis-je rapidement.

Pas avant la semaine prochaine, a annoncé Clifford. J'ai encore une chance de changer la situation.

— Je comprends que tu sois en colère, et je m'excuse sincèrement de ne pas avoir assez anticipé ce qui pouvait se produire. Y a-t-il quoi que ce soit que tu aies *apprécié* chez Jude ? Quoi que ce soit qu'on pourrait utiliser ?

— Il est bien bâti. Et il a des yeux magnifiques, et un accent à tomber…

Je ne peux réprimer un sourire. Je suis sûre qu'elle dit vrai.

— Ah oui ?

— Je crois qu'il se sent mal d'avoir foiré le rendez-vous, car il m'a envoyé quelque chose ce matin.

Je reprends espoir.

— Des fleurs ? Un mot ? Est-ce que je peux voir ?

— Il n'y a rien à voir. Mais tu peux l'écouter. C'est un fichier audio. Je n'ai écouté que le début, parce qu'il a l'air long.

— Tu… veux que… que je l'écoute pour toi ? je bafouille.

Si elle accepte, c'est que je suis toujours sa rédactrice. Si elle accepte, je peux encore payer mon loyer. En plus, j'aimerais bien entendre son « accent à tomber » pour moi-même.

— J'imagine, oui…, dit-elle avec un haussement d'épaules.

— Je te ferai un retour demain matin, OK ? Envoie-le-moi et amuse-toi bien avec tes… euh, dix-huit secondes inédites de film – oh, il est possible que tu ne puisses plus te connecter à Jeu, Set et Match pendant un moment, mais je m'en occupe.

— On ne devrait pas plutôt recommencer ? Trouver un nouveau profil ? C'est épuisant.

Je fais comme si je n'avais rien entendu.

— Je te ferai un rapport demain à la première heure – ou à midi pour te laisser dormir ?

— Midi, c'est parfait.

— OKmercisalut !

Je télécharge le fichier immédiatement après l'avoir reçu et enfile mes écouteurs.

Il existe tant de façons de communiquer en ligne. Facebook, Twitter, iMessage, Messages privés, chats, sites de rencontres, Instagram, SMS, pourtant elles semblent toutes nous éloigner les uns des autres. Alors enregistrer un message vocal pour une session d'écoute privée me paraît presque… charmant.

J'adore.

« Très bien. OK. Bon, j'ai toujours été fan de ces rubriques que l'on trouve dans les magazines des compagnies aériennes, lorsqu'ils se consacrent à une ville, avec des articles du genre "Trois jours parfaits à Toronto". Je ne prends pas souvent l'avion, si ce n'est pour me rendre à Glasgow de temps en temps, mais je rapporte toujours ces magazines. J'aime l'idée de m'être constitué une collection et que, si jamais je me trouve dans l'une de ces villes, j'ai un plan tout prêt pour passer trois jours parfaits. Et justement, chaque quartier de New York, chacun d'entre eux, a sa propre atmosphère, quelque chose qui le rend unique. J'aurais aimé que quelqu'un rédige un guide, une version microcosme, pour une journée parfaite. Mais je crois qu'il n'en existe pas, alors je me suis dit que j'allais essayer. Je me lance avec une promenade qui commence à Hell's Kitchen pour t'emmener vers l'un de mes endroits préférés de la ville. Si tout se passe comme prévu, j'espère que tu verras quelque chose que tu n'avais pas encore remarqué. Et si tu apprécies cet endroit autant que moi, on pourra s'y rendre ensemble la prochaine fois. »

Oh ! maman. Son accent est DÉLICIEUX.

C'est la deuxième fois que j'écoute son message. Je suis allongée sur mon lit, dans le noir, les yeux fermés et la fenêtre entrouverte, tandis que les mots de Jude se déversent en moi comme la nuit qui enveloppe la ville.

« Alors sans plus tarder [il rit de manière charmante], bienvenue à Hell's Kitchen. Commençons la matinée par un tour à Holey Cream, sur la Neuvième Avenue. Quelle meilleure façon de démarrer la journée qu'en constituant son propre doughnut, pas vrai ? Ne te restreins pas sur la garniture – c'est le meilleur. Et n'oublie pas de commander un peu de glace en supplément… »

Sa voix me berce paisiblement. Il est minuit passé et je voyage sur un nuage de satisfaction.

Pour la première fois depuis mon arrivée à New York, la larme qui roule sur ma joue est une larme de joie.

Je resplendis toujours le lendemain, samedi, parce que l'endroit préféré de Jude se trouve tout près de chez moi, à seulement dix rues ! La High Line longe apparemment la rivière Hudson, la zone que je voulais explorer quand j'y suis passée en taxi l'autre jour en allant au Porchlight. Avec un « compagnon » pour me guider, ce sera plus facile.

Il est 7 heures du matin, et je suis vêtue d'un legging, d'une brassière de sport et d'un débardeur, l'uniforme officiel de L.A. Je suis motivée à bloc. Je suis folle de joie.

J'ai besoin d'une remise en forme.

J'ai appris, en écoutant Jude hier soir, que le parc de la High Line ouvre maintenant, et l'idée d'être l'une des premières arrivées pour en profiter me revigore. Une fois sortie de mon appartement, je m'étire et me dirige ensuite vers Gansevoort Street dans le district de Meatpacking. Jude assure que cette entrée garantit la meilleure expérience de la High Line.

Au bout d'un moment, je me rends compte que je me suis trompée de chemin. Je suis allée dans la direction opposée et je me retrouve maintenant sur l'avenue B, et l'endroit où je suis censée être se situe à onze rues d'ici. Onze *avenues* même. Il faut savoir qu'ici, une avenue, ce n'est pas une rue. Je vais devoir marcher une heure simplement pour rejoindre le point de départ de la promenade !

Je me maudis avant de prendre une profonde inspiration et de me rappeler qu'il s'agit seulement de la première fois que j'explore activement le quartier, et que tout ce que je vois aujourd'hui, c'est plus que ce que j'ai vu depuis mon arrivée, alors ce ne peut être qu'une bonne chose. Je serre les dents et marche jusqu'à la Quatorzième Rue. Je passe devant Union Square Park et la New School, et je suis contente de m'arrêter un instant pour reprendre mon souffle car les vitrines ressemblent à des cascades. Je prends une photo – ma première photo de touriste ! –, une longue gorgée d'eau et poursuis mon chemin, régénérée.

J'arrive enfin à la bonne entrée de la High Line, et la voix de Jude m'y attend, comme une armure qui me protège. Je mets mes écouteurs, lance la piste audio et oublie les bruits et le chaos alentour. Jude me régale avec un bref historique du chemin de fer en hauteur et les efforts pour le « sauver » en 2000 et le transformer en espace public en 2009. L'histoire me fascine. De ses débuts de ligne ferroviaire à sa reconversion en promenade surélevée, ce lieu fait honneur aux habitants du quartier et témoigne de leur désir de préserver un élément historique en faisant de ce paysage de l'ère industrielle un parc à usage multiple.

La piste cyclable et piétonne s'élargit ou rétrécit le long de l'eau en fonction de l'environnement. C'est à la fois apaisant et à couper le souffle. Je ne suis pas impressionnée par l'hôtel Standard (celui de L.A. est bien mieux), mais je suis agréablement surprise par les œuvres d'art rencontrées sur le chemin, des sculptures murales aux mosaïques. Nul besoin de se rendre dans des musées quand tant d'œuvres sont accessibles gratuitement, à la vue de tous les passants. Il existe même un projet intitulé *Mutations* dispersé sur des écrans vidéo tout au long de la promenade qui réchauffe mon cœur de Californienne.

« Je ne sais pas si j'aurais des enfants un jour, mais si c'est le cas, je les emmènerai à Pershing Square Beams », dit la voix de Jude en me faisant faire un détour. « D'ailleurs, Pershing Square Beams représente peut-être l'unique raison d'*avoir* des enfants. Pour faire simple, ils ont creusé le deck en béton afin de laisser apparaître les barres en métal d'origine et d'offrir la possibilité de marcher dessus. »

Impossible d'y résister. Je me retrouve à tester mon équilibre le long des poutres de la grille rectangulaire et creuse entre lesquelles se trouvent de petits jardins.

Je suis ravie, et si absorbée par la voix de Jude, son assurance calme et l'effort qu'il a fait pour ce guide, que je ne remarque même pas que j'ai marché deux kilomètres. Il faut maintenant que je fasse le chemin inverse… Pourtant, mon sourire ne me quitte pas.

Je suis récompensée par un snack qu'il recommande dans un collectif israélien appelé Seed + Mill au Chelsea Market. Ils sont spécialisés dans la halvah au Nutella – mon aliment préféré.

De retour chez moi, je prends une douche et regarde l'heure – il n'est que 11 h 30, je ne peux pas encore appeler Bree. J'attends, agitée, que les minutes passent. Je suis décontenancée par le fait d'avoir autant apprécié la voix de Jude, me laissant aller à croire que la visite du quartier était pour moi, pas pour elle. Comment Bree a-t-elle pu arrêter de l'écouter après seulement quelques minutes ? Pourquoi n'était-elle pas plus enthousiaste ? Ou un minimum reconnaissante ?

Il est midi et une minute, je peux désormais l'appeler via FaceTime. Quand elle décroche, elle a l'air fatiguée ; vous voulez parier qu'elle a regardé les dix-huit secondes inédites du film toute la nuit ? (Je peux parler, moi qui ai écouté la promenade en boucle…)

— Il faut que tu lui laisses une autre chance, lui dis-je sans attendre.

— Tu en es sûre ? Parce que, la partie que j'ai écoutée, c'était une visite de mon propre quartier. Je veux dire, c'était sympa, mais je vis ici. Je connais très bien le coin, je n'ai pas besoin d'un…

— Mais l'effort ! Le temps ! Tu dois reconnaître que quelqu'un qui s'est donné autant de mal mérite une seconde chance.

Elle fait la moue et fronce le nez, et l'espace d'une seconde de folie je prie pour qu'elle ne suive pas mon conseil. Elle ne le mérite vraiment pas si elle hésite autant.

Mais elle finit par sourire en hochant la tête.

— OK, tu as raison. Organisons un autre rendez-vous.

— Super ! Oui.

Nous discutons encore un peu avant de raccrocher. Je me laisse ensuite tomber sur mon canapé-lit en sachant que je devrais être heureuse, que je devrais me détendre, me sentir revigorée, rechargée, mais la vérité, c'est que je suis en train de vivre ma propre version de la Sainte Trinité : soulagement, regret et résignation.

11

À : Tous les employés de Dis-le à mon cœur

De : Leanne Tseng

Re : Confiance

Chère équipe,

Je tiens à féliciter chaleureusement Stella Gonzalez. Cela fait seulement deux mois qu'elle travaille avec nous en free-lance, mais c'est elle qui remporte notre grand concours d'idées « hors des sentiers battus/ou même dedans ».

Vous ne l'avez peut-être pas vu sur notre site Internet, mais tous nos clients bénéficient désormais de la possibilité d'être remboursés. Si nous ne les avons pas aidés à trouver quelqu'un qu'ils apprécient au bout de huit mois, ils seront entièrement remboursés. C'est un soulagement pour eux ! Et cela *vous* valorise aussi beaucoup ! Absolument. Si nous pouvons nous permettre une telle clause, c'est grâce à la qualité de notre travail et de nos employés.

Cela étant dit, nous avons dû trouver une petite garantie financière. Notez que si l'un de vos clients utilise l'option de remboursement, l'agence devra absorber la perte. Mais au bout de la deuxième fois, l'argent sera malheureusement décompté de votre paye.

Continuez de faire ce que vous faites déjà... c'est-à-dire vous donner à 100 % pour chaque client... et tout ira bien.

Encore bravo, Stella !

Bien à vous,

Leanne

Miles

Je pourrais expliquer les heures supplémentaires non rémunérées que j'ai dû faire pour composer ce guide du quartier par le message de Leanne. Ou par la crainte de voir Stella prendre le seul poste salarié de rédacteur que Leanne peut se permettre en ce moment. Mais la vérité, c'est que j'avais commencé à y travailler avant de recevoir cet e-mail.

Le lendemain du désastre qu'a été le premier rendez-vous de Jude et Bree, je me suis rendu dans le quartier de Bree, où je me suis promené en enregistrant mes commentaires. J'ai gardé les yeux grands ouverts, car c'était pour cela que j'ai réalisé cette promenade : pour lui montrer quelque chose qu'elle n'aurait peut-être pas encore remarqué. Pas parce que j'espérais apercevoir la destinataire en question. Bien sûr que non.

Cependant, je dois l'avouer, j'ai été décontenancé par *l'effort* que j'ai dû fournir pour ne pas la chercher. Ou par le fait que, chaque fois que j'apercevais une fille blonde, je vérifiais à deux fois que ce n'était pas elle. C'est pourquoi, quand j'ai enfin rassemblé assez de matière, je me suis rendu au Café Crudité pour écrire le contenu.

J'ai mis deux jours à le faire, principalement parce que j'étais interrompu par un autre nouveau client – Clark – et que j'ai dû passer en revue son questionnaire et préparer notre première rencontre. Même si à un moment, c'est vrai, l'apparition d'une autre personne au café m'a brièvement distrait.

Sauf que ce n'était pas Bree. C'était mon ennemi, dont la chevelure est bien moins blonde, un mélange déroutant de mèches foncées et claires qui – étant donné le peu que je sais d'elle – lui va plutôt bien. Cela commençait à me paraître bizarre de ne pas connaître son nom, maintenant qu'elle était devenue un élément récurrent de mon environnement. Mais je ne pouvais pas vraiment me lever et aller le lui demander *là*. « Salut, je m'appelle Miles. Ça te dérangerait de me dire comment tu t'appelles ? Mon monologue intérieur n'a plus de surnoms malins à t'attribuer. Au fait, on t'a déjà dit que tes fossettes étaient à la fois sexy et mignonnes ? Merci ! »

Elle m'a, sans le savoir, motivé un peu plus à rédiger le texte de la promenade. J'ai réfléchi au fait qu'elle connaissait si peu New York, au dédain qu'elle a témoigné quant à la ville le peu de fois que nous nous sommes parlé, et cela m'a inspiré pour parler de la High Line. C'est mon endroit préféré, là où je suis quasiment certain de faire tomber n'importe qui sous le charme de New York, même quelqu'un d'aussi hostile que Légende. Avec la voix de Jude, du moins, une fois que celui-ci aura apporté sa contribution à l'affaire. Ensemble, nous formons vraiment l'homme idéal. Idéal pour Bree, en tout cas.

Jude s'est bien prêté au jeu de la visite guidée. Il m'a renvoyé le fichier en quelques heures et j'ai eu l'honneur de le transmettre à Bree.

Et ensuite nous avons … attendu. Je me suis dit qu'elle allait avoir besoin de temps pour l'écouter. Elle n'en aurait pas l'occasion au travail. Mais la fin de la journée est arrivée. Puis il était 18 heures. Vers minuit, la boîte de réception du compte de Jude sur Jeu, Set et Match était toujours vide.

Hmph.

La nouvelle politique de Leanne, qui veut rogner sur notre paie si une deuxième demande de remboursement était formulée, ne m'affolait encore pas tellement.

Cependant, le jour suivant, je commençais sérieusement à flipper.

Surtout quand, en rentrant le lendemain, j'ai trouvé un papier sur la porte de Dylan et Charles. Au début, j'ai cru que c'était un menu de repas à emporter. (Ce qui, je dois le reconnaître, m'a un peu enthousiasmé. Je me suis laissé déborder au niveau des dîners ces derniers temps.) Mais je me suis rapidement rendu compte qu'il s'agissait d'une autre rubrique du journal *Metro*, dans laquelle tous les appartements disponibles étaient entourés au feutre rouge.

Honnêtement, je suis en colère.

J'ai compris. J'ai envahi l'espace de Charles. Mais je crois que je mérite un peu de reconnaissance pour avoir fait de mon mieux afin de ne pas me montrer intrusif. Et ce n'est pas comme si je *voulais* être là. Ce n'est pas comme si j'avais choisi de me faire jeter de l'appartement que je partageais avec mon ex-fiancée. Ou d'avoir un travail si précaire. Charles n'a-t-il vraiment jamais été au fond du trou ? S'il l'a été, n'a-t-il pas été aidé par quelqu'un – peut-être même quelqu'un qu'il pourrait qualifier d'*ami* – pour se remettre sur pied ?

Probablement pas, étant donné que c'est une personne misérable en qui seul un Dylan doux et optimiste peut discerner le bon.

Je déchire la page de journal avant de rentrer. J'entends le bruit de ses pas lourds dans la cuisine où je pénètre avec rage.

— C'est quoi ton problème, putain ? je crie.

— Excuse-moi ?

Il lève les yeux vers moi, surpris, les mains prises par deux de *mes* boîtes de nourriture chinoise, qu'il s'apprête à verser dans une assiette.

Comptais-je les manger ? Certainement pas. Mais est-ce que ce sont les miennes ? Oh que oui.

— Si tu veux me voir partir à ce point, tu ne devrais peut-être pas t'empiffrer avec ma nourriture.

Il baisse les yeux sur la nourriture avant de les relever vers moi.

— Tu plaisantes là…

Je jette brutalement la rubrique de journal sur la table.

— J'ai compris. Je ne suis peut-être pas diplômé de droit, mais je ne suis pas stupide. Tu veux que je dégage. *J'y travaille.*

— Vraiment ? Parce qu'on ne dirait pas.

Le visage de Charles a commencé à se teinter de rouge et à gonfler.

— Comment pourrais-tu le savoir ? je rétorque. Je ne suis jamais là.

— Tu y es assez, rugit-il. Assez pour tout gâcher.

— De quoi tu parles, putain ? Parce que j'ai l'audace de laisser une gouttelette de transpiration sur ton putain de tapis Ikea ?

— Non, répond-il, tremblant désormais, et faisant sauter quelques graines du carton qu'il a en main sur son précieux parquet. Parce que j'ai acheté une maudite bague pour Dylan le jour précédant ton arrivée et que je n'ai maintenant plus aucune chance d'aménager l'appartement comme je le voudrais ou de lui faire ma demande parce que : Tu ne veux. Jamais. Partir.

Je le dévisage, sous le choc.

— Tu… Tu veux demander Dylan en mariage ?

— Bien sûr que je le veux, putain, explose-t-il. Que tu penses que je le mérite ou non.

Je n'ai rien à répondre à ça. Et les prochains mots qui se font entendre ne viennent d'ailleurs d'aucun de nous deux.

— Oh… Oh ! Charles.

Nous nous tournons tous les deux pour apercevoir Dylan debout dans l'entrée, les mains devant la bouche et le courrier qu'il portait répandu au sol. Apparemment, nous ne l'avons pas entendu arriver.

— Est-ce vrai ? Tu comptes me demander en mariage ?

Le visage entier de Charles n'est qu'un froncement.

— Je… Oui. Je comptais le faire. Mais pas comme ça, explique-t-il en esquissant un geste vers les boîtes en carton ouvertes sur le comptoir de la cuisine, la nourriture à terre et, bien sûr, vers moi.

Sauf qu'il ne me regarde pas. Il fixe un point vers le bas.

Oh ! mon Dieu. Maintenant, je me sens comme un enfoiré.

— Fais-le, lance Dylan en se précipitant vers Charles pour lui prendre les mains. Demande-le-moi.

Charles lève la tête vers lui.

— Vraiment ? Je comptais commander un dîner au restaurant Chez Nous. J'avais prévu d'allumer des bougies et de faire jouer une chanson de Nick Drake.

— J'ai beaucoup d'imagination. Je peux faire comme si tout était comme tu l'aurais voulu, répond Dylan. Demande-moi en mariage.

Charles jette un bref coup d'œil dans ma direction avant de détourner le regard vers la table basse dans le salon, sous laquelle il va ouvrir un petit tiroir que je n'avais jamais remarqué. Il en sort un écrin à bijou.

Il rejoint ensuite Dylan et pose un genou à terre.

— Dylan… Je n'ai jamais ressenti un amour aussi fou que le nôtre. Ni aussi sain d'ailleurs. Avec toi, tout a du sens, dans un monde où si peu de choses en ont. Je n'ai pas besoin de débattre avec toi, ou d'essayer de te faire comprendre mon point de vue. Il n'y a qu'un côté ici : le nôtre. Je veux que tu illumines mon ciel polaire[1] pour toujours. Veux-tu m'épouser ?

Dylan pousse un cri avant de s'asseoir sur le genou de Charles.

— Bien sûr que oui ! s'exclame-t-il.

Puis Charles prend son visage entre ses mains et l'embrasse passionnément. Il se met à rire. Enfin, je crois que c'est un rire, puisque c'est un son que je n'ai encore jamais entendu venant de lui.

— Vraiment ? fait-il. Tu en es sûr ?

— Évidemment, idiot ! répond Dylan entre deux éclats de rire. Je t'aime plus que tout au monde.

— Et je t'aime plus que tout au monde aussi. Tu ne veux pas au moins voir la bague ?

Dylan se lève avec un large sourire avant de prendre la boîte des mains de Charles. Et son sourire s'élargit.

— Elle est magnifique.

Il la sort de l'étui et glisse l'anneau en platine sur son annulaire. J'aperçois, de là où je suis, le scintillement d'un diamant.

— N'est-ce pas magnifique ? demande Dylan en se tournant vers moi pour me montrer sa main.

Je lui souris sincèrement, même si Charles n'y croit jamais.

— Oui, c'est magnifique. Félicitations ! À tous les deux.

Je me tourne ensuite vers Charles, avec l'intention de m'excuser, mais je n'en ai pas le temps. Charles a la main posée dans le dos de

1. En référence à la chanson *Northern Sky* de Nick Drake. (NdT)

Dylan qu'il l'attire contre lui pour l'embrasser furieusement. Dylan lui rend son baiser.

Je reste là quelques secondes avec un sourire niais à les observer, avant de prendre conscience que, euh, je dois vraiment les laisser seuls.

Je passe derrière eux aussi discrètement que possible et quitte l'appartement sur la pointe des pieds.

C'est seulement quand j'arrive deux rues plus loin que je me rends compte que je tiens encore la section des annonces.

Eh bien. C'est le moment idéal pour commencer à chercher un appartement.

Je réfléchis à me rendre dans un café ou un bar quand une meilleure idée me vient à l'esprit.

Des agrafes.

J'entre dans le magasin et me dirige immédiatement dans l'allée la plus réconfortante qui soit, l'allée des milliers de Post-it. Il existe peu de chose sur cette terre qui me détend autant que de savoir qu'on peut prendre des notes sur une infinie variété de formes, de couleurs et de tailles de papier collant. Depuis que je suis enfant, le fait qu'il existe des milliers de possibilités de s'organiser – si imprévisible que puisse être la vie, des outils pour la mettre en ordre – m'a toujours beaucoup plu.

Le magasin est plutôt désert, et il n'y a personne pour me demander ce que je fais quand j'appuie mon dos contre les étagères en métal en me laissant glisser au sol.

Je penche la tête en arrière contre un présentoir à stylos (pointe fine, 0,7 mm, décliné en cinq couleurs. Il faut que je l'essaye avant de partir). Alors comme ça, Charles et Dylan vont se marier. Je me rends compte que je n'avais jamais encore été témoin d'une demande en mariage.

Même si ma propre demande en mariage à Jordan était en public. C'était au restaurant mexicain très chic où nous avions eu notre premier rendez-vous. J'avais appelé avant pour tout organiser : les pivoines sur la table, la bague placée dans une magnifique rose en chocolat sur sa part de flan, et la bouteille de Veuve Clicquot pour fêter ça. J'ai mis un genou à terre dès qu'ils ont apporté le dessert, si heureux de lui montrer la bague qui brûlait dans ma poche depuis des semaines. Si heureux d'observer le visage de Jordan.

Elle avait l'air pleine de joie. J'avais choisi la bague grâce à sa page Pinterest, alors je savais qu'elle lui plairait. Et quand elle a dit oui, tout le restaurant s'est mis à nous applaudir. Le serveur a même invité la salle à nous porter un toast.

Avec le recul, je me demande si c'est ce qui a rendu Jordan si contente. Le fait qu'il y ait autant de témoins de ce grand moment, comme autant de versions grandeur nature des « j'aime » sur les réseaux sociaux. Il est fort possible que Jordan souriait aux personnes qui l'applaudissaient plus qu'à celle à genoux devant elle. Dylan, lui, ne s'est pas soucié de la façon dont son petit ami l'a demandé en mariage. Il voulait seulement Charles.

Je soupire en ramassant la page froissée de *Metro*, sans m'attendre à y trouver quoi que ce soit. (Franchement, qui publie encore une annonce sur un journal papier ?) Comme je m'en doutais, je tombe sur une colocation avec un nombre douteux de colocataires, un studio à 7 500 dollars par mois dans l'Upper West Side, et une annonce qui ne devrait pas se trouver dans cette rubrique ou qui a été mal classée : « Recherche colocataire : la brune en robe jaune citron qui a pris le train A de 17 h 56 mardi. Si tu portes cette robe tous les jours, je te ferai des pancakes au citron tous les matins. Fenêtre côté sud, salle de bains privée (même si tu peux aussi partager mon jacuzzi.) Tu paieras la moitié de la facture Internet. » En tout cas, j'envisage de faire un signalement : « sale type flippant ».

Mais une annonce attire mon attention. L'appartement est situé dans un immeuble dans East Village, sur l'Avenue A. En fait, je crois que c'est dans la rue qui fait face au Café Crudité. Je tape l'adresse sur Google. Ouais. C'est un studio de 60 mètres carrés pour… Il doit y avoir une erreur. 900 dollars ?

C'est certainement une blague.

En plus. L'annonce se lit comme une comptine :

Alors comme ça, tu veux vivre dans la ville Alphabet…

Tout ce qu'il te faut, c'est ne pas être simplet.

Assieds-toi.

Et réponds à ça.

Rends les mots magnifiques et pas m*rdiques.

C'est suivi par une question de rédaction. Il s'agit peut-être d'un farfadet riche et excentrique qui veut remplir son immeuble d'un certain type de personnes. Ce qui rendrait le prix un peu plus crédible.

Puis je lis la question :

Si vous deviez choisir un personnage fictif qui vous représenterait pour le reste de votre vie, qui choisiriez-vous ? Et pourquoi ?

Je laisse échapper un gloussement qui ébranle le présentoir à stylos derrière moi.

Eh bien, c'est facile. Harry dans Quand *Harry rencontre Sally*. Premièrement, il me ressemble un peu : drôle, légèrement aigri, un New Yorkais dans la trentaine. Mais avec, en bonus, une meilleure amie belle et intelligente qui finit par tomber amoureuse de lui. En plus, j'aurais le rôle d'un type blanc pour une fois. C'est gagnant-gagnant.

Bon, je ne sais pas trop si je peux prendre cette annonce au sérieux. Mais s'il y a bien quelque chose que je peux faire, c'est écrire, et surtout répondre à cette question. Alors autant le faire, non ?

Je me lève pour prendre un stylo derrière moi ainsi qu'un carnet dans un autre rayon. Après les avoir payés, je me dirige de nouveau dans le rayon des Post-it où j'active mon mode « poésie » à base de dîner chez Katz's, de karaoké et de blagues méchantes sur les mecs blancs qui essaient de danser.

12

À : Mon équipe de champions

De : Clifford Jenkins

Re : Absence du bureau cette semaine

Je suis en plein dans les dépositions en ce moment, je ne peux pas me connecter souvent, mais tout va bien, vous donnerai des nouvelles demain matin, en attendant, envoyez de bonnes ondes vers le tribunal (celui de South Jamaica, dans le Queen, et PAS celui de Throgs Neck) je déchire tout et j'arriverai peut-être à obtenir une copie des enregistrements vidéo pour vous inspirer.

C

Zoey

Il a plu toute la matinée. À l'extérieur du Café Crudité, l'air est saturé d'humidité, comme si les rues et les bâtiments étaient recouverts d'un film élastique formant une couche de chaleur, de pourriture et de vapeur au-dessus de nos têtes. J'ai baissé la tête en passant sous les auvents sur mon chemin, ce qui me permet d'arriver dans un état relativement sec, et de trouver zéro concurrent pour la grande table.

Il n'est que 9 heures, mais au début de l'averse un éclair fend l'air et il semblerait qu'il soit minuit. Sans surprise, le café se remplit de gens à moitié traumatisés.

Même si Clifford nous a assuré tout déchirer pour ses dépositions, je reste moi-même à moitié traumatisée par son message. Si ça marche entre Bree et Jude – et je suis partagée entre le fait de le vouloir ou pas – le chèque de Petits Mots Doux n'a pas intérêt à être sans provision. Cependant, je ne suis pas autant paniquée que j'ai pu l'être quelques jours auparavant. D'abord, Clifford a tendance à exagérer dans ses e-mails, et ensuite je surfe encore sur la vague d'enthousiasme que j'ai éprouvée après la promenade de Jude, grâce à toutes les merveilleuses choses que j'ai vues le long de la High Line.

Le tonnerre gronde au-dessus de moi, et la porte du café s'ouvre soudainement, laissant entrer au moins huit nouvelles personnes le cou dans les épaules, serrées les unes contre les autres et toutes tremblantes.

Miles est parmi les nouveaux arrivants. Il porte une veste de sport Adidas (noire, avec deux bandes blanches le long des manches et deux bandes rouges au niveau des poignets) sur un T-shirt gris tout doux et un jean foncé qui met en valeur son corps d'athlète. Il est rasé, et ses cheveux sont mouillés par la pluie.

En gros, il est à tomber.

Une remarque que j'emporterais dans ma tombe.

Il passe une main dans ses épaisses mèches brunes pour se dégager les yeux et, sans faire exprès, se fait une raie.

Arrête de le regarder.

Le sol est glissant, et la dernière arrivée, une femme âgée dont les lunettes sont recouvertes de buée, manque de tomber. Miles la retient en plaçant son bras devant elle comme une barre à laquelle elle peut se raccrocher. Elle hoche la tête d'un air reconnaissant, et il fait de même tout en lui indiquant de passer devant lui.

Hum. Carrément galant. Le contraire de ce que laisse penser son comportement avec moi. Qui est le vrai Miles ? Le criard en colère ou l'attentionné courtois ?

Le café est si bondé que toutes les tables valent la Grande Table : elles sont toutes convoitées, et l'atmosphère se tend tandis que les clients dans la queue prennent conscience qu'il n'y aura bientôt plus de place assise. Des noms et des commandes sont criés, des boissons chaudes, servies, et l'air vibre autour des gens qui s'agitent en tous sens, le temps de décider où s'asseoir. Une dispute pourrait bien éclater à tout moment.

— Mais j'attends une amie, proteste une femme d'âge moyen quand un invité indésirable et trempé s'assoit sur l'un des rares sièges inoccupés.

— Je partirai quand elle arrivera, rétorque l'intrus. Il n'y a plus de place…

— Partagez, les amis. Débrouillez-vous, crie Evelynn en posant une bouteille de lait de brebis sur le comptoir.

Mes yeux se posent instinctivement sur Miles. Je l'observe fixement, en attendant que son regard croise le mien. Quand il me remarque enfin, je désigne du menton la chaise en face de la mienne. Il est le moins trempé des nouveaux arrivants et, puisque je suis obligée de partager, je préfère encore le faire avec une personne sèche.

Miles jette un coup d'œil derrière lui, puis sur les côtés, incapable d'imaginer un univers dans lequel je l'inviterais à me rejoindre. Il pointe un doigt sur lui avec un air interrogateur.

— Oui, toi, je crie.

Une fois sa commande récupérée, il ne perd pas de temps pour déposer son énervant sac à bandoulière confectionné à partir d'une bâche. Cette bâche a probablement sauvé son ordinateur aujourd'hui.

— Merci.

— Mieux vaut un mal connu, pas vrai ? Et puis, je suis de bonne humeur ce matin.

Il jette un coup d'œil vers mon assiette de biscuits, que je rapproche immédiatement de moi.

— Pas à ce point-là, dis-je.

— Je n'allais pas…, commence-t-il en levant les yeux au ciel.

— Ma générosité va aussi loin que mon salaire me le permet.

— Artiste affamée ?

— En quelque sorte. Toi aussi ?

Cela expliquerait pourquoi il passe ses journées devant son ordinateur. Il est probablement romancier. Le genre de type qui écrit un livre du point de vue d'une femme, pour lequel il sera ensuite encensé par la critique qui louera sa sensibilité.

Il hoche la tête.

— Ça te dérange si je les enlève ? me demande-t-il en désignant ma pile de carnets et de feuilles. Je peux les poser sur le rebord à côté de toi ?

— Bien sûr.

Nous tendons la main vers mon carnet en cuir (un cadeau de Nana) en même temps. Nos doigts se frôlent et, à son contact, mon estomac tressaute, ce qui est une très mauvaise chose. J'inspire profondément et fais comme si rien ne s'était passé. Il semble n'avoir rien remarqué. Il se contente de prendre mon carnet et mes stylos et de me les donner afin d'avoir assez de place pour poser son ordinateur. Je ne peux m'empêcher de constater que ses doigts ressemblent à ceux d'un artiste – avant de me rendre compte de quelque chose de catastrophique : une feuille de papier a glissé de l'un de mes carnets et atterri à terre. Miles se penche pour la ramasser.

— Non !

Il soupire.

— Qu'est-ce qui ne va pas chez toi ? Je vais seulement la ramasser.

— Donne-la-moi, dis-je en agitant les doigts d'impatience.

Ma réaction étrange a piqué sa curiosité.

— Qu'est-ce que c'est ? veut-il savoir.

— Rien.

Il prend la feuille et l'analyse en plissant les yeux.

— C'est personnel.

— Est-ce…

Il retourne la feuille, et mes joues s'enflamment comme si j'étais sur le point d'exploser. Les gens pourraient presque se rapprocher de moi pour se réchauffer.

— C'est un décompte, dis-je en espérant lui faire perdre son intérêt. Juste un décompte, rien d'important…

Mais il ne se laisse ni distraire, ni bousculer.

— La Table des Champions, lit-il à haute voix, avec des dates et des initiales… C'est qui, MCH ?

— Personne, dis-je en bégayant. Quoi ? Je n'en sais rien.

Il essaie sans succès de se retenir de rire.

— As-tu… fait un *tableau* pour recenser lequel de nous deux réussit à s'asseoir à cette table chaque jour ?

— MCH, j'explique, les dents serrées, c'est pour Miles Cheveux Hirsutes.

Il se passe une main dans les cheveux, et c'est alors à mon tour de sourire d'un air malicieux.

— Miles Cheveux Hirsutes ? répète-t-il, vexé. Moi ? Comment sais-tu mon nom ?

— ILS savent ton nom, dis-je d'un ton sarcastique en désignant les serveurs derrière le comptoir.

Il pose le tableau entre nous et se rassoit. Ses jambes sont si longues qu'il doit caler ses genoux contre la table pour ne pas envahir mon espace personnel.

— Mais comment *tu* connais mon nom ?

— Ils le crient tous les jours quand ta commande est prête.

— Seule une personne attentive l'aurait retenu.

— Tu as raison, je l'admets. Il fallait que je sache comment s'appelle l'inconnu qui M'A HURLÉ DESSUS sans aucune raison.

Il grimace.

— Pour ma défense, c'était l'un des pires jours de ma vie.

— Mon attitude un peu avide a suffi à faire de cette journée la pire de ta vie ? je réplique. Est-ce qu'on peut échanger de vies ?

— Non, le malheur s'est abattu sur moi avant même que j'arrive au café. Ton attitude *très* avide, c'était la cerise sur le gâteau.

— Tu peux t'asseoir à ma table, mais cela ne veut pas dire que nous sommes obligés de discuter.

— Tu sais comment je m'appelle, mais je ne connais pas ton nom, déclare-t-il en même temps.

Je m'éclaircis la gorge avant de répondre :

— Zoey Abot.

Silence. Nous nous observons une seconde, comme si nous attendions de voir si l'un de nous va tendre la main pour saluer l'autre. Aucun de nous ne bouge. Quand je repense à la façon dont nos doigts se sont frôlés tout à l'heure, j'en conclus que c'est mieux ainsi. Cette rencontre est déjà bien assez flippante comme ça.

— Le volume de mes cheveux n'est pas naturel, tu sais, m'explique-t-il d'un ton affable. Il faut que j'aie passé une nuit particulièrement mauvaise la veille.

— Que s'est-il passé hier soir, alors ?

— Aïe. Je l'ai bien cherchée, celle-là. Pourquoi tiens-tu un tableau sur le nombre de fois où l'un de nous gagne la table ?

— Je voulais voir si tu avais des habitudes. Comme ça, les jours où tu ne venais pas, je n'aurais pas besoin de me dépêcher. Je gagne, au fait. À 75 % du temps.

— Tu dois être très fière.

— Ce qui me pousse à te poser cette question : pourquoi persistes-tu à venir ici alors que je domine clairement la compétition ?

— Primo, je me fiche complètement de m'asseoir à cette table. Le fait que tu t'en soucies en dit plus long sur toi que sur moi.

Les autres tables sont horribles. Quel menteur ! Il ne s'en fiche pas du tout. Au contraire. Je sens ma tension monter rien qu'en regardant la moue suffisante qu'il affiche quand il parle.

— Et deuzio : wi-fi gratuit, café peu bondé, et je n'ai pas à me retenir de manger de cochonneries parce qu'ils n'en vendent pas. D'ailleurs, on devrait commander quelque chose.

Bizarrement, je suis d'accord. Cela éloignera les vautours et nous protégera d'Evelynn, qui pourrait, sinon, nous mettre dehors en pleine tempête pour laisser la place à des clients qui consomment vraiment quelque chose.

— Je crois que tu as raison. Mais pas de muffins au chou kale.

— On mutualise nos ressources ? propose-t-il.

Les artistes affamés que nous sommes vident leurs poches, leurs sacs et porte-monnaie et rassemblent sur la table des billets froissés et quelques pièces. Miles les classe systématiquement avant d'annoncer que, à nous deux, nous avons récolté 14,87 dollars.

— Nous ne pouvons nous offrir qu'une seule chose, dis-je.

— Bol de quinoa et haricots rouges, alors, conclut-il en fermant le menu.

— Je n'ai jamais goûté.

— Moi non plus, mais ça n'a pas l'air mauvais.

Il passe la commande puis range le menu.

Silence. Je devrais l'ignorer et me remettre au travail. Mais ce qu'il a dit m'interpelle. Mon cerveau d'écrivaine est curieux, avide de trouver une histoire qui pourrait bien servir un jour à un personnage. Il y a peu de chances qu'il me donne des informations croustillantes, mais cela vaut la peine d'essayer.

— Tu as dit que c'était le pire jour de ta vie. Personnelle ou professionnelle ? je lui demande.

— Les deux. Puissance dix.

Et voilà, maintenant, je *meurs* d'envie de savoir ce qui lui est arrivé. Je penche la tête d'une façon censée communiquer ouverture d'esprit et bienveillance. Il mord à l'hameçon :

— Je venais juste d'apprendre que ma fiancée était enceinte, mais pas de moi.

Ma mâchoire se décroche.

— Et devine qui est le père ! s'écrie-t-il.

— Je… je suis désolée…

— Doug du yoga. YOGA DOUG. Et qui peut se permettre d'aller voir un psy, hein ? Je veux dire, j'ai même envisagé de créer un compte

Twitter anonyme afin de pouvoir exprimer ma douleur dans le vide. Tu sais, gratuitement.

Je souris presque malgré moi.

— Ça craint, dis-je. Yoga Doug, c'est un nom d'enfoiré. Cela n'excuse toujours pas la façon dont tu t'es comporté avec une inconnue, mais je comprends mieux…

— Et si on parlait de *ton* comportement ? proteste-t-il. Tu as fait bien plus qu'exiger des biscuits. Tu m'as parlé comme si ce café t'appartenait. Quelle était ton excuse à toi ?

« La faim et cette stupide ville m'avaient mise à cran » est une réponse pathétique, surtout en comparaison avec ce qui *lui* est arrivé ce jour-là, alors je hausse les épaules. Un comportement d'une grande maturité, je sais.

— Comme je te l'ai dit, je suis de meilleure humeur aujourd'hui. J'ai découvert que certains New Yorkais étaient très attentionnés. Personne à cette table, bien sûr… mais un nouvel ami, euh, m'a fait visiter le quartier et m'a conseillé de super restaurants. Il a vraiment pris le temps de réfléchir à ce qui pourrait me plaire.

Bluff light. Mais qu'est-ce que ça peut faire ? Ce n'est pas comme si je risquais de reparler à Miles un jour. À moins qu'il y ait de nouveau une averse, mais même dans ce cas-là j'y réfléchirais à deux fois.

— Un ami ? répète-t-il. Ou un « ami » qui essaie de tirer avantage de ton statut de nouvelle venue fraîchement sortie des marécages ?

Mais de quoi parle-t-il ? Des marécages ? D'où pense-t-il que je suis originaire ?

Et pourquoi a-t-il un avis sur le sujet, de toute façon ?

Il se renfonce dans son siège.

— Laisse-moi deviner… je dirais que tu viens de Floride.

J'en ai le souffle coupé.

— Sors de là ! dis-je en pointant la porte du doigt. Je retire mon invitation.

Il se lève, l'air choqué.

— Qu'est-ce que j'ai…

— Assieds-toi.

Il s'exécute, perplexe.

— Pour être honnête, explique-t-il, ta tenue vestimentaire est un peu… excentrique… pour le dire gentiment.

— Qui s'en soucie ? Ai-je l'air de quelqu'un qui pourrait tolérer des élections truquées ?

— Cette histoire date un peu quand même.

— Mes amis en parlent encore.

— Quel âge ont-ils ?

— Ce sont des anciens. Pour info, je viens de Californie, dis-je fièrement. La meilleure côte.

— C'est discutable. N'êtes-vous pas sur le point de vous retrouver dans l'océan ou de vous faire exploser par une arme nucléaire ? Le tout entre deux remises d'Awards que vous vous attribuez à vous-mêmes chaque week-end ?

Il exécute une petite danse douteuse sur son siège en chantonnant : « Hourra pour Hollywood… »

— Tu as l'air vraiment sympa, Miles, je rétorque. Je me suis beaucoup amusée avec toi.

— Que puis-je répondre ? Je suis de bonne humeur, moi aussi. J'ai trouvé un nouvel appartement, dans un immeuble génial, pour un loyer encore plus génial.

— C'est *effectivement* une bonne nouvelle. De l'autre côté de la ville ? Près d'un autre café ?

— Ça te plairait, pas vrai ?

— Oh ! ça n'a aucune importance pour moi, étant donné mon taux de succès, dis-je en tapotant le tableau, mais ce serait mieux pour *toi*. Je pensais juste à ton bien-être.

C'est alors qu'Evelynn nous interrompt en nous apportant un bol de quinoa et de haricots rouges. Elle nous observe un long moment avant de dire sèchement :

— Vous avez finalement compris que vous pouviez partager la table, hein ? Combien de temps ça vous a pris ? Trois semaines ?

— Demande à Zoey. Elle tient *les comptes.*

— On ne la partage qu'aujourd'hui. Conditions météo obligent…

— C'est ça, réplique-t-elle avant de repartir.

Miles et moi fixons le plat que nous sommes censés partager.

— Est-ce qu'on peut avoir un bol supplémentaire ? je crie à Evelynn, dont le dos se raidit.

Nous attendons son retour en silence, mais quand elle repasse à notre table, ses mains sont vides. Sans un mot, elle soulève le bol pour révéler une assiette avant de faire demi-tour.

— C'est bien plus petit que ce à quoi je m'attendais, remarque Miles.

— On n'achète plus autant qu'avant, avec 14,87 dollars.

Je déverse la moitié du bol dans l'assiette.

— Je sais qu'on a déjà parlé de ton avidité, mais est-ce que tu pourrais au moins *essayer* de faire des parts égales ? demande Miles.

— De quoi parles-tu ? Je t'en ai laissé largement plus.

— Est-ce qu'Evelynn doit intervenir ? réplique-t-il, une lueur malicieuse dans le regard.

— On dirait le titre d'une chanson de comédie musicale.

Je me mets à chanter « Interviens, Evelynn » sur l'air de *Hello, Dolly.* Mais que se passe-t-il ? ! Il vient de chanter « Hourra pour Hollywood » et voilà que je fais du Broadway ? Enfin, ce n'est pas si grave.

Il déplace le bol et l'assiette pour les mettre côte à côte et les observe d'un air sceptique. Impossible de retenir un pouffement agacé.

— Bon sang, choisis !

Il prend l'assiette et repousse le bol vers moi.

— Les dames d'abord.

— Tu me prends pour qui ? Ta goûteuse ? Tu veux voir si la nourriture est empoisonnée ?

— Tu sembles dangereusement déterminée à garder cette table. Je ne sais pas jusqu'où tu serais prête à aller.

Je fourre une fourchette de quinoa aux haricots rouges dans ma bouche. J'écarquille les yeux et je grimace en avalant.

Miles a l'air nerveux.

— Alors ?

— C'est… bon, dis-je en m'étouffant et de manière peu convaincante.

Je prends immédiatement une gorgée d'eau.

— C'est si mauvais ? demande-t-il en fronçant le nez.

— Non, noooon. Tu aimerais sûrement. Tu devrais en prendre une grosse cuillère pour goûter.

— Super, répond-il en regardant tristement son assiette.

Il prend alors la plus petite portion possible et lève sa fourchette jusqu'à sa bouche.

Quelques instants après, il s'exclame, surpris :

— C'est délicieux ! Vraiment, vraiment très bon.

Je ris, incapable de faire semblant plus longtemps.

— Je sais.

— Pourquoi m'as-tu piégé ?

— Je me suis dit que, si je te faisais croire que ce n'était pas bon, tu ne voudrais pas le manger et je pourrais l'emporter.

— Tu es une sorte de… d'arnaqueuse. Tu es sûre que tu ne viens pas de Floride ?

— Sérieusement, si tu dis ça encore une fois…

Il dévore encore deux bouchées de son plat.

— Réponds seulement à cette question. C'est quoi le truc avec tes mitaines ? Et tes boots ? Rien de ta tenue n'a de sens. On dirait que tu t'es habillée pour deux pays différents, et que ton haut fait la guerre à ton bas.

Je ne suis pas certaine d'apprécier l'idée qu'il médite sur le haut et le bas de mon corps. Même si Dieu sait que j'ai médité sur tout son corps dès l'instant où il est arrivé dans ces vêtements humides. À cette pensée, je sens un rougissement menacer d'envahir mes joues à nouveau.

— Les jours où il fait froid, j'aime bien porter mes mitaines à l'extérieur, et les jours où il fait chaud, toutes les clim' sont à fond, il fait glacial à l'intérieur, à tel point que je ne peux plus taper à l'ordinateur. Dans tous les cas, j'en ai besoin.

— Ça t'aide aussi à dissimuler ton bronzage de banlieusarde ?

Je le dévisage, perplexe.

— Comment peux-tu savoir que j'ai un bronzage de banlieusarde ?

Là, je suis quasiment certaine que c'est lui qui rougit. Il essaie de cacher sa gêne avec un haussement d'épaules.

— Tu as enlevé tes mitaines une fois. Ton bras droit avait l'air plus pâle que ton bras gauche, alors je me suis dit que c'était parce que tu gaspillais ta vie au volant d'une voiture.

Il a raison, évidemment. Pas sur le fait de gaspiller ma vie mais au sujet du bronzage. Mon bras gauche, du côté de la vitre conducteur, est plus souvent au soleil que mon bras droit quand je conduis pour me rendre chaque jour au travail.

— Au moins, d'où je viens, le soleil *brille*, je réplique, en désignant du menton le temps horrible à l'extérieur.

— Et tes boots ?

Miles est visiblement déterminé à souligner qu'il trouve mon sens de la mode douteux pour éviter certains sujets comme, par exemple, le fait qu'il a analysé si précisément mes marques de bronzage.

Je le laisse mariner quelques secondes avant de répondre.

— Ma première semaine ici, quelqu'un m'a marché sur le pied et m'a cassé l'orteil. Je ne peux pas prendre le risque que cela se produise à nouveau.

— Conseil de pro : certaines femmes portent des baskets pour leur trajet jusqu'au travail et enfilent leurs talons une fois arrivées au bureau.

— Es-tu sérieusement en train de me suggérer de mettre des talons pour rester assise dans un café ?

— C'est quasiment ton bureau, non ?

— Je n'ai pas pu travailler depuis que tu es assis à ma table.

Il fait comme s'il fermait sa bouche avec une clé avant de la lancer.

Vingt minutes plus tard, assise face à une feuille de traitement de texte vierge, je suis forcée d'admettre que ce n'est pas son bavardage qui m'empêche de travailler, mais sa présence.

Il m'est difficile de me concentrer en sachant qu'il est assis en face de moi. Il est probablement en train de juger chacune de mes respirations, chacun de mes mouvements, qu'il doit trouver défectueux, d'une façon ou d'une autre.

La Floride. Quelle humiliation.

À la prochaine averse, je rentrerai chez moi en marchant dans les flaques d'eau avec mes boots apparemment ridicules. Je ne lui proposerai plus jamais de partager la table avec moi, je vous le garantis.

Bon. Au travail. J'ai, je ne sais comment, réussi à écrire trois pages de la pièce de théâtre sur laquelle je travaille, mais je n'aime pas le décor. Ni les personnages. Ni leur dialogue.

Pourquoi le script final ne peut-il pas apparaître comme par magie sur mon écran afin que je puisse la *réviser* et non l'*écrire* ? Pourquoi ne puis-je pas sauter cette étape ?

Après avoir astucieusement déplacé l'écran de mon ordinateur pour que Miles n'ait aucun moyen de le voir, je vérifie les messages de Bree.

Elle a reçu un message.

ScOtLeGrand : Ce fut un plaisir. Puis-je avoir l'audace de te demander quel doughnut tu as choisi ?

J'avais remercié Jude pour la visite guidée et je voulais qu'il sache que je – enfin, que Bree – était toujours intéressée. Mais je n'avais pas évoqué le fait de le revoir, sachant qu'un peu de suspens ne lui ferait pas de mal puisqu'il était clairement intéressé, lui.

Ça me semble être le bon moment.

BLaDuchesse : Je pourrais te le dire, mais peut-être qu'il vaut mieux que je te le montre une prochaine fois ;-)

Je suis en train de réfléchir à ce que je pourrais ajouter quand je reçois une notification. Il est en ligne.

ScOtLeGrand : Dis-moi quand, et je serai là.

Je dois vérifier l'emploi du temps de Bree. Mais il me renvoie un message avant que je n'aie le temps de répondre.

ScOtLeGrand : Choisis bien. Tu n'as rien vu dans la vie tant que tu n'as pas mangé un doughnut à la crème Boston avec des éclats de noix de pécan et d'arc-en-ciel un soir de semaine.

BLaDuchesse : *Rebel.*

Je souris à mon écran sans me soucier que Miles puisse le voir et se moquer de moi. Un rapide coup d'œil me rassure quant au fait qu'il est absorbé par son travail.

BLaDuchesse : Je reviens vers toi très vite.

13

À : Tous les employés de Dis-le à mon cœur

De : Leanne Tseng

Re : Hier soir

Giles,

Voici ma décision de P-DG : il faut que tu reviennes ici et refasses cette chose que tu m'as faite, environ 37 – non, disons 40 – fois de plus. C'est un ordre. Je suis allongée sur mon lit. Nue. Je t'attends. (Pour grimper aux rideaux…)

L

Miles

75 % du temps ? Zoey m'a battu 75 % du temps ? C'est ridicule. J'ai clairement besoin de m'améliorer. Soit dit en passant, je suis content de connaître enfin son nom. Je veux dire, pour poursuivre cette guerre des nerfs.

La mauvaise nouvelle, c'est que j'habite désormais dans la rue en face du Café Crudité. C'est une mauvaise nouvelle pour Zoey, évidemment, parce que ses statistiques sont sur le point d'en prendre un coup. Miles Cheveux Hirsutes, hein ? J'aimerais bien voir Zoey Orteils Apeurés essayer de me battre, maintenant.

Au fait, il n'existe qu'un mot pour décrire mon nouvel appartement : spectaculaire.

J'ai reçu une réponse une heure après avoir soumis ma rédaction. La réponse était accompagnée d'instructions m'intimant de déposer ma garantie et le premier mois de loyer dans un bureau de tabac défraîchi de l'Avenue B, où il m'a fallu une minute pour trouver le petit Polonais dissimulé dans l'immense rayon de bangs (magnifique travail du verre, ai-je noté) derrière son comptoir. Il ne m'a pas salué, il a simplement glissé la main dans l'enveloppe que je lui ai tendue pour vérifier brièvement les chèques avant de me tendre deux clés.

Je reconnais avoir été quelque peu nerveux quand j'ai mis la clé dans la serrure de la porte pour découvrir mon logement. Après tout, je n'avais vu aucune photo, et le loyer était ridiculement abordable. Je m'attendais à un piège : de la vermine, peut-être, des silhouettes de cadavres dessinées à la craie sur le sol – aucun de ces deux exemples ne m'aurait dissuadé d'emménager, pour info.

En entrant, c'était la révélation. Un véritable appartement, lumineux et bien aéré. Les murs de la cuisine et de la salle de bains sont recouverts de carrelages au rose vif qui leur donne un air chic des années 1980, mais sinon tout est fonctionnel. Le salon est assez spacieux pour accueillir un canapé et une table à manger (ou plutôt, soyons réalistes, un flipper). La chambre, quant à elle, est suffisamment grande pour contenir un véritable lit *et* une armoire. L'appartement est situé au quatrième étage et il y a même un ascenseur ! Il ne fonctionnait pas, mais ça ne compte pas.

S'il y avait un piège, je ne voulais même pas le savoir et, pour être honnête, je m'en accommoderais. Comme j'en ai convenu avec Bree un peu plus tôt, les appartements hantés sont à la mode de toute façon.

Quoi mais quoi ? !

C'est un SMS d'Aisha, mais je n'ai aucune idée de ce qui la fait flipper comme ça. Je lui réponds avec un simple point d'interrogation.

J'en déduis que tu n'as pas encore lu le mail de Leanne…

Je l'ai vu mais je ne l'ai pas encore ouvert car je suis sur le point de sortir en courant pour être le premier à *ma* table.

Cependant, le message d'Aisha pique ma curiosité. Je sors mon portable tout en me dirigeant vers la porte d'entrée. Je suis le point de cliquer sur le mail de Leanne lorsque j'entends une voix profonde résonner dans le couloir : « Je sors. » Ah, ma mystérieuse voisine. Je me demande si c'est une fan de Diana Ross qui auditionnerait pour devenir la prochaine animatrice du Juste Prix, ou quelqu'un qui veut s'assurer que tout l'immeuble connaisse son orientation sexuelle. En tout cas, je ne l'ai encore jamais rencontrée, mais j'ai entendu cette salutation tous les jours depuis mon emménagement. On est bien à New York.

Je lis le mail de Leanne une première fois.

Au bout de la deuxième fois, je me dis que je n'ai peut-être plus besoin de mon café habituel. Je suis bien réveillé.

J'envoie plein de points d'exclamation à Aisha. Puis j'ajoute :

Leanne… et GILES… S'ENVOIENT EN L'AIR.

Aisha : Oui, on dirait bien. Maintenant, tout s'explique.

Elle a raison. Pas seulement tous les petits services que Giles a rendus à l'agence, mais aussi l'attitude si détendue de Leanne ce mois-ci. Elle a quand même écrit un e-mail au sujet de son histoire d'amour avec Clifford !

Je m'attends presque à voir disparaître le message de ma boîte de réception – une des fonctionnalités les plus inutiles d'Outlook – ou apparaître un nouveau mail de Leanne montrant qu'elle a compris son erreur. Audacieuse comme elle l'est, Leanne pourrait tout aussi bien assumer, défiant quiconque de l'évoquer.

Dans tous les cas, je n'ai pas beaucoup le temps d'y réfléchir, parce qu'il est 5 h 15 du matin et il faut que j'aille au café.

J'accélère le pas dans la rue, levant la main même pour arrêter un taxi afin qu'il me laisse passer, et quand je suis sur le point de pousser la porte d'entrée, j'aperçois du mouvement près de la vitrine.

INCROYABLE.

Le café n'est ouvert que depuis un quart d'heure. Comment a-t-elle pu arriver avant moi ? Est-ce qu'elle dort dans l'allée de derrière ? Est-ce que c'est la colocataire d'Evelynn ?

Elle me sourit – les fossettes réglées au niveau « destruction massive » – quand elle me voit entrer, puis me fait tout un show en ouvrant son sac avant de déboucher son stylo et d'écrire quelque chose sur son tableau de tarée.

Quel sourire gaspillé. L'espace d'une seconde, je me demande ce que je ferais si elle était ma cliente. Elle est belle, indéniablement. Elle est intelligente. Et clairement déséquilibrée. Pourrais-je en faire quelque chose ?

Probablement, me dis-je avec une moue de fierté. *Je suis très bon à mon boulot.*

Zoey Orteils Apeurés lève les yeux au ciel, presque comme si elle avait entendu mes pensées. Je m'éclaircis la gorge, mal à l'aise à cette idée, et me jure de l'ignorer. Une fois ma commande servie, je me dirige vers la table la plus loin de la Table des Champions (Merde ! Voilà qu'à cause d'elle j'ai donné un nom idiot à cette table), puis j'ouvre mon ordinateur afin de me mettre au travail.

BLaDuchesse : Ça te dirait de répondre à des questions aléatoires ?

Je souris à mon écran. Cette conversation va m'aider à digérer ma défaite.

ScOtLeGrand : Bien sûr.

BLaDuchesse : Ça t'est probablement déjà arrivé de comprendre de travers des paroles de chansons. Quel est ton malentendu musical le plus embarrassant ?

J'y réfléchis quelques secondes, mais la réponse me vient plutôt rapidement.

ScOtLeGrand : Tu connais cette chanson des Blues Traveler : « Run-Around » ? Elle passait beaucoup à la radio quand j'étais petit…

Mais, en y réfléchissant, est-ce crédible ? Jude est un peu plus jeune que moi…

BLaDuchesse : Je la connais.

Oh ! Eh bien. Heureusement pour moi elle ne semble pas avoir noté l'anomalie.

ScOtLeGrand : J'ai toujours cru que cette chanson disait « Sers-toi de ton violon pour accélérer les choses ». Et je pensais qu'il s'agissait d'un violon magique qui pouvait faire avancer le temps.

BLaDuchesse : Waouh… Ça aurait sans doute amélioré la chanson, en fait.

ScOtLeGrand : Je rêvais de posséder ledit violon. Surtout au moment de la sieste.

BLaDuchesse : Tu n'aimais pas t'accorder des pauses relaxantes en milieu de journée ?

ScOtLeGrand : Quand j'avais trois ans ? Euh… Non.

BLaDuchesse : Et maintenant ?

ScOtLeGrand : Si je devais prendre des pauses en journée… je préférerais avoir de la compagnie ;-)

Elle retient un moment sa réponse. Elle trouve peut-être que je suis trop direct. Je me mets à taper rapidement un message pour rattraper le coup, mais je n'ai pas le temps de l'envoyer.

BLaDuchesse : Aloooors… Ça te dit toujours qu'on se voit ?

OUI ! J'étais à deux doigts de lever le poing en l'air. J'ai attendu ce jour avant tellement d'impatience. Enfin, je devrais plutôt dire que *nous* avons longtemps attendu. Jude et moi.

ScOtLeGrand : Bien sûr. À Holey Cream, c'est ça ?

Mais, maintenant que j'y pense, je crois que Jude n'aime pas les doughnuts.

BLaDuchesse : En fait, j'aimerais essayer un autre endroit. C'est le restaurant de fromages qui s'appelle, très intelligemment, Cheese. Dans East Village.

C'est même tout près d'ici. Sauf que Jude n'aime pas le fromage non plus – un détail qu'elle n'aurait pas dû oublier après leur premier rendez-vous. Mais après tout, ce rencard s'est tellement mal passé qu'elle ne s'en souvient sûrement plus. Dans tous les cas, le fait qu'elle accorde une seconde chance à Jude, ce n'est pas rien, et nous devons tout faire pour la conquérir. Je suis persuadé de pouvoir rallier Jude à la cause ; heureusement que c'est l'un de mes clients les plus affables.

ScOtLeGrand : Je suis partant. Quand serais-tu disponible ?

BLaDuchesse : Jeudi soir ?

Dans deux jours. Il faut que je vérifie l'emploi du temps de Jude.

ScOtLeGrand : C'est noté !

Jude est disponible jeudi soir. Et il a même accepté de dîner au Cheese. En quelque sorte.

— Je crois que je mangerai avant, non ? me demande-t-il.

— Peut-être. Ou… je ne sais pas. Pourrais-tu garder ton quota de calories par semaine pour ce jour-là et manger un peu ? Ce sera moins bizarre…

Jude cille en réfléchissant à ce qu'il s'apprête à me répondre via

FaceTime. Peut-être va-t-il me poser une autre question, légitime, sur la raison pour laquelle nous faisons tant d'efforts pour cette fille en particulier. Mais il y renonce.

— Bien sûr, dit-il finalement. Je peux déplacer mon dessert du dimanche à jeudi soir.

— Super.

Et maintenant, il ne me reste qu'à lui soumettre l'autre idée à laquelle j'ai pensé, qui m'a été plus ou moins inspirée par l'e-mail accidentel de Leanne.

Ce rendez-vous doit être un succès pour Jude. Et pour moi aussi. Ce n'est pas que je n'ai pas confiance en Jude pour éviter un nouveau désastre conversationnel mais… OK, en fait, je ne lui fais pas confiance.

— Alors, tu te souviens de notre offre « or » ? Avec cette option, tu peux bénéficier de l'aide d'un coach en conversation qui s'assiéra à proximité et te soufflera des phrases ?

Ce serait indiscutablement Giles.

— Euh… Oui, répond Jude. Mais pour être honnête, je ne suis pas sûr d'avoir le budget pour cette option. L'offre avec la photo…

— Absolument, absolument, je l'interromps. Et c'est normalement une option supplémentaire, mais nous essayons en ce moment un nouvel équipement…

Un nouvel équipement qu'Aisha et moi devons aller acheter à Best Buy…

— Alors nous proposons un tarif réduit. C'est seulement 15 dollars pour un rendez-vous.

— Oh ! réplique Jude. Ce n'est pas si cher…

— Ouais, dis-je avec assurance, c'est une très belle affaire.

— Très bien. J'y réfléchirai…

— Super ! Tu penses que tu pourrais avoir une réponse pour… disons… 19 heures ?

Parce que Best Buy ferme à 21 heures. Et Aisha n'est pas libre demain. De nous deux, c'est elle la pro de la technologie. Je serais plus serein si elle était avec moi.

— Ce soir ? demande Jude.

— Si ça ne t'ennuie pas. Je dois seulement m'assurer que tout est en ordre et que notre coach est disponible.

Je lui dirai plus tard que ce n'est pas le cas, comme par hasard, et que je vais devoir le remplacer.

— Euh… D'accord, bien sûr. Pourquoi pas, en fait ? Allons-y.

Je lui souris.

— Super. Tu ne le regretteras pas.

Je vis une expérience étrangement grisante à Best Buy avec Aisha. Je sais, pour en avoir déjà été témoin, qu'un des employés pourrait se fier au sexe et à la petite taille d'Aisha et estimer que c'est elle qui a besoin d'aide. Elle devra alors endurer une démonstration de *mansplaining*. Un jour, tandis qu'elle m'aidait à choisir un routeur pour mon nouvel appartement à Brooklyn, un pauvre type d'une trentaine d'années lui a même demandé si elle savait ce qu'était un modem. Elle n'a hésité que le temps de décider si elle devait répondre ou se servir de ses cours de kick-boxing.

— En résumé, nous voulons le casque Bluetooth le plus discret possible, déclare-t-elle en scannant le rayon dans lequel nous sommes tandis que je reste à l'affût pour voir si un vendeur va prendre le risque de nous approcher.

J'aurais bien besoin d'être diverti.

— Le plus simple, explique-t-elle, c'est que tu puisses le synchroniser avec ton téléphone, que tu appelles ton client et que tu lui souffles les répliques et bada boom.

— Ça me paraît bien.

— Tiens, j'avais repéré cet équipement en ligne.

Elle lève les yeux vers moi tandis que sa voix atteint les aigus de l'enthousiasme.

— L'oreillette est invisible, il s'enfonce dans ton oreille et il faut un aimant pour le retirer. Ensuite, il faut enfiler ce collier autour de ton cou comme haut-parleur, et il y a même un code en morse que tu peux taper avec ta chaussure afin de pouvoir lancer un SOS à celui qui t'écoute.

— Waouh. Qui a besoin de ça ?

— Euh… De vrais espions ? répond-elle.

— C'est vrai. Ou bien un client vraiment désespéré de Dis-le à mon cœur.

— Ouais, réplique-t-elle en riant. Tu devrais parler à Leanne. Lui demander si elle peut mettre de l'argent de côté pour en offrir un à l'agence.

— Bonne idée. Je lui ferais remarquer qu'elle peut passer en revue tous les détails de l'équipement avec notre coach en conversation.

— Ouais, c'est ça. Comme si tu imaginais vraiment aborder le sujet de Giles avec elle.

— Tu as raison, dis-je l'air solennel. En ce qui nous concerne tous, Giles est mort. Non, il n'a même jamais existé.

— J'aimerais être aussi audacieuse que Leanne, ajoute Aisha avec un soupir alors qu'elle prend un article du rayon. Celui-là devrait faire l'affaire. Mais il coûte 150 dollars.

— Oh. On va dire que c'est un investissement.

— Es-tu vraiment aussi inquiet au sujet de cette option de remboursement ? Je veux dire, tu ne serais perdant qu'au bout de la deuxième fois, alors même si Jude s'en sert, tu aurais droit à une seconde chance.

— Ce n'est pas ça, dis-je avec une seconde d'hésitation. Enfin, si, en quelque sorte. Mais j'ai aussi envie, tu sais, de faire bonne impression. À Leanne. J'ai beaucoup merdé le mois dernier.

Même si ce n'est pas la vraie raison non plus. Irais-je si loin pour un autre client ? Ou, question plus pertinente : irais-je si loin pour une autre fille que Bree ?

Je ne veux même pas y penser parce que je ne veux pas m'avouer la réponse.

— Oh ! excellent, dis-je en apercevant un type ultra sûr de lui en polo bleu se diriger vers nous.

Il est sur le point de demander à Aisha si elle a besoin d'aide. Je recule d'un pas, prêt à profiter du spectacle.

Jude vient chez moi pour tester l'équipement, puis nous nous rendons ensemble au Cheese. J'entre en premier dans le restaurant et je lui suggère de faire un tour du quartier avant de faire de même. Je ne veux pas que Bree nous voie ensemble.

Une fois à l'intérieur, j'évalue la situation. Le restaurant n'est pas bondé. Un trio de jeunes femmes est assis à une table et, derrière elles, une autre femme avec des lunettes de soleil et un chapeau fédora est calée dans l'angle d'une banquette. Il s'agit certainement d'une célébrité quelconque, toutefois, je ne prendrai pas le risque de trahir mon intégrité de New Yorkais en essayant de dévoiler son identité.

Quand la serveuse vient vers moi, je lui demande si je peux m'asseoir à la table la plus proche de la porte. Je me glisse sur la banquette qui fait face aux autres tables du lieu et me donne une vue parfaite sur n'importe quel endroit où Jude et Bree décideront de s'asseoir.

J'appelle Jude, qui répond dès la première sonnerie.

— Je suis devant le restaurant, m'informe-t-il rapidement et doucement. Et je la vois. Elle est à quelques mètres.

— Super. À partir de maintenant, inutile de me répondre. Je me contenterai d'écouter et de te parler quand ce sera nécessaire.

Jude ne me dit rien, mais je l'entends saluer Bree et, une minute plus tard, je les vois entrer dans le restaurant.

Je passe ma commande alors qu'ils gagnent leur place, afin que la serveuse n'ait aucune raison de s'attarder avec moi. Puis je m'installe confortablement pour me concentrer sur la conversation qui se déroule à quelques tables de la mienne.

14

À : All the Single Ladies

De : Clifford Jenkins

Re : Extra

Salut à mes jolies collaboratrices,

Les relations qui suivent une rupture sont difficiles. Certaines personnes se lancent dès que possible dans une liaison purement sexuelle et nauséabonde avec le premier venu, sans se soucier de la déontologie, de l'hygiène, de la législation contre le harcèlement en entreprise, ou tout simplement, de la décence humaine.

Après avoir piétiné le cadavre de l'amour, elles ont besoin d'un coup d'un soir décevant pour oublier le sentiment d'avoir perdu « le véritable amour ». (Est-ce que quelqu'un a les coordonnées d'Eminem ou de Kendrick Lamar ? Je ne suis pas du genre à écrire des chansons mais, là, je serais prêt à donner ces lignes gratuitement.) Bref, on connaît tous quelqu'un comme ça, pas vrai ? Moi, au contraire, je préfère des relations qui ont du sens. J'y réfléchissais ce soir, et j'ai pris conscience que j'avais accès aux esprits les plus créatifs et romantiques du pays, quand il s'agit de trouver et de garder un prétendant. Ainsi, je vous invite toutes à me proposer un poème (sans voler le mien, haha !) que je pourrais afficher sur le profil (voir le lien ci-dessous) que je prévois de mettre en ligne jeudi. C'est la première fois que je m'inscris à un site de rencontres en ligne depuis… Vous savez qui… et j'ai besoin de faire bonne impression.

Gardons ça entre nous pour l'instant. Je ne crois pas que vos collègues masculins aient besoin de savoir ce qui se trame (voilà encore de quoi faire de super paroles de chanson…).

La gagnante remportera un chèque sympa de 150 dollars et toute ma reconnaissance.

Bien à vous,

Clifford

Zoey

150 dollars pour un poème ? On parle d'un sonnet ou d'une strophe ? (Et as-tu remarqué l'heure de son e-mail ? 3 h 37 du matin ? ?)

C'est le SMS que j'envoie à Aisha en attendant l'ascenseur. Je n'ai pas croisé l'homme qui dort habituellement à l'intérieur cette semaine, ce qui doit être un record.

Aisha : LOL ! Sérieusement. Je pourrais tenter un slam. Entre ça et le craquage de mon autre cheffe (je te passe les détails), je vais créer un nouveau filtre pour que les messages n'ayant pas pour objet « urgent » ou « salaire » atterrissent directement dans mon dossier « Archives ».

Je réplique :

Et comme ça, quand tu voudras te sentir profondément mal à l'aise, tu pourras tous les lire d'un coup.

Aisha : Exactement !

Je suis sur le point de lui répondre quelque chose comme « On pourrait organiser une soirée à cette occasion », mais l'ascenseur que j'ai appelé arrive enfin et je me dégonfle. Je verrai Aisha à la prochaine réunion d'entreprise et j'en profiterai pour voir ce qu'elle en pense en personne, si elle serait partante pour faire un brunch avec moi un jour. Je ne veux pas l'envahir ; je suis sûre qu'elle ne manque pas d'amis, alors il faut que je paraisse naturelle, que je fasse comme si cette idée était spontanée. Peut-être qu'on pourrait aller à un café près de la High Line.

Je tapote du pied dans le couloir. L'ascenseur est là mais les portes ne s'ouvrent pas. Il reste immobile un moment avant d'être rappelé au rez-de-chaussée. *Échec*. Je laisse s'écouler vingt secondes avant de prendre une profonde inspiration et de me diriger vers les escaliers.

Dehors, en route pour le Cheese, je remarque que les passants me regardent avec insistance. Mon chapeau marron à bords étroits, ma queue-de-cheval et mon jean artistiquement délavé ainsi que mes lunettes de star, à la Holly Golightly, les laissent penser que Je Suis Quelqu'un, au moins pendant une seconde. Si jamais j'ai de nouveau besoin de me déguiser, j'ajouterai un porte-bébé bourré de salami. En mode #MamanMillenial.

Je n'ai eu aucun mal à me faire inviter au deuxième rendez-vous de Bree et Jude. Via FaceTime, l'air désolée et inquiète, j'ai proposé à Bree de passer au cas où elle aurait besoin d'une excuse pour s'échapper plus tôt. Après tout, de son point de vue, c'est ma faute si le dernier rendez-vous s'est mal passé ; je lui en dois une. Je lui ai assuré que, si cette soirée se déroulait aussi mal, elle pourrait lui envoyer un ace pour de bon.

Dans ce cas, je me créerai un profil sur Jeu, Set et Match et… non. Non,

non, non. Reste professionnelle, Zoey. Profite de l'occasion de le mater en vrai, et restes-en là. Ton loyer en dépend.

Heureusement, elle a beaucoup aimé le Cheese la première fois (sauf leur politique concernant les bouteilles d'alcool qu'on amène) et était ravie de pouvoir y retourner. Elle m'a demandé de me cacher dans un coin au fond du restaurant. Je n'ai pas *besoin* d'un déguisement, mais cela nous a toutes les deux rassurées. Si je suis incognito, elle peut facilement prétendre que je ne suis pas là et/ou que nous ne nous connaissons pas.

Je dois intervenir uniquement si elle demande une « Mozarella monstre » à emporter. Mais si elle commande une mousse de ricotta avec des cerises au poivre balsamique à partager en dessert, cela signifie qu'elle passe un bon moment et que je peux baisser la garde.

L'arrière du crâne de Jude est sexy. C'est la seule partie de lui que je peux apercevoir d'où je suis assise, mais c'est excellent. La couleur de ses cheveux s'estompe, et j'aperçois d'adorables petites mèches rebelles et des ondulations sur le dessus. Miles Cheveux Hirsutes obtiendrait le même effet s'il faisait un petit effort et abandonnait son style « J'ai mal dormi, oh, eh bien, je crois que je vais sortir comme ça ». (Je n'arrive toujours pas à croire que nous avons partagé une table la semaine précédente. J'ai vérifié la météo tous les matins, et elle prévoit un ciel bleu pendant longtemps, Dieu merci.)

Il est évident que Jude fait beaucoup de sport. Pas parce qu'il est costaud, plutôt parce que ses muscles sont bien définis. Ses abdos ressemblent sûrement à une tablette de chocolat. Et pourtant, il ne semble pas bourré aux stéroïdes ni accro à la salle de sport, pas même un peu. Il est drôle et intelligent, et son métier – oserai-je le dire – est altruiste : utiliser ses connaissances du corps humain pour aider les autres à atteindre leurs objectifs. Une noble vocation.

Je me demande s'il entraîne des femmes…

Bree, elle, est sublime. Ses cheveux tombent gracieusement dans son dos, et son haut court assorti à son pantalon en lin forme une tenue à la fois décontractée et séductrice. Ai-je rêvé ou Jude semblait soulagé par son choix de vêtements et de coiffure ?

Actuellement, elle lui parle de la dernière fois où elle a dîné dans ce restaurant.

— Ils m'ont fait payer 75 dollars pour *ouvrir* une bouteille de vin, tu arrives à le croire, toi ?

En fait, c'est à *moi* qu'ils ont fait payer 75 dollars, mais je l'autorise volontiers à embellir l'histoire.

— Une fois qu'on se connaîtra mieux, répond Jude, en supposant que je ne transforme pas cette soirée en occasion manquée, j'espère que tu voudras bien m'accompagner à des dégustations de vin, parce que je ne sais pas les choisir. Je ne m'y connais qu'en bière.

Ohhhhh. Une *occasion manquée*. Il est si sexy et si humble. Bree a plutôt intérêt à reconnaître qu'il se donne du mal. Si elle ne le remercie pas pour la promenade guidée, je me verrais dans l'obligation de me lever et d'agiter les bras pour attirer son attention. C'est à la fois enivrant et étrange d'entendre Jude parler en chair et en os. J'ai écouté son enregistrement audio les nuits où je n'arrivais pas à dormir, et sa voix douce et élégante m'a bercée à chaque fois en me procurant un sentiment de paix.

— Le concept de ce restaurant est vraiment brillant. Quand j'étais en Suisse, je pouvais commander un plateau de fromages…

— Du fromage suisse ? l'interrompt Bree.

— Exactement ! s'exclame-t-il (points supplémentaires pour l'enthousiasme). Accompagné de fruits, cela constituait un repas parfait. Je suis vraiment content que tu aies suggéré ce restaurant.

— Merci d'avoir bien voulu essayer.

Ma rêverie de Jude en randonnée torse nu dans les Alpes suisses est interrompue par l'arrivée de l'apéritif : du fromage en grains. Jude en prend quatre petits morceaux et… se met à jongler avec. C'est charmant et inattendu, et ça fait rire Bree. Encore un point pour Jude !

Il se déconcentre et en fait tomber deux à terre. Bree se penche pour les ramasser.

— La règle des cinq secondes, annonce-t-elle, sous-entendant qu'ils sont toujours comestibles.

— Un, deux, trois, quatre, cinq, décompte-t-il.

Accroupie, Bree lève les yeux vers lui en ajoutant, d'un air de défi :

— Six.

Puis elle gobe un grain de fromage d'un air malicieux.

— J'aime vivre dangereusement, bébé, fait-elle avec un clin d'œil, avant de regagner sa place.

Il rit et lève la main pour taper dans la sienne. À ce moment-là, je ne comprends plus la scène que j'ai sous les yeux. Si le mec avec qui je sortais léchait le sol, pour ainsi dire, cela me poserait problème, personnellement. Peut-être que la règle des cinq (ou six) secondes prévaut aussi dans l'éducation écossaise et qu'il n'a aucune intention de l'embrasser plus tard. (On peut toujours rêver, non ?)

— Est-ce que tu as des clientes femmes ? interroge Bree, se faisant étrangement l'écho de mes propres pensées. Elles veulent se remettre en forme à l'approche d'un grand événement ou pour l'été ? Ou est-ce un mythe ?

— Pour être honnête, je travaille surtout avec des hommes, mais c'est vrai qu'il y a de quoi se rincer l'œil dans le métier en général.

C'est assez… étrange de suggérer qu'il aime se rincer l'œil à la salle de sport. Enfin, ce n'est pas précisément offensant, parce que tout le monde aime mater des gens attirants, surtout s'ils sont un peu transpirants et qu'ils se dépensent dans une tenue en élasthanne, mais…

— Est-ce que ce ne serait pas le *pire scénario* si, genre, tu t'entraînais à côté d'une bombe, une fille avec un corps de rêve, qu'elle coure sur un tapis roulant et que, tout à coup, elle lâche un bon gros pet ? s'exclame Bree en gloussant, avant de réaliser un bruitage.

UN BRUITAGE.

Je manque de recracher la nourriture que j'ai dans la bouche. Mon Dieu. Elle vient de lui jeter un « futur aveu » à la figure. Le futur, c'est maintenant apparemment.

Loin d'être rebuté, Jude s'exclame immédiatement :

— Ça m'est déjà arrivé ! Ça m'est vraiment arrivé une fois !

— Non ?

— Je te jure, quand elles courent, on dirait qu'elles n'arrivent pas à se retenir. Et ça fait « ratatata », comme un moteur de voiture.

Lorsqu'il frappe la table pour imiter le bruit, ils explosent tous les deux de rire si fort qu'ils attirent l'attention des autres clients.

Pour l'instant, on peut résumer ce rendez-vous à : fromage ramassé à terre et bruits de pets.

Euh. Eh bien, OK. Ils avaient peut-être besoin d'une blague stupide pour briser la glace après leur premier rendez-vous bizarre, et maintenant ils peuvent passer à, disons, une conversation un peu moins basée sur les flatulences. Bravo à Jude de se montrer si ouvert. Son rire semble sincère, et puisque Bree me fait face, je peux voir à quel point elle est contente qu'ils s'entendent bien.

Jude est vraiment un saint. Un saint intelligent, gentil et beau. Bon, peut-être que le « ratatata » n'était pas si intelligent que ça, mais j'aime penser qu'il se montre magnanime avec Bree à cause de nos – enfin, de *leur* – messages échangés ces dernières semaines. Il est prêt à faire un effort pour la rendre heureuse, parce qu'il estime que je… je veux dire, *qu'elle* en vaut la peine au vu de nos badinages en ligne.

Ils passent la commande de Bree et, quand on leur sert le plat principal, impossible de ne pas remarquer leur langage corporel. Elle a touché son bras deux fois, et il a aidé la serveuse à débarrasser le premier plat de Bree afin qu'elle ait la place de poser le reste. Jude se montre si attentionné, si prévenant.

De mon côté, je prends une bouchée de *kanafeh*. C'est divin, pourtant je ne peux m'empêcher d'être abattue en constatant leur plaisir évident.

C'est une bonne chose, me dis-je. *C'est exactement le but recherché.* C'est alors que j'entends les mots tant redoutés :

— Nous prendrons une mousse de ricotta avec des cerises au poivre balsamique à partager pour le dessert.

Non.

Jude se penche ensuite au-dessus de la table.

— Pourquoi attendre les cerises alors que j'ai ces lèvres parfaites ?

Est-ce qu'il vient de… comparer ses propres lèvres à des cerises parfaites ? Ou parle-t-il de celles de Bree ? S'il parlait des siennes à lui, ce serait un peu prétentieux. À moins que ce soit une tentative d'humour séducteur. Oui. Ça doit être ça. Ses lèvres sont pleines et elles sont certainement *incroyables* le long de… Oh. Mon Dieu.

Ils s'embrassent. *Ils s'embrassent.* Je me lève d'un bond et passe rapidement devant eux, juste le temps d'apercevoir la main de Bree glissant le long de la cuisse de Jude sous la table !

Une fois à l'extérieur, je fais les cent pas. Mon esprit est plein d'images. Ils vont partir et ils vont aller chez lui ou chez elle et ils vont continuer à s'embrasser, plus intensément avec plus de salive, et il la portera ensuite sans effort parce que c'est un putain de *coach sportif* et elle enroulera ses jambes autour de lui et… je ne peux pas laisser ça arriver. Impossible.

Je compose le numéro de Bree, mais je tombe sur sa messagerie. Je la rappelle ; même résultat. Je me mets à lui envoyer des SMS comme une folle :

Je suis dehors. GROSSE urgence. J'ai besoin d'aide. S'IL TE PLAÎT.

Une minute plus tard, Bree sort du restaurant. Du rouge à lèvres partout sur le visage.

— Que s'est-il passé ? Tu vas bien ? Est-ce que tu es blessée ? me demande-t-elle en me tapotant l'épaule.

— Je vais bien. Il fallait seulement que je te sorte de là.

— De quoi parles-tu ? Je t'ai envoyé le bon signal, s'exclame-t-elle en regardant avec envie vers le restaurant. Est-ce que tu l'as confondu avec l'autre ? demande-t-elle.

— Non, j'ai tout simplement mis mon veto.

— Pourquoi ? Je passe un très bon moment !

— Tu ne peux pas coucher avec lui. C'est trop tôt.

— Tu m'as demandé de lui accorder une deuxième chance, et maintenant que je l'ai fait, tu penses que c'est une erreur ? C'est épulsant.

Qu'est-ce qui ne l'épuise *pas* ?

— Cela n'a rien à voir avec moi. C'est ce que tu voulais. Voilà ce que tu m'as dit la première fois que nous nous sommes parlé. Regarde, je l'ai écrit.

Je lui colle sous son nez mon téléphone affichant les notes que j'ai prises lors de notre première rencontre.

NE VEUT PAS COUCHER AVEC UN MEC TROP TÔT.

J'ai peut-être ajouté de ma propre initiative les majuscules et l'italique à des fins de mémorisation.

Elle fronce le nez et se met à faire les cent pas avec moi.

— Mais… je suis sobre. Et je le veux. Je le veux, lui.

— EH BIEN TU NE PEUX PAS, je lui crache au visage.

— Tu commences à me faire flipper là.

Je recule d'un pas et inspire profondément pour me calmer.

— Voilà ce que je pense : c'est génial que vous vous entendiez si bien, vraiment, mais le pire qui pourrait se produire, c'est que vous passiez tout de suite au sexe.

Pourquoi ai-je l'air de citer du Olivia Newton-John ? Pourquoi mes amis sont-ils si vieux ?

— Tu as décidé d'utiliser les services de l'agence afin d'obtenir un résultat différent, non ? Je ne ferais pas correctement mon travail si je n'essayais pas au moins de t'aider à suivre le plan. Si tu t'amuses ce soir, tu t'amuseras un autre soir, et un autre soir, et à chaque rendez-vous après ça, jusqu'à ce que se produise une situation inoubliable. En plus, tu sais, ce sera beaucoup plus torride et satisfaisant après toute cette attente, tout ce désir différé qui aura atteint son paroxysme, ce sera comme…

J'imite le bruit d'une explosion, que j'illustre de mes mains, et j'ai bien l'impression que je m'excite toute seule, chose assez dérangeante. Il se pourrait même que je sois essoufflée.

— Et ensuite, si tu veux… aller plus loin, je t'encouragerai à chaque étape.

Bon sang, j'ai l'air flippante.

Elle expire profondément avant de hocher doucement la tête.

— Je crois que tu as raison.

— Trouve une excuse, dis-lui bonne nuit, et fais-toi désirer. S'il t'écrit plus tard, je prendrai le relais, d'accord ? Rentre chez toi et détends-toi.

Elle continue à hocher la tête.

— Oui, OK. Merci de veiller sur moi, Zoey.

Bree se frotte les mains sur les cuisses pour défroisser son pantalon avant de pénétrer dans le restaurant.

Je décide, quant à moi, de rentrer chez moi, le cœur battant la chamade.

15

À : Tous les employés de Dis-le à mon cœur

De : Leanne Tseng

Re : Speed Ghosting

Chère équipe,

Stella a encore frappé ! Notre fougueuse collaboratrice free-lance a trouvé une nouvelle idée brillante.

La semaine prochaine, nous allons lancer une campagne de promotion. Tout le monde pourra s'inscrire à une session de « speed ghosting » offerte. Qu'est-ce que cela signifie ? Chaque participant aura droit à une session gratuite de *chat* menée par un de nos rédacteurs avec un correspondant de leur choix. Notre but ? Recruter entre trente et cinquante nouveaux clients.

Mais puisque nous ne pouvons pas vous payer pour ces sessions gratuites, nous offrirons une prime de 250 dollars à celui qui réussira à garder son client. Alors c'est parti.

Et bravo, Stella !

Bien à vous,

Leanne

Miles

Est-ce que l'enregistrement du micro peut servir à prouver que je n'ai jamais dit à Jude de parler de pet ? En fait, j'ai très peu inspiré cette conversation. Cela ne vaut carrément pas le prix de l'entrée – je parle des 150 balles que j'ai déboursées de ma poche pour les écouteurs.

La soirée avait bien commencé. Je lui ai soufflé la proposition sur les dégustations de vin, même s'il l'a reformulée à sa sauce.

Ensuite, avant que je puisse comprendre ce qui se passait, il s'est mis à parler de « se rincer l'œil » à la salle de sport. « Non, Jude, lui ai-je dit, n'évoque pas d'autres femmes séduisantes… » Mais je n'ai même pas eu le temps de lui expliquer pourquoi qu'ils en étaient à parler de pets. De manière naturelle. Eh bien, j'imagine que c'était une façon comme une autre de changer de conversation.

Et apparemment, c'était la bonne façon de le faire, car tout à coup ils se sont mis à s'embrasser sans retenue au milieu du restaurant et directement dans mon oreille interne. J'ai dû retirer les écouteurs tant j'avais l'impression de me passer un podcast porno.

C'était probablement une erreur, car Bree est brusquement passée devant moi pour gagner la sortie.

Merde. Comment les choses ont-elles pu déraper si rapidement ?

Je regarde vers Jude qui, lui, regarde avec envie vers la porte. Je suis sur le point de le rejoindre, quand la porte s'ouvre en grand laissant apparaître Bree. Je n'ai pas mes écouteurs donc je n'entends pas ce qu'elle dit, mais elle se penche un instant par-dessus la table, lui lance ce qui ressemble à un bout de papier et part définitivement.

Jude observe son départ en souriant puis se précipite vers moi, le visage couvert de rouge à lèvres et les yeux brillants. Ses cheveux étaient déjà suffisamment en bataille pour que les mains de Bree y changent quoi que ce soit.

— Tu avais raison. Elle est géniale, s'exclame-t-il, encore ivre de phéromones.

— Que s'est-il passé ? Pourquoi est-elle partie ?

— Son amie avait besoin d'elle. C'était une urgence, m'explique-t-il.

Ah. « Mon amie a besoin de moi », c'est généralement le code utilisé par quelqu'un mobilisé pour interrompre le rendez-vous si besoin. Mais d'après ce que j'ai vu – et entendu – Bree n'avait pas du tout l'air de vouloir être interrompue.

— Étrange.

— J'ai cru qu'elle me faisait faux bond, déclare Jude avec un haussement d'épaules. Mais elle n'a pas arrêté de s'excuser. Et elle m'a glissé ça avant de partir.

Il me tend une serviette couleur cheddar avec la marque d'un baiser dessus. En plissant les yeux, je parviens à déchiffrer « Je te dois plus de moments comme ça », écrit avec quelque chose qui ressemble à du gras du fromage.

— Qu'a-t-elle utilisé pour écrire ce message ?

— De la mousse de ricotta, réplique-t-il avec un large sourire. Elle est follement sexy, non ?

— Oui.

Parce qu'elle l'est. En tout point. Elle est belle, elle a du caractère et – apparemment – une saine indifférence pour l'inhibition. Tant mieux pour Jude.

L'enfoiré.

— Je vais lui écrire un SMS, m'informe Jude en sortant son téléphone.

— Quoi ? Non ! je m'exclame. C'est beaucoup trop tôt.

— Vraiment ? fait Jude, l'air perplexe. Je veux dire, elle était quasiment sur moi et euh… je ne suis pas sûr que Petit Jude comptait se faire désirer. Il voulait plutôt désirer tout court, si tu vois ce que je veux dire.

Son regard brille, comme s'il était fier de son jeu de mots.

— OK. Je comprends, dis-je poliment. Mais quand même. Laissons-lui le temps de penser à toi. Entretenons le mystère.

— OK, finit par accepter Jude. Tu en es sûr ? J'ai l'impression que ce n'est pas nécessaire.

— Fais-moi confiance. Il faut permettre un peu de jeu entre vous, au moins au début. Pas longtemps. Tu pourras lui écrire demain.

À ces mots, son visage s'illumine.

— Demain soir, j'ajoute.

— Si tu le dis, conclut-il en rangeant son téléphone, l'air déçu.

Après avoir payé l'addition et rangé la facture, je réfléchis à la situation. Si j'avais été à la place de Jude, aurais-je contacté Bree tout de suite ?

Oh. Que. Oui. Probablement avant que la porte ne se referme derrière elle.

Alors pourquoi l'en ai-je empêché ?

Parce que tu as du recul, me dis-je. *Petit Jude – ou Petit Miles, j'imagine, bien que je n'aie pas vraiment surnommé mon sexe – ne prend pas les décisions à ta place, alors tu analyses la situation d'un point de vue logique.*

Pas vrai ?

Très vrai. Il faut que ce soit vrai.

Je me concentre sur cette idée pour ne pas penser à cet autre sentiment étrange qui me dérange au fond de ma tête.

Le soulagement que ce baiser ne se soit pas prolongé.

Et puis, la déception.

C'est cette dernière qu'il me faut éprouver. Je veux que les choses se passent bien pour mon client. Je veux ce qu'il veut.

J'essaie d'ignorer la petite voix qui me dit maintenant : *Tu n'es pas déçu parce que Jude ne s'est pas envoyé en l'air. Tu es déçu parce que la tension sexuelle va s'intensifier. Et ce qui aurait pu n'être qu'un coup d'un soir risque de se transformer en histoire d'amour brûlante.*

Je mets mes écouteurs et fais taire cette petite voix à l'aide de la playlist Iron Maiden de Spotify.

Vers 4 h 55 le lendemain matin, j'ai déjà couru une demi-heure dans Tompkins Square Park, pris ma douche, me suis habillé. Je suis désormais en train de lire tranquillement un livre appuyé contre la devanture du Café Crudité. Je me permets même d'attendre une bonne minute après qu'Evelynn a ouvert pour entrer en lui adressant un large sourire et un grand : « Bonjour ! »

Elle me regarde les yeux plissés puis me répond en grognant.

La table est tout à moi, bien sûr, et je pose triomphalement mon sac sur la chaise avant de me diriger vers le comptoir.

— Comment vas-tu ? je demande à Evelynn.

Je réfléchis à ma commande tout en essayant de penser à quelque chose d'autre sur quoi l'interroger, pour finalement me rendre compte que, malgré le fait que je la connaisse depuis dix ans, je ne sais absolument rien d'elle.

— Fabuleusement bien, répond-elle sèchement. Et toi ?

— Super !

— Hum, hum. Tu as battu ta petite amie aujourd'hui ? réplique-t-elle avec un mouvement du menton en direction de la table.

— De quoi tu parles ?

— Peu importe. Qu'est-ce que je te sers ? Comme d'habitude ?

Cette triste tentative de conversation était clairement tout ce qu'Evelynn pouvait supporter à 5 h 4 un mardi matin.

— Ouais, je confirme. Oh ! et pourquoi pas un muffin ? Carotte et raisins.

— Tu vis dangereusement, bougonne-t-elle.

Je lui souris en glissant un pourboire de 5 dollars qu'elle regarde à peine.

OK, il va peut-être falloir que je fasse plus d'efforts pour obtenir les bonnes grâces d'Evelynn.

Installé à table, je travaille essentiellement pour de nouveaux clients durant les heures qui suivent. Clark a un premier contact avec un type qui semble prometteur, alors je m'attelle à rédiger une réponse à sa place. Diego, lui, s'est inscrit pour l'option speed ghosting (je commence à me dire qu'il va falloir neutraliser Stella) et, alors que je pensais que cette première session gratuite s'était bien déroulée, je me retrouve à répondre à une multitude de questions de sa part sur les différentes offres pour essayer de le convaincre de s'inscrire pour de bon.

Je dis « essentiellement » parce que, en fait, je suis à l'affût de deux alertes. La sonnette de la porte d'entrée du café qui m'informera que Zoey est arrivée et me contemple auréolé de triomphe ; ou une notification de Jeu, Set et Match sur le profil de Jude signalant que BLaDuchesse a posté un nouveau message.

Cela fait trois fois que j'essaie moi-même d'en rédiger un :

J'essaie de convaincre une serveuse blasée que je suis quelqu'un avec qui cela vaut la peine de discuter de bon matin.

Mais j'efface ce premier essai pour écrire plutôt :

Penses-tu que Mary Clarkson a gardé ses costumes et, si oui, penses-tu que ses petits amis lui ont déjà demandé de les enfiler pour s'amuser un peu ?

Finalement, j'efface aussi celui-ci.

Le truc, c'est que je n'ai pas du tout besoin de lui écrire. J'ai dit à *Jude* d'attendre ce soir pour la contacter et c'est à lui de le faire pour de vrai, cette fois.

Après les paroles de chansons mal comprises, quelle est la chanson que tout le monde aime mais que tu détestes ? Au risque que tu ne me parles plus jamais, je me lance. La mienne, c'est « Rainbow Connection ».

J'appuie sur « Envoyer ». Je suis apparemment incapable de me raisonner moi-même. Mais pourquoi ?

Bon sang, n'est-ce pas évident ? me demande la petite voix.

BLaDuchesse : SACRILÈGE.

Si ce n'était pas évident avant, l'immense sourire sur mon visage et la façon dont mes doigts virevoltent sur mon clavier le confirment.

ScOtLeGrand : Mais réfléchis-y… Il n'existe pas des tonnes de chanson sur les arcs-en-ciel. Seulement…

« Over the Rainbow ». La chanson entière repose sur un mensonge.

DLaDuchesse : Est-ce que tu détestes aussi le Muppet Show ? Et le soleil ? Je commence à me demander si ça peut vraiment marcher entre nous…

Sc0tLeGrand : Évidemment, je ne déteste pas le Muppet Show. Enfin, pas tous les épisodes… Est-ce qu'on peut parler du trouble de la personnalité narcissique de Miss Peggy au moins ?

BLaDuchesse : MISS PEGGY EST UNE ICÔNE ET UN TRÉSOR. Même si je suis d'accord pour dire qu'elle et Alvin l'écureuil feraient un duo épique. À partir de maintenant, je suis pro Pegvin (Peggy+Alvin).

J'éclate de rire. Devant mon écran d'ordinateur. En public.

Et naturellement, c'est précisément à ce moment-là que je ne peux plus nier ce qui est en train de se passer.

Bree me plaît. À moi, Miles.

Et s'il existe bien une chose qui enfreint toutes les règles, pas seulement celles de mon travail, mais aussi celles que je me suis imposées dans le cadre de mon exil romantique personnel, c'est ça.

La règle numéro 1 de ton travail : c'est un travail. Assure-toi de t'empêcher de trop t'impliquer dans l'histoire d'un client. En amour, les émotions sont fortes. Préserve les tiennes.

Alors, non. Cela ne peut pas arriver.

Cela ne peut *pas* arriver.

Sc0tLeGrand : Oups. Je suis en retard pour un client. On se reparle plus tard… En personne, j'espère ;-)

Puis je me déconnecte. Je ne dois pas oublier de mentionner cette conversation à Jude.

Plus important encore, je ne dois pas oublier de me calmer, putain.

La meilleure façon d'y arriver ? M'assurer que Bree et Jude finissent ensemble. Finis, les conseils bizarres et le sabotage. Finies, les discussions spontanées en ligne.

À partir de maintenant, je suivrai mon *Manuel du free-lance* à la lettre pour m'assurer que cette histoire se termine, comme prévu, par une happy end. Pour eux.

16

À : Zoey Abot

De : Aisha Ibrahim

Re : Fw : Urgence dans les Hamptons

C'EST LÀ PREMIÈRE FOIS QU'IL ÉCHAPPE À MON FILTRE ! SACRÉ ENFOIRÉ !

PS : UNE URGENCE DANS LES HAMPTONS, ÇA N'EXISTE PAS.

PPS : DÉSOLÉE DE CRIER MAIS COMMENT SE FAIT-IL QUE CLIFFORD SE TROUVE DANS LES HAMPTONS ALORS QUE JE CUMULE TROIS EMPLOIS ?

PPPS : FÉLICITATIONS POUR LE CONCOURS DE POÉSIE

Début du message transféré :

À : Les gens de la partie

De : Clifford Jenkins

Re : Urgence dans les Hamptons

Ohhhh, la maison que je loue ce week-end a une fuite, des verrous cassés et des volets tordus. Que faut-il faire pour jouir d'un peu de tranquillité de nos jours ?

Est-ce que quelqu'un connaît un type fiable que je pourrais payer de la main à la main ? Je vous revaudrai ça.

Au fait, continuez vos efforts, mes soldats de l'amour. Aucun client n'a demandé a changé de rédacteur depuis que l'option est proposée. Cela en dit long sur vos talents. J'ai toujours su que j'avais embauché les meilleurs, et en voilà la preuve !

Tope-là à Zoey A., Aka Missy Z., pour m'avoir impressionnée avec sa prose de dingue pour mon profil.

Namaste,

Clifford

Zoey

Si Clifford a aimé mon poème, c'est parce que j'ai copié ses e-mails dans une application qui a repéré les mots qu'il utilise le plus. Après les avoir manipulés pendant quelques heures, j'ai fini par réussir à les faire rimer. (C'est le genre de personnes qui croit que les poèmes doivent forcément comporter des rimes.)

Je lui ai resservi ses propres mots. Après tout, « Toi, version améliorée », était le nom de sa première agence. Évidemment, au lieu d'écrire de la poésie de bas étage, même rémunérée, j'aurais dû travailler à la version finale de ma pièce de théâtre. Et à présent, plutôt que de revivre sans fin ma victoire, je devrais traîner mon cul au Café Crudité.

Le problème, c'est qu'il est 6 h 25. Miles a certainement déjà pris la bonne table, et la rage refoulée laisse peu de place à la créativité. Il la convoite surtout le mercredi ; je ne suis pas certaine des facteurs qui sont en jeu. J'ai besoin d'un nouveau tableau pour analyser sa façon de penser, pas seulement les heures d'arrivée et de départ.

J'ai besoin d'une vie.

Je décide de rester chez moi aujourd'hui, le privant d'une joie malsaine et caféinée. Je ressens une pointe de fierté en imaginant le moment où il va se rendre compte qu'il aurait pu faire la grasse matinée. Dans un sens, c'est *moi* qui ai gagné aujourd'hui.

Je reçois une notification sur mon téléphone : mon compte Paypal a été crédité de 150 dollars (le paiement du poème). *Pitié, Clifford, que ce poème t'aide à trouver quelqu'un. Et que cette personne soit dans une telle détresse affective qu'elle soit prête à te supporter.*

Le fichier « version finale » me défie de l'ouvrir. Mais au même moment, mon appartement exige d'être nettoyé. C'est marrant comment les choses se passent.

Armée de papier toilette humidifié, je fais les poussières en écoutant de la musique. Puis je ferme les yeux et me contente simplement d'écouter ma playlist, en espérant inspirer ma muse intérieure. Le problème, c'est qu'aucune de mes idées ne me plaît. Quand j'étais ado, j'écrivais des *fans fictions* (c'est-à-dire que je rectifiais à mon goût les séries télé ou que je développais leurs bonnes idées) et j'ai toujours pensé que c'était une façon de m'entraîner à écrire mes propres histoires. C'était censé être mon but, après tout. Lorsque j'ai décroché le poste auprès de Mary, je lui ai annoncé que je voulais devenir scénariste. Je n'avais presque jamais entendu parler du métier de « consultant en scénarios », je ne savais pas qu'il existait des gens dont le travail consistait à aider d'*autres* personnes à écrire des scénarios. Mais Mary m'a envoyée ici pour écrire seule – elle me subventionne, en fait. C'est ce qu'elle pense que je devrais faire, alors je dois m'y astreindre. Ou au moins, *essayer.*

Quand j'avais besoin d'inspiration à L.A., j'allais me promener à La Brea Tar Pits[1]. L'odeur forte et primale des fossiles émanant du passé sordide de la terre me réconfortait pour des raisons que je serais incapable d'expliquer. Info inutile : La Brea signifie « puits de goudron »,

1. Gisement de fossiles situé au cœur de Los Angeles.

soit *tar pits* en anglais, donc en fait, ce lieu s'appelle Puits de goudron Puits de goudron.

Quand cela ne fonctionnait pas, je fumais de l'herbe. Ce n'est pas une option envisageable à New York, à moins de se démener pour obtenir une autorisation médicale à consommer de la marijuana. (Quelle raison médicale pourrais-je évoquer ? « Accro à l'herbe » ?) J'ai du vin au réfrigérateur, cependant. Je n'ai besoin que de la moitié d'un verre pour me détendre, me débarrasser de cette panique sourde qui me tourmente constamment.

La moitié d'un verre s'est transformée en trois ou quatre verres. Je n'ai jamais été du genre à boire la journée, alors considérez ça comme une preuve de plus que cette ville me détruit. Six heures de surf sur YouTube plus tard, j'ouvre mon fichier « version finale ». J'ai perdu une journée entière. Rien ne fonctionne ! Je finis par effacer tout ce que j'écris.

Ma main se dirige de sa propre initiative vers un dossier différent : mon coffre à trésor secret contenant les messages de Jude, copiés-collés de nos précédentes conversations.

Jude est la seule personne qui me donne *légèrement* l'impression que je ne suis pas en train de perdre pied. Quand je clique sur le document, un sentiment de soulagement m'enveloppe tel un drap de satin doux et frais.

Juste avant l'heure du dîner, Bree me demande d'envoyer un message à Jude pour confirmer leur plan du lendemain. Elle ne peut pas le faire elle-même car elle sort avec ses amies et elles se sont apparemment confisqué les téléphones les unes aux autres. (*Mais à quoi allons-nous passer* notre *soirée si elles ne postent pas des photos de tout ce qu'elles mangent ?* me dis-je avec sarcasme.) Je suis simplement vexée en fait, parce que, trois jours auparavant, Jude et Bree se sont donné rendez-vous pour un smoothie sans m'en parler.

Pire encore, c'était son rencard préféré ! Celui auquel je n'étais absolument pas associée !

Orgueil et (devinez…) préjugés sourdent en moi. Orgueil, parce que mon soi-disant filet à queues est supérieur au sien et lui a attrapé un super mec. Préjugés, parce que je ne la crois pas à la hauteur de Jude, elle ne le sera jamais. Je ne suis donc pas prête à abandonner mon privilège de lui envoyer des messages, malgré les recommandations de Bree de ne pas faire durer la conversation avec lui ce soir.

Était-ce inévitable que je craque pour lui ? Si vous jetez une jeune femme dans la vingtaine (techniquement, j'y suis pendant encore une semaine) dans une nouvelle ville sans amis ni soutien, que vous la forcez à flirter sur Internet avec des hommes disponibles et séduisants qui se décrivent eux-mêmes comme étant « à la recherche d'une relation sérieuse », que pensez-vous qu'il se passera ?

Vous pouvez comprendre pourquoi je ne suis pas d'humeur pour une conversation brève. Et pourquoi je vais attendre qu'il soit 23 heures pour l'initier.

BLaDuchesse : Tu es debout ?

Sc0tLeGrand : À cette heure, dois-je relever un jeu de mots de circonstance ?

BLaDuchesse : Si tu t'y sens obligé…

Sc0tLeGrand : Je vais trouver un moyen d'y résister.

Sc0tLeGrand : Tu n'arrives pas à dormir ?

BLaDuchesse : Pas vraiment. Et toi ?

Sc0tLeGrand : C'est un peu *dur*. (Ba-da-boum) Désolé. J'ai résisté à la première blague, je ne pouvais pas laisser passer la deuxième.

BLaDuchesse : Comme les pets. Il faut les retenir. LOL

Ohhhh. Je déteste devoir écrire une chose pareille. Mais cela fait partie du « personnage ».

La pause qui suit ma blague me semble interminable ; m'y suis-je mal prise ? Ils ont peut-être passé cette phase d'interaction et ce n'est désormais plus si amusant ? Non que ce soit une phase reconnue ailleurs sur la planète… Soulagement : je reçois rapidement un nouveau message.

ScOtLeGrand : LOL oui

BLaDuchesse : Je voulais juste confirmer notre rendez-vous demain :) Bientôt aujourd'hui…

ScOtLeGrand : Cool, j'ai vraiment hâte.

BLaDuchesse : Si je t'ai réveillé, je peux me déconnecter, on se verra bientôt de toute façon

ScOtLeGrand : Non, pas de problème. Je suis complètement réveillé.

BLaDuchesse : Devine quel est le jeu auquel je préfère jouer pour m'endormir ? Tu as trois essais.

ScOtLeGrand : OK. Si je me base sur mon expérience personnelle, je dirais 1) Paniquer de ne pas réussir à dormir 2) Les draps ne recouvrent plus les pieds, ce qui oblige à faire un crochet des orteils pour essayer de les remettre correctement 3) Le mystère de l'oreille qui n'a plus aucune surface fraîche sur lequel se poser sur l'oreiller.

BLaDuchesse : Ce sont toutes d'excellentes propositions *bruit de buzzer* mais fausses. Voilà comment jouer au jeu du sommeil. Tu dois fermer les yeux et essayer de te convaincre que tu te trouves dans une autre pièce. Il peut s'agir d'une autre pièce de chez toi, ou de chez quelqu'un d'autre, tant que c'est un endroit que tu connais bien et que tu peux recréer dans ta tête.

Ce soir, je me suis mise à imaginer autant de détails que possible de la chambre d'amis de Mary : le tiroir de la table de nuit à la poignée instable, le réveil, la lampe de chevet, la boîte à mouchoirs, le bureau, le miroir sur le mur, le panier de fils et d'aiguilles à crochet, l'écran de télé de dix pouces posé sur la commode, et l'étagère sur laquelle sont rangés exclusivement d'affreux films des années 1970 sur le thème « meurtre et mystère ».

ScOtLeGrand : Comment gagnes-tu à ce jeu ?

BLaDuchesse : Pour gagner, tu dois ne plus être capable de te situer, t'être convaincu que tu ES véritablement dans cette autre pièce, sur ce matelas ET au bord du lit. Que si tu te retournes, tu risques de tomber par terre.

ScOtLeGrand : C'est ça ta victoire ? Tomber du lit.

BLaDuchesse : Je n'ai encore jamais gagné, mais oui, c'est l'objectif.

ScOtLeGrand : Ton but, c'est de créer un monde imaginaire qui te semble si riche et réel que tu risques de te blesser.

BLaDuchesse : EXACTEMENT.

ScOtLeGrand : Je crois que je préfère imaginer l'occupant de l'autre chambre. Son visage, par exemple. Ses cheveux. La personne à laquelle je pense est irréprochable quant à la façon de se coiffer.

Je n'ai jamais entendu cette expression auparavant, mais pour une raison qui m'échappe, je sens une vague de chaleur se répandre en moi, ce qui est complètement ridicule ; il ne parle pas de MES cheveux. S'il savait que Bree était un mythe, qu'elle était en fait nous deux et que nous pouvions nous dissocier l'une de l'autre, laquelle choisirait-il ? Existe-t-il un univers dans lequel il pencherait vers moi ?

Je pense à Mary, qui m'a éloignée jusqu'à la côte opposée du pays avant d'engager un nouvel assistant, comme si ces huit dernières années n'avaient pas compté.

Je pense à mes parents, si fiers d'aller là où le vent les porte qu'ils n'ont jamais essayé de venir dans ma direction.

BLaDuchesse : Eh bien, merci. Je fais de mon mieux :) Je crois que tu avais quelque chose en tête quand tu m'as demandé si je n'arrivais pas à dormir.

Sc0tLeGrand : Tu as déjà essayé de compter les boucs ? C'est bien mieux que les moutons, pour des raisons évidentes.

BLaDuchesse : Les moutons vont au ciel, les boucs en enfer.

Sc0tLeGrand : Ouais ! Vive CAKE.

Je doute que Bree écoute le groupe de musique CAKE. Oups. Oh et puis zut. Puisque je suis en train de creuser ma propre tombe, autant que ça en vaille la peine.

BLaDuchesse : Je n'ai pas de nouvelles de mes parents depuis longtemps. Ce qui n'a rien d'anormal mais… parfois, ça me dérange.

Sc0tLeGrand : Vous n'êtes pas très proches ?

BLaDuchesse : Pour résumer : je ne sais pas où ils sont. Je ne pourrais même pas essayer de le deviner. Ce sont des « esprits libres ».

Sc0tLeGrand : Ils ont toujours été comme ça ? Ou est-ce un nouveau truc depuis qu'ils sont à la retraite ou que tu es partie de chez eux ?

BLaDuchesse : Toujours été comme ça. Un jour, quand j'avais huit ans, nous sommes allés au cirque au Maroc, et ils m'ont encouragée à m'enrôler. Ils auraient été fous de joie si j'étais partie rejoindre une troupe de cirque. Parce que c'est leur façon de vivre. Mais vivre avec eux, c'était DÉJÀ un cirque.

Je sais que je joue avec le feu en évoquant ma vie privée, mais j'ai laissé les détails assez vagues, je crois, pour pouvoir m'en sortir. Et puis, avant que l'or se déconnecte, je pourrais toujours lui faire croire que je lui faisais une blague ou quelque chose comme ça.

Parce que franchement, quel genre de parents est comme ça ?

17

ScOtLeGrand : Je comprends. L'histoire d'amour de mes parents est tellement grandiose. C'est super la plupart du temps sauf que… parfois, ça place la barre très haut. Comment mes propres histoires pourraient rivaliser avec la leur ?

Je n'aurais jamais ô grand jamais dû écrire ça. Parce qu'évidemment il ne s'agit pas de la vie de Jude, mais de la mienne. Je ne sais absolument rien des parents de Jude. Ils ont peut-être divorcé dans un contexte de confiscation de terres épique à l'issue duquel l'un d'entre eux a réussi à obtenir un château écossais. Ce serait une information que Bree pourrait facilement vérifier quand Jude et elle seront plus proches.

Mais je ne peux pas m'en empêcher. Je sais que mon temps avec Bree est compté, et une part de moi a besoin de lui faire savoir à quel point je la comprends. Et il y a peut-être une part de moi qui veut aussi qu'elle me comprenne – moi, Miles – même pour un très bref instant.

BLaDuchesse : On pourrait peut-être trouver un moyen de rivaliser… ;-)

Je ressens un léger pincement en sachant que ce ne pourra jamais être le cas, en tout cas pas pour Bree et moi. Mais je peux aider Bree et Jude à vivre le même genre d'histoire que mes parents. Ce serait le principal, pas vrai ? Bien sûr que oui. C'est ce que je me dis depuis le début.

BLaDuchesse : Toujours partant pour demain ?

ScOtLeGrand : Absolument. J'ai hâte.

BLaDuchesse : À demain alors.

Je suis soulagé qu'elle mette fin à la conversation, car, pour être honnête, je ne suis pas certain que j'aurais réussi à le faire.

L'ironie de la situation ne m'échappe pas non plus : nous avons parlé d'astuces pour s'endormir et, justement, le matelas à mémoire de forme que j'ai commandé est arrivé aujourd'hui. Meubler mon appartement s'est révélé plus problématique que je ne le pensais. Je me suis fait livrer mon canapé et ma table de flipper, que j'avais stockés dans un entrepôt, mais Jordan a gardé le lit et tout ce que nous avions acheté ensemble ; et comme j'avais – stupidement – vendu mes propres affaires quand nous avons emménagé, elle et moi, il ne me restait plus grand-chose. Je ne voulais pas du lit que nous avions partagé, de toute façon, mais avoir dormi pendant trois mois sur un canapé m'a rappelé – à moi et à mes articulations – que je n'avais plus dix-huit ans.

Je passe le reste de la nuit à me livrer à l'activité solitaire d'assembler le cadre de lit que j'ai acheté sur Craiglist [1](vendu par un foyer certifié « sans punaises de lit », ce qui ne m'a pas empêché de chercher sur YouTube comment m'en assurer). J'assemble les pièces et observe les lois scientifiques opérer pour transformer miraculeusement un paquet compact en un grand matelas en quelques minutes, en essayant de ne pas penser au fait que c'est bien la scène de lit la plus excitante qu'il m'a été donné de vivre ces derniers mois. Une fois allongé sur mon lit garni de draps, je m'efforce de me réjouir de ne plus dormir sur un canapé, au lieu de penser aux heures interminables et solitaires qui m'attendent.

Cela fait presque quatre heures que je suis au café quand Zoey daigne enfin se montrer. Dieu merci. Cela aurait été un vrai gâchis

1. Site américain de petites annonces, qui s'apparente à Leboncoin. (NdE)

d'être arrivé plus tôt – une nouvelle fois – sans la satisfaction de la voir remplir le tableau de la Table des Champions. Par ailleurs, je suis d'humeur morose ce matin et j'aurais bien besoin d'un petit coup de boost, même s'il m'est servi sous la forme d'une victoire dans un jeu absurde dont personne, à part nous deux, ne connaît l'existence (quoique, ce n'est pas entièrement vrai : Evelynn a apparemment suivi rageusement la partie, elle aussi).

Je m'accorde le temps de me réinstaller sur ma chaise, prenant soin d'en faire grincer les pieds sur le sol. Zoey jette un coup d'œil vers moi, mais très rapidement, et sans la moindre réaction. C'est alors que je remarque qu'elle est au téléphone.

— Samedi ? Je suis… je suis libre. Enfin, c'est mon an…

Zoey prend place dans la queue derrière le comptoir. Il y a seulement un quadragénaire corpulent qui patiente devant elle, et il passe sa commande d'une voix forte. Zoey se met légèrement de côté, sa main en coupe au-dessus de son téléphone.

— Non, bien sûr, je serai ravie de vous voir, marmonne Zoey, sans avoir l'air de penser ce qu'elle dit.

Monsieur Haut-Parleur se déplace un peu plus loin maintenant qu'il a fini et laisse la place à Zoey.

— Tu peux patienter une minute, papa ?

Zoey cille face à Evelynn, comme si elle ne se souvenait plus pourquoi elle était là.

Evelynn patiente quelques secondes avant de lui demander :

— Comme d'habitude ? Une tasse taille médium ?

— Oui, répond Zoey, puis, après avoir regardé le comptoir : En fait, non. Je prendrai aussi une quiche lorraine. Et, euh, une part de cake aux courgettes. Et un cupcake au chocolat. Et… Qu'est-ce qu'un vookie ?

— Un cookie végane, explique Evelynn.

— Ah oui, bien sûr. J'en prendrai trois.

Evelynn attrape la pince à gâteaux et se met à préparer la commande de Zoey sur une assiette tandis que son collègue fait réchauffer la part de quiche.

— C'est bon, dit misérablement Zoey au téléphone en payant sa consommation avant de saisir son assiette et de se reculer pour attendre le reste.

Elle écoute pendant un long moment et répond :

— Dans un café.

Nouvelle pause.

— East Village.

— Quiche lorraine, crie Evelynn.

— Oh ! c'est pour moi, s'exclame Zoey en attrapant l'assiette qu'Evelynn vient juste de sortir du micro-ondes.

Sauf qu'elle a l'air d'avoir oublié qu'elle porte déjà une autre assiette, en plus de son téléphone. L'assiette de cookies atterrit au sol et se brise en envoyant tous les gâteaux aux quatre coins du café. Alors que Zoey essaie furieusement de tout rattraper, son téléphone lui échappe, mais elle a dû accidentellement appuyer sur le haut-parleur car, tout à coup, une voix féminine la réprimande depuis le sol où son téléphone a fini :

— J'espère vraiment que tu n'es pas en train de contribuer à la gentrification éhontée et à l'homogénéisation d'East Village, Zoey. Tu n'es pas sans savoir, bien sûr, que nous avons rencontré une famille en Éthiopie qui a tenu un restaurant sur la Deuxième Avenue pendant des années avant que les prix augmentent et, ensuite, devine qui s'est installé à leur place ? Un bistro fusion moléculaire de cuisine éthiopienne-tiret-japonaise. Dirigé par un conglomérat de Las Vegas. C'est précisément ce genre de choses qui nous poussent à ne jamais revenir aux États-Unis.

— Pourquoi n'achètes-tu pas ton café dans une bodega sympa ? Ou un food-truck ? crie une voix masculine.

— Un *vrai* food-truck, clarifie la voix de femme. Pas l'un de ces points de vente de sandwichs au fromage artisanaux tenus par le fonds fiduciaire des 1 %.

— Évidemment, renchérit l'homme.

Zoey est à genoux, elle essaye frénétiquement de désactiver le haut-parleur. Sauf que ça n'a pas l'air de fonctionner. À cause de la crème qui recouvre sa main, je crois, du fait qu'elle ait, sans succès, essayé de rattraper son cupcake.

Je m'empresse de la rejoindre et, accroupis près d'elle, je lui prends son téléphone et appuie sur la touche à sa place.

— Merci, murmure-t-elle, la voix tremblante.

Elle regarde le téléphone dans mes mains comme s'il s'agissait d'une bombe à retardement.

Je ne sais pas ce qui me prend mais je le mets à mon oreille pour parler à sa place :

— Ça vous dérange si Zoey vous rappelle plus tard ?

— Qui est à l'appareil ? demande une voix déconcertée qui, je suppose, est celle de la mère de Zoey.

— Son camarade, Vlad, dis-je avec naturel. Nous sommes sur le point de commencer une manifestation à Washington Square. Travailleurs du monde entier, unissez-vous !

Zoey ne peut s'empêcher de pouffer, un rire qui se rapproche dangereusement d'un sanglot.

— Heureusement qu'elles sont faites de sucre de canne recyclé et non en céramique, lâche Evelynn qui est apparu près de nous avec un balai dont elle se sert pour désigner l'assiette brisée en trois grands morceaux (au lieu de mille petits débris).

— Je suis désolée, déclare Zoey en voulant prendre le balai pour nettoyer les dégâts.

— Je m'en occupe, ne t'inquiète pas, assure Evelynn, la voix légèrement radoucie, en commençant à s'atteler à la tâche.

Zoey hoche la tête en se mordillant la lèvre. Elle renifle bruyamment, indiquant une nouvelle fois qu'elle est sur le point de craquer.

C'est alors que je me souviens que j'ai dans mon sac un mouchoir réutilisable propre. Jordan et moi avons acheté trois packs l'année dernière (je me rends compte tout à coup qu'elle a gardé le pack supplémentaire). C'est un mouchoir cousu à la main, composé de coton biologique et conçu comme un livre avec huit petites pages. Vous l'utilisez comme un mouchoir et tournez la page à chaque nouvel usage. Et quand il est « plein », pour ainsi dire, vous le mettez à laver. Vous pouvez le garder des années. Je n'en suis pas encore à produire mon propre compost, mais j'essaie de faire ma part ici et là.

Je retourne vers notre table pour prendre mon sac à bandoulière. Quand je reviens près de Zoey, ses larmes coulent à flots.

— Merde, jure-t-elle en s'essuyant le visage.

— Tiens, dis-je, agenouillé près d'elle en lui tendant le mouchoir.

Elle le regarde, l'air confus.

— Qu'est-ce que c'est ? demande-t-elle, le tissu floral entre son pouce et son index.

Je lui explique les bases :

— Tourne une nouvelle page. C'est parfaitement propre.

Elle l'ouvre, mais dans la mauvaise direction – une terrible erreur à bien des égards.

— Non ! je m'écrie. Ne jamais tourner les pages vers l'arrière. Toujours vers l'avant, pour aller de l'avant.

Elle se rebiffe et me jette le mouchoir sur le torse.

— Je ne veux pas de tes tissus d'analogie !

Ses joues sont trempées. Je renonce à sauver des arbres et lui tends une poignée de serviettes en papier.

— J'imagine que c'est une bonne métaphore de la vie, concède-t-elle en reniflant. Ne jamais revenir en arrière. Toujours aller de l'avant. Plus facile à dire qu'à faire.

Elle m'observe subitement avec des yeux quasiment secs. Ses cils sont humides, eux, et je ne sais pas pourquoi, mais c'est joli.

— Pourquoi te montres-tu si gentil avec moi, camarade ? ajoute-t-elle en souriant.

— Je… je voulais m'assurer que tu inscrives bien qui a gagné aujourd'hui dans ton petit tableau, je réponds en lui tendant la main pour l'aider à se relever. Les *deux* derniers jours, en fait. Vas-y. Ouvre ton carnet. Je peux patienter.

Elle rit.

— Je croyais que *tu te fichais complètement* de qui obtenait la table.

— C'est vrai. Mais puisque tu veux compter les points, je veux seulement m'assurer que tu ne triches pas.

Nous avons marché, sans nous en apercevoir, vers la grande table, de sorte que nous nous tenons chacun d'un côté.

— Huh, huh.

Elle tire bruyamment la chaise près de laquelle elle se tient avant de s'asseoir dessus.

— Tu penses vraiment avoir gagné deux jours d'affilée ?

— À moins que tu n'aies déniché une cape d'invisibilité, je dirais que oui.

— Dire que je dormais pendant tout ce temps ! Je profitais d'une bonne vieille grasse matinée.

Elle étire ses bras en démonstration et ajoute :

— Alors, tu estimes toujours avoir gagné ?

Je tapote la table du poing.

— Ce n'est drôle que si tu es en colère.

— Je crois que je suis trop émotive pour ajouter la colère à ce que je ressens aujourd'hui, déclare-t-elle avec un soupir. Je suis désolée pour ce coup de fil, ajoute-t-elle avec un geste de la main qui tient toujours son téléphone.

— Honnêtement, j'ai toujours rêvé de tester mon côté gauchiste radical. Je dirais que ça me va bien.

— Peut-être, répond-elle en riant. Sauf que tu n'as pas trop la tête d'un Vlad.

— Je pourrais totalement m'appeler Vlad ! je m'exclame en prenant place sur la chaise face à elle. Je trouve que tu n'es pas assez ouverte d'esprit.

— Tu as raison, admet-elle en hochant la tête solennellement. Je ne devrais pas avoir autant de préjugés au sujet des Vlad. Je te présente mes excuses.

— Excuses acceptées.

— En tout cas, j'aurais bien aimé que Vlad m'accompagne samedi puisque, apparemment, je vais devoir dîner avec eux.

— Tes parents ?

Elle hoche la tête.

— Eh bien, si tu le penses vraiment… il pourrait. Dans un sens.

Je ne sais pas trop pourquoi je lui fais une telle proposition, si ce n'est que je ne me sens plus moi-même depuis quelques jours et que j'adorerais remettre de l'ordre dans ma vie. Au point d'aider ma triste ennemie de café à redevenir ma sarcastique ennemie de café. En plus, je suis toujours énervé d'avoir dépensé 150 dollars dans des écouteurs pour rien.

— C'est-à-dire ?

— J'ai un moyen de te souffler des répliques pendant le dîner, si tu veux.

Zoey me dévisage, l'air incrédule.

— J'aurais tendance à prendre ça pour une blague, dit-elle doucement, mais le peu que je sais de toi me laisse penser que tu es capable de ce genre de choses.

— Je m'en sers au travail, j'explique en haussant les épaules.

— Pourquoi ? Est-ce que tu es un coach en conversation ou un truc comme ça ?

— Un truc comme ça.

— Hum. Je n'aurais pas parié là-dessus.

— Et sur quoi alors ?

— Je n'en sais rien. Community manager pour un opticien hipster en ligne ?

— Waouh. C'est… bizarrement très précis.

A-t-elle passé du temps à réfléchir à mon métier ?

— Bref, reprend-elle. Moi aussi, j'écris des dialogues.

J'incline la tête en attendant qu'elle s'explique.

— Scénariste.

— Ah oui, L.A. Tout s'explique. Donc, j'ai compris. Tu n'as pas besoin d'aide, dis-je avec un haussement d'épaules.

— Eh bien…

Elle baisse les yeux sur son ordinateur portable fermé.

— Je m'en sors plutôt bien avec des personnages fictifs et… avec les autres. Mais dans ma vie personnelle… pas vraiment.

Elle relève tout à coup la tête avec une lueur irrésistible dans les yeux.

— Tu sais quoi ? J'accepte ta proposition.

Pendant une seconde, je me contente de cligner des yeux.

— Vraiment ?

— Bien sûr. Si elle était sérieuse, évidemment, et que tu ne sois pas seulement en train de trouver un moyen de prolonger notre conversation.

Elle me sourit avec douceur, en battant des cils une ou deux fois de plus que nécessaire.

— C'était une proposition sérieuse. Il suffit d'utiliser des écouteurs. Si je peux faire une bonne action, je la fais, c'est tout.

— Cool. Ça me va. Tu peux me donner ton numéro pour que je t'envoie par SMS l'heure et le lieu du rendez-vous ?

Je sors vivement mon téléphone, déterminé à lui montrer que cette histoire est strictement professionnelle même si… ça ne l'est pas, à moins que mon métier consiste à proposer du coaching de conversation à des ennemis improbables que je me fais dans des cafés.

Nous échangeons nos numéros et, ensuite, je décide que j'ai assez travaillé pour la journée. Je rassemble donc mes affaires.

— Profite bien de la table, lui dis-je. Mais n'oublie pas : le tableau de scores.

Elle secoue la tête.

— Très bien, je vais le mettre à jour sous tes yeux.

Elle sort lentement son carnet et l'ouvre à la page du tableau sur laquelle elle ajoute deux traits de façon exagérée sous la colonne MCH.

— Content ?

— Pour le moment. À plus.

Quand mon réveil sonne à 4 h 15 le lendemain matin, j'envisage de me rendormir. Je me souviens comment Zoey m'a nargué en suggérant que c'était exactement ce qu'elle avait fait les deux derniers jours. J'appuie sur « Répéter ».

À 4 h 30, il sonne de nouveau. Son petit tableau est-il vraiment si important ? En plus, on a peut-être atteint un nouveau niveau dans notre relation, un niveau dans lequel nous agissons de façon plus mature que des gamins de cinq ans. J'appuie encore sur « Répéter ».

À 4 h 45, je saute du lit. Je n'ai pas le temps d'aller courir mais je prends la douche la plus rapide du monde, enfile un T-shirt et un jean avant de me faufiler hors de l'appartement avec les cheveux encore humides. Je viens de glisser ma clé dans la serrure quand j'entends ma voisine mystérieuse crier : « Je sors ! » Le mystère sera enfin résolu ! La poignée de la porte tourne. Je fais face à l'autre porte, en attendant, tendu.

Elle a la tête baissée lorsqu'elle émerge de chez elle, ses cheveux blond-brun couvrent une bonne partie de son visage. Je suis bouche bée.

— Aaaaaaahhhh ! hurle-t-elle quand elle finit par comprendre qu'un être humain se tient devant elle.

Puis, lorsqu'elle se rend compte de quel être humain il s'agit :

— Comment es-tu entré dans mon immeuble ?

Elle s'agrippe littéralement à son cœur et elle me regarde comme si j'étais une sorte de harceleur qui l'avait suivie jusqu'ici.

— C'est *mon* immeuble, je réplique.

— Tu te fous de moi, lance-t-elle, et pour une raison qui m'échappe, ça me dérange beaucoup qu'elle soit si énervée par ma présence.

Mais cette situation déclenche un sentiment désagréable en moi qui propulse hors de ma bouche les mots suivants :

— Je n'arrive pas à croire que c'est *toi* qui cries dans le vide à chaque fois que tu sors dans le couloir !

— Ce n'est pas dans le vide ! rétorque-t-elle d'un ton cinglant. Je crie parce que ce palier est si étroit que ma voisine m'a demandé, par courtoisie, de l'avertir à chaque fois que je sors afin qu'on ne se gêne pas. La courtoisie… je ne sais pas si ça te parle.

Je pouffe.

— J'aurais dû m'en douter. Qui d'autre aurait pu avoir peur de sortir dans un COULOIR ? Probablement la même personne qui est terrorisée à l'idée que ses parents arrivent en ville.

À la façon dont Zoey me regarde, je me dis que j'ai dépassé les bornes. Je suis sur le point de m'excuser quand, soudain, elle se lance en avant, me donnant un coup d'épaule au passage, et descend en trombe par les escaliers.

Je sais exactement où elle va. Et malgré son avance, *hors de question* qu'elle y arrive en premier.

18

Zoey

Ma tête vibre au rythme du générique de The Amazing Race[1].

J'ai connu une femme qui a travaillé dans la postproduction de cette émission. Elle m'a raconté que les cameramen avaient dû courir eux aussi, pour suivre les participants et obtenir les plans dont ils avaient besoin. Cela m'a fait rire d'imaginer des équipes entières faire des sprints dans des villes bondées, esquivant frénétiquement toutes sortes d'obstacles dans les aéroports ou les gares, ralentis par un équipement onéreux et lourd.

Aujourd'hui, je ne ris plus.

J'ai appris une chose au sujet de Miles ce matin : c'est le genre de personne qui vous incite à vous confier, se sert de ce que vous lui avez dit et l'utilise pour vous blesser et vous humilier. En d'autres mots, le stéréotype du New Yorkais. Pourquoi ai-je cru qu'il valait mieux que ça ? Est-ce le mouchoir réutilisable qui m'a induite en erreur ? Et si oui, pourquoi ? En y repensant, il voulait probablement me transmettre un virus. J'aurais dû m'en douter ; il m'a pourtant montré son vrai visage lors de nos premiers échanges. Imaginez si je m'étais vraiment confiée à lui ! L'idée seule me donne froid dans le dos.

J'entends des bruits de pas résonner au-dessus de moi et décide

1. The Amazing Race est une émission de télévision américaine basée sur le même principe que Pékin Express : des équipes s'affrontent dans une course autour du monde.

de descendre les marches deux par deux, au risque de m'étaler sur le sol en trébuchant. Voilà précisément ce dont mon orteil cassé aurait besoin : une cheville foulée pour l'accompagner.

Il a l'air rapide. Merde. Je n'ai pas fumé d'herbe depuis des mois, cela ne devrait-il pas jouer en ma faveur ? Je ne m'attends pas à piquer un sprint comme une panthère, mais comparé au début de l'année, je suis un modèle de santé. Attendez une seconde, fumer de la marijuana est censé augmenter la capacité pulmonaire – je jure d'avoir lu ça quelque part – alors d'où vient ce point de côté ? Et pourquoi suis-je si essoufflée ? Devrais-je sortir mon ordinateur et jeter mon sac à la tête Miles pour le ralentir ?

— As-tu emménagé ici juste pour gagner ? je crie. C'est carrément DINGUE.

Pas de réponse. Je résiste à l'envie de m'arrêter pour regarder derrière moi. Je prends le virage à fond en appuyant mes paumes contre le mur pour me propulser en avant. J'arrive au rez-de-chaussée à bout de souffle, la poitrine haletante, pile au moment où l'ascenseur s'ouvre sur Miles qui fonce à toute allure devant moi.

Aujourd'hui, comme par hasard, l'ascenseur a décidé de fonctionner ? Pour lui ?

— Peut-on arrêter une seconde ? je m'écrie derrière lui.

Il est déjà à l'extérieur du bâtiment quand une vision de lui trempé et vêtu de sa veste de sport Adidas le jour où nous avons partagé la grande table apparaît dans mon esprit. C'est un *coureur*. Cette course représente probablement l'équivalent d'un échauffement pour lui ; il n'a même pas besoin de faire d'efforts.

Même s'il n'avait pas été si sportif, mon incapacité à traverser un passage piéton du premier coup m'aurait empêchée de gagner, mais je ne vais lui faciliter la tâche pour autant. Essoufflée et endolorie, je zigzague entre les piétons sur le trottoir en marmonnant de colère. Je me comporte – qui l'eût cru ? – comme une véritable New Yorkaise.

Je ne me souviens pas de m'être déplacée si rapidement depuis le jour où, à l'âge de neuf ans, j'ai fui la flicaille à Manille avec mes parents après qu'ils ont lâché des belettes dans un immeuble gouvernemental lié au président Estrada. Il était de notoriété publique que ce dernier avait bénéficié d'un système de corruption. Cet acte de rébellion était leur « audition » pour rejoindre un groupe clandestin, qu'ils ont intégré haut la main. (Peu de temps après, Nana leur a donné un ultimatum : « Ce n'est pas une façon de vivre pour une enfant. Venez en Californie ou laissez-moi la garde de la petite. »)

En parlant de Californie, si Miles et moi y étions en ce moment, je l'aurais coiffé au poteau. Il n'a sûrement même pas son permis de conduire.

Comme prévu, Miles m'a battue, mais à mon grand étonnement il n'est pas encore entré dans le café. Il patiente sur le trottoir en jetant des coups d'œil furtifs à l'intérieur.

— C'est fermé ? je lui demande quand j'arrive près de lui tout essoufflée.

— Pire, répond-il en pointant du doigt.

Je regarde à travers la vitrine. La femme enceinte et son petit garçon de la semaine dernière sont de retour. Correction : elle n'est plus enceinte. Elle a accouché et s'est installée à notre table. Euh, à ma table. *La* table.

Tout à coup, la victoire me semble à portée de main.

— Je m'en occupe, dis-je avec une moue de fierté. On fait presque partie de la même sororité.

— Ouais, non, elle vient juste d'arriver, réplique Miles. Elle n'est pas près de bouger.

— Vraiment ? dis-je en fronçant les sourcils. Ne va-t-elle pas bientôt devoir allaiter son enfant ?

Le nouveau-né pleure à en vomir ses poumons. La vitrine nous protège partiellement du bruit, mais au vu de la réaction des autres clients, la situation est grave.

— Bien sûr, mais elle peut le faire de là où elle se trouve, me rappelle-t-il.

Mon téléphone vibre sous l'assaut d'une succession de messages. C'est Bree.

Demain c'est le grand soir ! Rose ou vert ?

Elle m'a envoyé deux photos d'ensembles de lingerie entre lesquels elle hésite. *Merde !*

Je ne devrais pas répondre. Cette requête va au-delà de mon périmètre de rédactrice et je n'ai pas le temps pour ça. En plus, l'idée qu'elle s'envoie en l'air avec Jude me fait péter un câble. Je lui réponds :

PAS MAINTENANT. TU VAS LE REGRETTER, C'EST TROOOOP TÔT.

— Es-tu en train de faire une crise cardiaque ? demande Miles en se penchant pour voir ce qui me fait pianoter sur mon téléphone comme une folle.

Je cache mon portable et le foudroie du regard.

— As-tu sérieusement emménagé dans mon immeuble pour pouvoir arriver ici avant moi tous les matins ?

Il a l'air écœuré.

— Comment aurais-je pu savoir que tu habitais là ? La véritable question c'est : pourquoi n'as-tu réussi à gagner la table que 60 % du temps alors que tu habites au bout de la rue ? Comment ai-je pu te battre autant ?

— Meilleure question : pourquoi ne me laisses-tu pas la table ?

— Pourquoi ferais-je une chose pareille ?

— Parce que je ne peux pas aller ailleurs ! je grogne, la mâchoire serrée par la colère et la honte.

— Où comptes-tu aller dîner avec tes parents ? Au Cheese ? réplique-t-il d'un ton sarcastique.

— Non, ils ont déjà fait une réservation. À Midtown.

Penser au Cheese me rappelle Jude, qui n'aurait PAS été si méprisant au sujet de mes peurs, lesquelles, d'ailleurs, n'incluent pas mes parents.

Ils constituent à eux seuls une autre sous-catégorie de misère. (Jude, qui est sur le point de s'envoyer en l'air, à moins que je ne parvienne à convaincre Bree que ce n'est pas le bon moment.)

— Maintenant si tu veux bien m'excuser...

Je contourne Miles en lui donnant un coup d'épaule pour entrer dans le café.

La maman tient son grand *latte* d'une main crispée. Elle semble avoir basculé dans un état d'absence ; les cris du bébé ne se sont pas calmés mais le regard vide de sa mère laisse penser qu'elle se trouve sur une autre sphère de l'existence.

— Dure journée, hein ? je lui demande gentiment.

— Je sais que personne ne veut de moi ici, lâche-t-elle. Mais où suis-je censée aller ?

— Je sais. Je comprends, dis-je la voix pleine d'empathie, en espérant lui faire croire que j'ai des enfants cachés quelque part, que je me suis moi aussi retrouvée en ligne de mire, et que les miens ont grandi depuis, sont à l'école ou – est-ce que les colonies ont déjà commencé ?

— Avez-vous besoin d'aide pour tout ranger ou... ? je lui propose.

— Mon café est froid, murmure-t-elle, ne s'adressant à personne en particulier.

— Laissez-moi leur demander de le réchauffer pour la route, je suggère avec un hochement de tête compréhensif tout en tendant la main pour lui prendre son gobelet.

Elle réagit en le serrant contre elle comme si je représentais une menace.

Je plie une serviette en forme de lapin et me retourne, faisant croire que le lapin surgit de dessus mon épaule. J'adorais les origamis quand j'étais petite et certaines formes sont à jamais gravées dans ma mémoire. Sa curiosité piquée, le bébé se tait. Le petit garçon, Nathan, pousse un cri.

— C'est mignon, fait la mère d'un ton égal. Comment faites-vous ça ?

Je passe le lapin à Nathan – qui s'empresse de déplier la serviette, laissant le bébé perplexe – et je montre à la mère comment je m'y suis prise.

Après quelques minutes de conversation agréable, je désigne les enfants du menton.

— Ils préféreraient peut-être une aire de jeu…

Un éclair traverse le regard de la maman.

— Et qu'en est-il de ce que *je* préfère ? À part une machine à remonter le temps ou un massage suédois.

— Je ne vous suggère pas de partir, dis-je pour me rattraper rapidement. Non, non, prenez votre temps, mais *plus tard,* après vous être reposée…

— Le repos n'existe pas, réplique-t-elle. La paix non plus.

— C'est juste que certaines personnes essaient de travailler, je murmure avant de pouvoir m'en empêcher.

Miles, debout à côté de la station à crème, fait tomber le sucre. Les yeux écarquillés, il regarde vers nous. Même sans sa réaction, j'aurais compris que j'avais tout gâché.

— Je ne suis pas un paria. Je suis autorisée à vivre dans cette société ! s'exclame-t-elle. Et ce café n'est pas un bureau !

— Que quelqu'un dise « amen » ! crie Evelynn depuis le distributeur à thé glacé. Que quelqu'un dise « Alléluia » !

Le bébé vomit tout à coup ce qu'il a ingéré en dernier et salit son body.

Rongée par la culpabilité, je me dirige vers les sanitaires pour prendre du papier toilette et vraiment aider la maman cette fois, sans arrière-pensées.

Mais quand je reviens, elle a disparu, et Miles est assis à la table. J'ai envie de hurler. J'ai sérieusement envie de hurler.

— Pratiquement de la même sororité, hein ? répète-t-il, pince-sans-rire. Alors quand avez-vous prévu de vous faire des tresses l'une à l'autre ?

Il se donne à cœur joie d'installer toutes ses affaires, me faisant clairement comprendre que je ne suis pas invitée à le rejoindre.

Notre cessez-le-feu, ou ce qui s'est passé le jour de la tempête, est officiellement terminé.

Pire encore, je n'ai aucun soutien pour le dîner de demain soir avec mes parents.

À moins que…

Je pose le papier toilette sur le comptoir à sucre et à crème, puis me faufile jusqu'à la plus petite table, où j'ouvre rapidement les SMS de Bree.

Elle a répondu à ma folie bloqueuse de queue par les mots :

Bree : Pourquoi attendre ? Demain ce sera la soirée parfaite !

Zoey : Parce que tu viens dîner avec moi et mes parents. Ils t'invitent.

Sa réponse met du temps à arriver.

Bree : Hein ? C'est gentil, mais je passe mon tour. J'ai mes propres plans.

Le visage me brûle. Pendant que je souffrirai à coups d'apéritifs, elle profitera de la compagnie de Jude, et bien plus. C'était immature de ma part de l'inviter à un dîner de famille, une tentative désespérée, mais j'aurais aimé que ça fonctionne. En fait, je voudrais pouvoir revenir sur les vingt dernières heures et tout recommencer. Une machine à remonter le temps, comme la mère l'a mentionné plus tôt. Au moins, avant, Miles allait m'accompagner au dîner grâce à des écouteurs.

Et maintenant, je n'ai plus rien.

19

À : Tous les employés de Dis-le à mon cœur

De : Leanne Tseng

Re : Saison des mariages

Honorables Demoiselles d'honneur, Garçons d'honneur et invités,

La saison des mariages bat son plein. En plus de tous les couples d'amoureux qui se diront oui sous vos yeux et que vous célébrerez avec des hashtags mignons, vous allez croiser de nombreux invités incités à faire le point sur leur vie amoureuse.

À cet effet, vous trouverez ci-joint nos nouvelles cartes de visite (merci, Georgie, pour le nouveau design !). Vous devriez en recevoir une boîte par voie postale dans la semaine. Brisez la glace avec vos voisins de table, trouvez lesquels ont besoin de nos services et glissez-leur une carte.

Pour les pros que vous êtes, ce sera de la tarte (fondante, avec une bonne couche de crème).

Bien à vous,

Leanne

Miles

Je reçois le mail étrangement Cliffordesque de Leanne alors que j'ouvre ma boîte aux lettres et que, comme elle l'a annoncé, je trouve une grosse enveloppe crème sur laquelle est joliment écrite ma nouvelle adresse. C'est le premier courrier que je reçois directement ici.

Je l'ouvre en attendant l'ascenseur.

C'est une carte décorée d'une petite fleur élégante peinte à l'aquarelle.

VOUS ÊTES INVITÉS AU MARIAGE DE DYLAN ET CHARLES

AU JARDIN BOTANIQUE DE BROOKLYN

On dirait que je vais avoir l'occasion de jouer l'invité sans gêne – sur recommandation de ma boss – plus tôt que prévu. La réception a lieu dans trois mois.

J'observe la carte d'un air incrédule. Quand Jordan et moi préparions notre mariage, impossible de trouver une salle de réception à New York qui soit disponible avant moins de dix-huit mois. Autrement – et cela me fait mal d'y penser maintenant – nous serions déjà mariés.

D'autant que j'avais demandé un devis au Jardin botanique et... – imaginez un sifflement de dessin animé ici. D'accord, Dylan et Charles sont tous les deux avocats et pas rédacteurs dans une agence de communication, ni coachs de vie holistiques. (Et non, l'ironie de la situation impliquant deux personnes dont les métiers consistent à rendre les autres épanouis alors que leur propre vie s'effondre ne m'a pas échappé.)

Je suis trop curieux pour résister à l'envie de questionner Dylan, alors je sors tout de suite mon téléphone.

J'ai reçu ton invitation. Comment as-tu réussi à obtenir une date si proche ?

Il me répond presque immédiatement :

Une place s'est libérée !

Je peux pratiquement l'entendre se réjouir du malheur d'un pauvre couple obligé d'annuler leur mariage. Ce qui ne ressemble vraiment pas à Dylan, mais les mariages rendent les gens bizarres. J'ajoute :

J'ai hâte.

C'est à la fois vrai et faux. Je veux voir mon meilleur ami épouser l'homme de ses rêves. Mais l'idée d'assister à une cérémonie m'épuise, et j'ai du mal à croire que cela aura changé dans trois mois. Je ne peux pas imaginer que je serai accompagné, à moins que…

Mes pensées divaguent vers Bree pendant un moment. Je l'imagine à mon bras, belle et drôle, faisant des allusions hilarantes à la scène de mariage dans *Undersea* tandis que le quartet commence à jouer *Les Canons* de Pachelbel.

Sauf qu'il est fort à parier que Bree ne soit plus dans ma vie à ce moment-là. Alors que, d'un autre côté, certaines personnes semblent destinées à la hanter pour l'éternité.

Arrivé devant ma porte d'entrée, je jette un coup d'œil vers l'autre porte au bout du couloir.

Je devrais peut-être demander à Zoey de m'accompagner au mariage. Au point où on en est, je ne serais pas surpris qu'elle y soit invitée en tant que témoin de Charles.

À 17 heures, le lendemain, les écouteurs Bluetooth dans mon sac, je frappe chez Zoey. Elle met une bonne minute pour m'ouvrir et, quand elle le fait, elle semble étonnée de me voir.

— Oui ? demande-t-elle, suspicieuse.

Elle porte une robe magenta à pois bleus et des chaussures à talons bleu marine. Son rouge à lèvres rose sombre est assorti à sa tenue et à ses boucles d'oreilles en argent en forme d'os du bonheur. Si je l'avais croisée dans la rue, je ne l'aurais peut-être pas reconnue ; je l'aurais prise pour une jolie New Yorkaise.

— Salut, dis-je, oubliant momentanément la raison de ma présence ici pour l'imaginer m'accompagnant au mariage de Dylan et Charles.

— Salut, répond-elle d'un ton égal, une main sur la hanche.

Je remarque alors que les pois sur sa robe sont en fait de minuscules machines à écrire. Mignon.

— Tu sors toujours dîner ce soir, pas vrai ? je lui demande en lui montrant mon sac. J'ai les écouteurs.

— Oh ! réplique-t-elle, déstabilisée. Je ne m'attendais pas à ce que tu sois toujours partant après… tout ce qui s'est passé.

Sa réponse me fait froncer les sourcils.

— Pourquoi ?

— Je me suis dit que, après la course d'hier, notre cessez-le-feu était terminé. Pourquoi ferais-tu quelque chose de sympa pour moi ? conclut-elle avec un haussement d'épaules.

— Ce n'est qu'un jeu, n'est-ce pas ?

Elle me dévisage intensément pendant un moment avant de répondre.

— Je ne l'ai pas pris comme ça. Quand tu m'as jeté à la figure l'unique angoisse que tu connaissais à mon sujet.

Effectivement, je ne me suis jamais excusé de m'être moqué de sa peur de voir ses parents.

— Tu as raison. Je suis désolée de m'être permis ce commentaire. J'ai été trop loin.

Elle hausse de nouveau les épaules avant de refermer la porte, mais je l'arrête d'une main.

— Je peux toujours t'aider.

— Non, merci, répond-elle. Je n'ai vraiment pas envie de te fournir plus de munitions contre moi, et mes parents…

Elle semble parcourue d'un frisson.

— Allez, Zoey. Je ne ferai jamais ça.

— Vraiment ?

Je secoue la tête.

— Non, je te le promets. J'ai été sincèrement surpris de découvrir que nous étions voisins depuis tout ce temps. Mais c'était totalement déplacé de ma part de te dire une chose pareille. Je te présente mes excuses.

Elle me regarde avec insistance en répliquant :

— Tu as oublié : « Et je suis vraiment un enfoiré, Zoey. »

— Et je suis un enfoiré.

— « Dont la garde-robe a l'air tout droit sortie d'un catalogue pour hipsters arrogants. »

Je baisse les yeux sur mon T-shirt noir, mon blazer blanc cassé et mon bermuda avant de relever la tête vers elle.

— Je déchire tout.

Je décèle l'ombre d'un sourire sur ses lèvres quand elle répond :

— Si tu le dis… Vlad, lance-t-elle en prenant ensuite son sac à main sur le crochet près de sa porte. J'accepte seulement parce que j'ai besoin d'aide pour prendre le métro. Et tu me dois un service après avoir été si odieux avec moi.

— D'accord. Où allons-nous ?

— À un restaurant espagnol, annonce-t-elle après avoir vérifié l'adresse dans son téléphone. Au croisement de la Cinquante-quatrième rue et de la Neuvième.

— Un restaurant authentique, j'imagine ? Pas un endroit racheté par un abonné au catalogue des hipsters arrogants.

Cette fois-ci, elle m'offre un sourire lumineux.

— C'est ce qu'on peut attendre, en effet. Oh ! et j'ai une requête : pas de changement de ligne.

— Hum, OK. Mais il va falloir que l'on marche longtemps avant d'arriver à la bonne station de métro, dis-je en regardant ses chaussures.

— Cela ne me dérange pas.

Et pour prouver son argument, elle passe devant moi. Je reste là à l'observer parcourir le couloir avant de me rappeler que je suis censé l'accompagner.

Zoey garde le silence jusqu'à la station de métro. Elle semble tendue alors que nous patientons sur le quai, son regard fixé sur un point. J'ai presque l'impression qu'elle répète un mantra dans sa tête, et je me demande si elle souffre d'une forme d'agoraphobie.

— Alors, est-ce qu'il y a quelque chose que je dois savoir sur tes parents avant d'arriver ?

Cette question sert à la fois à obtenir des informations et à essayer de lui faire oublier son anxiété.

— Par où commencer ? dit-elle en soupirant.

— Par leurs noms par exemple ?

— Liz et Melvin.

— Et comment Liz et Melvin se sont-ils rencontrés ?

— Corps de la paix, répond-elle d'un ton égal.

— Oh ! des bienfaiteurs.

— Eh bien, en fait, c'est là que les choses deviennent intéressantes. *Ils* pensent être des bienfaiteurs, mais honnêtement, je crois que leurs deux centres d'intérêt principaux consistent à voyager et à manifester pour n'importe quel problème du moment qu'ils décident d'adopter comme leur cause. Désormais, ils estiment que le Corps de la paix est une organisation corrompue et que le véritable moyen de guérir le monde est de se rendre sur le terrain… À n'importe quel endroit fournissant un décor adéquat à leur blog de voyage et – depuis peu – leur compte Instagram. Je te parie que ma mère va mentionner ce dernier dans les deux minutes suivant notre arrivée.

— Je vois, dis-je, me rappelant le court extrait de conversation téléphonique que j'ai entendu la dernière fois. Et où se sont-ils établis en ce moment ?

— Aux dernières nouvelles, en Amérique centrale. À Grenade.

— Idéal pour le bénévolat et les selfies, hein ?

Elle pouffe doucement de rire, comme surprise que j'aie si rapidement cerné ses parents.

— Exactement.

Lorsque le métro arrive à quai, je remarque qu'un groupe de personnes se lève pour descendre et, puisque leurs places sont disponibles, je suggère, d'un geste, que nous les prenions.

Quand le train démarre, Zoey recommence à fixer un point en respirant profondément. Je décide alors de continuer la conversation.

— Alors, à quand remonte la dernière fois où tu as vu tes parents ?

— Oh... je ne sais pas, répond-elle. C'était peut-être il y a trois ans ? En fait, c'était précisément il y a trois ans. Parce qu'on fêtait mes vingt-sept ans.

— C'est ton anniversaire ?

Je me tourne vers elle en comprenant tout à coup la raison de sa tenue.

Elle se tourne aussi vers moi en répondant avec un petit sourire :

— Trente ans sinon rien. D'après certains, c'est ma date d'expiration amoureuse.

— Qui t'a dit ça ?

— Personne, fait-elle avec un geste de la main. Oublie.

— Eh bien, joyeux anniversaire, dis-je en me sentant terriblement mal de ne pas l'avoir su, sinon je lui aurais apporté un des cupcakes du Café Crudité ou quelque chose du genre (surtout maintenant que j'ai remarqué sa préférence pour les *red velvet*). Je suis désolé... Je parie que tu aurais mieux aimé ne pas le passer en ma compagnie.

— Honnêtement, réplique-t-elle avec un haussement d'épaules, si ce dîner n'avait pas lieu, je serais probablement terrée dans mon appartement.

Elle observe brièvement le mur de graffitis face à nous dans ce métro désormais bondé.

— Ce qui pourrait être considéré comme un progrès, ajoute-t-elle. Bon sang, L.A. me manque.

Elle entoure tout à coup ses genoux de ses bras.

La distraire se révèle plus difficile que prévu. Peut-être que la provoquer sera plus efficace.

— Qu'est-ce que L.A. peut bien avoir de plus que New York ?

— De l'herbe légale, répond-elle, la mâchoire serrée.

Je ris, surpris.

— Eh bien, je ne m'y attendais pas.

— Quoi ? Je suis censée me laisser déborder par mes émotions ?

— Tu sais que l'alcool est fait pour ça aussi ? La prohibition s'est terminée en 1933, ici comme partout ailleurs.

— Ce n'est pas pareil. Je veux juste me détendre, réplique-t-elle si bas que je l'entends à peine.

— Ce n'est pas une ville qui favorise la détente, je te l'accorde. Mais je crois que cela peut se révéler une bonne chose.

Quand elle ne répond pas, j'ajoute :

— Ne t'inquiète pas, nous sommes bientôt arrivés.

En regardant autour de moi, je remarque une femme enceinte debout à quelques mètres de nous. Je vérifie rapidement qu'il ne s'agit pas de Jordan au cas où le destin aurait décidé de me haïr aujourd'hui et, en sentant son regard croiser le mien, une vague de soulagement m'envahit. Je lui propose alors de prendre ma place. (J'aimerais me dire que j'aurais fait pareil si cela avait été Jordan, mais l'honnêteté m'oblige à admettre que ce n'est pas sûr.) Elle secoue la tête.

— Je descends au prochain arrêt, je lui indique.

Elle réfléchit, puis me sourit en acceptant.

— Merci, s'exclame-t-elle en se dirigeant vers nous.

— Pas de problème, je réponds tout en me levant pour me faufiler près de la barre devant Zoey, qui me regarde une demi-seconde avant de détourner les yeux.

— C'est notre arrêt, dis-je lorsque nous atteignons la Soixante-quinzième Rue.

Une horde de passagers patiente devant la porte pour se déverser sur le quai une fois le train à l'arrêt. Sans même y penser, je prends Zoey par la main et la conduis à travers la foule jusqu'à la sortie. Je ne la lâche que pour la laisser monter les escaliers devant moi.

Nous ne prononçons pas un mot sur le chemin du restaurant et, une fois arrivés, je la tire sur le côté avant de sortir mes écouteurs et de les allumer.

— Il te suffit d'insérer ceci dans ton oreille, je lui explique en prenant mon téléphone pour composer son numéro. Est-ce que tu m'entends ?

— Cinq sur cinq, répond-elle.

Elle défroisse sa robe avec des gestes nerveux. C'est étrangement fascinant et sexy.

Bon sang, si la vue des doigts d'une fille sur sa robe m'inspire des pensées érotiques, ça veut dire que j'ai vraiment besoin de baiser.

— Euh, entre en premier, dis-je en désignant le restaurant. Je vais attendre quelques minutes et j'essaierai d'obtenir une table de laquelle je pourrais te voir. Mais rappelle-toi de ne pas réagir quand je te parlerai.

Elle se contente de hocher la tête.

— On se voit à l'intérieur, j'ajoute d'un ton que j'espère encourageant.

Elle hoche de nouveau la tête puis se dirige vers l'entrée.

— Oh ! et au fait, Zoey.

— Oui ? demande-t-elle en suivant ma dernière consigne et en continuant son chemin comme si de rien n'était.

— Je te trouve ravissante ce soir.

20

Zoey

Je ne les repère pas tout de suite ; je suis trop occupée à me demander si devenir le ventriloque de Miles pour supporter un dîner avec mes parents est le point de bascule indiquant que j'ai perdu la tête, ou si cela s'est déjà passé quand je lui ai pris la main en sortant du métro. Dans tous les cas, c'est trop tard – RIP, Esprit sain de Zoey, tu me manqueras ! –, je ne suis plus du tout capable d'évaluer quoi que ce soit de manière objective.

Quand mes yeux se sont finalement habitués à la lumière tamisée de Lo Busco, Lo Busco, je trouve mes parents à la meilleure table, la plus grande du restaurant. Ils sont assis sur une banquette le long du mur, appuyés contre le velours rouge, ce qui signifie que je vais me retrouver seule face à eux. La main de ma mère est arrêtée en plein mouvement ; elle penche la tête, l'air curieux. Je me demande instinctivement qui a attiré son attention, car je sais que ce n'est pas moi. Miles ne m'a-t-il pas laissé assez d'avance ? Notre couverture a-t-elle été découverte ? Ma mère se demande-t-elle désormais si j'ai un copain ? Cette simple idée me semblait encore hilarante la veille : Miles et moi existant simultanément dans un autre lieu que le Café Crudité. On aurait sûrement explosé comme des bulles si on s'était croisés dans le monde réel. Et pourtant nous voilà, plus que de simples connaissances, mais pas vraiment des amis.

Mais qui d'autre qu'un ami aurait proposé de faire quelque chose comme ça ? Je déglutis avant de me retourner. Effectivement, deux personnes viennent d'arriver ; deux « Quelqu'un ». Ils semblent avoir la soixantaine, des cheveux noirs et blancs à la Cruella pour l'homme, et une coiffure de lutin à plumes pour la femme. Probablement une sorte de couple célèbre, mais je ne les connais pas. Le serveur lui, si. Il s'avance vers eux pour les saluer et les escorter jusqu'à une table un peu plus loin que celle où sont installés mes parents.

En voyant la tête de mes parents tourner en un mouvement synchrone pour les observer, j'envisage, pour la deuxième fois de la soirée, de leur poser un lapin. Enfin, franchement, quel est l'intérêt ? Ils sont plus enthousiasmés de voir deux inconnus que leur propre enfant ; d'ailleurs je déteste me considérer comme un enfant en leur présence, comme si j'étais une gamine de six ans en train de sauter pour attirer leur attention.

Je m'avance vers eux, la tête rentrée entre les épaules.

— Salut, contente de vous voir, je reviens, je dois juste…

Je fais une sorte de mouvement circulaire avec mon index censé signifier « me rafraîchir » mais qui *pourrait* aussi vouloir dire « plonger la tête dans une cuvette ». Ce qui serait peut-être préférable.

Dans l'étroit couloir menant aux toilettes, j'essaie ma connexion avec Miles.

— On annule tout, on annule tout, dis-je tout bas.

Il répond immédiatement, d'une voix douce.

— Déjà ? Que se passe-t-il ?

— Imagine tes parents regarder derrière toi pour voir si quelqu'un de plus intéressant est entré dans le monde.

— Dans le restaurant, tu veux dire ?

— Je sais très bien ce que j'ai dit.

— Hum.

C'est l'une des raisons pour lesquelles j'aimais autant travailler avec Mary : elle ne m'a jamais ignorée ainsi, alors qu'elle connaissait de vraies stars. Des lauréats de l'Academy Awards ou de la MacArthur Foundation pouvaient débarquer chez elle, elle les faisait patienter jusqu'à la fin de notre conversation avant de leur accorder son attention.

Voilà pourquoi ça me fait si mal qu'elle m'ait remplacée.

— Bon, voilà ce que je pense : nous avons fait tout ce chemin, continue Miles d'un ton raisonnable, et en plus j'ai regardé le menu, alors je crois que cela vaut la peine de rester, rien que pour le dîner gratuit. Le plat du jour c'est une *cochinita pibil*, du porc lentement grillé enrobé d'une feuille de banane…

— Je *sais* que tu détournes l'attention en me disant ce que je devrais commander…, lui fais-je remarquer.

— Ah. Désolé.

— Ça a l'air délicieux. Ça m'énerve encore plus.

Il glousse. C'est agréable de me chamailler de nouveau avec lui. Nos disputes sont ce qui ressemble le plus à la normalité pour moi, ces derniers jours. Cela me donne la force d'y retourner.

— On y va ? demande-t-il.

Je hoche la tête avant de me rappeler qu'il ne peut pas me voir.

— Oui. OK.

De retour à la table de mes parents, ils se lèvent pour me saluer. Ma mère a le regard pétillant dans sa combinaison en polyester avec une banane couverte de petits strass qui fait office de ceinture. Papa, lui, porte un pull en cachemire et un pantalon en chanvre. J'imagine que leurs tenues sont éthiques ou, au moins, approuvées par Jaden Smith. Il a commenté une photo de leur compte Instagram un jour, et mes parents en parlent encore comme s'ils étaient de vieux amis.

— As-tu vu qui était derrière toi ? interroge ma mère, en me faisant la bise.

Elle sent l'encens et la sauge.

Je lève les yeux au ciel, vaincue.

— L'un des propriétaires de Food for Thought Media en personne, intervient mon père en me serrant le bras. Il faut que l'on fasse un self-self avec lui avant de partir.

(Oui, c'est comme ça que mes parents appellent les selfies de plus d'une personne.)

— Un super self-self-self, réplique Miles.

Mes lèvres se tordent en un sourire que je peine à dissimuler.

— Tu es ravissante, dit ma mère en pressant ma main contre sa joue.

— Nous sommes un peu pressés, alors nous avons commandé à ta place, indique mon père. Ohhh, et voilà que nos plats arrivent.

— Un medley végétarien et deux portions de *cochinita pibil*, annonce le serveur, en plaçant le plat végétarien devant moi.

Je n'ai jamais été végétarienne.

— Sérieusement ? grogne Miles.

— C'est notre jour de relâche, m'explique Maman. Mais je parie que, toi, tu ne manges pas assez de légumes.

— Ah.

C'est tout ce que je parviens à articuler.

— Sérieusement ? répète Miles.

Son commentaire est une salve contre leur hypocrisie, mais il ne m'aide pas vraiment. Je peux dire « ah » toute la soirée sans son assistance.

Parvenu à la même conclusion, il change de disque.

— Je détesterais vous voir privés de vos légumes ! Et en plus je passe la majeure partie de mon temps dans un café végane, alors inutile de vous inquiéter. Je me permets de me servir une part de votre plat. Puisque vous en avez *deux*.

Je répète mot pour mot ce que me souffle Miles, d'une voix quelque peu robotique. Mes parents inclinent la tête mais ne m'empêchent pas de me servir dans leurs assiettes.

— Il se lève, murmure ma mère en donnant un coup de coude à mon père.

— Zoey, arrête-le, m'ordonne mon père avec un mouvement du menton.

— Arrêter qui ?

— Food for Thought, murmure-t-il derrière sa main avec une urgence dans la voix.

Je ne suis pas assez rapide pour faire ce que mon père s'imagine que je suis censée faire (un croche-pied au type ? montrer mes seins ?) pour arrêter Monsieur Puissant.

— Et voilà un plan de gâché, lâche ma mère dans un soupir.

— Quel était le plan ? demande Miles. Le kidnapper ?

Je répète ses mots sans réfléchir.

Mes parents me regardent tous les deux, l'air de se demander si je suis sarcastique ou non.

— Eh bien, non, je me disais qu'on aurait pu lui parler un moment et peut-être lui glisser nos nouvelles cartes de visite, explique lentement Papa.

— Regarde. Dis-nous ce que tu en penses, ajoute ma mère en ouvrant sa banane.

— Zoey peut peut-être en poser une sur sa table, suggère mon père.

— Ou ramper sous sa table et surgir au moment du dessert ? ajoute Miles, pince-sans-rire.

Je pouffe de rire, mais je n'ai pas le courage de répéter cette repartie à mes parents.

Ma mère glisse une de ses cartes vers moi, une légère lueur dans les yeux. La carte indique : « Tourisme Écolo. *Nous* préparons un voyage Écolo, *vous* profitez d'être Libres. Et libres d'esprit ! »

La rédactrice en moi meurt d'envie de corriger leurs phrases fragmentées et les majuscules aléatoires.

— Vous avez encore changé de business model ? je demande.

On dirait bien qu'ils sont désormais agents de voyages.

— À part le trajet en avion, ce sont des voyages sans empreinte carbone, roucoule mon père.

— Ça a l'air génial, dis-je.

— Vraiment ? fait Miles.

— Alors, intervient ma mère en se penchant vers moi, dis-nous tout sur New York.

— C'est la meilleure ville au monde, intervient Miles.

Je plisse les yeux en souhaitant tout à coup pouvoir couper le son des écouteurs. J'aurais préféré qu'il n'entende pas cette partie de la conversation, parce que, s'ils posent sincèrement la question, c'est ma seule chance d'obtenir un véritable conseil parental. Je prends une profonde inspiration, prête à déballer à quel point je me sens seule et perdue. C'est un coup unique, une offre spontanée de leur part qu'ils ne réitéreront pas. Il est évident que tout ce que Miles entend ce soir pourra être utilisé contre moi dans le couloir de l'immeuble. Mais cela vaut peut-être la peine – après tout, mes parents ont vécu sur six des sept continents. Ils se sont sûrement sentis désorientés ou incertains.

— C'est beaucoup plus dur que ce à quoi je m'attendais.

Papa hoche la tête et répond :

— Nous étions surpris d'apprendre que tu ne travaillais plus pour Marly. D'après Nana, elle t'a vraiment retiré le tapis de sous les pieds.

Je ne prends pas la peine de corriger le nom de Mary.

Ma mère fait claquer sa langue d'un air désapprobateur en secouant la tête.

— T'envoyer à l'autre bout du pays comme ça.

— Tu sais, en venant ici ce soir, on a pensé à te proposer de te joindre à nous pour notre prochain voyage ?

Je suis sous le choc. Ils veulent que je voyage avec eux ?

— Mais nous avions oublié à quel point tu détestes le changement, à quel point il t'est difficile de t'adapter, poursuit mon père. Le moindre changement te déstabilisait quand tu étais petite.

— Certaines personnes ne sont pas faites pour voyager. Nous avons découvert ça avec toi, n'est-ce pas ? ajoute ma mère en tapotant ma main, que je ramène vers moi pour me protéger.

— Ce n'est pas le fait de voyager qui me dérangeait, dis-je doucement.

— Bien sûr que si. Tu ressembles à Nana. Et cela a toujours été un fardeau pour nous, pouffe ma mère. Ta génération et celle de ta grand-mère ont beaucoup plus en commun qu'avec la nôtre.

— On ne peut jamais savoir à qui un enfant va ressembler et ne pas ressembler, renchérit mon père.

— Et personne ne parle de la difficulté de trouver un équilibre, entre les devoirs parentaux et l'épanouissement personnel. À quel point c'est déstabilisant de devoir renoncer à certaines choses.

— Vous n'avez renoncé à *rien*, dis-je. Vous n'avez *pas* trouvé d'équilibre. Vous m'avez envoyée chez Nana.

— Eh bien, répond Maman offensée, tu ne peux pas dire que nous n'étions pas tous plus heureux ainsi. Tu t'es épanouie à partir du moment où tu as vécu dans un seul endroit.

Elle a raison, évidemment, mais ce n'est pas ce que je voulais dire.

— Quels souvenirs gardez-vous de l'Indonésie ? je leur demande.

Ils se regardent l'un l'autre, perplexe.

— L'Indonésie ? Quand exactement ? Nous y sommes allés trois ou quatre fois, réplique mon père.

— La fois où vous y étiez avec *moi*. Après Manille, mais avant que Nana m'emmène en Californie.

— Les belettes, dit ma mère, se souvenant, ravie. Tu nous as aidés avec les belettes.

— Je ne l'oublierai jamais, ajoute mon père en frappant des mains. Quelle course.

— Pas à Manille. En Indonésie, je répète, d'une voix dure et plus forte. De quoi vous souvenez-vous ?

— Pourquoi tu ne nous dis pas clairement où tu veux en venir ? interroge ma mère en se penchant vers l'avant.

Ils ne se souviennent pas. Ils ne se souviennent vraiment pas de ce qui a poussé Nana à les arrêter. Cette conversation est inutile.

Une ampoule se matérialise presque au-dessus de la tête de mon père. J'inspire profondément. *Enfin*.

Il se tourne vers ma mère.

— Chérie, chérie, où est le cadeau ?

— Quel cadeau ? demande ma mère.

— Celui que Nana a envoyé.

Toutes mes forces m'abandonnent. Je n'obtiendrai aucune réponse de leur part, encore moins les réponses que je veux ou dont j'ai besoin.

C'est peut-être mieux comme ça. Miles est silencieux depuis si longtemps que j'avais presque oublié sa présence.

— Pour ce que ça vaut (et juste comme ça, sa voix se répand dans mes oreilles), je ne pense pas que ce soit vrai, le fait que certaines personnes ne soient pas faites pour voyager. Les gens peuvent toujours s'adapter, ils peuvent apprendre à apprécier de nouvelles choses, même si ce n'était pas le cas auparavant.

L'espace d'un instant, le restaurant autour de moi disparaît, et il ne reste que la voix de Miles me murmurant des paroles attentionnées d'un ton prudent. Des mots gentils. Encourageants.

Puis la réalité nous interrompt.

— Donne-lui le pain au maïs *bibingka*, Liz, insiste mon père.

Je me reconcentre. Cela fait trop longtemps que je n'ai pas mangé le dessert préféré de Nana et moi. L'association de la crème de maïs, d'un gâteau de riz et de lait de coco rendu craquant par une cuisson au four juste le temps de lui faire prendre une couleur légèrement marron m'a toujours fait saliver, surtout depuis que Nana ajoute du sucre sur le dessus. Même l'idée d'un gâteau tiède me semble extraordinaire ; le meilleur cadeau d'anniversaire. Je me ranime en m'imaginant mordre dans la texture sucrée et moelleuse.

Ma mère déglutit en écarquillant les yeux.

— C'était pour Zoey ?

— Oui !

Elle ouvre lentement sa banane en prétendant fouiller à l'intérieur.

— Je l'ai mangé dans l'avion, finit-elle par avouer.

Et en effet, il n'en reste que des miettes on dirait.

— Viennent-ils d'essayer de… te soudoyer avec un pain au maïs… qui n'existe pas ? demande Miles.

— C'est à peu près ça, dis-je sans réfléchir.

— De quoi ? demande ma mère.

— Je n'arrive pas à croire que tu l'aies mangé, me souffle Miles.

— Je n'arrive pas à croire que tu l'aies mangé, je répète, mais les mots n'ont aucun mordant.

Il est temps d'affronter la réalité : je ne suis pas une dure à cuire new-yorkaise.

Le restaurant s'appelle Lo Busco, Lo Busco, ce qui peut signifier « je cherche », « je regarde » ou « je veux ». Je suis à peu près sûre que ma quête vient de prendre fin. Ai-je vraiment cru qu'utiliser les mots de quelqu'un d'autre changerait la façon dont me traitent mes parents ? Que si je me défendais, ils se comporteraient différemment ?

— C'était un long vol, marmonne ma mère sur la défensive.

Nous commençons à manger nos plats – mes légumes pâteux sont impossibles à distinguer les uns des autres si ce n'est par leur couleur. Mais cinq minutes plus tard, le serveur apporte un cupcake sur lequel est posée une bougie.

— As-tu commandé ça ?

— Non…

— Est-ce que nous allons devoir le payer ? demande mon père au serveur.

— Il a déjà été payé, répond-il avant de repartir.

Mon père fait un geste vers ma mère.

— Tu sais que je n'apprécie pas les surprises sur mes factures. Surtout si le glaçage est fait d'autre chose que du sucre de canne bio.

— Pas de sirop de maïs plein de fructose pour nous, explique ma mère.

— Tu sais que cela *détruit* l'industrie agricole. Entre les quatre milliards de variétés de pommes de terre pour MacDonald's et le sirop de maïs plein de fructose que l'on retrouve partout, je suis étonnée qu'il reste des champs à cultiver, poursuit mon père, sauf que je ne l'écoute plus car j'ai remarqué une note à côté du cupcake.

Joyeux anniversaire de la part de Vlad.

Peut-être que je ne peux pas devenir la personne que mes parents veulent que je sois. Et qu'ils ne peuvent pas être celles que je veux qu'ils soient.

Mais bon sang que ça fait du bien de rire.

21

À : Tous les employés de Dis-le à mon cœur

De : Leanne Tseng

Re : Brillante nouvelle idée

Chère équipe,

Je voudrais attirer votre attention sur la nouvelle option de service que nous allons proposer à nos anciens clients : des hashtags de mariage ! Nous allons envoyer une newsletter aujourd'hui à tous nos clients actuels ou anciens. Alors aiguisez vos talents pour imaginer des jeux de mots au cas où nous recevions une demande.

Et je manquerais à mes devoirs si je ne remerciais pas – encore une fois – Stella, qui s'est inspirée de mon dernier message pour proposer cette nouvelle option. Si Stella était un hashtag, elle serait #stellR. Nous avons tous quelque chose à apprendre de sa créativité.

Bien à vous,

Leanne

Miles

Zoey est différente sur le chemin du retour. Il est possible que ce changement ait quelque chose à voir avec les deux shots de tequila que je nous ai offerts après que ses influenceurs de parents l'ont finalement laissée profiter en paix de ce qui restait de son anniversaire.

— Ohhh. Celui-là. Juste là, essaie-t-elle de chuchoter, mais je suis quasiment certain que la tequila a anesthésié sa capacité à mesurer la portée de sa voix. Il est écrit « Toastez-moi » dans une police de style gothique à côté de l'image d'un grille-pain. Haut la main.

Elle pointe du doigt le fond du wagon, où je vois le tatouage en question sur un mollet poilu.

Je lui ai parlé de mon jeu estival préféré à New York : trouver le pire tatouage. Elle s'en donne à cœur joie.

— Mince. Tu as raison. Celui-là est difficile à battre, je concède. Mais tu veux savoir quel est le meilleur endroit où jouer à ce jeu ?

— Dis-moi.

— Un parc aquatique. De préférence à Long Island ou dans le New Jersey. Un jour, j'ai vu un torse entièrement consacré à Britney Spears à l'époque de son costume félin rouge. Je l'ai reconnue uniquement parce que son nom était inscrit dessous dans une typo arrondie.

— Non ! s'exclame Zoey avant d'éclater de rire.

— Et ce tatouage aurait remporté la compétition si je n'avais pas vu, cinq minutes plus tard, « Sans regrets, sans excuses » sur le dos de quelqu'un. En Comic Sans. Avec une faute d'orthographe à « excuses ».

Zoey éclate de rire, le genre de rire qui incite au moins six personnes à se retourner. Je souris tout aussi spontanément.

— Chez moi, Venice Beach serait sûrement un bon endroit pour ce jeu. Ou Magic Mountain.

— Tu considères toujours la Californie comme chez toi ?

— Ouais. Enfin, non. Je n'en sais rien, déclare-t-elle avec un soupir. Là-bas, il y avait quelqu'un qui me faisait sentir chez moi mais c'est elle qui m'a mise à la porte, donc…

Une personne qui la faisait se sentir chez elle… Une petite amie ? Je la regarde, prenant conscience que je ne sais pas grand-chose d'elle. Et que j'aimerais peut-être la connaître.

— Ce n'est pas ici que nous descendons ?

— Merde ! dis-je en l'attrapant par la main pour nous faire sortir avant que les portes ne se referment sur nous.

Nous ne nous tenons plus par la main quand nous marchons sous les lampadaires et les panneaux en néon sur la route en direction de notre immeuble, mais nous marchons suffisamment près l'un de l'autre pour nous effleurer plus d'une fois.

Arrivés au pied de notre immeuble, Zoey se sert de sa clé pour ouvrir la porte puis se dirige directement vers les escaliers.

— Tu ne prends pas l'ascenseur ? je lui demande.

— Quel est l'intérêt ? Il ne fonctionne que 27 % du temps, m'apprend-elle. C'est une perte d'énergie.

— De l'énergie… pour appuyer sur un bouton ? je rétorque en haussant un sourcil.

— Et l'angoisse de se demander s'il va fonctionner ou pas. En plus, pourquoi dépenser 125 dollars par mois dans un club de gym alors que tout le monde à New York dispose de son propre stepper ?

Elle baisse les yeux vers moi tandis que je me lance à sa suite dans les escaliers.

— Ah, mais les 125 dollars ne sont pas pour l'équipement, mais pour le privilège de comparer chaque centimètre de ton corps au muscu *addict* qui s'entraîne à côté de toi. Cela permet de garder ton estime de toi à un niveau humble, voire bas.

Zoey réfléchit une seconde avant de répondre :

— J'ai Instagram pour ça.

Elle pousse ensuite la porte qui mène à notre palier et se tourne vers moi juste avant que nous atteignions mon appartement.

— Cette journée aurait dû être nulle mais, honnêtement, c'était sympa de sortir. Je ne l'ai pas fait autant que j'aurais dû depuis que je suis ici.

— J'ai remarqué. On pourrait peut-être remédier à ça.

J'ai l'impression que ce « on » résonne dans le couloir.

— Merci. Pour aujourd'hui.

Zoey se met de nouveau à lisser sa robe, et cette vision provoque en moi l'envie inexplicable de toucher le tissu moi aussi.

Mais au lieu de ça, je m'éclaircis la gorge.

— De rien. Même si je ne pense pas avoir été d'une grande aide.

— Si, répond-elle. Le simple fait d'avoir quelqu'un à mes côtés m'a aidée.

Quelqu'un ? Dans le sens « ça aurait pu être n'importe qui » ? J'essaie de ne pas trahir dans ma voix le pincement étrange que je ressens.

— Quand tu veux. Je serai là pour tous tes besoins d'altercation : tes saillies sarcastiques, tes répliques passives agressives, tout ce que tu veux.

— Tu devrais mettre ça sur une carte de visite, suggère-t-elle en souriant.

— Ce n'est pas une mauvaise idée. J'aurais bien besoin d'un peu d'argent en plus.

Je me demande si je devrais me la jouer à la Stella et suggérer un changement de nom à Leanne.

— Eh bien, si jamais je peux te rendre service en retour, n'hésite pas, conclut-elle.

Je ris, mais je ne sais pas trop pourquoi. Les mots sortent de ma bouche avant que je puisse les retenir.

— Je ne crois pas que j'aurais besoin d'aide un jour pour parler à mes parents…

Quelque chose traverse immédiatement le regard de Zoey, et je crois bien qu'il s'agit de la même étincelle de douleur qui vient de me transpercer. Mais Zoey file avant que je n'aie le temps de m'excuser :

— Bonne nuit, lance-t-elle.

Puis elle rentre dans son appartement sans me laisser l'occasion de répondre. Je sais que c'est impossible, mais le couloir qu'elle vient de quitter me semble froid tout à coup.

Je suis assis à notre table – enfin, techniquement, je crois que c'est *ma* table, puisque je suis arrivé en premier et que Zoey n'est pas encore là pour admirer ma victoire – quand le ventre d'une femme enceinte pénètre directement mon champ de vision pour la deuxième fois en deux jours.

Je jette rapidement un coup d'œil autour de moi pour vérifier si d'autres tables sont disponibles mais, quand je me rends compte que ce n'est pas le cas, je considère à contrecœur l'éventualité de demander à la propriétaire du ventre en question si elle veut prendre ma place, même si je n'ai pas encore pu me vanter de ma victoire auprès de Zoey.

Sauf que je reste paralysé.

La veille, je n'avais que des bouffées d'angoisse infondées à l'idée de voir Jordan. Aujourd'hui, je suis face à la réalité en chair et en os – ventre rond et tout – mais je suis trop sous le choc pour paniquer. Je remarque ensuite le visage suffisant et les bras baraqués de la personne qui se tient à côté d'elle. Doug, celui qui fut un jour notre professeur de yoga et qui est désormais le père du bébé de mon ex-fiancée. J'ai l'impression que mes poumons sont privés d'air, ainsi que mes pensées, mon vocabulaire, et les fonctionnalités de base de mon cerveau. (Oh mon Dieu. Suis-je sur le point de faire pipi dans mon pantalon ?)

— Salut Miles. Je ne pensais pas que tu fréquentais encore ce café.

Jordan me sourit du même sourire qu'affichaient ces applications de morphologie faciales qui lui disait qu'elle ressemblait à Julia Roberts.

— Salut.

C'est tout ce que je peux dire. Suivi d'un tout petit : « Jordan. »

— Salut, mon pote. Ça fait longtemps, lance Doug.

J'ai l'impression qu'il me prend de haut mais, honnêtement, c'est peut-être l'une de ces personnes qui est totalement inconsciente de tout ce qui ne concerne pas directement ses chakras ou je ne sais quoi. Je n'ai jamais pu le cerner avant et je ne suis pas en état de faire des observations pertinentes.

Jordan, une main dans le bas de son dos, s'installe sur la chaise en face de moi, tandis que Doug prend place à côté d'elle.

— Alors, comment vas-tu ? demande-t-elle.

Vous vous foutez de moi ? Est-ce vraiment en train d'arriver ? S'attendent-ils vraiment à ce qu'on discute de tout et de rien ?

— Bien.

Pause.

— Toi ?

Parce que malgré toutes les alarmes qui se sont déclenchées dans ma tête, mon cerveau semble avoir rétrogradé jusqu'au niveau du fœtus de Jordan. Je ne sais pas *du tout quoi dire :* rien d'original, rien de mordant, rien qui ait du sens.

— Oh ! tu sais. On dit que le deuxième trimestre est le meilleur. Mais dans le registre : quel est le meilleur jour d'une peine de prison, tu vois ? Je suis toujours hyper nauséeuse.

Elle regarde Doug, qui se met à rire d'une façon que j'ai toujours associée à des cloches. Mais maintenant je trouve que son rire ressemble aux chansons métalliques des luminaires de Noël.

Tu vois, Miles, le genre de puissance cérébrale qui te sert pour ce genre d'analogies te serait très utile maintenant. Que voulais-je inscrire sur ma carte de visite déjà ? Traits d'esprit sarcastiques ? Répliques passives agressives ?

— Même si, heureusement, le pire est derrière nous, commente Doug avec un débit qui serait parfait dans une nouvelle version de *Beavis and Butt-Head*[1].

— Heureusement pour *toi*, rétorque Jordan d'un ton légèrement mordant. Je me sens toujours comme une merde. Sauf que tu n'as plus à l'entendre.

Elle glousse, mais d'une façon que je reconnais et qui est dépourvue de joie.

Le rire que se permet Doug m'indique qu'il n'a pas compris, lui.

« C'est sûr », c'est tout ce que je trouve à dire. Bon sang, c'est *moi* qui ai la nausée.

1. Série d'animation télévisée américaine.

Jordan redirige son attention vers moi.

— Au fait, tu as laissé des affaires à mon appartement, tu peux venir les récupérer si tu veux. Je crois qu'il reste deux T-shirts. Et la bague.

La bague se retrouve nichée dans les T-shirts. Évidemment. Je jette un rapide coup d'œil vers Doug, qui ne réagit absolument pas au fait que nous sommes désormais clairement en train d'évoquer l'époque où j'ai été fiancé à la fille avec qui il a baisé derrière mon dos. Il ne se départit même pas de son stupide sourire.

Le truc, c'est que je devrais récupérer la bague et la vendre. Dieu sait que j'ai besoin de cet argent. Mais l'idée même de retourner à notre ancien appartement me rend malade.

— Tu peux… les garder, je parvins à cracher.

— Salut toi, salut vous ! crie une voix tranchante.

C'est Zoey. Et le timbre faux de sa voix lui donne l'air d'une folle, même si le sourire qu'elle affiche semble doux. Je me contente de cligner des yeux, car apparemment ma soudaine perte de parole n'est pas seulement réservée à mon ex.

Jordan lève les yeux vers elle.

— Qui est-ce ?

— Je m'appelle Zoey, répond-elle en tendant la main. Et tu es ?

Jordan saisit la main de Zoey avant de nous regarder l'un après l'autre. Elle essaye clairement de définir notre relation. Je souhaite presque pouvoir lui annoncer que Zoey est ma petite amie et lui en mettre plein la vue, mais je sais que Zoey réfuterait ce mensonge immédiatement et que j'aurais l'air encore plus pathétique.

— Je m'appelle Jordan, réplique-t-elle finalement. L'ex-fiancée, comme tu dois le savoir.

Un autre rire. Sérieusement, à quel genre de putain de cloches ça me fait penser ?

— Et voici Doug, ajoute Jordan en touchant son ventre avant de serrer le bras de Doug.

— YOGA DOUG ! s'écrie Zoey en riant. Oui, absolument, j'ai bien entendu parler de vous. Et vous avez peut-être entendu parler de moi, vous aussi ?

Avant que je comprenne ce qui se passe, Zoey se glisse sur mes genoux et prend mon visage entre ses mains. Elle m'adresse un large sourire dont je suis le seul à voir le côté prétentieux, puis couvre mes lèvres des siennes.

C'est peut-être une pratique répandue à L.A., d'embrasser quelqu'un comme si on était dans une scène de comédie romantique. J'ai même droit à sa langue effleurant mes dents inférieures. Elle n'hésite pas une seconde. Rien ne suggère que ce baiser est une blague. Rien, peut-être, si ce n'est que je reste planté là comme une poupée.

Finalement, mon cerveau et mon corps reprennent vie et je glisse ma main dans sa nuque pour lui rendre son baiser.

Après tout, nous, les New Yorkais, savons une chose ou deux sur le fait de se donner en spectacle.

22

Zoey

Était-il *nécessaire* que je l'embrasse ? Probablement pas. Mais étant donné la façon dont il réagit – un choc initial qui se mue en acquiescement, ses mains glissant dans mon dos, déclenchant des vagues de chaleur dans mon corps – je ne regrette rien.

J'allais compter cinq Mississippi mais j'ai perdu le compte après le premier. Ses lèvres sont douces et accueillantes alors que notre baiser s'approfondit. En tout cas, pour moi, on dirait un vrai baiser. Mon cœur bat à tout rompre et rythme nos mouvements alors que nous dévorons les lèvres l'un de l'autre, chacun notre tour. Si j'étais vraiment en train de saluer mon petit ami, ça n'aurait pas duré si longtemps, et je ne me serais pas non plus assise sur lui.

Mais je ne le salue pas, je marque mon territoire.

Il avait l'air si perdu. Si dépassé.

Cela m'a rappelé le dîner avec mes parents la veille. Il m'a aidée à surmonter cette épreuve et j'ai voulu lui rendre la pareille, sans penser aux répercussions.

Bonne nouvelle : Miles sait embrasser.

Bonus : aujourd'hui, il a commandé un beignet végane à la cannelle. Je voulais tellement le goûter, et dans un sens, c'est fait.

Délicieux.

Pendant un trop court instant, j'imagine que nous avons été transportés dans un endroit où nous sommes seuls au monde. Un endroit où nous n'avons pas à nous arrêter. Ses cheveux sont doux et épais entre mes doigts et je lutte contre l'envie de le décoiffer totalement pour qu'il ressemble à la fois où nous nous sommes rencontrés pour la première fois. En me souvenant de ce jour, comment nous nous sommes sautés à la gorge avant même de nous connaître, je l'embrasse avec plus d'ardeur. C'est la plus douce vengeance que j'aie jamais connue.

Quand nous mettons fin au baiser, je suis hyper consciente de ma respiration. Je trouve ça tout naturel de toucher sa lèvre pour voler la dernière miette de sucre à la commissure. Je lui souris de manière à lui faire comprendre que c'est délicieux. Il me regarde de ses yeux marron intenses, illuminés par une lueur de plaisir et de surprise. Il me dévore des yeux, et j'ai du mal à détourner le regard. J'aime la façon dont il m'observe. À un tel point que je dois me rappeler que c'est une ruse ; un acte de compassion ponctuel.

— Salut, dis-je.

— Salut, toi, répond Miles, l'air étourdi.

Une toux me sort de ma bulle. Jordan.

— Comment ça se fait que tu ne me dis jamais bonjour comme ça, bébé ? demande le père du bébé de Jordan – enfin, Doug – en lui donnant un coup de coude.

Elle l'ignore, les yeux fixés sur moi.

— Comment vous êtes-vous… rencontrés ?

Je me glisse sur le siège à côté de Miles et me penche vers l'avant, les mains sous mon menton.

— Oh mon Dieu, c'est la plus belle des rencontres. Par où commencer ?

Je sens les yeux de Miles sur moi et décide de le taquiner un peu.

— Je venais d'arriver en ville. Complètement flippée – je suis un pur produit de la côte Ouest – et il m'a fait l'effet d'une bouffée d'air frais, il m'a pris sous son aile comme un moineau sans défense. Quelle chance d'avoir rencontré le mec le plus gentil, le plus patient et le plus généreux dès mon arrivée. Et nous sommes inséparables depuis.

Du coin de l'œil, j'aperçois le visage de Miles, dont l'expression passe du choc au sourire complice.

— C'est… sympa, lâche Jordan.

— Oh oui. Et vous n'avez pas encore entendu le plus fou, dans cette histoire.

Miles s'agite nerveusement. *Mais ne t'inquiète pas Miles, j'assure tes arrières.*

— C'est quoi le plus fou ? interroge Doug.

— Eh bien (je baisse la voix et regarde autour de nous comme si j'allais révéler un scandaleux secret), j'étais célibataire, et lui aussi. Personne ne sortait avec personne, personne n'était déjà engagé dans une relation, aucun de nous ne vivait avec quelqu'un d'autre, ni ne planifiait un mariage. Vous vous rendez compte ? (Je glousse.) Nous étions *tous les deux* libres !

Jordan et Yoga Doug blanchissent légèrement et détournent le regard chacun dans une direction opposée. Le sol a l'air fascinant. Peut-être qu'ils étudient le motif pour s'en inspirer pour la chambre du bébé. Le petit plus, c'est qu'ils ne peuvent pas savoir si je me moque d'eux.

Miles se mordille la lèvre et glisse sa main sur ma cuisse qu'il presse. J'ai compris ; je change de sujet.

— Enfin bref ! Quelle est la date de ton terme ?

Je ne lui laisse pas le temps de répondre.

— Enfin, cette information n'a pas d'importance puisque *personne* ne le sait vraiment. Cela pourrait arriver n'importe quand ! Je connaissais un radiologiste qui faisait passer des échographies – il m'a dit que ce ne sont que des suppositions. Des suppositions ! Fille ou garçon ? Vous gardez peut-être la surprise ?

— Un de chaque en fait, répond-elle en se tapotant le ventre.

Je regarde Miles, qui semble aussi surpris que moi. Le pauvre. Il mériterait bien un deuxième baiser.

— Nonnnnn, dis-je. Des jumeaux ? C'est tellement de travail ! Mais bon, toi au moins, tu attendras Halloween avec impatience !

— Comment ça ? demande Jordan, l'air perplexe.

— Oh ! pour les costumes assortis ? intervient Yoga Doug. On pourrait être les Quatre Fantastiques ou quelque chose comme ça.

— Quoi ? Oh non. Je pensais plutôt au fait que Jordan n'aura pas besoin de se déguiser. Je suis trop jalouse ! Trop jalouse.

— Je… Pardon ?

— Tu seras la Mère Épuisée. C'est tendance ! Regarde.

Je lui mets sous le nez une recherche Google Images que j'ai lancée sur mon téléphone. Des photos et des photos de « mères épuisées » envahissent l'écran. Le costume est composé d'un chignon brouillon dans lequel sont coincées des céréales, de cernes noirs, d'un T-shirt taché et d'un legging couvert de vomi, sans oublier le gobelet Starbucks réutilisable et le porte-bébé avec une poupée à l'intérieur. Un second poupon est scotché à la jambe de la maman qui tient de l'autre main un sac Target dont débordent des couches et des lingettes avec une bouteille de vin.

Jordan, les yeux écarquillés, se lève d'un bond.

— Je suis prête à rentrer, chéri. Pas toi ? demande-t-elle à Yoga Doug.

— Euh, oui.

Il a l'air décontenancé. Il jette un coup d'œil dans ma direction et je lui souris comme une folle.

Une fois qu'ils sont partis, Miles siffle.

— J'en ai fait trop ? je lui demande.

— Tu as résumé sa vie à un costume d'Halloween.

— C'est la vérité ! Tu viens d'échapper à un sacré danger.

Alors qu'il se frotte l'arête du nez, j'ai peur d'être allée trop loin. Après tout, il voulait peut-être vivre ce danger. Ou plutôt, *ces* dangers. Dans tous les cas, cela a dû être horrible de discuter avec son ex-fiancée et le type avec lequel elle l'a trompé.

— Tu n'avais pas à…

Je détourne le regard, en espérant qu'il ne s'aperçoive pas de la rougeur qui se répand sur mes joues.

— Ce n'est rien. Tu m'as aidée, alors je t'ai aidé.

Nous gardons tous les deux le silence, puis nous parlons en même temps :

— Écoute, ce que tu as dit au sujet…

— Bref, je l'interromps joyeusement, ma mission ici est terminée, alors je vais te laisser.

Je lui souris gentiment en me levant de table.

— Reste.

Nous nous regardons.

— Je crois qu'Evelynn serait agacée, explique-t-il. Enfin, ça risque de ne pas lui plaire que j'occupe une si grande table seul.

Nous travaillons côte à côte les deux heures suivantes. De temps en temps, je lève les yeux, seulement pour le surprendre en train de détourner la tête.

À chaque fois qu'il bouge sur sa chaise, ajuste l'écran de son ordinateur, ou se lève pour une quelconque raison, je n'arrive plus à respirer et mon cœur bat la chamade. Je ne commande rien à manger, car j'ai encore en bouche le goût du sucre glace de notre baiser, et je ne veux pas le perdre.

Ce soir-là, alors que j'ouvre la porte de mon appartement, un bruit à l'intérieur m'arrête. Paralysée, je ne peux rien faire d'autre que regarder la poignée tourner toute seule.

Ma peur se transforme en soulagement quand Mary ouvre la porte en grand avec un large sourire. Elle porte un T-shirt noir Black Keys, une cape en tartan et un pantalon. Elle tient un verre de dry Martini. Ce qui est assez inquiétant étant donné que je n'ai pas de verre de ce genre, ni les ingrédients pour ce type de cocktail ; est-elle… sortie d'un bar avec ?

Sans perdre un instant, elle me demande :

— Quel serait le meilleur titre pour mon one woman show : « Fin and Tonics » ou « Pur, j'adore ça » ?

— Pourquoi pas plutôt : Difficile de trouver une bonne sirène ?

— Tu m'as manqué, petite.

Elle me tire vers elle et je me laisse étreindre, ma gorge nouée par l'effort que je fournis pour ne pas m'effondrer en larmes.

Je m'écarte pour ne pas me mettre à pleurer.

— Que fais-tu ici ?

J'entre dans l'appartement puis ferme la porte derrière moi avant de sortir mon ordinateur de mon sac.

— J'ai obtenu le feu vert pour mon spectacle. Mais plus important encore : Nana m'a demandé de t'apporter quelque chose, explique-t-elle.

Nous nous asseyons sur le canapé, et Mary fouille dans son sac. Je ne remarque aucune valise, c'est donc qu'elle n'a pas prévu de dormir ici. Elle sort un paquet enveloppé d'aluminium qu'elle me tend.

— *Bibingka !*

Je l'ouvre pour l'admirer avec adoration.

— Merci de ne pas l'avoir mangé. Ta retenue est fort appréciée.

Je ne témoigne pas d'une telle retenue en revanche, et le fourre directement dans ma bouche.

— Pourquoi l'aurais-je mangé ? demande Mary. C'est pour toi qu'elle l'a fait.

— Dis ça à mes parents, je réponds la bouche pleine.

— Ah. Ça explique pourquoi Nana l'a appelé « le gâteau de secours ».

Elle vide son verre – dont j'ignore toujours la provenance – et m'observe par-dessus ses lunettes.

— As-tu fêté ton anniversaire seule ?

— Non, en fait, je…

Quand je la vois écarquiller les yeux, je change immédiatement de sujet.

— Depuis quand portes-tu des lunettes ?

Elle disait toujours qu'elle préférerait être renversée par un bus plutôt que de renoncer à ses lentilles de contact.

— Je n'en ai pas besoin pour voir, m'assure-t-elle avec une lueur dans les yeux. C'est un raccourci, pour informer les gens de mon intelligence.

Je souris.

— Une mise en garde visuelle, bonne idée.

— Avec qui as-tu passé ton anniversaire ? veut-elle savoir.

J'aurais dû me douter que je n'allais pas m'en sortir si facilement.

— Personne. Juste Miles, le voisin d'à côté, dis-je en posant la main sur le mur que nous partageons.

Elle se tapote le menton.

— Miles, bien sûr, le nouveau locataire. Bon écrivain. J'approuve.

— Il n'y a rien à approuver !

— Tes lèvres disent *non* mais tes yeux crient *oh oui.*

— Mes yeux ne disent rien de tel.

Et mes lèvres étaient bien trop occupées à l'embrasser.

— J'ai toute la nuit, menace Mary en se calant contre les coussins du canapé après avoir posé son verre (volé ?) de Martini sur la table basse. Tu ne peux pas me mettre à la porte de mon propre appartement alors autant ne pas m'épargner les détails croustillants.

— Nous fréquentons le même café, c'est tout, dis-je à contrecœur. Il est situé de l'autre côté de la rue. Et Miles m'a accompagnée au dîner avec mes parents.

— Pourquoi ?

— Comme je l'ai dit, il habite à côté.

— Habite à côté, va au même café… Ça a l'air pratique. Ça me rappelle Nick, Monsieur Queue Sexy livrée directement à domicile…

— Oh mon Dieu ! je m'exclame en rougissant furieusement. Nick ne livrait pas… directement à ma porte. C'était ta porte.

— Tu n'avais pas besoin de sortir, de te préparer, ou de fournir un quelconque effort. Tu crois que je n'ai jamais remarqué que vous vous tripotiez ? Que Dieu t'épargne de rencontrer quelqu'un qui ne vient pas à toi directement, qui n'est pas prêt à se soumettre à ton emploi du temps…

— Je n'arrive même pas à suivre cette conversation donc…

— Comment va ton pied cassé ? demande-t-elle, une pointe d'inquiétude dans la voix.

— Mon orteil ? Je dirais qu'il a connu des jours meilleurs.

— Qu'est-ce que tu prends pour qu'il guérisse ?

Sans attendre de réponse, elle se dirige vers la salle de bains, sa cape flottant derrière elle. J'entends ensuite le bruit de l'armoire à pharmacie m'indiquant qu'elle est ouverte et pillée.

— C'est tout ce que tu as ? De la merdouille ? crie-t-elle.

La merdouille, c'est ainsi qu'elle appelle le tramadol, un antidouleur synthétique de basse catégorie apparemment.

— Je t'enverrai quelque chose de mieux quand je serai rentrée à L.A., annonce-t-elle en mimant le geste de tirer sur une cigarette.

— Pitié, non. Je vais me faire arrêter sinon.

Elle a soudain l'air choqué. Je suis la direction de son regard posé sur le DVD de Bree.

Elle le prend et le secoue dans ma direction.

— Je te laisse sans surveillance deux secondes et voilà ce que tu fais ? Tu es corrompue maintenant.

— J'ai dû le regarder pour un travail, dis-je, sur la défensive.

— Tout travail ayant ce genre d'exigence n'est pas un bon travail.

— C'est le seul que j'ai pu obtenir ! Parce que tu m'as virée !

— Non, je t'ai délocalisée. Pour ton propre bien…

— Je ne sais même pas ce que ça veut dire ! J'étais heureuse à L.A. !

Elle me scrute.

— Vraiment ?

— Oui.

— Qu'est-ce qui te rendait heureuse, précisément ?

— La plage.

— La plage, bien sûr. Laquelle ? Venice ? Santa Monica ? Ventura ?

— Santa Monica, dis-je sans me rendre compte que je viens de tomber dans un piège.

— Santa Monica, évidemment ! Celle à côté de chez toi. Quand était-ce la dernière fois que tu y es allée ?

— Très bien. Le Getty Center me manque.

— Oh ! c'est vrai ? Tu as dû voir l'exposition sur les bestiaires médiévaux. Comment était-ce ? Dis-moi tout !

— Très bien. Le bal de Hollywood !

— Je sais de source sûre que tu n'y es pas allée depuis des années.

Nick t'a demandé de l'accompagner, et tu aurais pu accepter, mais tu as dit non, comme pour tout ce qui ne concerne pas le travail. Je ne te servirai plus d'excuse. Je ne serai pas la raison pour laquelle tu ne prévois rien, ne sors pas ou risques quoi que ce soit avec quelqu'un d'autre.

— Je suis *tellement désolée* d'avoir été une bonne assistante. Je suis *tellement désolée* d'avoir pris ce travail au sérieux et fait de mon mieux pour t'aider.

— Tu veux parler du travail ? répond-elle calmement. OK, parlons du script que tu écris.

Merde.

— Je suis à peine installée, dis-je pour ma défense.

Elle regarde autour d'elle.

— Je ne vois aucune photo sur les murs. Pas de nouveau rideau de douche ni d'ustensiles de cuisine, c'est presque comme si personne ne vivait ici.

— Écoute, je…

— Cela fait deux mois que tu es arrivée, tu dois bien avoir *quelque chose* qui le prouve.

— Le script… je ne suis pas vraiment inspirée, dis-je. Je ne cesse de recommencer et de changer d'avis. Rien ne va ensemble.

— Sors de chez toi, suggère-t-elle. Trouve un nouveau lieu où écrire, cela te changera les idées.

— Oui, comme je te le disais, il y a un café…

— Pas celui du bout de la rue. Pas celui que fréquente Miles, pas celui où tu te rends tous les jours. Un nouveau lieu.

— Je ne peux pas, dis-je dans un murmure.

L'expression de son visage passe de « frustrée » à « gentille ».

— Et pourquoi pas, bon sang ? demande-t-elle doucement.

Elle a toujours utilisé les jurons différemment, plutôt pour adoucir ces paroles et non les souligner.

— Je n'ai pas peur de voyager. Je n'ai pas peur du changement.

J'insiste sur ce fait pour faire taire les accusations de mes parents qui martèlent ma tête.

— Alors c'est quoi ?

— Le métro. Le maudit métro. Cela me rappelle l'Indonésie.

Elle m'offre un regard si plein de pitié que j'ai envie de ravaler mes paroles. Car, contrairement à mes parents, elle se souvient de ce que cela signifie et de comment cela m'affecte.

— Je sais que cela n'a aucun sens puisque je n'ai pas eu ce problème à L.A., je sais que cela ne devrait pas me déranger ici, mais le savoir et le ressentir sont deux choses bien différentes – je ne peux pas l'expliquer. Je suis désolée.

J'essaie de retenir mes larmes.

— Une autre ville, mais le même problème, constate Mary comme pour elle-même. Oh ! petite. Viens là.

Elle se penche pour me prendre dans ses bras. Les sanglots que j'ai ravalés depuis tout à l'heure se libèrent d'un coup et sortent précipitamment. J'appuie ma tête contre son épaule tandis qu'elle me tapote le dos et caresse mes cheveux.

— Je n'arrive pas à croire que ton spectacle va avoir lieu et que tu ne m'as pas prévenue, dis-je entre deux sanglots en m'écartant.

— Je te préviens maintenant. Je serai ici et là les deux prochains mois, à envahir les théâtres pour répéter. J'espère que ça ne te gêne pas ?

— As-tu le script avec toi ? Tu veux que j'y jette un œil ? je lui demande en essuyant mes larmes.

— Un œil qui n'a pas pleuré par exemple ? demande-t-elle avec un froncement de sourcils. Tu n'as pas besoin de t'inquiéter avec ça.

— Je peux le voir ?

Je tourne la tête pour essayer de regarder dans son sac. Elle en sort le script mais le serre contre sa poitrine.

— Je ne crois pas que ce soit une bonne façon d'utiliser ton temps. Je ne veux pas de notes, je ne veux pas de commentaires. Et aucune urgence.

— Je le lirai pour le plaisir. Ce sera mon cadeau d'anniversaire.

— Ma visite ne te suffit pas ? dit-elle pour me taquiner.

Je tends une main dans laquelle elle finit par poser le script.

— Aide-moi à choisir, lance-t-elle à la porte. Dois-je passer la nuit avec mon premier ou mon deuxième mari ?

— C'est une seule et même personne, je lui rappelle.

— Tu en es sûre ? On dirait bien deux hommes différents. Ou peut-être que c'est moi qui ai changé entre-temps.

Elle a épousé Geoffrey pour la première fois en 1986 et la deuxième fois en 2008, le 5 novembre précisément. Ils étaient pleins d'espoir au sujet d'Obama. À l'époque où j'ai commencé à travailler pour elle, ils s'étaient – encore – séparés mais j'imagine qu'à chaque fois qu'ils se retrouvent dans la même ville, ils oublient pourquoi.

Nous nous disons au revoir après avoir prévu de nous revoir quand elle aura du temps libre la semaine prochaine.

Après son départ, je me blottis sur le canapé pour lire son script.

La première ligne me supplie de l'améliorer. Je sais que Mary ne veut pas de mes remarques mais…

Je barre « une tonne de regrets » dans son monologue d'ouverture, que je remplace par « des regrets, j'en ai des tonnes », afin qu'elle puisse chanter cette phrase sur l'air de « My Way » de Sinatra, que j'ai renommée « Mes Vagues ». Mary a une superbe voix, et peu de gens le savent, alors pourquoi ne pas la mettre en valeur ? Je ne peux pas m'empêcher de modifier les paroles de la chanson pour qu'elles correspondent aux expériences de Mary.

Des regrets, j'en ai des tonnes,
Et la plupart ont pris l'eau.
J'ai fait ce que j'avais à faire, même si deux films ont échoué.
Et même si j'ai énervé des fans et des producteurs en route
Alors quoi ? J'ai frappé le doc
Et j'ai fait des vaaaagues

Quand je relève la tête, il est 1 heure du matin, j'en suis à ma troisième relecture et je n'ai pas l'intention de m'arrêter.

23

À : Tous les employés de Dis-le à mon cœur

De : Leanne Tseng

Re : Retraite, retraite

Chère équipe,

Je voulais juste vous prévenir que je passerai les quatre prochains jours à la Conférence exécutive internationale de la Fédération internationale de la romance – que les Américains appellent ORIFICE. (Ne vous inquiétez pas, je n'ai pas prévu d'animer un atelier sur les noms de marques pour les aider même si, encore plus désolant, on peut se demander pourquoi mentionner deux fois le mot « international » dans un seul titre ?)

La retraite a lieu au fin fond de la Pennsylvanie, et il paraît que la connexion Internet n'est pas terrible. En cas d'urgence et sans réponse immédiate de ma part, envoyez un mail à Miles, notre rédacteur senior (miles.ibrahim@dlamc.com), qui devrait pouvoir répondre à vos questions.

Bien à vous,

Leanne

À : Miles Ibrahim

De : Leanne Tseng

Re : Absence du bureau

Miles,

Je t'ai désigné comme personne à contacter en cas d'urgence en mon absence. Souviens-toi, tu as écrit le manuel de l'agence. Et surtout, ne fous pas la merde.

XO

Leanne

Miles

Zoey et moi nous embrassons encore. Nous n'avons jamais arrêté. Je continue à caresser sa fossette jusqu'à ce que je n'y tienne plus et déplace mes lèvres pour embrasser le parfait petit creux qu'elle forme dans sa joue. Mes doigts glissent ensuite dans ses cheveux pas tout à fait blonds ni tout à fait bruns.

Attendez. Ce n'est pas du tout Zoey. Ses cheveux sont désormais blonds. En fait, ils sont coiffés en un triangle élaboré qui jette une ombre immense sur moi.

Et maintenant ce n'est plus Bree que j'embrasse, mais une demoiselle d'honneur sans visage dans une robe tutu rose au mariage de Charles et Dylan. Sauf que Charles et Dylan n'ont pas de demoiselles d'honneur. Seulement des garçons d'honneur.

— Équipage, préparez-vous à l'atterrissage.

Je me réveille enfin avant que mon cerveau ne me fasse pas croire que je me tape une hôtesse de l'air. J'ai l'impression que mon cou était assemblé au corps de quelqu'un d'autre pendant les deux derniers jours. Le bouger me fait un mal de chien, mais je n'ai pas le choix. Je grogne en faisant des mouvements circulaires. La vieille dame assise à ma droite pince les lèvres d'un air désapprobateur. J'espère que je n'étais pas en train de faire quoi que ce soit qui aurait pu révéler mon rêve érotique. Le gamin de treize ans à ma gauche a ses écouteurs et n'a pas arrêté de jouer à des jeux vidéo, donc au moins, je ne serai pas accusé de corrompre la jeunesse. (Même si, à en juger par ce que je peux voir de son jeu, il a l'air plus coquin que mon cerveau au même âge, et peut-être même plus pervers que mon cerveau de trente et un ans pourrait l'être.)

Je regarde à travers le hublot derrière la vieille dame pour observer le paysage plat, l'architecture marron de style toscane, et les piscines rectangulaires de Fort Lauderdale de plus en plus près.

J'ai acheté mon ticket à 1 heure du matin hier, ce qui explique que je sois assis sur un siège du milieu. Je n'arrivais pas à dormir. À un moment, la vision de Zoey et de ses lèvres audacieuses de l'autre côté d'un mur fin m'était devenue insupportable. Le fait que j'entende des éclats de rire en provenance de chez elle n'a pas aidé. Si je me permets de trop y penser, je peux me persuader que c'était un rire séducteur. Elle était avec quelqu'un.

En quoi cela me pose problème ?

Cette spirale de pensées dérangeantes ne semblait pas vouloir s'arrêter jusqu'à ce que j'achète un billet en ligne et décide de me sortir moi-même de cette situation le plus vite possible.

J'ai écrit à ma mère à 7 h 30 du matin :

Surprise ! J'atterris dans trois heures.

Elle était folle de joie. Et cela m'a rendu le sourire. Après tout, j'avais promis de leur rendre visite avant la fin de l'été. J'accomplissais donc simplement mes devoirs de fils prodigue, je n'étais *pas* en train de fuir… quoi que ce soit.

Je patientais à la porte d'embarquement quand j'ai reçu l'e-mail de Leanne. Je ne me doutais pas qu'elle me choisirait comme personne à contacter en cas d'urgence alors j'ai prié pour que rien ne se produise durant les deux prochaines heures que j'allais passer dans l'avion, d'autant plus que j'avais oublié de prévenir ma cheffe de mon départ. Mais encore une fois, n'est-ce pas la beauté du télétravail : ne pas avoir à se soucier de ses absences du bureau ?

À mon arrivée, j'ai immédiatement vérifié mes mails et été soulagé de constater que ma boîte de réception ne contenait aucune urgence.

Le visage souriant de ma mère et quatre couches d'écharpes en cachemire m'attendent à la sortie du terminal. Elle se précipite vers moi et me prend dans ses bras. Mon père m'embrasse ensuite, ses trois stylos s'enfonçant contre mon torse tandis qu'il me rappelle que l'étouffement est une nouvelle chose qu'ils ont en commun.

— Te voilà *enfin* à la maison.

Bonjour la culpabilité.

Je leur souris néanmoins. Impossible d'y résister. Même si je n'ai personnellement jamais vécu en Floride, je *suis* enfin à la maison. Parce que malgré la culture et le côté chic et cool de New York… Rien n'arrive à la cheville de l'écharpe à franges de ma mère m'effleurant l'épaule tandis qu'elle garde un bras autour de ma taille, pendant que nous sortons de l'aéroport.

Comme d'habitude, il fait glacial chez mes parents. Je fouille dans les tiroirs de la chambre d'amis à la recherche du pull Mickey que j'ai laissé quelques années auparavant quand je me suis arrêté ici alors que j'allais à Disney World avec Gemma (qui était fan de Disney). Le pull est un peu serré au niveau des épaules. Bon. Je crois que je ne m'entraînais pas autant à l'époque où je sortais avec Gemma ; le sport devait être un attribut du monde de Jordan que j'ai adopté. Même si, contrairement à Disney, cette habitude va sûrement me rester.

Je me demande quelle habitude de Zoey je pourrais bien m'approprier.

Attendez. Quoi ?

Je grogne. Un maudit baiser et voilà Miles le romantique de retour, prêt à tomber amoureux en un clin d'œil.

— L'amour est stupide, je murmure, boudeur, en grimpant sur le tabouret haut à la table de petit déjeuner de mes parents.

Ma mère ne laisse pas passer l'occasion.

— Es-tu prêt à parler de Jordan ? demande-t-elle en posant une omelette végétarienne devant moi.

— Je ne l'ai jamais aimée, renchérit mon père, en m'apportant un grand verre de jus d'orange.

— Bien sûr que si. Tous les deux, je souligne d'un air accusateur en pointant ma fourchette vers eux avant de la planter dans mon omelette.

Ils se regardent, puis ma mère prend les rênes de la discussion.

— Eh bien, peut-être. Mais seulement parce que nous pensions qu'elle te rendait heureux. Et parce qu'elle allait devenir notre belle-fille. Rétroactivement, on peut la détester, non ?

Je prends le temps d'y réfléchir avant de répondre.

— Je crois que ce serait la réponse parentale appropriée dans cette situation.

Mes parents hochent la tête, l'air triomphant.

— Maintenant, bois ton verre de jus, m'intime *baba*. Les oranges sont fraîchement pressées.

— Bien sûr, dis-je en en prenant une gorgée. Pourquoi vivriez-vous en Floride, sinon ?

Je me concentre sur mon assiette, mais dans mon champ de vision périphérique, je peux voir mes parents échanger des regards avec la discrétion qui les caractérise depuis quarante-six ans. Je parie que c'est ma mère qui va prendre la parole en premier…

— Alors… commence-t-elle (Bingo !), est-ce que tu fréquentes quelqu'un ?

Je manque de m'étouffer et de tout recracher dans mon assiette.

— Vous plaisantez ? Vous savez que mon cœur et mon très joli appartement viennent *juste* de vivre une situation très compliquée, pas vrai ?

— Enfin, reprend ma mère, je ne dirais pas « juste ».

Je la regarde d'un air incrédule.

— Cela fait seulement trois mois.

Mes parents haussent les épaules à l'unisson. *Baba* est le suivant à intervenir.

— On pensait seulement, tu sais... que tu serais prêt à fréquenter de nouveau.

— Eh bien non. Je ne serai probablement jamais prêt.

Ces paroles ressemblent étrangement à la déclaration d'un ado rebelle. Mais j'ignore soigneusement cette pensée.

— Et si on sortait dîner ce soir ? Je vous invite, dis-je.

— Oh ! on adorerait..., répond ma mère.

— Mais nous avons des places pour voir Tom Jones au centre communautaire de la ville, complète *baba.*

— On pourrait demander une faveur et obtenir un ticket en plus. Tu veux venir ? interroge ma mère.

Ils m'observent avec espoir. Ai-je vraiment le choix ? L'autre option serait de me blottir dans une couverture et de passer la soirée à faire défiler les chaînes du câble comme un anthropologue découvrant les habitudes de vie d'une espèce disparue.

En y réfléchissant, c'est plutôt tentant...

Quand je surprends le regard de ma mère, je lui souris en répondant :

— Bien sûr, j'adorerais !

Ils ont demandé ce service à leur amie Meredith. Étant donné la façon dont Meredith place constamment son téléphone sous mon nez pour me montrer le profil Facebook de sa fille, j'ai comme l'impression que le service me concerne beaucoup plus que je ne l'imaginais.

Cette impression est confirmée durant l'entracte.

Meredith m'a demandé de « garder son téléphone » pendant qu'elle allait aux toilettes. Ce qui donne à ma mère l'occasion rêvée.

— Angie vit à New York, elle aussi, dit-elle d'une façon qu'elle trouve, j'en suis sûre, innocente.

Je fais de mon mieux pour ne pas rire.

— Qui l'eût cru.

Ma mère garde le silence quelques instants, le temps d'examiner la rousse souriante en fond d'écran sur le portable de Meredith et avant de s'exclamer, comme si elle venait juste d'en venir à cette conclusion :

— Elle est jolie, tu ne trouves pas ?

Je lui donne le téléphone sans le regarder.

— Tiens. Je crois que tu devrais garder le téléphone de Meredith.

— Tu pourrais peut-être la demander en amie, suggère ma mère (elle n'a jamais pu rester subtile très longtemps). Je sais qu'elle veut des enfants, et vite, tout comme toi.

— Maman, je te l'ai déjà dit : je ne suis pas prêt à sortir avec qui que ce soit.

— Comment peux-tu le savoir si tu n'essaies pas ?

Je regarde vers *baba* dans une tentative vaine d'obtenir son aide mais, comme d'habitude, il n'est là que pour soutenir le point de vue de ma mère tel un assistant de direction surmotivé.

— Nous l'avons rencontrée. Elle est très gentille.

— J'en suis ravi, dis-je. Pour Meredith. Et Angie. Et pour vous, si vous passez du temps avec elle. Mais la réponse est non. J'ai besoin de faire une pause amoureuse, OK ?

Ils se regardent.

— Cela ne doit pas être évident étant donné ton travail, fait remarquer ma mère. Aider les autres à écrire leur histoire d'amour.

— J'écris des mensonges, dis-je honnêtement, en pensant à Jude, qui connaissait à peine le film *Undersea*.

Même si lui et Bree se fréquentent pendant un temps, j'ai foiré leur histoire en m'impliquant trop personnellement dans la conversation. J'ai l'impression de ne pas pouvoir gagner en ce moment : j'échouais à mon travail parce que je me montrais trop cynique, et maintenant j'échoue parce que je craque trop ouvertement. Je soupire en observant mes parents qui – comme toujours, quand ils sont assis à quelques centimètres l'un de l'autre – se tiennent par la main.

— Comment faites-vous tous les deux d'ailleurs ? Pour rester amoureux ?

— L'amour, c'est facile, explique *baba* avec passion. Si tu te souviens d'une seule chose : on pourrait croire que ça ressemble à ces belles photos de mariage sur Instagram, avec des papillons dans le ventre tout du long, mais en fait, cela tient plutôt à nettoyer le vomi de ton fils à 4 heures du matin tout en réussissant à faire rire ta femme avec une blague.

— Oh ! celle de *L'Exorciste* ! réplique ma mère en pouffant de rire. Je m'en souviens !

Je secoue la tête, en souriant malgré tout. Ils sont ridicules et il est quasiment impossible de leur arriver à la cheville. C'est peut-être ça mon problème. Je commence à y réfléchir quand quelque chose dans le discours de mon père me percute.

— Tu sais ce qu'est Instagram ?

— En fait… La fille de Meredith nous a initiés, explique-t-il en me faisant un clin d'œil. Elle marque des points, hein ?

— Vous êtes infatigables, dis-je en riant.

Quand Meredith regagne sa place, ma mère lui rend son téléphone avec ce qui, j'en suis sûr, est un sourire codé signifiant : *La mission se déroule comme prévu. Débriefons demain autour d'une partie de mah-jong.*

Ce soir-là, alors que je prends place à l'arrière du véhicule de mes parents tel l'enfant que je serai toujours pour eux, je pense à tous mes plans. J'ai cru pendant longtemps que mon avenir ressemblerait à Jordan et moi échangeant des blagues en s'occupant de notre enfant à 4 heures du matin. Mais j'imagine que c'est le rôle de Doug maintenant. Même si, pour être honnête, il semble plus doué pour ouvrir une bouteille d'eau de coco (ou même une véritable noix de coco) que pour concevoir une blague.

Je pouffe de rire. Ça m'a fait du bien de me venger de Jordan – un tout petit peu – la veille. En fait, ce n'était même pas moi, c'était Zoey. Et pour être sincère, c'est peut-être ça, la partie qui m'a le plus plu. Rire avec elle. Partager ce moment complice avec elle. Sentir ses lèvres contre les miennes…

Merde.

Merde, merde, merde.

24

À : Tous les employés de Petits Mots Doux

De : Clifford Jenkins

Re : Dernières volontés et testament

Les gars,

Waouh. OK. Nous y voilà. Ce que je suis sur le point d'annoncer va provoquer une onde de choc. Il n'existe aucun moyen de vous préparer à ce qui suit, mais je sais que vous êtes forts et que vous le supporterez, alors je vais vous dire les choses simplement.

Cet e-mail pourrait bien être le dernier que je vous écris sur cette terre, et si l'un d'entre vous est appelé pour témoigner de mon état d'esprit, vous aurez peut-être besoin de fournir une copie de ce message, ainsi que de la carte postale ci-jointe qui date d'il y a 24 heures, quand une vie riche et épanouie m'attendait encore, pour prouver que la personne que j'étais et la personne que je deviens sont complètement différentes. Vous voyez, j'avais pensé que le lieu de cette « retraite » (et j'emploie ici des guillemets sarcastiques ! ! ! !) était hautement suspect. Non seulement la connexion wifi est incroyablement faible (JE PRIE POUR QUE CET E-MAIL VOUS PARVIENNE), mais le cadre, les bois, la campagne, sont peuplés par des animaux pires que des tiques, pires que des poux, pires qu'un raton laveur enragé. Pendant notre marche de confiance aujourd'hui, dans les bois en question, on m'a bandé les yeux, et tandis que je ne voyais rien, j'ai frôlé un arbre sur lequel il y avait (je n'arrive pas à croire que ce soit en train de se produire ! ! ! !) une chenille processionnaire. Pour ceux qui ne le savent pas – ce qui était mon cas avant la réunion d'orientation hier soir –, ces chenilles sont spécifiques à cette région et détruisent votre vie pour toujours ! Je veux dire qu'une morsure peut griller vos circuits et prendre le contrôle de votre système neurolinguistique. (Pour clarifier, cela signifie que la chenille prendra le contrôle de vos pensées, puis, si vous n'êtes pas soignés IMMÉDIATEMENT, de votre comportement.) J'attends actuellement un médecin en urgence, du continent… merde, de la ville ! Vous voyez, ça m'atteint déjà, je suis incapable de réguler mon sens de l'orientation, j'ai l'impression d'être sur une île. Aucun homme n'est une île mais, ici, j'en suis une, dans mes propres pensées, en train d'essayer de vous aider à comprendre.

Je vous imagine demander : « Que pouvons-nous faire pour aider Clifford ? » Comme je l'ai déjà évoqué, CONSERVEZ CET E-MAIL. Gardez cette preuve. GARDEZ LA CARTE POSTALE.

Ils seront nécessaires dans la tempête judiciaire que je vais déclencher sur ces enfoirés.

Le travail continue.

Envoyez-moi de la lumière et de l'amour, je vous en supplie !

Clifford (mais pour combien de temps encore ?)

Zoey

La carte postale numérique en question, celle que nous sommes censés conserver comme preuve que Clifford fut un jour normal (?) avant de se faire mordre par une chenille, vient d'un « photomaton déjanté » de la Conférence exécutive internationale de la Fédération internationale de la romance qui a lieu actuellement en Pennsylvanie. Clifford porte des lunettes et un nez à la Groucho Marx ainsi qu'un boa en plumes devant un décor fantasque, sous un panneau indiquant ORIFICE, qu'il pointe du doigt en riant.

Deux jours après que j'ai envoyé à Mary mes idées sur son spectacle, elle débarque à mon/son appartement chargée d'un repas acheté chez Remedy Diner, un mélange divin composé de dinde rôtie et de sandwichs au brie accompagné de macaronis au fromage à la truffe. Entre ce repas et mes bien trop régulières visites chez Cheese, il est peut-être temps d'admettre que j'ai développé une addiction au lactose.

Par ailleurs, il m'est difficile de le reconnaître, mais les repas à emporter de New York battent ceux de L.A. Je devrais interroger Miles sur ses restaurants préférés puisque nous sommes voisins et qu'on pourrait éventuellement partager quelque chose un jour. Mais encore une fois, cela implique que j'admette la supériorité de cette ville sur la mienne dans un domaine précis, et je ne suis pas pressée d'entendre sa réponse satisfaite.

Mary n'évoque pas mon e-mail, alors je ne suis pas sûre qu'elle l'ait vu. Cela n'a jamais été son fort ; quand je travaillais pour elle, elle a un jour cliqué sur « répondre à tous » en pensant m'envoyer en aparté une photo d'éruption cutanée qui ressemblait selon elle à Al Capone ; tout le casting de The Ellen Show a donné son avis sur la question. La chaîne de mails a duré des jours et nous avons très peu travaillé cette semaine-là.

Une fois installées avec notre repas décadent, je lui tends la copie de son script contenant mes notes proprement écrites dans les marges.

— Qu'est-ce que c'est ? demande-t-elle.

— Ton spectacle.

Elle continue de manger sans me répondre.

— Penses-tu que je manque d'exemplaires ? finit-elle par me demander.

— Non, c'est… Ce sont mes suggestions.

— Oui, j'ai reçu ton e-mail.

— Oh.

Je suis surprise qu'elle n'ait pas répondu, mais encore une fois, elle était très occupée.

— Tu n'as probablement pas eu l'occasion de le lire…

— Je l'ai lu.

Je lève la tête, nerveuse et confuse.

— Mais je te l'ai dit, tu n'as pas besoin de t'en préoccuper, ajoute-t-elle.

Je comprends enfin : elle a détesté mes idées. *Détesté.*

Oh ! mon Dieu.

Et si elle les avait toujours détestées ?

Est-ce la véritable raison qui explique l'appartement, la nouvelle vie, le départ ? C'est tellement évident ! Elle m'a envoyée à New York pour se débarrasser de moi en ayant bonne conscience, parce qu'elle ne pouvait pas se permettre de garder une employée aux idées si mauvaises. Et parce qu'elle est gentille, elle voulait s'assurer que j'allais bien.

— Occupe-toi de toi et de ton propre travail d'écriture, OK ? Continue de chercher. Je sais que tu vas y arriver, me dit Mary, mais ses mots sont noyés par un bourdonnement dans ma tête, rapidement remplacé par une vibration bien réelle cette fois : un appel FaceTime sur mon ordinateur.

Je l'aurais normalement ignoré, puisque je ne suis pas seule, mais c'est Bree.

— Je suis désolée, je dois répondre. C'est pour le travail, dis-je, étourdie par les questions douloureuses qui se bousculent dans mon esprit.

Je n'ai pas le temps d'analyser ce que je viens de découvrir et le changement de perspective que cette nouvelle me donne sur ma vie entière.

Mary se lève en s'essuyant la bouche avec une serviette avant de rassembler ses affaires.

— Pas de problème, je vais te laisser.

Dans sa précipitation, elle a fait tomber l'exemplaire de son script par terre, où il reste après son départ, les pages froissées. Je ne prends pas la peine de le ramasser. Quel intérêt ?

J'accepte l'appel de Bree. Elle a l'air… émoustillée. Pleine d'endorphines.

Comme au lendemain d'une nuit particulière.

— Eh, mademoiselle, chantonne-t-elle. Devine qui a été chanceuse hier soir ? Et avec quiiiii ?

Elle ressemble à une chouette très satisfaite d'elle-même.

À moins qu'elle n'ait changé d'avis et décidé de se remettre aux coups d'un soir, je suis à peu près certaine que je n'ai pas envie de répondre à la deuxième partie de sa question.

Je la félicite, la gorge nouée. Elle propose de me donner tous les détails, mais je décline poliment son offre. Et hop, juste comme ça, ma mission est terminée. Je suis sortie de la vie de Bree. De celle de Jude. Ils ont claqué l'une contre l'autre leurs boots de cosplay ou je ne sais quoi, et désormais mes services ne sont plus requis.

Ce qui signifie que d'une seconde à l'autre… Eh oui, la voici déjà : la vidéo de Clifford et le bonus apparaissent dans ma boîte mail. La chanson rugit de mon ordinateur.

J'apprécie le bonus, mais les cerceaux enflammés que j'ai dû passer pour l'obtenir n'en valent pas la peine. La dernière adaptation musicale de Clifford joue en boucle : « Apparemment, je suis un maniaque, un fanatique du *dance floor* maniaque sur le sol. » Impossible de ne pas remarquer la folie de Clifford, et soyons réalistes : son état ne va qu'empirer, avec ou sans la chenille processionnaire dévorant son cerveau.

En y réfléchissant, il aurait facilement pu me décharger de la mission de Bree, et je me serais retrouvée sans travail. Je ne peux pas vivre comme ça. Il est temps que je cherche sérieusement un autre travail en free-lance.

Je ne sais pas combien de temps je reste assise là, à regarder par la fenêtre en essayant de rassembler l'énergie pour prendre ma situation en main, mais un coup à ma porte me sort de ma torpeur.

Mary est-elle revenue ? Je me lève prudemment pour ouvrir la porte, sauf que je ne trouve personne de l'autre côté. En revanche, une bouteille de champagne m'attend sur mon palier, avec une note de l'agence. Waouh, c'était rapide.

Quand je me baisse pour la ramasser, quelqu'un crie mon nom. C'est Aisha. Euh, pourquoi est-elle ici ?

— Oh mon Dieu… ne me dis pas qu'il te fait… livrer le champagne ? je m'écrie.

— C'est une astuce économique, que veux-tu ? répond-elle en souriant. Je rigole, je me contente strictement des photos. Ta livraison est juste arrivée en même temps que moi.

— Que fais-tu ici ?

Je la rejoins dans le couloir, entre mon appartement et celui de Miles.

— Mon frère habite ici ! J'arrose ses plantes pendant son absence. Il fait sa B.A. Et quand l'un de nous visite les parents, il offre à l'autre au moins un mois sans culpabilité.

— Miles est ton frère ?

Incroyable. Bon sang. Cependant, si j'observe Aisha attentivement, je devine en effet des airs de famille.

— Mon cousin, en fait. Je le considère tellement comme mon frère que je l'appelle comme ça. Mais ouais, il m'a demandé de garder ses orchidées en vie pendant son absence.

— Il est capable de garder quelque chose en vie ? Euh…

Je rougis car, en dépit de moi-même, je repense à notre baiser. Il m'a effectivement fait sentir vivante. Et Aisha n'a probablement pas besoin de le savoir.

Cette situation est trop bizarre. Je vais essayer de l'ignorer jusqu'à ce qu'elle disparaisse de ma mémoire. Boire m'aiderait peut-être…

— Tu veux te joindre à moi quand tu auras fini ? je lui propose en levant la bouteille de champagne.

— Je ne devrais pas, dit-elle en souriant, mais je suis partante !

Quinze minutes plus tard, nous sommes assises sur mon canapé et faisons tinter nos tasses à café l'une contre l'autre :

— À l'astuce économique ! je lance.

— Aux membres de la famille toujours prêts à vous envoyer des offres d'emploi, ajoute-t-elle en levant sa tasse en direction du mur qui me sépare de l'appartement de Miles.

— Est-ce qu'il t'a aidée à être embauchée par Clifford ? je demande, surprise.

— Non, mais pour mon emploi d'avant, en fait, qui m'a permis d'avoir celui-ci. Heureusement, sinon j'aurais dû lui demander de l'argent, explique-t-elle avec un sourire. Il ne travaillerait évidemment jamais pour Petits Mots Doux, lui. Bref, j'imagine que cela signifie que ta dernière cliente est tombée amoureuse ? Félicitations.

— Oui, malheureusement.

— Malheureusement ?

— J'ai en quelque sorte… développé des sentiments pour le mec. Celui qui lui correspondait. Vraiment pas professionnel, hein ?

— Tu sais, je crois que c'est compréhensible de commencer à ressentir des choses pour les gens que tu rencontres. Quand tu flirtes autant, je suis sûre que ce n'est pas facile de prendre du recul.

— Merci de te montrer si compréhensive. C'est juste… qu'il était si intelligent et vraiment gentil et…

Très beau.

— Si tu cherches quelqu'un d'intelligent et de gentil, honnêtement, je ne te dis pas ça par hasard, mais M…

Tandis qu'elle parle, je prends ma première gorgée de champagne et BON SANG que c'est immonde.

— Oof, je suis désolée, c'est…

Je cours vers l'évier dans lequel je crache.

— Imbuvable.

Aisha grimace et pose sa tasse à café avant que l'odeur écœurante n'envahisse ses narines.

Nous nous regardons puis éclatons de rire.

— Qu'est-ce qui ne va pas chez lui ? demande-t-elle.

— Pourquoi prendre la peine d'offrir un champagne imbuvable ?

— Cela reste entre nous, mais j'ai entendu de source sûre que l'agence ne va pas finir l'année, m'annonce Aisha.

— Qu'est-ce qui te fait dire ça ? dis-je en riant. Les dix derniers e-mails de Clifford ?

— Que comptes-tu faire si on ferme ? me demande-t-elle.

— Aucune idée. J'étais censée trouver ma voie à New York et travailler sur mes propres créations, mais à chaque fois que j'ouvre mon fichier, mon corps tout entier se tend. J'ai *misérablement* tenté de me forcer. Mon ancienne patronne ne pense pas que je suis assez bonne pour corriger son travail et c'est la véritable raison pour laquelle elle m'a envoyée ici. Et tu veux savoir le plus triste ? Je viens seulement de m'en rendre compte. Genre, il y a une heure.

Je ris amèrement, avant de conclure :

— Tu parles d'une idiote.

— Attends, est-ce qu'elle t'a vraiment dit ça ?

— Elle n'a pas eu besoin de le faire. Et ça craint, parce que corriger, commenter et améliorer le travail d'écriture des autres, c'est vraiment ce que je préfère. Je suis épanouie quand je façonne l'œuvre de quelqu'un de cette façon. Aussi fou que le travail à l'agence puisse paraître, c'est *cette* partie du boulot que j'adore. Maintenant, il faut que j'arrive à en vivre.

— C'est la vraie question, pas vrai ? Comment en vivre.

— Arrives-tu à vivre de la photo ?

— Presque, répond-elle. Ce n'est pas toujours facile mais j'apprends en trébuchant. Écoute, je vais te dire ma façon de voir les choses : je peux accepter un emploi que je déteste et essayer d'apprendre à l'aimer, ou je peux essayer de m'améliorer à quelque chose que j'aime déjà. Je veux dire, quelle est la meilleure façon de vivre sa vie ? Cela ne signifie pas que c'est facile, bien sûr, conclut-elle en vérifiant l'heure sur son téléphone. Mince, je dois filer, mais la prochaine fois on boira quelque chose qui ne vient pas de Tout à dix balles, OK ?

— Ça marche.

Nous nous faisons une accolade pour nous dire au revoir, et deux heures plus tard, je réfléchis encore à ses paroles.

Derrière ma jalousie à l'égard de Bree et Jude, je ressens aussi de la fierté. Je les ai réunis, j'ai façonné leur histoire. Ce sont *mes mots* qui ont réussi cet exploit.

Que peuvent-ils faire d'autre ?

Sur un coup de tête, je m'inscris à une plate-forme de création de site Internet et commence à écrire.

Hum, comment l'appeler ? A à Z Édition ? Non, Z à A. Pour Zoey Abot.

Mes doigts volent au-dessus du clavier.

— « Besoin d'un regard neuf sur votre manuscrit, votre script, votre pièce de théâtre, votre mémoire ou une présentation d'entreprise ? Prêtez-moi votre voix et j'embellirai vos pages. De la correction ortho-typo à l'editing en passant par la réécriture et bien plus, je retravaillerai votre projet du début à la fin et de la fin au début. »

Il fut un temps où j'aurais demandé à Mary de se porter garante de mon travail afin de pouvoir faire claquer une belle recommandation sur la page d'accueil du site, mais cette époque est révolue. Je n'ai ni son approbation ni son soutien pour cette initiative, mais je me lance quand même. C'est peut-être une énorme erreur, mais au moins, ce sera *mon* erreur.

J'ai une envie soudaine de traverser le couloir et d'en parler à Miles – chose totalement ridicule (qu'est-ce qu'il y avait dans ce champagne ?). Pourtant, je ne peux m'empêcher de me demander quand il sera de retour de son voyage et ce qu'il pourrait bien penser de ma nouvelle aventure.

25

À : Tous les employés de Dis-le à mon cœur

De : Leanne Tseng

Re : Je suis de retour

Chère équipe,

Je voulais vous informer que la retraite a été écourtée. Vous trouverez ci-joint une photo qui servira d'explication.

Eh bien, oui, c'est mon ex-mari – et bientôt ex-P-DG de Petits Mots Doux – hurlant comme une banshee devant une innocente chenille qui a eu le malheur de grimper sur son bras. La chenille a été immédiatement capturée et baguée pour être testée. Malgré la confiance du reste des participants à la conférence quant au fait que Clifford ne gagnerait jamais le procès dont il parlait à tout-va, les organisateurs ont été suffisamment effrayés pour tout annuler.

Par ailleurs, la précieuse chenille capturée a été testée et déclarée être une créature normale et inoffensive qui n'aura jamais la chance de devenir un papillon. (Si ce n'est pas une métaphore de ce qui arrive à tout ce que touche Clifford, je ne sais pas ce qu'il vous faut.)

Bien à vous,

Leanne

Miles

Dans l'avion de retour chez moi, il est possible de visionner *Rendez-vous* parmi la douzaine d'autres possibilités de films, et il m'est impossible d'y résister. Franchement, c'est un *classique*. De plus, Jimmy Stewart et Margaret Sullavan sont charmants en tant qu'employés rivaux qui ne se doutent pas une seconde qu'ils échangent une correspondance romantique tandis qu'ils se chamaillent dans la vraie vie. Je sais que je souris comme un idiot quand le film touche à sa fin, et cela m'est complètement égal. Ce n'est peut-être pas une si mauvaise chose que le Vieux Miles fasse doucement son retour.

Je rentre à la maison en début d'après-midi et décide de prendre une douche d'après-vol. Puisque je suis déjà propre, inutile de faire mon jogging quotidien, mais pourquoi pas m'offrir une tasse de café.

En ouvrant la porte de chez moi, je manque de bousculer quelqu'un dans le couloir. Dans ma hâte, je trébuche sur le pas de la porte et atterris sur le dos, les yeux rivés sur le nez d'une personne qui, je m'en rends rapidement compte, fut la star de mes rêves d'enfance, d'adolescence et, avouons-le, d'adulte.

— Il faut qu'on arrête de se rencontrer comme ça, déclare-t-elle avec un sourire amusé.

Je me relève péniblement. C'est Mary Clarkson. LA Mary Clarkson.

— Vous êtes…

Je m'arrête et regarde la porte de Zoey d'où Mary vient apparemment de sortir.

— Elle est…

J'essaie de me ressaisir et de me souvenir de ce qu'une personne normale dirait à une autre personne normale dans une telle situation.

— Je suis vraiment désolé, je murmure.

— Personne ne t'a expliqué les règles de l'immeuble ? Tu dois annoncer ta présence à chaque fois que tu veux emprunter le couloir.

— Euh…

Je commence à avoir des flash-back de Zoey-avant-que-je-sache-que-c'était-Zoey criant « Je sors » quotidiennement.

— C'est vrai. Encore désolé.

— Ne t'en fais pas, petit, répond-elle. C'est toi, *Quand Harry rencontre Sally,* c'est ça ?

— Euh, Miles.

Je sais que Mary Clarkson a toujours milité en faveur de la légalisation du cannabis. Elle est peut-être *stone.*

— Non, je parle de ta rédaction.

Il me faut une seconde pour me souvenir de la rédaction bizarre que j'ai dû écrire afin d'obtenir cet appartement. J'écarquille les yeux.

— Attendez... C'était vous ?

— Il faut toujours enquêter, dans l'immobilier. C'est le meilleur conseil que je peux te donner, affirme-t-elle, puis elle réfléchit un moment avant d'ajouter : Et aussi, que les problèmes du troisième acte sont toujours des symptômes de problèmes qui concernent le premier. Mais cela ne s'applique sûrement pas à toi.

Elle me tapote l'épaule.

— Hum. Musclé. Bon écrivain. Beau garçon. Tu pourrais être parfait pour elle, fait-elle.

Je ne sais pas du tout de quoi elle parle, mais je pense qu'il faut vraiment que je cherche sur Google si elle n'a pas été récemment accusée de comportements dérangés. Mary Clarkson est un trésor national et il est de notre responsabilité à tous de nous assurer que rien de grave ne lui arrive.

— Elle ? Qui ?

Elle désigne la porte d'entrée de Zoey d'un mouvement du menton.

— Ne sois pas un *sneetch*[1]. Invite-la pour une fête de la saucisse.

— Un quoi ?

1. Un *sneetch* est un oiseau jaune célèbre aux États-Unis pour apparaître dans le recueil *The Sneetches and Other Stories* écrit par le Dr Seuss et qui n'a pas été traduit en français.

— C'est une image du Dr Seuss, dans ses débuts, imprimée à l'origine dans le magazine *Redbook*, même si je suppose que tu connais mieux le recueil dans laquelle elle apparaît intitulée « Les Sneetches et autres histoires ».

Je me souviens vaguement d'un conte traitant du snobisme sur la plage, ou quelque chose comme ça, mais je n'ai pas le courage de demander si la fête de la saucisse est une métaphore. Avant que je puisse ajouter quoi que ce soit, elle disparaît en lançant : « À plus tard, petit ! »

— Bye, dis-je, éberlué.

Bon sang. Mary. Clarkson.

J'ai besoin d'une minute pour me ressaisir, puis je bondis quasiment jusqu'au Café Crudité, des sirènes dansant dans mon esprit. Quand j'arrive suffisamment près du café pour voir à travers la vitrine, je repère les fameuses mitaines qui me donnent immédiatement le sourire. Même la sonnette qui se déclenche lorsque j'ouvre la porte me semble particulièrement vive alors que j'avance pour me planter devant Zoey. Elle a l'air absorbée par son travail, car il lui faut une seconde pour me remarquer.

Quand elle lève enfin les yeux, je dis :

— En fait, tu la *connais*.

— Euh, salut, répond-elle. Et de quoi ? Qui ?

— Mary Clarkson ! Je l'ai vue sortir de ton appartement. Tu ne plaisantais pas quand tu disais la connaître.

— Pourquoi aurais-je plaisanté ? interroge-t-elle, les yeux plissés.

— Je ne sais pas. C'est juste que c'est… Mary Clarkson.

Je lève les bras dans une vaine tentative de donner à mes mots la gravité qu'ils méritent. Puis je reprends :

— Je ne sais pas, je me suis dit que tu m'embrouillais pour poursuivre nos chamailleries.

— Des chamailleries. OK, répète-t-elle sans joie. Eh bien, malgré le fait que tu me pensais résolument ringarde, je la connais, en effet.

Parce que j'avais une vie et un travail qui avait du sens, et des contacts, avant d'arriver dans cette maudite ville.

Elle baisse les yeux sur son ordinateur et appuie rageusement sur deux touches.

— Je t'en prie, Zoey. New York n'est pas si terrible, si ?

— Je dois encore être convaincue du contraire, marmonne-t-elle.

— Écoute, je comprends, cette ville peut être difficile. Mais merveilleuse aussi. À New York, chaque quartier, chacun d'entre eux, a sa propre atmosphère, quelque chose que tu ne trouveras nulle part ailleurs.

Elle me lance un regard étrange.

— Tu sors cette réplique d'une brochure ?

— Non de la *vie*, Zoey. T'es-tu déjà promenée sur la High Line ?

— Crois-le ou non, mais oui, m'apprend-elle.

— Au printemps ? Vers le coucher du soleil ? Avec New York scintillant sous tes pieds ? Et l'automne à New York ! Tu n'en as même pas encore fait l'expérience. Bon, c'est vrai que cette saison ne dure que huit jours, et c'est aussi le titre d'une romance de bas étage de Winona Ryder/Richard Gere, mais ces huit jours seront les plus beaux DE TA VIE. Les feuilles de Central Park se parent de vraies couleurs ! L'air est véritablement mordant ! La lumière, dorée !

Zoey se met à rire doucement.

— Tu aimes beaucoup, beaucoup cette ville, pas vrai ?

— Comment pourrait-on ne pas l'aimer ?

Je lui souris. C'est peut-être le shoot d'euphorie provoqué par la vue d'une célébrité, mais juste à cet instant je serais prêt à tout pour lui faire éprouver ne serait-ce qu'un peu de l'émerveillement que je ressens dans cette ville magique qui peut vous briser, vous bousculer et vous glacer – littéralement et métaphoriquement – et tout aussi bien vous gardez éternellement sous son charme. C'est à ce moment précis que je prends conscience d'une chose : je n'ai peut-être jamais été le Miles cynique au cœur brisé parce que cette ville est l'unique chose dont je serai toujours amoureux.

— Pour plein de raisons, rétorque-t-elle en levant les yeux au ciel, même si elle ne semble plus autant le penser. Et quelque chose me dit que tu te montres gentil avec moi seulement parce que tu viens de découvrir que je connais une star. Et pas n'importe laquelle, ton amour de jeunesse.

— Pas du tout.

— Vraiment ? Toi et ta main n'avez jamais passé du temps ensemble face à un poster de la duchesse Quinnley ?

— Je… n'ai pas dit ça.

Zoey éclate de rire.

— Ce que j'essaie de dire… c'est que ce n'est pas la raison pour laquelle je suis gentil avec toi, dis-je en essayant de reprendre le dessus.

Une nouvelle lueur traverse son regard.

— Oh ? Est-ce le baiser alors ? Ai-je remplacé ton fantasme avec Mary ? Je suis magistrale, hein ? ricane-t-elle en haussant les sourcils.

J'aimerais répliquer quelque chose d'intelligent et drôle. Mais au lieu de ça, je crois que je suis en fait en train de rougir, même si – heureusement – ma peau foncée me permet de dissimuler mon embarras.

Et ensuite, Dieu merci, je suis sauvé par un gong. Je consulte mon téléphone : c'est Jude.

— Il faut que je réponde.

— Je t'en prie, réplique-t-elle avant de reprendre son travail, comme si toute cette conversation ne représentait rien d'autre que des… chamailleries.

Le mot que j'ai moi-même employé revient me hanter tandis que j'ouvre la porte du café pour répondre à Jude, à l'abri d'oreilles indiscrètes.

— Salut, Jude, dis-je en essayant d'employer un ton professionnel qui n'est pas celui d'un type de trente et un an qui vient d'être déstabilisé par une allusion faite par une fille.

— Eh, mec. Comment vas-tu ?

— Bien. Et toi ?

— Super, s'exclame-t-il en riant. En fait, c'est pour ça que j'appelle. C'est au sujet de Bree.

— Oh ?

À travers la vitrine, j'aperçois Zoey fermer son ordinateur portable. Elle commence à rassembler ses affaires.

— Ouais, je crois qu'on va complètement arrêter le côté virtuel de notre histoire.

Bree. Je ressens un léger pincement à la mention de son nom, mais ça pourrait tout aussi bien être dû au bus qui vient de me frôler dans un nuage d'odeur d'essence.

— Tu es en train de me dire que tu veux fermer ton compte ?

— C'est ça.

— OK, il sera fermé d'ici la fin de la journée. Et Jude, je suis content pour toi. C'est super.

— Ça l'est. *Elle* l'est. Je suis vraiment heureux. Et j'aimerais te remercier.

— Aucun problème. C'est mon travail, dis-je au moment où la sonnette retentit derrière moi et m'avertit de la sortie de Zoey.

Elle hoche brièvement la tête en passant devant moi, puis traverse la route sans se retourner.

J'ai envie de la suivre. Malheureusement pour moi, Jude a envie de me réciter un poème sur le changement que j'ai entrepris dans sa vie.

— Je pense vraiment qu'elle est la femme de ma vie. L'autre soir, on est allés plus loin, si tu vois ce que je veux dire. Et, bon sang, cette fille a tout pour elle. Absolument tout.

— Je vois, dis-je en observant Zoey héler un taxi dans lequel elle monte.

— J'ai découvert qu'elle aime les costumes aussi dans la chambre, révèle Jude qui a l'air de s'installer quelque part, prêt à me raconter tous les détails.

Je rentre dans le café et m'assois à la grande table désormais libre. J'imagine qu'il ne me reste plus qu'à m'installer confortablement moi aussi.

26

À : Mes véritables porte-bonheur

De : Clifford Jenkins

Re : Tout ne va PAS bien. Mais ce sera bientôt le cas, avec votre aide.

Commençons par le commencement : Je sais que tout le monde s'est inquiété, alors j'aimerais que vous sachiez qu'après de nombreux examens avec un neurologue, un entomologiste et un spiritualiste (il vaut mieux tout vérifier), mon état de santé est satisfaisant. Votre homme n'a pas été mordu par une chenille processionnaire et les fonctionnalités de son cerveau demeurent à 110 % de leur capacité. HOLÀ !

Mais le cerveau en question en a profité pour réfléchir et, eh bien, il m'a peut-être fallu frôler la mort pour réaliser à quel point la vie est courte. La vérité, c'est que votre responsable auparavant intrépide et imperturbable est *ébranlé*. Se retrouver confronté ainsi à la mort vous change un homme. Un homme et un P-DG. Sachant ce que je sais maintenant, je dois prendre des décisions difficiles. Passer de « surfer sur des vagues agitées » à « naufragé sur une île de cannibales ». (Sans aucune exagération, il y avait de véritables « serpents se mordant la queue » dans une ambiance merdique de « chacun pour soi » dans cette retraite qui me hantera pour le reste de mes jours. Vous ne connaissez véritablement votre ex-femme qu'à partir du moment où elle tient votre vie entre ses mains.)

Pour l'heure, je vous fais savoir – et j'espère que vous me ferez une faveur en contactant ceux de vos proches qui pourraient m'aider – que je suis à la recherche d'une chambre hyperbare pour vaincre mes terreurs nocturnes. Que vos rêves soient doux, calmes et sans chenilles. C'est ce que je souhaite sincèrement à chacun d'entre vous. Je vous en dirai plus bientôt, une fois que j'aurai suivi ma thérapie de sommeil sous oxygène.

Humblement,

Cliff

Zoey

Je suis perturbée par le fait que Miles a croisé Mary. Ce n'était qu'une question de temps avant que cela ne se produise, j'imagine, étant donné ses va-et-vient dans mon appartement, mais je ne peux pas m'empêcher d'avoir l'impression que deux mondes sont entrés en collision et que j'y ai perdu quelque chose. Pire, il est bizarrement gentil avec moi.

Notre discussion sur la High Line et notre entente au sujet de sa splendeur m'a donné envie d'y retourner, alors j'ai filé du Café Crudité pour m'y rendre. J'ai besoin d'air, et c'est devenu mon endroit de prédilection pour faire le point.

Je me promène d'un pas rapide (suis-je en train de devenir une vraie New Yorkaise ?) et pesant dans mes boots de combat, marmonnant pour moi-même (absolument new-yorkaise) jusqu'à ce que je fasse un effort conscient pour ralentir et admirer le paysage autour de moi. Instantanément, la voix de Jude m'envahit – j'ai mémorisé ses instructions, à ce stade – et me rassure et m'aidant à analyser les événements de la journée plus clairement. Et puis il y a cette phrase au sujet de chaque quartier de New York possédant sa propre atmosphère. Elle doit venir d'une campagne promotionnelle de tourisme ou quelque chose comme ça. Sinon, pourquoi Miles aurait dit la même chose ?

Une heure plus tard, je rentre à mon appartement, prend une douche et change de vêtements, mes pensées tournant en boucle autour de Jude. En plus des conversations que je n'aurais jamais dû sauvegarder, son guide audio est tout ce qu'il me reste de lui. Je navigue sur mon téléphone, me demandant s'il m'est possible de justifier un dernier échange avec lui.

Dévorée par la culpabilité, je vais sur Instagram. Je n'ai jamais ouvertement suivi Bree sur IG, mais je connais son pseudo (Breeast94 pour « Bree Beast », mais évidemment, on dirait une faute d'orthographe pour le mot *Breast* – « seins » en anglais, mon ex-cliente tout craché !), alors je la retrouve facilement. Comme si j'avais besoin d'un rappel de plus quant au fait qu'elle est folle amoureuse, ses publications les plus récentes les montrent, Jude et elle, hier soir, se câlinant sur un canapé. Elle tient à la main la dernière version d'*Undersea*, celle pour laquelle elle a fait la queue toute une nuit, avec les quelques fascinantes secondes de film inédites.

La légende de sa publication est pour le moins étrange :

> Vous imaginez qu'il n'a pas vu ce film depuis son enfance ? ! De quooiiii ! Quelqu'un va se prendre une fessée ! #correction #soiréeenamoureux

Super, je l'imagine maintenant donnant la fessée à Jude avec le boîtier du DVD.

Mais attendez une minute. Il n'a pas vu le film depuis son enfance ? Au nom du chignon de Quinnley, qu'est-ce qu'elle raconte ? Jude s'est révélé un fan *absolu*, quand nous avons discuté du film. C'est moi qui ai lamentablement échoué à chaque fois que nous abordions le sujet. Cependant, lorsque Bree décrit leurs interactions dans la vraie vie, elle semble parler d'une personne complètement différente de celle que je « connaissais ».

Même si j'imagine que si on nous rencontrait séparément, Bree et moi, on s'apercevrait vite que nous ne sommes pas exactement des jumelles, donc…

Attendez. Une. Minute.

Mes doigts tremblent alors que quitte l'application Instagram pour consulter ma liste de contacts.

Comment un type récemment débarqué à New York peut-il déclamer des paroles si inspirées et assurées au sujet de sa ville adoptive ?

Aisha décroche au bout de la cinquième sonnerie. Les mots sortent précipitamment de ma bouche comme une fuite toxique.

— Désolée de te déranger je serai brève j'ai juste besoin de te demander quelque chose.

— Salut, Zoey. Ça va ? Tu n'as pas bu le reste de ce tord-boyaux que Clifford t'a fait livrer, rassure-moi ?

— Que fait Miles dans la vie ? C'est quoi son travail ?

— C'est le meilleur rédacteur de l'agence Dis-le à mon cœur. Je pensais que tu le savais ? Nous y travaillions tous les deux avant que Clifford ne parte en volant les règles d'engagement. Le manuel que *Miles* a écrit, précise-t-elle en riant.

Les mots que j'ai besoin d'exprimer semblent coincer dans ma gorge.

— Saurais-tu, par hasard, s'il a enregistré une visite guidée audio pour un client récemment (je tousse frénétiquement) ou quelque chose comme ça ?

— Ouais, il y a beaucoup réfléchi. Je ne l'ai jamais vu autant investi pour un client. Il a rédigé un truc bien pensé avant de demander à son client de l'enregistrer avec sa voix, ce qui était assez brillant, car son client a un accent écossais.

Mon téléphone m'échappe des mains.

J'entends Aisha crier :

— Zoey ?

Au lieu de me baisser pour ramasser le téléphone comme un être humain normal, je choisis de le rejoindre là où il est tombé. Vidé de son énergie, mon corps s'effondre et j'atterris comme un tapis vers mon téléphone, la joue collée au sol dur.

— OK, merci, je te rappellerai, bye, je marmonne en direction du téléphone.

C'est impossible.

Miles est Jude. JUDE EST MILES.

Le souvenir de nos discussions tardives m'envahit subitement, embrouillant mes pensées alors que les sentiments qu'il m'a fait éprouver me reviennent : je me sentais comme une ado avec son coup de cœur. Le *ding* signalant chaque nouveau message faisait accélérer mon pouls. La visite guidée me donnait l'impression d'être spéciale ; et c'est toujours le cas. Même si elle ne m'a jamais été destinée.

C'était les mots de Miles avec la voix de Jude depuis le début. Ou était-ce la voix de Miles avec le visage de Jude ? Je suis perdue.

Miles *ne peut pas* être Jude. Parce que cela voudrait dire…

OK, calmons-nous. Essayons de considérer la situation sous un angle rationnel. Je dois prouver les faits sans l'ombre d'un doute. (Pour qui, Zoey ? Le tribunal de l'amour ?) Sans réfléchir aux conséquences de ce que je fais, ou de l'effet domino que cela pourrait provoquer, je me connecte à la dernière conversation que j'ai eue avec Jude. Ou plutôt, « Jude ». Et j'écris :

Je pense à toi.

Je joins un fichier audio et appuie sur « Envoyer ».

Mon premier choix s'est porté sur *California Dreamin'* de The Mamas & The Papas, suivi de *California Gurls* de Katy Perry, mais ces deux chansons me paraissaient trop évidentes. J'ai finalement opté pour *Drive My Car* des Beatles. *Va te faire foutre, Miles ! L.A. bat NY !*

Les jambes tremblantes, je me relève vers notre mur commun pour y coller mon oreille. Quelques secondes plus tard, j'entends le début d'une chanson. *Beep, beep, beep beep yeah.*

C'est trop pour moi. Dans un sens, j'ai embrassé Jude ! Le cerveau de Jude, en tout cas. J'ai aussi embrassé Miles, et maintenant ce n'est qu'une seule et même personne ! Qu'est-ce que cela implique, pour notre amitié, ou euh, notre rivalité ?

Rien. Cela n'implique rien. J'ai peut-être désespérément craqué pour Jude, mais cela *ne signifie pas* que Miles a craqué sur Bree/moi. Il faisait seulement son travail.

Mon téléphone affiche la photo de Mary. Complètement sonnée, je réponds.

— Allô !

— As-tu reçu mon cadeau d'anniversaire tardif ? Je l'ai déposé ce matin.

Miles a dû la croiser au même moment.

Je crois que je ne réponds pas assez vite car elle ajoute :

— Regarde sur la table basse.

Je trouve une enveloppe à l'intérieur de laquelle a été glissé un bon cadeau pour un massage dans un hôtel de luxe à Brooklyn. Le script que j'avais annoté a disparu. Elle l'a peut-être jeté à la poubelle. Elle l'a peut-être déchiré. Évidemment, elle l'a jugé trop embarrassant pour être digne d'exister dans ce monde.

— Le bon comprend une nuit à l'hôtel, explique-t-elle.

Je bégaie des remerciements.Comme toujours, Mary est beaucoup trop généreuse. Elle essaie aussi peut-être d'adoucir la dure réalité de ce qu'elle pense vraiment de moi ?

Je tuerai pour me faire masser, mais impossible de me déplacer jusqu'à l'autre bout de la ville. Si j'ai réussi à rejoindre mes parents pour dîner, c'est seulement parce que Miles m'a littéralement tenu la main.

— Ne me remercie pas encore. Il y a un petit plus, et c'est quelque chose qui est sensible au temps, annonce Mary mystérieusement.

— Que veux-tu dire ?

— Comme promis, un traitement contre ton anxiété est sur le point d'arriver, d'une minute à l'autre.

Pour la deuxième fois en vingt minutes, ma main devient moite et je manque de faire tomber mon téléphone. Je le serre de toutes mes forces en murmurant :

— Tu n'as pas osé.

— Oh ! mais si. Ce sera livré à l'Hôtel The à ton nom dans l'heure qui vient. Le colis vient de partir de chez Geoffrey à l'instant.

— Non, non, non, je gémis. Et si un chien renifleur le trouvait ?

— Connais-tu beaucoup d'hôtels cinq étoiles qui emploient des chiens renifleurs ? Tu devrais y être avant que le personnel ne mette la main dessus, j'imagine.

— Tu sais que c'est illégal ici, pas vrai ?

— Pour l'instant. Mais plus pour longtemps. Peut-être que d'ici ton arrivée à l'hôtel, la loi aura changé !

— Tu ne m'aides pas du tout. Pourquoi as-tu fait une chose pareille ?

— Je me suis dit que tu allais avoir besoin de motivation pour traverser la ville. On dirait que j'avais raison, ajoute-t-elle joyeusement.

— Tu n'aurais pas pu me faire livrer des avocats frais ? Ils me manquent aussi !

— Les avocats ne réduisent pas le stress et n'ont aucun effet sur l'inhibition.

— Tu viens d'augmenter mon stress. De façon exponentielle ! Comment suis-je censée me rendre jusqu'à Brooklyn ?

Je fais les cent pas devant le canapé, le souffle court.

— Je ne sais même pas quelles lignes de métro emprunter.

— Tu pourrais toujours demander à ton séduisant voisin de t'escorter.

— Miles Cheveux Hirsutes ?

— Ohhhh, vous en êtes aux surnoms ? Sympa, fait-elle avec une sorte de gloussement de satisfaction.

— Lui demander de l'aide serait complètement fou, merde.

Mary explose de rire.

— Je ne crois pas t'avoir déjà entendue jurer, dit-elle.

— De quoi parles-tu ? Je devais jurer à chaque fois que je répondais à ton téléphone.

— Mais tu ne le faisais pas. Tu t'arrangeais pour ne pas prononcer le nom. Et maintenant regarde-toi, lançant des « merde » à tout va comme une vraie New Yorkaise.

— Tu ne comprends pas, dis-je doucement. Je ne peux pas lui demander.

— Pourquoi pas ?

— Le truc c'est que… il se passe que… ohhhhh ! Il est différent de ce que je pensais et je ne sais pas si je le déteste ou… le contraire. Alors même si j'étais d'accord avec toi, ce qui n'est pas le cas, c'est beaucoup plus compliqué que ça.

— Décomplique la situation. Frappe à sa porte et demande-lui. Et Zoey ? Tic-tac. À moins que tu ne veuilles être convoquée au commissariat pour répondre de tes délits, lance-t-elle avant de raccrocher.

Prise de panique – je dispose maintenant de moins d'une heure pour me rendre à Brooklyn et intercepter le colis – je prends une profonde inspiration et crie :

— Je sors !

Le cœur battant à tout rompre, je mets un pied dans le couloir. Il me semble plus interminable que jamais, comme si j'avais déjà fumé l'herbe et que mes perceptions étaient plus lentes et étirées. Pourtant, d'une façon ou d'une autre, mes pieds me conduisent jusqu'à la porte de Miles. Je serre les dents puis frappe au battant.

La musique à l'intérieur s'arrête. Mes épaules se tendent et ma respiration devient difficile.

Miles ouvre la porte, l'expression de son visage indéchiffrable.

— Qu'y a-t-il ? dit-il en s'appuyant sur le chambranle.

— Code vert. Je ne t'aurais pas dérangé s'il ne s'agissait pas d'une urgence…

27

Miles

— De quoi s'agit-il ? je demande, anxieux.

J'ai déjà vu plusieurs fois l'inquiétude dans le regard de Zoey, et ça me plaît de moins en moins à chaque fois.

Elle déglutit.

— Je dois aller à Brooklyn.

— Ton urgence c'est… Brooklyn ?

Elle me tend une enveloppe.

— Je dois me rendre à cet endroit aussi vite que possible.

Je lis l'adresse indiquée. Il est simplement écrit :

Hôtel the

Gowanus

Brooklyn

— Je ne sais pas où c'est, et c'est introuvable sur Google !

Elle tape le nom de l'hôtel et… je comprends où est le problème.

— Pourquoi quelqu'un appellerait son hôtel comme ça ? ajoute-t-elle.

Étant donné l'adresse inexistante et l'esthétique minimaliste mais aussi quelque peu graphique de la carte-cadeau, j'ai ma petite idée sur la question.

— Ah. Un hôtel si branché que même Internet ne peut pas le trouver, lâche-t-elle, agacée.

Évidemment, aucune adresse mail ni de numéro de téléphone n'est indiqué, seulement un pseudo qui renvoie aux réseaux sociaux.

— As-tu essayé les réseaux sociaux ? je lui demande.

— Aucune adresse non plus. Et euh… C'est une question de minutes, en fait. Il faudrait que j'y sois genre, maintenant.

— Un massage d'urgence ? je lui demande en jetant un coup d'œil au bon cadeau dans l'enveloppe.

— Plutôt une urgence type « Mary Clarkson a fait livrer un sachet d'herbes à mon nom à cet hôtel et je n'ai vraiment pas besoin de me faire arrêter par-dessus le marché en ce moment ».

Je suis un peu étourdi à la mention du nom de Mary Clarkson mais je sais que ce n'est pas ce qui me décide. Une amie a besoin de mon aide, c'est aussi simple que ça.

— Allons-y alors, dis-je.

Sauf que ce n'est pas aussi simple que ça, parce qu'à peine sortis de l'immeuble, nous tombons sur une manifestation en bas de la rue. On dirait que la moitié de la ville descend l'Avenue A habillée en jaune ou en orange. Je pense immédiatement à une sorte de flash mob ou au tournage d'une scène de *Black Mirror.* Mais j'aperçois ensuite une fille en T-shirt jaune portant un plateau. Sur son T-shirt est écrit « Feeling Gooda[1] ? » au-dessus du logo du restaurant Cheese.

— Excuse-moi, dis-je en attirant son attention. Que se passe-t-il ici ?

— C'est la journée nationale du fromage ! crie-t-elle pour couvrir le bruit de la foule et du DJ qui, j'en suis quasiment sûr, a lancé une chanson de String Cheese Incident.

— Euh, OK.

À mes côtés, je sens Zoey se tendre ; c'est alors que je me souviens de son aversion pour la foule.

— Brie ? me propose la fille à côté de moi en tendant son plateau.

1. Jeu de mots en anglais avec l'expression *Feeling Good ?* qui signifie « Tu te sens bien ? » et le fromage hollandais gouda. (NdT)

— Non, merci, dis-je immédiatement avant de prendre Zoey par la main.

Je cherche un moyen de contourner le million de personnes qui semblent être venues chercher du fromage gratuit (enfin, je ne peux pas tellement leur jeter la pierre), quand une idée me vient soudain.

Nous nous accroupissons pour passer sous des plateaux de camembert et de havarti, nous nous faufilons entre des coupes de prosecco et rampons quasiment pour traverser un groupe d'étudiants qui ont apparemment inventé un nouveau jeu très proche du Frisbee mais avec du fromage.

Quand nous gagnons la station de métro, le DJ a changé de chanson et joue *Getting Better* des Beatles, sauf qu'il crie « cheddar » au lieu de « better » au micro. Nous sommes maintenant à quelques rues de la foire, mais le bruit nous parvient encore.

Zoey me regarde d'un air accusateur et je peux presque entendre la tirade anti-New York qu'elle débite dans sa tête.

— Ce n'est pas… notre plus beau côté. Je te l'accorde, dis-je.

Elle rit doucement avant de se tourner tristement vers la bouche de métro.

— Tu veux qu'on prenne un Uber ou quelque chose comme ça ? je lui demande en regardant la foule derrière nous. Il nous faudrait marcher encore plusieurs rues avant de parvenir à un endroit où une voiture pourrait circuler.

Elle baisse les yeux sur nos mains jointes.

— Non, répond-elle après quelques secondes. Je crois que j'ai envie d'essayer.

Elle me lâche ensuite la main pour descendre les escaliers devant moi. Nous patientons sur le quai du métro quand elle reprend la parole :

— Je n'ai pas toujours été comme ça, tu sais.

Elle a les yeux fixés sur une publicité de l'autre côté de la voie ferrée, cependant, sa voix me semble plus proche que jamais.

— Que s'est-il passé ?

— J'avais dix ans. J'étais en Indonésie, avec mes parents. C'était après le Corps de la paix, mais avant leur blog de voyage. Quelque part dans leur période *foodie*. Cet après-midi-là, ils essayaient de trouver la meilleure soupe de queue de bœuf de Sumatra, et j'étais fatiguée, couverte de coups de soleil, et j'avais voulu rester à la maison lire un des livres du *Club des Baby-Sitters* que j'avais apportés. Je venais juste de me blottir sous une cabane que j'avais confectionnée avec des couvertures, quand la terre s'est mise à trembler.

Elle prend une inspiration chevrotante.

— Non…, je murmure.

— Je me souviens seulement de mon livre qui a bondi de mes mains et de mon incompréhension. J'ai voulu le ramasser quand… une partie du plafond s'est effondrée, et je me suis retrouvée coincée sous les blocs de plâtre. J'ai l'impression d'y être restée des heures, à crier dans le vide car je savais que mes parents étaient trop loin pour m'entendre. Cela a duré peut-être vingt minutes, une demi-heure tout au plus avant que le personnel de l'hôtel ne me porte secours. Mais ça ne m'a… jamais quittée. Les ténèbres, le bourdonnement, le sentiment que tout se referme autour de moi, contre ma peau et, pire que tout, la terreur que personne, personne ne viendrait jamais me chercher…

Elle s'arrête en entendant le bourdonnement du train F au loin. Pour la première fois, je le perçois un peu différemment. Les grincements, les vibrations, quelque chose d'invisible filant droit sur nous. C'est *en effet* terrifiant.

Le train s'arrête devant nous, et les portes s'ouvrent. Je ne bouge pas. Je la laisse décider si elle veut y monter. Elle n'hésite qu'une seconde avant de mettre un pied à l'intérieur du wagon, soupirant de soulagement à la vue de nombreux sièges libres. Comparé à la folie que nous venons de quitter en surface, l'ambiance est presque méditative ici. Sauf que maintenant je sais que ce n'est pas le cas pour elle.

Zoey prend place, et je m'assois à côté d'elle. Quand elle surprend notre reflet dans la vitre en face de nous, elle laisse échapper un petit rire.

— N'aie pas l'air si inquiet, lance-t-elle en se tournant vers moi pour détendre mes sourcils de sa main. Je n'étais pas malheureuse. Et ma grand-mère est venue à mon secours pour de vrai en m'emmenant à Los Angeles, cette ville ensoleillée et aérée. Honnêtement, je n'y avais plus vraiment repensé jusqu'à ce que j'arrive ici. Je ne m'attendais pas à ce que New York réveille tout ça, d'autant moins que les menaces bien réelles de tremblement de terre à L.A. ne m'ont jamais fait peur. Mais je crois que la combinaison de toutes les sensations que j'ai ici a juste… tout déclenché.

— En y réfléchissant, je comprends, dis-je en hochant la tête. Je suis désolé de m'être comporté comme un enfoiré à ce propos.

— Comment ça ? Au contraire, tu m'as confortée dans ma décision de détester d'emblée New York. Je n'aurais pas pu rêver d'un meilleur cliché, dit-elle en riant. Bref, je dois admettre que mon attitude plus décontractée en Californie a *sûrement* quelque chose à voir avec l'herbe si facile d'accès qui illumine ma vie.

— Ah, dis-je. Alors maintenant, c'est Mary qui te sauve ?

— Elle est peut-être bien intentionnée, mais elle agit plus comme une interférence qu'autre chose. C'est son mode opératoire, ajoute-t-elle en regardant l'enveloppe qu'elle tient. Au fait, tu sais comment nous y rendre ?

— J'ai une idée générale de l'endroit où aller. Et je connais quelqu'un dans le quartier qui pourrait nous aider à trouver l'hôtel. La bonne nouvelle, c'est qu'il n'y a pas de correspondance. Il faut seulement que nous restions dans ce train pendant un moment.

— Super, s'exclame-t-elle en s'adossant contre son siège les yeux fermés. Réveille-moi quand tout sera terminé, si j'ai réussi à échapper à la prison. Sinon, je préfère rester inconsciente.

Elle garde les yeux fermés le reste du trajet. Pendant ce temps, je ne peux m'empêcher de jeter des coups d'œil vers elle. Si j'écoutais mon propre manuel, je considérerais sa confidence comme un « futur aveu ». À combien de personnes a-t-elle parlé de ce tremblement de terre ? Peu, je parie.

Je la réveille doucement quand nous atteignons la station Smith-Ninth Streets, puis nous sortons dans la rue grouillante de chalands et d'adeptes de brunch. Nous passons quelques vitrines avant d'entrer dans le pub de Gus, Leather Emporium Pub. La moitié de l'établissement est occupée par un vieux cordonnier qui a l'air tout droit sorti de l'Italie de 1900. Il est assis, l'air grincheux, devant de hautes étagères pleines de chaussures extrêmement brillantes, de portefeuilles et de sacs. L'autre partie est tenue par un type avec un bouc pointu et un bonnet. Ils s'appellent tous les deux Gus (« Senior » et « Troisième du nom »), et je suis ami avec le plus jeune.

— Miles ! Ça fait longtemps, mon pote. Comment ça va ? Qui est-ce ? demande-t-il en se tournant avec enthousiasme vers Zoey.

— Eh, Gus. Voici Zoey.

J'aime beaucoup Gus, mais sa tendance à faire la causette ne va pas jouer en ma faveur aujourd'hui.

— J'aurais aimé rester pour boire un verre, mais nous avons une urgence à régler. As-tu une idée d'où peut bien se trouver cet endroit ? je lui demande en lui tendant l'enveloppe.

— Oh ! ouais, répond-il en hochant la tête. C'est entre la Troisième Avenue et la Troisième Rue. Là où se situait avant la boutique de mayo artisanale.

— De la mayo… artisanale ? s'enquiert Zoey.

— Ouais, dommage qu'ils aient dû fermer, fait Gus. C'était quasiment une institution.

— OK…, lâche Zoey.

— Merci, Gus.

— Vous êtes sûrs de ne pas vouloir rester ? insiste-t-il. Nous avons six nouvelles IPA en pression cette semaine.

— Un autre jour !

Je note immédiatement dans un coin de ma tête de parler de cet endroit à Jude.

— À quelle distance sommes-nous de l'hôtel ? veut savoir Zoey alors que nous sortons du bar pour descendre Smith.

— À environ six rues par là et trois rues par là-bas, je lui indique.

— Eh bien, il paraît que tu aimes le footing ! lance-t-elle. C'est parti !

Elle se met à descendre la rue en courant. Je suis épaté par la façon dont elle évite les badauds, scooters et poussettes. Il me faut un instant avant de la rattraper.

Bon sang, elle est plus rapide que ce que je pensais.

— M'as-tu caché que tu étais une joggeuse, ou es-tu juste hyper motivée par l'herbe ?

Elle éclate de rire.

— La dernière option. Et puis, je suis aussi hyper, hyper motivée pour te battre donc…

Elle accélère juste au moment où le feu passe au vert, me laissant à la traîne.

Je ris à mon tour. Je n'aurais aucune peine à la rattraper, si je le voulais, mais c'est plus drôle comme ça. Je préfère lui courir après.

Elle suit mes indications jusqu'au bout. Quand je la rejoins, elle court sur place devant un immense bâtiment gris qui semble n'avoir aucune porte, aucun panneau, seulement sept projecteurs roses qui illuminent différentes parties de la façade de manière aléatoire.

Je parierais ma dernière paire de chaussures bateau qu'il s'agit de l'hôtel The. Et vu son regard incrédule, je crois que Zoey est parvenue à la même conclusion.

— En plus d'être introuvable sur Google, l'hôtel n'a pas de porte. C'est certainement ici.

— Ouaip, dis-je en observant les projecteurs roses.

Y a-t-il une sorte de code qui indique l'entrée ? Du morse ? J'essaie de le décrypter avant de me souvenir que je ne l'ai jamais appris.

— Ah ! Une piste !

Zoey, de son côté, a repéré un gentleman en costume noir avec une cigarette qui a l'air de venir du côté est de l'immeuble. Nous le suivons silencieusement, comme des espions, mais le temps que nous arrivions, il s'est évaporé.

— Et maintenant ? dis-je.

— Là !

Zoey pointe du doigt vers une porte qui se referme pour se fondre dans l'allée. Elle s'approche pour l'examiner.

— C'est sûrement une porte de service… Non ?

Je baisse les yeux et aperçois un autre point de lumière rose au centre de la porte quasi invisible.

— Euh… Non. Je pense que c'est l'entrée.

Je tire la poignée pour ouvrir la porte. Nous sommes accueillis par des escaliers gris qui descendent vers un couloir illuminé de rose.

— En temps normal, je dirais « après toi », mais je ne suis pas sûr que ce soit très galant de t'envoyer en premier vers une mort de hipster.

Zoey éclate de rire.

— Tu sais quoi ? Je me sens plus courageuse que d'habitude aujourd'hui.

Elle descend les escaliers, et je la suis. Nous arrivons devant une autre porte noire que nous ouvrons. Enfin, nous sommes soulagés de nous retrouver, sans l'ombre d'un doute, dans l'entrée d'un hôtel. Un hôtel qu'un designer a dû concevoir après un trip à l'acide et un rêve fiévreux à la Escher.

Le mobilier et le décor sont déclinés dans des nuances de noir, blanc ou gris, y compris l'énorme plateau d'échecs qui sert apparemment aussi de table pour le bar. (Je ne suis pas sûr que s'asseoir sur une tour soit confortable, mais la fille vêtue d'un simple gilet Mister Rogers fait paraître ça étonnamment facile.) L'éclairage au néon rose se poursuit à l'intérieur, avec des éclairs de bleu et de vert qui jaillissent sporadiquement sur le mur gris derrière le bureau de la conciergerie. Ce design est censé être mystérieux et cool, mais honnêtement il m'évoque tout simplement un mur d'escalade.

— Bienvenue, murmure un type d'une vingtaine d'années habillé tout en noir, jusqu'aux petites lunettes de soleil rondes. En quoi puis-je vous être utile aujourd'hui ?

— Hôtel The, c'est ça ? demande Zoey, qui meurt d'envie de lui faire remarquer à quel point cet établissement est ridiculement difficile à trouver.

— C'est en fait Hôtel *the*, pas *The*. Le *t* est en minuscule, corrige-t-il avec un sourire poli.

— Je l'ai dit à haute voix. Comment pouvez-vous savoir quelle casse j'utilise ?

— Je le sais, réplique-t-il, le sourire toujours en place.

— OK, très bien, dis-je, au cas où Zoey aurait oublié l'urgence de notre mission maintenant qu'elle se retrouve confrontée à l'envie irrésistible – et totalement compréhensible – de frapper le concierge de l'Hôtel the, *t* minuscule.

Même si, en y réfléchissant, j'ai l'impression que personne ici ne cillerait si Mary avait fait livrer un cheval de Troie plein d'herbe.

— Alors voici Zoey Abot. Je crois qu'il y a une réservation faite à son nom. Et un colis qui l'attend ici.

— Laissez-moi vérifier, répond le concierge en commençant à taper sur le comptoir contenant un clavier intégré noir stratifié.

Il n'y a aucunes lettres sur les touches.

— Ah, oui. Merveilleux. Une de nos chambres avec vue sur le canal.

Je manque de m'étouffer.

— Le canal… Gowanus ?

Aussi connu sous le nom de « repaire à racailles et sacs mortuaires de Brooklyn » ? Les gens payent-ils un supplément pour occulter *cette info* ?

— Bien sûr. Je vois que vous avez réservé deux massages pour demain matin. Merveilleux. Et ceci…

Il appuie sur un bouton qui déclenche l'ouverture d'une fente près de ses pieds.

— Ce doit être votre colis.

— Oui ! Merci !

Zoey s'empare si rapidement du paquet que je m'attends à ce qu'il s'ouvre et répande de petits sachets partout. Mais il reste intact.

— Puis-je avoir votre pièce d'identité et votre téléphone ? demande le concierge.

Zoey les lui tend. Il pose son téléphone sur un appareil avant de le lui rendre.

— Vous avez la chambre 922. Il vous suffira de placer votre téléphone sur la porte pour l'ouvrir.

Il donne cette information l'air fier, comme s'il s'attendait à des réactions d'émerveillement de notre part devant la technologie sophistiquée de l'hôtel.

— Comme quand je paie à la caisse à Walgreen ? je demande innocemment.

Je suis récompensé par une lueur d'irritation dans ses yeux.

— L'ascenseur est par là, indique-t-il brusquement. Bon séjour.

Zoey tient la boîte serrée contre elle tandis que nous nous éloignons du concierge pour découvrir, derrière son comptoir, un ascenseur étonnamment normal. Je m'attendais presque à un monte-charge en osier.

— Waouh… Cet endroit, c'est quelque chose.

Je suis en fait triste de ne pas monter avec Zoey dans sa chambre pour explorer le reste de ce monde bizarre avec elle.

— C'est un mot parmi d'autres pour le décrire, fait-elle en tirant de l'enveloppe le bon cadeau pour les massages. Tiens, c'est pour toi. Pour toute l'aide que tu m'as apportée.

— Ce n'était rien. Tu n'es pas obligée de me remercier.

Elle éclate de rire.

— Suis-je censée avoir deux massages en un ? Je pense que c'était pour toi depuis le début, en fait. Elle voulait que tu en profites.

— Elle… Mary ?

Je perçois le couinement dans ma voix en mentionnant son nom.

— Oui, Mary, réplique Zoey en levant les yeux au ciel. Peut-être que, quand tu te feras masser, tu pourras faire semblant de croire que c'est *elle* qui te masse.

— Non, ce n'est pas ça… C'est juste que… Pourquoi voudrait-elle que je profite de ce massage ?

Je remarque que Zoey rougit légèrement, mais elle se reprend aussitôt.

— Qui peut savoir les motivations secrètes de Mary ? Quoi qu'il en soit… merci. De m'avoir conduite jusqu'ici. On dirait que je vais devoir passer la nuit dehors, signale-t-elle en levant le colis.

— Est-ce que ça empeste ?

— Hum, pas vraiment, répond-elle après l'avoir reniflé. En fait, ça sent… (elle jette un coup d'œil à l'intérieur de la boîte) … le sucre. Merde, Mary ! Ce sont des brownies.

— Des brownies ?

— Je suis à peu près certaine qu'ils sont composés de marijuana.

Elle se met à sentir l'intérieur de la boîte, avant de reprendre :

— C'est bien ça. Si j'ai estimé la situation aussi urgente, c'est uniquement parce que je croyais qu'un énorme paquet de marijuana m'attendait.

J'éclate de rire.

— Tu sais quoi, je suis content que tu l'aies cru. C'était marrant.

— Ouais, c'est vrai, admet-elle en souriant.

Elle ouvre le colis puis me tend un gâteau.

— Pour tout le mal que tu t'es donné.

Je regarde les petits carrés tentateurs.

— Pourquoi pas ? dis-je en en prenant une bouchée. Waouh, ils sont bons. On sent le goût des plantes mais on dirait presque… je ne sais pas. Un arôme raffiné de menthe ou quelque chose comme ça. Rien à voir avec les atrocités que mon coloc faisait lors des soirées à l'université.

— Eh bien, nous sommes des addicts raffinées, Mary et moi.

Zoey mord elle aussi dans un gâteau.

Je ne peux m'empêcher de remarquer qu'elle n'a pas appelé l'ascenseur. Nous nous tenons tous les deux là, à mâcher nos gâteaux, baignant dans l'odeur de chocolat.

Je suis alors saisi par l'envie irrésistible de l'embrasser, pour voir si son goût serait différent, même si nous mangeons la même chose. Quelque chose me dit que mon hypothèse est juste. Et à la façon dont elle me regarde, je me demande si elle désire elle aussi que je l'embrasse.

Sa main se pose sur mon avant-bras, et elle déclare doucement :

— Merci d'avoir rendu cette journée si amusante.

Je baisse les yeux sur sa main. Elle ne bouge pas. Puis je regarde son visage, le minuscule morceau de chocolat à la commissure de ses lèvres. Notre baiser au café avait aussi un goût sucré, comme si nos baisers servaient à compenser nos chamailleries. Si je l'embrassais maintenant, cela perpétuerait cette douceur entre nous. J'aimerais lui montrer que nous pouvons nous faire du bien. Que *je* peux lui faire du bien.

J'approche alors une main de son visage et mes lèvres des siennes.

28

Zoey

Quand les portes de l'ascenseur s'ouvrent, nous nous engouffrons à l'intérieur sans cesser de nous embrasser. Je parviens à appuyer sur le bouton du troisième étage – Dieu merci, nous sommes seuls – et nous restons collés l'un à l'autre jusqu'à arriver à destination. Lorsque les portes se rouvrent dans mon dos, je tire Miles en marchant à reculons le long du couloir. Pour m'empêcher de tomber, il glisse un bras derrière ma taille. En un clin d'œil, je me retrouve dos au mur tandis que nous continuons à nous embrasser comme un soir de bal de promo. Si quelqu'un venait à passer, nous ne le remarquerions même pas.

Les lèvres de Miles forment un mélange parfait de douceur et de fermeté ; je sens la chaleur de ses mains qu'il glisse le long de mes bras, et la fraîcheur de sa langue avec une saveur subtile de menthe et de chocolat. Les sens en alerte, je suis submergée par une avalanche de sensations.

Je ne sais pas trop comment nous arrivons à ouvrir la porte et à nous retrouver dans la chambre ; l'un de nous a dû poser la *carte magnétique spéciale du futuuuuur* contre la porte. Quoi qu'il en soit, nous nous sommes remis à nous embrasser de plus belle.

À bout de souffle, je pose mes mains sur son torse et l'écarte de moi un instant.

— J'ai l'impression de profiter de toi, je murmure.

— Pas du tout, répond-il avec un petit rire.

— Je t'ai drogué et voilà que maintenant je suis en train de…

— Nous *nous* sommes drogués, corrige-t-il.

Il glisse ses doigts entre les miens, très brièvement, cependant ce geste envoie de minuscules ondes de choc dans ma main. Je ferme les yeux, sous l'emprise de son contact. Une onde brûlante se répand dans mon ventre.

— En plus, ajoute Miles, l'herbe ne met-elle pas un peu plus de temps que ça pour, genre, nous envoûter ?

J'ouvre grand les yeux.

— « Nous envoûter » ? je répète en riant. « Faire effet » tu veux dire ?

— Voilà.

— Il faut compter au moins une heure avant d'en sentir les effets, mais l'herbe de la côte Ouest est carrément plus forte que ce dont tu as l'habitude.

— Je peux encaisser, assure-t-il en haussant un sourcil, l'air sceptique.

— Des dernières paroles célèbres.

Cette fois, c'est lui qui recule d'un pas, créant davantage de distance entre nous.

— Mais évidemment, nous pouvons nous arrêter là si…

— Je ne veux pas arrêter, dis-je précipitamment. À moins que *toi*, tu ne le veuilles…

En guise de réponse, il se rapproche de moi et effleure mes lèvres des siennes. Il est si bon, bordel, si fort et si doux à la fois, que je dois me retenir de gémir. Cela fait bien trop longtemps qu'on ne m'a pas embrassée ainsi : avec respect.

— Et si on mettait un minuteur, pour savoir quand l'herbe fera effet ? Trente minutes, pour être large ? Comme ça, on saura quand calmer le jeu. Après, on sera toujours nous-mêmes, mais *stone*.

— Bien sûr, si tu veux.

Il est adorablement décoiffé.

— Mais comment souhaites-tu occuper ces trente minutes ? interroge-t-il.

— Je suis partante pour tout ce qui fait du bien. As-tu un préservatif ?

Miles acquiesce avec un sourire malicieux.

Une fois le minuteur programmé sur mon téléphone, nous nous embrassons de nouveau, et je ne peux pas, *je ne peux pas* me rassasier de ses lèvres.

Il tient mon menton en coupe d'une main, doucement, comme si j'étais un objet précieux. Son autre main est posée sur ma hanche, m'attirant tout contre lui, mais cette fois il n'y a rien de doux dans la façon dont sa cuisse écarte mes jambes. Le gémissement qui s'échappe de mes lèvres lui appartient entièrement.

Il me tourne dans ses bras de sorte que mon dos se retrouve pressé contre son torse.

— Juste pour info, murmure-t-il dans mon oreille, ses mots langoureux et pleins de promesses, je vais faire en sorte que chaque seconde compte.

Mon pouls s'accélère immédiatement et mes genoux menacent de céder. Je tourne de nouveau dans ses bras afin de lui faire face et de passer mes doigts dans ses cheveux. Ils sont aussi épais, doux et parfaits que je les imaginais. Il est grand temps d'admettre que j'y pensais depuis longtemps.

De si nombreuses émotions me traversent. Toute la colère, toutes les heures passées à *lui lancer des regards* dans le café (je le désirais, en fait), à avoir besoin de lui, ou du moins, de tirer sur ces cheveux comme je le fais en cet instant. Mais tout cela est tempéré par la prise de conscience que ce qui se passe entre nous émane d'un désir ponctuel. Enfin, peut-être pas *seulement* d'un désir ponctuel, c'est ancré dans quelque chose de réel – du moins, de mon côté. Nous avons eu plus d'une douzaine de « rendez-vous dans un café », nous avons dîné avec mes parents, nous avons flirté des heures et des heures en ligne, la nuit, dans ma tête, quand je me promenais sur la High Line… Il n'a pas connaissance de la dernière partie, mais à en juger par la façon dont il m'embrasse, comme si rien ne pouvait nous séparer, il est heureux de partager ce moment avec moi.

Je jette un coup d'œil vers mon téléphone.

— Où en est le compte à rebours ? demande Miles contre mon cou.

Je me blottis contre ses mains larges et puissantes qui explorent mon corps, j'en veux plus, et je me demande comment j'ai pu vivre sans ça jusque-là.

— Il reste vingt-sept minutes.

Je l'aide à retirer son T-shirt.

— Vite, vite, lui dis-je.

Bon sang que ses abdos sont fermes. Impossible de détacher mon regard d'eux. Son corps d'athlète, svelte et doux, est un magnifique canevas. Je me baisse immédiatement pour recouvrir son torse de baisers.

— Tu es… Tu es…

— Arrête de parler, déshabille-toi, glisse-t-il.

Je me relève et efface d'un baiser sa moue taquine, puis entreprends de retirer mon chemisier et mon jean.

C'est maintenant à son tour de m'observer, et la lueur chaleureuse dans son regard – concentré sur mon soutien-gorge noir et ma culotte en dentelle – me fait rougir.

— Tu es sublime, dit-il.

— Arrête de parler, déshabille-toi.

Il retire son jean laissant apparaître un boxer noir, comme si nous étions assortis. Je saisis son fessier sculpté et me frotte contre lui dans un rythme qu'il suit volontiers.

— Je me demande combien de fois je peux te faire jouir en vingt minutes, réfléchit-il tout haut.

Il longe d'un doigt le contour de mon soutien-gorge avant de faire courir sa langue le long de ma clavicule.

— Je parie sur trois, ajoute-t-il.

— Quelqu'un a un sacré ego, on dirait, dis-je le souffle court.

— Tu veux vraiment me donner tort ?

Il soulève mon soutien-gorge et recouvre mon téton de ses lèvres, le tirant d'une lenteur douloureuse.

— Non, tu as raison. Allez Miles. Allez l'équipe.

Il peut me dominer tant que bon lui semble du moment qu'il continue de faire ce qu'il fait. Je glisse mes mains dans sa chevelure alors qu'il parcourt mon ventre de baisers, comme je le désirais secrètement. Sa bouche est douce et légère contre ma peau, mais lorsqu'il place son visage entre mes cuisses, sa langue est puissante et ferme, ses mouvements assurés. Bon sang, il a raison, je suis sur le point de jouir…

Il dessine du pouce des cercles lents, puis il accélère le rythme jusqu'à ce que je vole en éclats au-dessus de lui.

— Oh mon Dieu, je m'écrie.

Content de lui, il se redresse et lève un doigt en l'air en guise de compteur, mais je peux à peine me concentrer sur son air triomphant.

J'embrasse le bout de son doigt que je glisse dans ma bouche. Je ne me suis toujours pas remise de ce qu'il vient de me faire, et rien, pas même sa jubilation, ne pourrait gâcher cet instant.

— Impossible que tu me fasses jouir encore deux fois, pas avec le peu de temps qu'il reste…

Cinq minutes plus tard, alors que le préservatif est en place et que je suis appuyée contre le canapé, Miles s'emploie à me contredire. Il agrippe mes hanches et s'enfonce en moi. Je suis sur le point d'atteindre l'orgasme numéro deux quand tout à coup, une lumière bleue illumine l'accoudoir du canapé.

— Euh, dit Miles, la voix tendue.

Nous nous immobilisons et la lumière s'allume de nouveau.

— Est-ce un éclairage détecteur de mouvement ?

Il s'enfonce encore en moi, et la lumière s'allume.

— Je… je crois, oui.

Nous nous immobilisons pour essayer, puis je me presse contre lui.

— Oh ! bon sang, gémit-il, sa main glissant dans le bas de mon dos pour se stabiliser.

Je presse de nouveau.

Et il me pénètre. La lumière se déclenche.

C'est étrangement beau.

Nous continuons notre danse, nos mouvements – le tout en

lumière – en accélérant le rythme. Quand je tends une main entre nous pour me caresser, Miles la recouvre afin que je puisse le guider pour déclencher mon plaisir. La chaleur et la pression de sa main me font basculer.

Mon cœur bat la chamade, et quand je recouvre suffisamment mes esprits pour parler, c'est pour lui annoncer :

— À mon tour.

Nous changeons de position sur le canapé. Je suis sur ses genoux, je le chevauche, et il devient fort plausible que je pourrais avoir l'orgasme numéro trois – trop énervant ! trop bon ! – mais je remarque le temps restant.

— Miles…

Ma voix est rauque comme elle ne l'a jamais été.

— Il ne reste qu'une minute alors…

Nous changeons à nouveau de position. Le compte à rebours nous a incités à nous montrer créatifs, mais à cet instant, il nous semble pertinent de gagner le lit.

— Tu veux que je sois pile à l'heure ? demande-t-il au-dessus de moi, en me pénétrant profondément.

Est-ce qu'il *peut* faire ça ? Parce que ce serait incroyablement sexy. J'acquiesce en produisant un bruit étouffé contre son cou.

Les secondes semblent résonner dans l'air tout autour de nous alors que nous comptons tous les deux dans notre tête.

Je souffle les dernières secondes contre son oreille, pour l'encourager.

— Cinq, quatre, trois, deux, un…

— Zoey, halète-t-il.

Il ouvre la bouche et je me relève pour l'embrasser tandis qu'il jouit enfin avec moi. Ses bras se resserrent contre moi, me protégeant de ses mouvements imprudents. Le son qui s'échappe de ses lèvres flatte mon ego.

L'alarme retentit soudain, et nous l'ignorons. J'apprécie le poids de son corps contre moi, mais trop vite il se laisse glisser sur le dos à mes côtés. Tandis que la température de nos corps redescend, un même sourire se dessine sur nos visages. Je finis par me lever pour éteindrc l'alarme.

— Rappelle-moi, juste par curiosité, combien de fois as-tu joui ? demande-t-il une fois que nous nous sommes ressaisis et installés sur le lit.

Il compte sur ses doigts, un, deux, trois, puis me lance un regard interrogateur. J'ai envie de tapoter son petit nez prétentieux, mais je suis beaucoup trop détendue pour faire le moindre effort.

— J'ai perdu le compte, dis-je en baissant la tête, les joues brûlantes.

— Je serais ravi de te faire un tableau. Je sais que tu adores ça, lance-t-il en souriant.

J'éclate de rire. Comment le nommerions-nous ? Champion du sexe ?

— Je suis toujours sobre, au fait, ajoute-t-il.

— Moi aussi. Juste… euphorique.

Étourdie, pour être exacte.

— Pareil.

Nous profitons encore de l'instant quand une pensée étrange me vient à l'esprit.

— Et si Mary m'avait simplement *dit* qu'elle m'envoyait de l'herbe mais que, en fait, ce soit des brownies ordinaires…

Miles semble horrifié.

— Elle pourrait faire une chose pareille ?

— Elle est capable de tout, mais il vaut peut-être mieux que tu restes là encore un peu dans tous les cas. Je n'ai pas envie de t'envoyer où que ce soit avant qu'on en soit certains.

— Ouais ? Tu en es sûre ?

— Fais comme chez toi. Ou devrais-je dire « Fais comme chez toi à l'Hôtel the » ?

— Par simple curiosité, est-ce que c'est à ça que ressemble une journée ordinaire avec Mary ? demande-t-il en faisant un mouvement vague des mains.

— Ses médicaments lui étaient livrés tous les jours, si c'est ce que tu veux savoir.

Il écarquille les yeux.

— Attends… est-ce qu'elle te *payait* avec de l'herbe ? Utilise-t-elle la drogue comme monnaie d'échange ?

— Non, mais c'était l'un des avantages de travailler pour elle. Comme une mutuelle.

— Qu'est-ce qui te manque vraiment le plus au sujet de Los Angeles ?

À cet instant ? Rien ne me manque.

Cette pensée me choque moi-même.

— Ne dis pas que c'est la plage ou la météo, précise-t-il.

— Est-ce que tu viens de me dire *comment répondre* ?

— Je filtre les possibilités de réponses. Celles-ci sont trop évidentes. Surprends-moi.

— OK… Le poulet en conserve de A-Frame à Culver City me manque. Le riz frit au porc, avec des cornichons, et le maïs vendu dans la rue.

— Je peux te confier un secret ? Une information peu connue sur New York.

Miles me fait signe de m'approcher de lui.

— Nous avons des restaurants ici aussi. Je sais, c'est dingue.

— C'est vrai. J'ai passé une commande chez un restaurant génial l'autre jour, Remedy Diner. La prochaine fois, on pourra partager.

En le voyant ciller, je prends conscience que je viens de tenir pour acquis beaucoup trop d'éléments. Je me rattrape rapidement.

— Enfin, tu ne serais pas obligé de venir chez moi… Mais ce serait pratique de partager, si jamais je les appelle. Tu sais, pour les frais de livraison.

Je ne lui laisse pas le temps de réagir avant d'enchaîner :

— Et concernant L.A., la saison des Awards me manque.

— La saison des Awards ? fait-il, taquin. Ça remplace les saisons météorologiques ?

— On a les mêmes saisons. Mais je préfère les Golden Globes, ce sont les plus libres…

— Ceux où les gens sont les plus soûls.

— Et où les blagues de Mary sont les plus demandées.

Elle n'y assiste jamais en personne, elle préfère rester à la maison avec moi. Nous créons un menu à thème et sabrons le champagne dès 8 heures du matin. Ce jour-là, nous marquons le coup en commençant par commenter le tapis rouge et pour voir lesquelles de ses idées ont été retenues. Une poignée de ses fans sur Twitter essaie toujours de deviner quel présentateur s'est inspiré de Mary.

La chambre se retrouve plongée dans la pénombre maintenant que les détecteurs de mouvement ne sont plus, euh, activés.

— Où est la lumière ici ? s'interroge Miles en se levant.

— J'ai cru voir un interrupteur près du miroir…

Il s'approche du miroir et appuie sur l'interrupteur. Bizarrement, c'est une chaise de l'autre côté de la pièce qui s'allume.

— Tu déconnes ? lâche Miles dans un souffle.

Et juste comme ça, un nouveau jeu est lancé : celui qui peut trouver la source de lumière la plus inutile.

Je repère un interrupteur sous un bureau. Correspond-il à la lampe posée dessus ? Bien sûr que non ; il est connecté à la tête de lit. Nous passons les minutes suivantes à allumer tous les meubles. Mais la chambre, elle, reste en grande partie dans la pénombre.

— Laisse-moi deviner, la machine à café est reliée à la télévision, propose Miles.

Je tourne sur moi-même pour observer les lieux.

— Il n'y a pas de télévision.

Il tombe à genoux d'un mouvement dramatique et lève un poing en s'écriant :

— Nooooon.

Je m'assois sur le canapé, déclenchant la lumière du détecteur de mouvements. J'éclate de rire.

— J'ai une question très sérieuse pour toi. Est-ce que tes jambes flottent ? Je crois que les miennes, oui.

— Pas en ce moment. Attends, laisse-moi vérifier, dit-il en riant à son tour.

Son rire est si charmant que je dois produire un véritable effort pour me retenir de l'embrasser. Cette partie de la soirée est terminée. Nous avons pu profiter de notre demi-heure, maintenant, c'est fini.

Je me souviens subitement du selfie de Bree avec Jude, et une vague de culpabilité m'envahit. Miles ne sait pas que je suis Bree, ou que je sais qu'il est Jude. Je devrais le lui dire, mais pourquoi compliquer la situation pour un événement isolé ? Cela ne se reproduira jamais.

Cette journée avec lui était agréable, et je ne veux pas prendre le risque de tout gâcher pour rien.

— Tu fais quoi déjà ? demande Miles. Pour de l'argent ?

— Qu'est-ce que je fais « pour de l'argent » ?

Je lui lance un oreiller.

— Ta question rend mon activité sordide.

Il se frotte les yeux.

— Les mots, ils sont terribles.

— Eh bien, quand je travaillais avec Mary, j'étais son assistante personnelle. Je faisais tout pour elle : commander à manger à Koo Koo Roo et même promener le furet qui lui sert de soutien émotionnel…

— Les mots que tu utilises ne veulent rien dire, on ne dirait pas un descriptif d'emploi…

— Mais j'ai arrêté de travailler pour elle il y a quelque temps maintenant, et cette semaine j'ai quitté mon travail le plus récent, une mission free-lance bizarre, pour commencer ma propre affaire.

Ce serait le bon moment de lui annoncer que j'ai travaillé pour son concurrent, mais par où commencer ? « J'ai une histoire marrante à te raconter au sujet de mon dernier job… Et tous ces messages tardifs que tu envoyais à "Bree"… »

— Waouh, félicitations. Commencer une entreprise, c'est une étape importante.

— Merci. Je crois qu'il était temps.

— J'ai besoin de rester encore un peu, déclare Miles. Si ça te va, parce que, euuuuh, le truc c'est que… je ne peux pas bouger. Je me sens… le contraire de léger. Comment dit-on lorsque…

— Vissé au canapé. Moi aussi. C'est d'ailleurs le moment que je préfère quand je consomme de l'herbe. Quand tu ne peux plus bouger ni te lever mais que tu t'en fiches.

— Dis comme ça, ça a l'air *terrifiant.*

— Non, pas du tout. Le truc, c'est que tu es heureux, parce que tu te trouves exactement là où tu veux être. Installé. Content. Comme si tu tombais amoureux.

Oh mon Dieu. Ai-je dit cette phrase à haute voix ou l'ai-je seulement pensé ?

— Tu crois que tomber amoureux, c'est comme se droguer ? demande Miles.

On dirait bien que je l'ai dit à haute voix. Ohhhh.

— Pas toi ? Au début, en tout cas. La nouveauté de la chose ?

— OK, Barbie Girl, s'exclame-t-il en riant. Ce truc est *effectivement* fort.

— Je t'avais prévenu. Tu as répondu – je cite : « Je peux encaisser. »

— Est-ce comme ça que tu me perçois ? interroge-t-il en grimaçant. Pompe et pneu ?

— Tu veux dire « pompeux » ?

— Ce n'est pas ce que j'ai dit ? fait-il, l'air confus, mais il reste au sol avec un sourire idiot.

— Peux-tu ramper jusqu'au canapé pour que nous soyons vissés au canapé ensemble ? je lui demande.

Il avance lentement puis s'installe à côté de moi.

Heureusement, je garde la pensée qui me vient. Cela me demande des efforts de ne pas dire qu'il n'y a aucun autre endroit au monde où je voudrais être qu'ici, vissé au canapé avec Miles.

29

Miles

Je me réveille en sursaut d'un sommeil décadent, profond et délicieux, comme une grasse matinée dominicale qui se prolonge jusqu'à midi. Je suis surpris d'être encore sur le canapé, et encore plus surpris du bras autour de mon torse nu. Je baisse les yeux pour contempler le visage de Zoey, qui a un air détendu que je lui ai rarement vu, sa respiration me chatouillant doucement le torse.

Je ferme de nouveau les yeux et me cale un peu mieux sur le canapé moelleux. Je me souviens de ce qui s'est passé la veille, mais je me sens bien trop apaisé pour analyser le pourquoi du comment. Zoey a peut-être découvert quelque chose de spécial avec son herbe de l'Ouest. Si c'est comme ça qu'elle se sent à chaque fois, rien d'étonnant que le New York bruyant, capricieux et sobre ne lui ait pas plu.

Cinq minutes plus tard, je la sens s'étirer et, cette fois, quand j'ouvre les yeux, elle me regarde.

— Bonjour, dit-elle avec un sourire timide. Comment vas-tu ?

— Je vais plutôt bien, même si j'ai l'impression que nous avons atterri au milieu d'un compte à rebours dans le film *Les Démineurs*. Tu crois qu'on devrait chercher à mettre la main sur une pince coupante ?

Elle rit et tourne les yeux vers le mur opposé sur lequel des chiffres et des mains sont gravés comme s'il s'agissait d'une immense horloge bruyante.

— Je ne l'avais même pas entendu jusqu'à maintenant. Comment est-ce possible ?

— Pour ta défense, nous étions plutôt occupés.

Sans réfléchir, je me mets à lui caresser les cheveux. Elle se blottit contre moi en fermant les yeux, puis commence à s'éloigner, mais je la retiens en la tirant doucement.

— Hier soir, c'était… surprenant. De la meilleure des façons.

Zoey se mordille la lèvre, l'air nerveuse, alors qu'elle n'a aucune raison de l'être.

— En parlant de surprise… En fait, laisse-moi me rhabiller et ensuite on, euh… discutera.

Nous devons déjà « discuter » ? Regrette-t-elle ce qui s'est passé entre nous ?

Elle s'écarte de nouveau, nue, et je ne peux m'empêcher d'admirer la façon dont ses courbes sont mises en valeur par la lumière matinale.

Elle me surprend lorsqu'elle me tire la langue, allégeant immédiatement l'atmosphère.

— Dans des moments comme ça, j'aimerais vivre dans un film, avec un drap artistiquement posé sur le lit à portée de main.

— Dans des moments comme ça, je suis ravi que ce ne soit pas le cas, dis-je en souriant malicieusement alors qu'elle enfile sa culotte.

Elle lève les yeux au ciel mais je surprends son sourire.

Elle vient de terminer de boutonner son chemisier quand elle s'arrête brusquement.

— Mais qu'est-ce que c'est ce bordel ?

Je regarde dans la même direction qu'elle. Devant la porte se trouvent trois chariots de room-service différents, remplis d'assortiment de nourriture à moitié mangée.

Je me lève enfin et trébuche pour ramasser mes vêtements avant de les examiner.

— Est-ce qu'on a eu une fringale hier soir ?

Je ne me souviens pas d'avoir commandé quoi que ce soit.

Zoey éclate de rire.

— On peut dire ça. Mais… qu'est-ce que c'est que tout ça ?

J'analyse plus précisément les plateaux.

— Euh… je crois qu'il s'agit principalement d'un assortiment de toasts à l'avocat.

Effectivement. Au moins une douzaine de variétés, surmontées de toute sorte de choses comme des œufs brouillés, du poivre de Cayenne ou ce qui ressemble à de la confiture de mûres Blow Pop (enfin, je n'en ai aucune idée, mais je n'ai jamais rien vu d'autre de comestible et de cette couleur bleue). Il y a aussi une bouteille de champagne à moitié vide avec trois carafes de jus, un grand bol de bonbons en gélatine en forme de champignons et une assiette de ce qui me semble bien être des feuilletés présentés comme des tartines artisanales au prosciutto rôti.

Zoey attrape un des champignons en gélatine, le renifle puis le met dans sa bouche avant de le recracher immédiatement dans une serviette.

— Oh mon Dieu. Je crois qu'ils sont à la truffe.

Elle manque de s'étouffer.

Je ris, quand tout à coup une vérité dérangeante me vient à l'esprit.

— Oh ! mince. On va sûrement devoir payer une petite fortune pour tout ça.

Zoey secoue la tête.

— Connaissant Mary, elle leur a donné sa carte de crédit en leur précisant que je pouvais m'offrir tout ce que je voulais.

— Waouh, c'est très généreux de sa part.

— Elle est généreuse, confirme-t-elle doucement.

À cet instant, j'ai un aperçu de ce que Mary Clarkson représente pour elle et cela n'a rien à voir avec ce qu'elle représente pour moi ou pour des millions de fans.

Zoey s'assoit au bord du lit, les mains jointes sur les cuisses.

— Il faut que je te dise quelque chose, annonce-t-elle en se tordant les doigts.

Merde, elle regrette peut-être vraiment ce qui s'est passé la veille.

— OK.

Je la rejoins sur le lit, mais pas trop près. Je veux lui donner de l'espace pour exprimer ce qu'elle se prépare à dire. Mon estomac se noue mais je me rassure en me disant que c'est la faim qui parle.

— Tu te souviens de ce boulot bizarre en free-lance dont je t'ai parlé ? Celui que je prévois d'arrêter ?

— Ouais, bien sûr…

— C'est chez Petits Mots Doux, dit-elle à toute vitesse. Je travaille comme rédactrice pour faciliter les rencontres en ligne, comme toi, et en plus… je… je… Écoute, je te le dis uniquement parce que je pense que nous avons le potentiel de devenir quelque chose de bien. Peut-être même de super. Toi et moi, je veux dire. Les *vrais* toi et moi.

J'ai la tête qui tourne.

— Je ne te suis pas.

— C'est moi, BLaDuchesse. Et toi, tu es Sc0tLeGrand, et nous avons… Eh bien, flirté ensemble en ligne, et c'était génial. En tout cas pour moi.

Elle se cache le visage un moment dans les mains en secouant la tête.

— Oh bon sang. Je suis tellement désolée. J'aurais dû t'en parler hier soir, avant que nous… Mais je ne l'ai pas fait, et maintenant…

— C'est toi, BLaDuchesse ? Tu es *Bree* ?

Elle acquiesce, les larmes aux yeux.

— Je suis désolée. Est-ce que tu me détestes maintenant ? Vraiment, je veux dire, pas comme pour la Table des Champions ?

Sans me laisser le temps de répondre – cela fait beaucoup d'informations à digérer –, elle se lève d'un bond, prête à filer.

— Je peux partir. Et tu peux profiter du massage en imaginant que je me fais renverser par un bus parce que, soyons honnêtes, cela risque sûrement de m'arriver un jour ou l'autre.

— Quand l'as-tu découvert ? je lui demande en essayant d'adopter un ton neutre.

— Hier, répond-elle rapidement. Juste avant de frapper à ta porte.

— C'est toi qui m'as envoyé *Drive My Car* ?

— Oui. Et c'est moi qui ai discuté avec toi et ri à tout ce que tu as écrit, et j'ai adoré le guide touristique. Pour ce que ça vaut. Peut-être pas grand-chose.

Elle baisse les yeux et commence à rassembler ses affaires.

Je l'arrête en posant une main sur son poignet. Lentement, ses cils, ses magnifiques cils, se relèvent et son regard croise le mien.

— C'est toi, l'inventrice de Pegvin ?

Ma voix est empreinte de respect en prononçant ces mots ridicules.

Elle rit doucement, nerveusement.

— Oui. Et pour que les choses soient claires, je défendrai la sainteté de The Rainbow Connection jusqu'à la fin de ma vie.

Bree et Zoey sont une seule et même personne. Un ensemble parfait. Un ensemble intelligent, drôle, perspicace, hilarant, sexy et magnifique. La fille à laquelle je pensais sans arrêt depuis nos premiers échanges en ligne. La fille que je reprochais à Jude de m'avoir « volée » se trouve ici dans un hôtel avec *moi*, et elle a clairement déclaré que nous pourrions devenir quelque chose tous les deux.

Je souris tellement que j'ai mal.

— C'est la meilleure nouvelle que j'ai entendue de l'année.

C'est incroyable.

Elle sourit elle aussi, timidement.

— Tu n'es pas… en colère ?

Je la tire vers le lit tout en me levant et je l'embrasse comme si nos vies en dépendaient.

Quand nous nous écartons pour reprendre notre souffle, elle m'offre un sourire éblouissant. Toute trace de larme a disparu.

— Sais-tu combien de missions de rédacteur j'ai remplies ? je lui demande.

— Aisha m'a dit que tu étais le meilleur…

— Mais jamais je n'ai pensé à ma cliente pendant des heures avant. *Vraiment* pensé à elle. Me demandant ce qu'elle faisait, ce qu'elle pensait, comment elle allait… Attends, tu connais Aisha ?

Elle n'a pas le temps de répondre qu'un bruit puissant ressemblant à un « Meuuuuh » retentit de quelque part dans la pièce. Nous sursautons en nous éloignant l'un de l'autre, comme si nous avions été surpris en train de nous peloter au bal du lycée – un bal qui se déroulerait inexplicablement dans une ferme.

— C'est ta sonnerie ?

Zoey me regarde avec un dégoût moqueur.

— D'abord tu pensais que je venais de Floride et maintenant tu crois que mon téléphone beugle ? Tu n'as pas honte ?

Meuuuh.

Nous parcourons la chambre pour essayer de trouver la source du bruit.

Finalement, je repère un pis en plastique (évidemment) suspendu en bas du cadre de lit. Je le prends et, perturbé, le colle à mon oreille en demandant, hésitant :

— Allô !

Une voix bourrue rugit :

— Vous êtes en retard pour votre massage en duo.

— Nous allons devoir déplacer le rendez-vous à un autre jour. À quelle heure devons-nous libérer la chambre ? À midi ? Merci.

Zoey attrape le pis et le jette derrière elle, puis grimpe sur mes genoux.

— Il nous reste trois heures pour faire la fête aux frais de Mary.

Elle m'embrasse et je me laisse rouler pour qu'elle se retrouve sur le dos et que je puisse parsemer son cou et sa clavicule de baisers.

— Nous savons déjà que nous sommes bons dans la vitesse, je murmure en la mordillant. Alors essayons la lenteur, cette fois.

— Comment crois-tu qu'ils vont nous laisser sortir ? Avec un faisceau de lumière ? demande Zoey.

— Je pensais plutôt qu'ils nous feraient jouer aux échecs avec les chaises du lobby. Et que seul le vainqueur pourrait sortir, dis-je en balançant nos mains jointes.

— Mes talents aux échecs ne sont plus ce qu'ils étaient, mais j'ai la volonté de gagner au moins, renchérit-elle. Je me sens confiante.

Sauf que le lobby est désert quand nous y arrivons, seul un panneau d'une écriture à peine lisible nous indique que nos téléphones seront automatiquement désactivés quand nous partirons.

— C'est assez décevant, déclare Zoey.

— Sérieusement. Je retire une étoile à mon avis sur Yelp.

Nous quittons l'hôtel par la porte du cellier et émergeons sur le trottoir, sous un temps revigorant : le ciel est légèrement couvert et il y a un peu de vent, un changement bienvenu après la chaleur inhabituelle de la semaine précédente. Je regarde alentour et m'aperçois que je n'avais pas mis les pieds à Brooklyn depuis que j'ai été chercher mes affaires dans mon ancien appartement, celui que je partageais avec Jordan.

— Eh, dis-je, quand me vient une idée. Tu as quelque chose de prévu les deux prochaines heures ? J'aimerais te faire découvrir un endroit si tu es libre.

— Bien sûr. Je suis libre.

— Ça te va si on emprunte le métro ? Sinon on prend un Uber.

Zoey me sourit.

— Je crois que je me sens particulièrement détendue. Allons-y.

Je lui prends la main, et nous ne parlons pas beaucoup durant la demi-heure suivante tandis que je la conduis à travers Gowanus, jusqu'au train R et enfin jusqu'à Court Street. C'est comme si nous n'en avions pas besoin, comme si, malgré les millions de commentaires sarcastiques que nous sommes prêts à nous envoyer l'un à l'autre, nous nous sentions tout aussi bien dans un silence agréable. Ce qui, je l'espère, est un miracle et pas un effet secondaire de l'herbe de Mary.

Lorsque nous arrivons presque au bout de la rue Montague, je lui demande de fermer les yeux et je la fais avancer encore de quelques pas.

— Oh ! waouh, s'exclame-t-elle en ouvrant les yeux. Waouh. (Cela vaut effectivement la peine de le répéter.) Quel est cet endroit ?

— Ça s'appelle la Promenade, dis-je.

C'est un chemin large pour piétons construit au bord de l'eau, avec l'immense silhouette de Manhattan en fond. Le pont de Brooklyn semble à portée de main. L'Empire State Building, perçant la légère brume du ciel, apparaît encore plus magique que d'habitude, comme un clocher qui pourrait vous conduire jusqu'aux nuages.

— C'est incroyable, déclare Zoey. Est-ce que c'est la statue de la Liberté ?

— En effet.

Elle secoue la tête, émerveillée.

— Tu sais, depuis que je suis ici, je crois que je ne l'avais encore jamais vue.

Je ne suis pas vraiment surpris, étant donné que Zoey n'a pas dû s'aventurer très loin de chez nous. Mais je ne lui en fais pas la remarque. Je lui demande plutôt :

— On y va ?

Elle hoche la tête et nous commençons à nous balader, avec d'un côté de vieux bâtiments en briques et des jardins luxuriants et, de l'autre, les fameux gratte-ciel bleus et gris de Manhattan – ainsi que ceux orange et jaunes en construction. C'est un mélange étrange d'histoire et de progrès mais, d'une certaine façon, tout s'accorde.

— Tu devrais voir ça de nuit. Ou encore mieux, au coucher du soleil. Tout est illuminé. Les lumières se réfléchissent dans l'eau. On a l'impression de déambuler dans une carte postale sauf que, quand tu y es pour de vrai, tu te rends compte qu'aucune photo ne pourrait immortaliser tout ça.

— Je comprends. Crois-le ou non, il existe de tels endroits à L.A. Le panneau Hollywood, par exemple. Aussi niais que cela puisse paraître, je ne crois pas l'avoir longé sans m'être arrêtée pour l'observer, même pour quelques secondes. Je me disais que cette chose avait été vue des millions de fois en photo, à la télé et dans les films, et qu'elle était là, en chair et en os devant mes yeux. Enfin, en fer plutôt.

Elle prend une profonde inspiration avant de me demander :

— Je peux te dire quelque chose ?

Curieux, je hoche la tête.

— Vas-y.

— Je suis contente qu'on ait plané ensemble, déclare-t-elle. Mais encore plus que l'effet se soit estompé pour que je puisse vraiment faire cette expérience, comme tu l'as dit. Des moments comme ça – l'effet de surprise, la beauté – n'ont pas besoin d'être magnifiés et je pense que j'ai parfois besoin qu'on me le rappelle. Qu'on me rappelle le monde qui existe à l'extérieur.

— Te laisser surprendre par tes émotions, c'est comme ça que tu le décrirais ?

— Ouais, exactement. Et je suis tellement heureuse qu'on ait été sobres quand je t'ai dit la vérité. Comme ça, c'est *vraiment* vrai. Être là avec toi.

Je lui souris. Devant nous, un couple commence à s'embrasser, ce qui me fait penser à quelque chose que j'ai lu récemment.

— Tu sais, la Promenade a été classée dans un article comme l'un des dix meilleurs endroits où s'embrasser à Brooklyn.

Zoey tourne la tête vers moi.

— Est-ce que c'est une invitation ?

— Absolument, bordel.

Je place une main autour de sa taille, la renverse légèrement en arrière et approche mes lèvres des siennes. À cet instant, nous pourrions poser pour notre propre carte postale, surtout lorsqu'il commence à pleuvoir faiblement. Bien sûr, dans la vraie vie, c'est assez énervant d'être recouvert de pluie glacée, mais dans la version carte postale, nous serions entourés d'une brume légère qui donnerait un lustre particulier au béton, donnant au tableau une allure encore plus romantique.

J'imagine que je ne suis pas le seul à le penser. L'autre couple devant nous se sépare. Le type rit en disant :

— Je crois que je ferais mieux de me dépêcher.

Il met ensuite un genou à terre.

Pluie ou pas, tous les passants s'arrêtent un moment pour les regarder en souriant, un peu comme Zoey devant le panneau Hollywood. Des applaudissements retentissent quand la fille couine et dit oui. Quelqu'un leur donne même un parapluie puisqu'il est évident qu'ils n'avaient pas anticipé la pluie. Et une autre personne propose de les prendre en photo.

Zoey lève les yeux vers moi.

— Ne t'en fais pas, je ne m'attends pas à ce que tu copies tout ce qu'ils font, lance-t-elle avec humour.

Je souris. Ce que je ne lui dis pas, c'est que j'ai pensé demander Jordan en mariage ici avant d'opter pour le restaurant mexicain. L'espace d'une demi-seconde, j'entrevois une autre version de ma vie, celle dans laquelle Jordan et moi serions toujours ensemble, nous souvenant avec nostalgie de notre propre instant romantique vécu ici. La version de ma vie dans laquelle je suis sur le point de devenir père.

Un grondement de tonnerre me sauve de mon cerveau perfide, et la pluie se met à tomber à verse.

— On ne devrait pas rentrer à la maison ? demande Zoey.

J'acquiesce, et nous nous mettons à courir vers le métro.

N'est-ce pas un peu bizarre que nous allions dans la même « maison », alors que nous sommes ensemble que depuis la veille ? Un peu. Mais c'est aussi pratique.

Meilleure *walk of shame*[1] de tous les temps.

Quand nous longeons le couloir de notre étage, je me rends compte que Zoey se dirige vers chez elle, alors je la tire vers ma porte et embrasse ses lèvres recouvertes de pluie.

— Je m'en voudrais si je te laissais rentrer dans ces vêtements trempés, dis-je entre deux baisers. Tu pourrais attraper froid.

Elle éclate de rire.

— C'est très prévenant de ta part. C'est vrai que ce couloir se trouve du côté venteux.

— Je suis quelqu'un de très attentionné, je murmure en essayant d'insérer ma clé dans la serrure sans interrompre notre baiser.

1. Le *walk of shame*, clin d'œil au *walk of fame* (la promenade étoilée d'Hollywood), est le retour au petit matin des amants occasionnels et des fêtards.

Il me faut une minute pour y parvenir, mais j'y arrive. Elle m'applaudit d'un air sarcastique mais je la saisis par les mains et l'entraîne à l'intérieur. J'ai d'autres idées de ce que je pourrais faire avec ses mains et sa bouche à l'heure actuelle.

30

Zoey

Me réveiller dans l'appartement de Miles me donne l'impression que je suis dans le Palais du rire de mon propre appartement. Tout est pareil, mais dans le sens inverse. Miles dort encore, ce qui m'offre le temps de repenser aux vingt-quatre heures folles et merveilleuses que nous venons de vivre.

Nous avons fait l'amour plusieurs fois, puis nous sommes restés éveillés tard, à parler et à évoquer nos interactions respectives sur les sites de rencontre.

Bip. Bip. Bip.

Miles éteint immédiatement son réveil et se retourne pour passer un bras autour de ma taille.

— Personne n'a besoin de se lever à 4 heures pour essayer de gagner la grande table aujourd'hui, marmonne-t-il.

Je referme déjà les yeux parce que, pour la première fois depuis notre rencontre, je peux me rendormir sans y penser à deux fois. Je laisse échapper un soupir satisfait avant de repartir pour le pays des rêves.

Quatre heures plus tard, douchés et habillés, nous nous trouvons devant le Café Crudité quand Miles se tourne vers moi.

— As-tu des urgences à traiter pour ton travail aujourd'hui ?

Je voulais ajouter une catégorie « portfolio » à mon site Internet, mais est-ce vraiment *urgent* ? Aussi urgent que, disons, profiter du véritable Sc0t en chair et en os pour moi toute seule ?

— Pas vraiment. Pourquoi ?

— On pourrait aller au café, partager la grande table et supporter les regards entendus d'Evelynn…

— Elle nous a *tellement* grillés…

— Et nous faire du pied sous la table et nous interrompre toutes les cinq secondes pour se montrer les choses drôles sur lesquelles on tombe en ligne…

— Et être complètement insupportables et se nourrir l'un l'autre de morceaux de biscuits périmés…

— Ou on pourrait faire comme si cette journée ne comptait pas et sécher les cours. Qu'en dis-tu ?

Je passe un bras sous le sien.

— Où veux-tu aller ?

Je reconnais notre destination, c'est le Pershing Square Beams, l'un des endroits les plus cools que Jude – enfin, Miles – avait évoqué dans son guide.

Tandis que le reste de la ville s'active pour commencer une journée de travail, Miles et moi essayons de garder l'équilibre sur les poutres tout en nous poussant l'un l'autre pour nous taquiner. Parce que c'est ce que nous savons faire de mieux.

Pour le déjeuner, nous achetons des hot-dogs et des bretzels à un stand et nous asseyons sur un banc face à l'Hudson.

— Tu veux que je te dise quelque chose ? Ta visite guidée m'a en quelque sorte sauvée, dis-je le regard fixé sur l'eau afin de ne pas voir la réaction de Miles. J'allais mal, j'étais complètement perdue, et cet enregistrement m'a aidée à sortir de mon appartement au moment où j'en avais le plus besoin.

— J'ai eu l'idée de le faire quand j'ai remarqué à quel point tu allais mal, m'apprend-il.

— Sérieusement ?

— Oui.

— J'ai adoré quand tu as dit que tu n'étais pas sûr de vouloir des enfants, mais que, pour toi, le Pershing Square Beams serait une bonne raison d'en avoir. Cela m'a fait rire.

Miles sourit à cette confidence, avant de répondre :

— Oui, eh bien, c'était sans doute l'une des fois où je m'efforçais de me rappeler que j'écrivais pour un *client* et pas pour moi. Jude et moi n'avions jamais évoqué le fait de vouloir des enfants ou non, alors j'ai essayé de rester vague. Je veux *évidemment* des enfants. Le Pershing Square Beams n'est qu'une des milliers de raisons d'en avoir.

— Vraiment ?

— Bien sûr. Pas toi ?

— Euh… je ne sais pas encore, mais je penche plutôt du côté du non.

Il s'arrête de mâcher.

— Oh ! c'est vrai ?

— As-tu remarqué le regard de cette maman ? Celle qui était au Café Crudité ? Son bébé était adorable, mais non, merci, dis-je avec un haussement d'épaules. Mais qui sait ? J'ai encore le temps de me décider.

— Les gens *disent* toujours qu'ils ont le temps, mais soudain, ils se retrouvent dans la trentaine et les choses se compliquent, tu sais.

Tout à coup, Miles a le même regard intense que le jour où nous nous sommes rencontrés.

— Eh, ne t'assombris pas, dis-je en mettant ma main dans ses cheveux.

— Je pense seulement à Leanne. Ma cheffe, celle de Dis-le à mon cœur, je veux dire. Elle voulait des enfants avec Clifford, et maintenant ils sont divorcés, et maintenant c'est (il m'imite) : « Qui sait ? » Ce qui craint.

Il s'éclaircit la voix.

— Enfin, j'imagine.

J'ai clairement abordé un sujet sensible. Et je ne sais pas si j'ai envie de gâcher une journée qui pourrait être parfaite. En plus, mon portfolio ne va pas s'écrire tout seul.

— C'était génial de sécher les cours, mais je crois qu'on ferait mieux de travailler un peu.

— Oui, je suis d'accord, déclare-t-il en se levant.

— Tu veux qu'on se retrouve après-demain ? Je pourrais prendre rendez-vous pour nos massages à l'Hôtel the…

Son visage s'illumine immédiatement.

— Oui ! J'ai une course à faire le matin. Tu crois que tu pourrais t'y rendre toute seule ou…

— Envoie-moi un itinéraire détaillé et j'en ferai ma chasse au trésor personnelle.

— Parfait.

Nous scellons notre accord d'un baiser.

31

À : Vous tous, gens magnifiques

De : Clifford Jenkins

Re : Toute bonne chose

Mise à jour : la chambre hyperbare est installée et fonctionnelle, mais aussi disponible à la location à l'heure si quelqu'un en a besoin. Durant le temps que j'ai passé à rêver, réfléchir et inhaler de l'oxygène comme jamais auparavant, j'ai eu une épiphanie, mon gars ! Même si j'ai adoré travailler avec vous tous à Petits Mots Doux, cette agence n'a jamais vraiment été *mon* bébé.

Il est donc temps pour ce papillon d'étendre ses ailes et de voler vers sa nouvelle idée profitable. Je ne veux pas trop en révéler pour l'instant, mais disons que cet uniforme de hockey n'est pas près d'accumuler de la poussière dans mon placard. Mais attendez, il y a autre chose ! Je voulais inviter personnellement tous ceux qui souhaitent se baigner dans cette piscine de billets. Toute personne qui se joindra à moi bénéficiera automatiquement de stock-options et de P.O.I.N.T.S. (les points sont intentionnels, vous verrez) comme bonus. À vous de voir !

Et gardez un œil sur vos mails concernant un « entraînement de lancer à la batte » (clin d'œil, clin d'œil... je ne peux pas vous donner trop de détails mais cela prendra TRÈS BIENTÔT sens).

En attendant,

Namaste,

Clifford

Miles

— Ce message est une œuvre d'art. Même pour Clifford, dit Aisha en levant les yeux de son téléphone. Je crois que je viens de perdre mon travail et de recevoir une nouvelle proposition en même temps.

Elle glisse son téléphone jusqu'à moi de l'autre côté de la table. Nous dînons dans l'un de nos restaurants de ramen préférés. Comme elle attend de recevoir un mail d'une galerie qui pourrait exposer certaines de ses photos, elle n'a cessé de s'excuser en vérifiant ses messages.

Je lis l'e-mail en diagonale.

— Je… ne peux même pas compter le nombre de métaphores sportives qu'il a utilisées. Oh ! attends… Il va ouvrir un bar sportif, non ?

— Probablement, répond Aisha en reprenant son téléphone. Je suis sûre que tous les baristas seront habillés en maillots.

— Hum, en maillots sexy, Aisha. S'il te plaît.

— Une idée à un million de dollars, renchérit-elle. Et à quoi penses-tu que l'acronyme P.O.I.N.T.S. correspond ?

Je réfléchis un moment avant de répondre :

— Aucune idée. Cela désigne peut-être quelque chose de Potentiellement Original Inflammable Nuisible Terrible et Super bizarre.

Aisha pouffe de rire.

— Ça craint pour ton boulot, par contre, je lui dis. Ça va aller, au niveau de l'argent ?

— De quoi parles-tu ? demande Aisha en entortillant des nouilles autour de ses baguettes. Nous sommes sur le point d'engranger une tonne de fric avec le bar sportif aux maillots sexy de Clifford. MON GARS.

— Tu as raison, dis-je avec un hochement de tête. Alors c'est toi qui invites ce soir, c'est ça ?

— Pas du tout. Les aînés payent toujours, réplique Aisha avant de soupirer. Le timing n'est pas super, je te l'accorde. Travailler pour Clifford n'a jamais été plaisant ou prévisible, alors c'est peut-être une bonne chose que je cherche un autre plan. J'espère que Zoey va s'en sortir. En parlant d'elle…

Elle hausse les sourcils.

— Je savais que je n'aurais pas dû te confier quoi que ce soit…, dis-je dans un grognement.

— Oh ! mais je suis ravie que tu l'aies fait. Sais-tu que j'étais *à deux doigts* de vous arranger un coup ?

— Ah bon ?

— Ouais, parce que vous êtes parfaits l'un pour l'autre.

Elle plante sa baguette d'un geste expert dans un champignon et le fourre dans sa bouche.

— Même si je n'arrive pas à croire que vous soyez voisins et que tu ne savais pas qu'elle travaillait pour l'agence concurrente.

— Eh bien, nous étions assez occupés par notre haine mutuelle.

— Des préliminaires. Sympa.

Je résiste difficilement à l'envie de lui envoyer un morceau de bok choy trempé à la figure.

— *Bref.* Je crois que ça ira pour elle malgré la fermeture de l'agence. Elle a décidé de monter sa propre entreprise. Mais je m'en assurerai demain matin avec elle à notre rendez-vous.

— Un rendez-vous *matinal* ? Oh mon Dieu, vous êtes caaaarrément dans la trentaine, se moque Aisha.

— Ouais, eh bien, profite des quatre derniers mois qu'il te reste dans la vingtaine, je réplique. Une fois que minuit aura sonné le jour de ton anniversaire, tu recevras un colis de la mutuelle avec une paire de lunettes de lecture.

Aisha s'arrête de manger un instant.

— Parce que c'est ce que tu vas m'offrir, pas vrai ?

Je pouffe de rire en me renfonçant dans ma chaise.

— Absolument.

Je me lève de bonne heure le lendemain matin pour aller faire un footing puis prendre une douche et m'habiller. Après tout, je veux avoir l'air beau quand j'arriverai à l'Hotel the.

Je sors à peine de l'immeuble quand j'entends une voix tremblante crier :

— Miles.

Je me retourne, et la suite des événements se passe si vite que je ne reconnais ni la voix ni le visage de la personne. Elle se jette dans mes bras en sanglotant, et honnêtement c'est le souvenir de son corps contre le mien qui me permet de savoir de qui il s'agit.

— Jordan ? dis-je d'un ton incrédule alors qu'elle pleure à chaudes larmes dans mes bras. Que se passe-t-il ? Qu'est-il arrivé ?

Je m'écarte un peu d'elle pour m'assurer qu'elle est encore enceinte, même si je peux sentir son ventre entre nous.

Elle a l'air mal en point, cependant. Des larmes coulent de ses yeux, de la morve, de son nez et ses cheveux bouclés sont en désordre, d'une façon que j'ai toujours aimé mais qu'elle ne s'autorisait jamais ; elle se les lissait soigneusement tous les matins.

— Je… je…

Elle prend une profonde inspiration, et je sais qu'elle compte jusqu'à sept dans sa tête, comme elle l'apprenait toujours à ses clients lorsqu'ils faisaient des crises d'angoisse. Après avoir terminé son exercice de respiration, elle lève les yeux vers moi et pose une main sur son ventre.

— Je ne pense pas pouvoir faire ça.

— Les bébés ? je demande, choqué.

Le fait qu'elle veuille des enfants n'a jamais été une question. Ou, en tout cas, pas pour la Jordan que je connaissais – qui en fait n'était peut-être pas la vraie Jordan.

Mais elle secoue la tête.

— Je veux les bébés. Seulement… je ne crois pas… les vouloir avec *lui*.

— Yoga Doug ?

Jordan sursaute un peu en entendant le surnom que nous utilisions pour parler de lui. J'imagine qu'elle ne l'appelle plus comme ça. Peut-être qu'elle ne se souvenait plus jusqu'à maintenant que nous nous moquions de notre professeur de yoga tête à claques, ni de toutes nos blagues sur le fait qu'il croyait probablement que *namaste* voulait dire « Nan, mec » en sanskrit.

— Il…

Elle s'interrompt, secouée par une nouvelle vague de sanglots.

— Eh, tout va bien, dis-je en essayant de la pousser avec autant de douceur que possible pour qu'elle ne se fasse pas frapper par la sacoche d'une femme d'affaires pressée. Tu veux monter ?

Elle hoche la tête et j'ouvre la porte d'entrée. Nous faisons le trajet dans l'ascenseur et longeons le couloir dans un silence qui n'est interrompu que par les reniflements de Jordan. Elle ne me regarde pas. Quand nous entrons chez moi, je l'invite à s'asseoir sur le canapé et lui offre un verre d'eau, qu'elle accepte d'un simple hochement de tête.

Une fois installés, j'attends qu'elle s'explique. Face à son mutisme, je décide de prendre les rênes de la conversation.

— Est-ce que Doug t'a quittée ? je demande avec toute la gentillesse dont je suis capable.

Je sais que je ne gagnerai pas contre lui, mais, si c'est le cas, j'irai néanmoins le trouver avec plaisir pour essayer de lui donner un coup de poing.

— Non, explique Jordan en posant son verre d'eau sur la table. Enfin, je ne sais pas. Il est terrifié. *Je* suis terrifiée. Le truc, c'est que…

Elle se tord les doigts, inspire profondément pour se ressaisir et lève finalement les yeux vers moi.

— Il n'a jamais été question qu'il soit le père de mes enfants, Miles. C'était censé être toi.

Je pourrais répliquer quelque chose sur le fait que c'est elle qui a tout gâché à la minute où elle a laissé entrer le sperme d'un autre en elle. Mais face à son visage baigné de larmes et son ventre rond, je n'y arrive pas.

Les souvenirs m'envahissent de toutes parts. Pendant deux ans, les synapses de mon cerveau m'ont abreuvé de visions de nous deux, de visions de notre futur, dans laquelle il y avait toujours (au moins) deux enfants. Et il y a deux enfants avec nous en cet instant.

Jordan laisse échapper un petit « oh » de surprise et pose sa main sur son ventre.

— Ils donnent des coups de pied. Tu veux les sentir ?

J'hésite pendant une demi-seconde avant d'accepter d'un hochement de tête.

Elle prend ma main et la place du côté droit de son ventre. Je les sens immédiatement, les petits spasmes. On dirait que de l'électricité passe de son corps à ma main ; cet instant paraît intensément réel.

— Celui-là, c'est celui qui donne toujours des coups de pied. Bébé B, comme je l'appelle de manière si originale, explique-t-elle avec un rire, celui qui ressemble à des petites cloches. Bébé A est plus tranquille. Elle semble faire des galipettes de temps en temps, mais lui… Ah, un autre coup de pied. C'est un feu d'artifice.

— Comme sa maman, je lâche.

Jordan me sourit, et son visage s'illumine.

— Je n'ai pas envie qu'elle soit aussi ravagée que sa maman, souligne-t-elle, la voix tendue par les larmes. J'ai gâché la meilleure chose qui existait dans ma vie, Miles. Et je n'ai pas envie que mes enfants en souffrent. *Nos* enfants, si tu peux trouver la force dans ton cœur pour que cela soit de nouveau possible.

Bébé A sait quand intervenir. Elle me touche de nouveau, une petite vague – ou un premier *check* si elle est comme son père, son vrai père.

Mais sa mère sanglote sans retenue. Et la seule chose que mon cœur m'incite à faire en cet instant est de la prendre dans mes bras pour la laisser faire.

32

Zoey

J'aurais été naïve de croire que l'e-mail que Clifford a envoyé la veille était sa dernière occasion de se manifester dans ma vie. Impossible pour lui de résister à bafouer les droits d'auteur en m'envoyant un clip de la chanson *Bye Bye Bye* de 'N Sync agrémenté de ses propres paroles. « Je sais que nous ne ferons plus de pâte à gâteau, je ne te mens pas. Attends seulement d'entendre le SCORE, et tu ne diras pas bye, bye, bye. »

Je l'envoie à Miles en riant en imaginant sa réaction.

Ensuite, je sors les instructions manuscrites (accompagnées d'illustrations avec un code couleur et de points de repère) que Miles a glissées sous ma porte la veille afin que je sois capable de refaire le chemin jusqu'à l'Hotel the.

Sur le trajet, je passe de la terreur au rire. Pour me distraire durant le trajet en métro, Miles a inséré une page blanche sur laquelle je dois dessiner les meilleurs et les pires tatouages que je trouve ; il notera mes œuvres tout à l'heure.

Devant à l'hôtel ridicule, j'aide un nouveau résident à trouver l'entrée, ce qui me donne l'impression de faire partie des habitués arrogants.

— On dirait une entrée de service, n'est-ce pas ? dis-je avec un sourire entendu. Venez, je vais vous montrer.

Ma bonne action accomplie et mon arrivée enregistrée, je suis désormais vêtue d'un peignoir duveteux (avec des oreilles de chat sur la capuche, évidemment) et je me détends dans le lounge du spa en attendant Miles.

Je prends le temps d'admirer le décor. Dans la cheminée se trouve une bûche dessinée sur un tableau lumineux. La sélection de magazines posée devant moi est exclusivement composée de numéros d'une obscure revue spécialisée appelée *Mannequins de mode trimestriel* et les chaises sont en forme d'immenses mains à mémoire de forme ; je suis impatiente d'entendre ce que Miles aura à dire de tout ça.

Comme notre tour arrive, j'envoie un rapide message à mon complice disparu :

Tout va bien ? Où es-tu ?

— Laissez-moi cinq minutes, dis-je à la masseuse.

— Ce sera déduit de votre temps de massage, m'explique-t-elle avant de faire demi-tour dans ses bottes (des cuissardes !) à talons et de sortir de la salle d'attente.

Après plus de dix minutes d'attente – je trépigne en faisant les cent pas, à ce stade –, mon téléphone vibre, m'indiquant la réception d'un message :

Peux pas parler mtnt dsl

Je passe toute la journée du lendemain à me convaincre qu'il existe une explication simple – un problème professionnel ou familial – et que d'une seconde à l'autre Miles va me dire ce qui se passe, et que je pourrais l'écouter avec compassion.

Un jour devient deux jours.

Deux jours en deviennent trois.

Au jour numéro quatre, je me rends compte que non seulement il n'y a pas d'explication simple, mais il n'y a *aucune* explication. Et il n'y en aura jamais.

À ce stade, je lui ai envoyé cinq SMS et laissé deux messages vocaux. J'ai commencé les deux messages vocaux en témoignant de l'inquiétude : « Pourrais-tu me rappeler juste pour me dire que tout va bien ? » avant de finir par « Donc j'imagine que tout est… fini ? »

Lorsque je raccroche après mon dernier message, mes yeux se remplissent de larmes. Je les essuie aussi vite que possible mais elles ne cessent d'affluer. J'asperge mon visage d'eau froide à l'évier de la cuisine et m'essuie à l'aide d'une serviette de table sèche. Elle est rêche contre la peau de mon visage.

Mes pensées sont agitées, elles vont dans tous les sens. J'ai l'impression d'être une peinture de la période bleue de Picasso ; l'image d'origine évoque la tristesse, mais je ne cesse d'ajouter des coups de pinceaux colériques sur la toile pour essayer de la cacher, en espérant que personne n'ira creuser et gratter et ne découvrira le nombre de couches successives qui composent l'œuvre.

Qu'ai-je fait de mal ?

Ai-je été « trop » ? Suis-je allée trop vite ?

Ai-je été trop « moi » ?

En a-t-il eu si vite marre de moi ?

Un coup sur ma porte m'incite à m'essuyer de nouveau le visage. Cela ne peut pas être Miles. Pas vrai ? Mais si c'était lui ? Merde. Je ne veux pas qu'il me voie si brisée. Je retiens ma respiration et jette un œil à travers le judas. J'aperçois Mary avec Frank le furet sur l'épaule, une cigarette allumée au bout des lèvres et une autre à la main – il lui arrive d'oublier qu'elle est déjà en train de fumer, alors elle en allume une deuxième.

Je déverrouille la porte pour la faire entrer.

— J'ai terminé les répétitions plus tôt, donc je me suis dit que j'allais passer pour prendre de tes nouvelles, déclare-t-elle en jetant ses deux bâtonnets cancérigènes dans un cendrier posé sur ma table basse sur lequel est écrit « Ne me pose aucune question et mes réponses ne seront pas fumeuses ».

Elle le laisse ici pour toutes ces visites à l'improviste.

— J'ai deux billets pour la première si ça t'intéresse. Aucune pression. Tu as plus ou moins vécu la pièce après tout.

— Tu sais, tu n'as pas à te sentir obligée de faire ça. Je comprends que nous ne sommes plus… dans la vie l'une de l'autre désormais, je marmonne.

Elle semble vexée.

— D'après qui ?

— Je ne suis plus ton employée, pourtant tu continues à me donner des trucs – pourquoi continues-tu à me donner des trucs ?

Je déteste la douleur et la plainte que je perçois dans ma voix.

— Quels trucs ?

— Cet appartement au loyer à prix réduit, la journée au spa, les massages.

Je continue en murmurant, avec un mouvement de tête en direction du mur :

— *Miles.*

Ses yeux noisette brillent d'une lueur espiègle.

— Je ne m'étais pas rendu compte que je te l'avais offert. Quelque chose est arrivé ?

— Tu as véritablement tout orchestré. Et ne change pas de sujet, s'il te plaît.

— Dis-moi seulement le meilleur et après on reprendra la conversation, insiste-t-elle.

Malgré la confusion et l'appréhension que suscitent en moi ces visites en série, je m'installe à côté d'elle sur le canapé et je cède. Après tout, à qui d'autre puis-je parler ?

— C'était merveilleux. Nous avons passé de très bons moments dans le lieu le plus prétentieux au monde.

— Alors pourquoi as-tu l'air si triste ?

— Parce que notre histoire est déjà bel et bien terminée.

— Comment le sais-tu ?

Je hausse les épaules.

— Il m'a ghostée. Je ne sais pas pourquoi cela me surprend. Pourquoi m'aurait-il choisie, moi ?

Je détourne les yeux et pouffe de rire pour faire passer la vérité de ma prochaine déclaration :

— Personne ne l'a jamais fait.

— Je dis ça avec tout l'amour et le respect du monde, mais quelle putain de théorie absurde.

Surpris par le haussement de ton de Mary, Frank saute à terre et se faufile sous le canapé.

Je déglutis difficilement.

— Vraiment ? Mes parents n'ont jamais voulu de moi – arrête, tu sais que j'ai raison. Ils me l'ont d'ailleurs confirmé au dîner auquel ils m'ont invitée – et *toi*, tu n'as plus voulu de moi non plus, et, et, deux secondes plus tard, tu m'as mise à la porte…

— Je ne t'ai pas mise à la porte…

— C'est littéralement ce que tu as fait, tu me l'as claquée au nez.

— Pas dans une mauvaise intention ! proteste-t-elle.

— Et deux secondes après m'avoir virée, tu as embauché un mec pour malmener le téléphone, je réplique. Comment crois-tu que je l'aie pris ?

Elle hausse les sourcils, l'air confuse.

— Darren ? Il arrose mes plantes et je lui ai demandé UNE SEULE FOIS de répondre au téléphone. Tu m'as appelée ? Quand ? Que s'est-il passé ?

— Cela n'a aucune importance. Ce que j'essaie de dire, c'est que…

— Ta grand-mère a voulu de toi, m'interrompt-elle avec force.

— Elle n'a pas eu le choix. C'était le dernier membre de ma famille qu'il me restait, elle *devait* m'héberger.

— Mais elle t'adore.

— Je sais. Et je l'adore, moi aussi. Mais ce n'est pas la même chose que d'avoir des parents qui aiment être avec toi. Quand les gens ont le *choix*, ce n'est jamais moi qu'ils choisissent, dis-je, toute tremblante.

— C'est n'importe quoi, rugit Mary. Pourquoi crois-tu que je t'aie poussé hors du nid ?

— Parce que tu trouves que je suis nulle, apparemment ; tu n'arrivais même pas à me regarder dans les yeux quand je t'ai donné mes notes sur ton script…

— Parce que je désire plus pour toi ! Tu ne devrais pas être coincée à me donner des idées : regarde-moi !

Elle se lève afin que je puisse voir sa tenue entière : une marinière, une jupe-culotte en cuir, des collants rayés et des mocassins à talons. Elle a également accroché au portemanteau un boa à plumes (ce n'est pas le sien, c'est celui de Frank).

Nous nous regardons un moment.

— Tu es foutrement mal tombée en ce qui concerne tes parents, déclare-t-elle. C'est vrai. Mais tu as tort au sujet d'une chose. Les parents *ne devraient pas* vouloir que tu restes avec eux. Jamais. Pas les bons parents. C'est égoïste de garder un fils ou une fille avec soi alors que, ce dont ils ont le plus besoin, c'est trouver leur voie dans le monde.

Mary ne fait jamais rien calmement, mais cette fois c'est le cas, alors je me penche pour l'entendre dire :

— Tu es le meilleur enfant que j'aurais pu avoir. Et si je t'avais gardée comme assistante personnelle, tu n'aurais jamais eu l'occasion de déployer tes ailes, d'écrire tes *propres* scripts et de voler. Je t'ai envoyée loin de moi parce que je veux que tu obtiennes le meilleur.

Pour la deuxième fois aujourd'hui, mes yeux se remplissent de larmes.

— Te souviens-tu de ce que tu m'as dit le jour de ton entretien ? Que tu voulais être scénariste. Et quant au fait de trouver que tu es « nulle », c'est d'un ridicule proprement merdique. J'estime ton point de vue, et tes idées sont intelligentes, mais pour que l'adaptation de mes mémoires *soit* une adaptation de mes mémoires, je crois que tout doit venir de ma sale bouche, pas toi ?

— Oui, je comprends…

— Bien. Alors maintenant, contente-toi d'écrire tes propres trucs, veux-tu ?

— Je n'en ai pas envie, dis-je entre mes dents serrées. C'était peut-être le cas avant, mais j'ai changé, et ce n'est plus ce que je veux. Je ne peux pas faire ce que tu veux que je fasse !

Elle attend.

— Il existe sept intrigues basiques dans le monde, lui dis-je même si elle le sait déjà. *Pourrais*-je écrire sur une rencontre amoureuse, ou sur un homme face à la nature ? Ouais, sûrement. Mais comme tout le monde. Ce n'est pas l'intrigue qui compte, mais *la façon de la raconter.*

» J'ai toujours cru que réviser le travail des autres me servirait d'entraînement afin de pouvoir un jour écrire mes propres œuvres. Mais j'ai ensuite pris conscience que je préfère utiliser les idées des autres, l'une des sept intrigues dont ils se sont servis, pour les retourner, les réarranger et les améliorer afin de faire *croire* au public qu'il s'agit de quelque chose qu'ils n'ont jamais vu avant. George Orwell a déclaré que « La bonne prose devrait être transparente, comme le carreau d'une fenêtre. ». Je veux être si bonne que personne ne devinera jamais mon intervention ; ils seront si captivés par l'histoire, qu'ils ne verront même plus les mots. J'aime éditer et mettre en forme, pas partir de rien. En fait, je n'aime pas seulement éditer, j'adore ça. Alors c'est ce que je compte faire.

— J'ignorais que tu voyais les choses ainsi, répond Mary. Je pensais que je te retenais, que je te forçais à adopter une voix qui n'était pas la tienne.

— J'ai envie d'adopter *beaucoup* de voix, pas seulement la tienne, même si elle m'a tant appris…

Les yeux de Mary se mettent à briller.

— C'est extraordinaire. Sais-tu ce que cela signifie ?

— … Non ?

— Que tu te rebelles. Tu suis ta propre voie. Et c'est tout ce que je te souhaitais. Je suis folle de joie !

— Vraiment ? Alors pourquoi cries-tu ?

— Tu étais énervée par le fait que je pensais savoir ce qui est bon pour toi. Ce n'est pas très flatteur.

— N'en parlons plus, dis-je sincèrement.

— Et en ce qui concerne Miles (elle attend que nos regards se croisent avant de poursuivre), tu n'es pas venue ici pour rencontrer un mec.

— Mais *j'ai* rencontré un mec…

— Dehors, il y a une ville entière – une vie entière – qui n'a rien à voir avec ce café et rien à avoir avec cet immeuble, et si c'est désormais trop difficile pour toi de vivre ici, on te trouvera un nouvel appartement. Il ne sera pas aussi *bien* que celui-ci mais…

— Je ne vais pas déménager pour lui. J'étais là la première, je rétorque vivement.

— C'est vrai. Je vais augmenter son loyer, seulement le sien, et…

— Non, on ne va pas le mettre à la porte non plus. Si c'est un fantôme qu'il veut, eh bien, c'est ce qu'il aura. *Regarde.*

Je lui montre, avec exagération, comment je bloque Miles sur mon téléphone. Puis je fais la même chose avec Aisha. À partir de maintenant, plus d'Ibrahim dans ma vie.

— Voilà la bonne attitude ! Prends ce qu'on t'a donné et réécris l'histoire. Change l'intrigue, modifie les dialogues, fais en sorte que ça fonctionne. Sois ta propre consultante en scénario ; tu es responsable de la suite de l'histoire, pas lui.

Avec Frank sur l'épaule et le boa à plumes autour d'eux, Mary se lève et se dirige vers la porte.

— Tiens-moi au courant pour les billets.

— Quand as-tu appris que ton spectacle aurait bien lieu ? je lui demande, commençant à comprendre.

— Euh…, dit-elle l'air absent en plaçant une nouvelle cigarette entre ses lèvres. En mars, je crois. Pourquoi ?

Mars. Le mois au cours duquel elle m'a abruptement mise à la porte pour m'envoyer à New York.

— Mary… m'as-tu envoyée ici afin qu'on se retrouve dans la même ville ?

— Ce serait dingue, répond-elle en souriant brièvement.

J'éclate de rire, et après ça et quelques larmes supplémentaires, je me sens un peu mieux.

Ce n'est pas parce que Miles ne veut pas de moi que je ne peux pas explorer la ville toute seule.

Je vais commencer par étendre mon horizon avec de nouveaux cafés.

33

Miles

— À nos deux mariés !

Tout le monde tient encore sa flûte de champagne en l'air alors que j'ai déjà descendu la mienne.

Je me suis souvenu que c'était l'enterrement de vie de garçon de Dylan et Charles quand Dylan m'a envoyé un message, à peine quarante-cinq minutes plus tôt. J'ai enfilé des vêtements et je suis arrivé avec une demi-heure de retard. J'ai donné un discours improvisé principalement inspiré du *Manuel du free-lance* de l'agence, mais à en juger par les sourires, c'était cohérent, ou alors tout le monde était déjà trop soûl pour s'en soucier.

Je sens qu'on n'attend plus rien de moi et que je peux passer le reste de la soirée dans un coin où je me terre en silence, à observer les décorations faites main suspendues au plafond de Dylan et Charles – toutes sortes d'animaux, des têtes de tigre et des queues de paon – en essayant de prendre une décision mortellement vitale pour moi.

Cette stratégie fonctionne environ deux minutes avant que Dylan et Aisha me confrontent tous les deux.

— Merci pour le discours, commence Dylan.

— Ouais. Beau discours, ajoute Aisha en haussant les sourcils, parce qu'elle sait évidemment d'où je l'ai tiré.

— Aucun problème, je réponds. Super soirée.

— Donc, reprend Dylan. Est-ce qu'on peut parler maintenant ? Tu vas bien ?

J'ai envoyé des messages à Aisha et Dylan à la minute où Jordan a quitté mon appartement en me suppliant de réfléchir. Mais ensuite, après moult exclamations menaçant de me renier si je me remettais avec Jordan (surtout venant d'Aisha), je leur ai annoncé que j'avais besoin de temps pour faire le point avant de pouvoir vraiment discuter. Depuis, je n'ai répondu à aucun appel ni message. Pas même à ceux de Zoey, me dis-je avec un pincement au cœur. Jusqu'à ce que Dylan me rappelle leur fête.

Le problème, c'est que je n'ai rien réglé. Mes pensées sont aussi emmêlées que six jours auparavant.

— J'imagine… que je ne vais pas très bien, dis-je à Dylan et Aisha. Je ne sais honnêtement pas quoi faire.

Je me passe une main dans les cheveux avant de poursuivre :

— Je sais que ça paraît évident pour vous de m'inciter à quitter Jordan. Mais nous avons un passé. Et peut-être… un futur.

— Sauf que ce ne sont pas tes enfants, me rappelle Aisha avec douceur.

— Mais elle m'a assuré qu'elle voulait qu'ils le deviennent, je rétorque avec un soupir. Et peut-être que je le veux, moi aussi. C'est peut-être ma chance d'avoir une famille.

— Et que fais-tu de Zoey ? Je crois que tu es amoureux d'elle, souligne Aisha.

J'observe les décorations tout autour, la démonstration d'amour que représente cette fête, même Charles qui rit si joyeusement à une blague de ses amis. Comment puis-je le nier ?

— Bien sûr, que je le suis. J'aime tout chez elle. Tout sauf… qu'elle m'a dit qu'elle ne voulait probablement pas d'enfants.

— Elle t'a vraiment dit ça ? s'enquiert Dylan.

— Quand ? renchérit Aisha. Dans quel contexte ?

— Le contexte où j'ai déclaré que je pouvais penser à un million de raisons justifiant de vouloir un enfant. Et elle a répondu qu'elle, pas vraiment.

— Mais savait-elle que c'était rédhibitoire pour toi ? insiste Aisha.

— Bien sûr que non ! C'était ce qu'on pourrait considérer comme notre deuxième rendez-vous. Enfin, s'il te plaît, Aisha. N'as-tu pas lu mon manuel ? Qui évoque les enfants dès le deuxième rendez-vous ?

— Sauf que ce n'était pas un deuxième rendez-vous. Pas vraiment, et tu le sais, rétorque-t-elle. Écoute, je ne sais pas ce que tu devrais faire au sujet de Jordan. Toi seul connais la réponse. Si tu décides que ces enfants sont les tiens, ils le seront. Et ils ne sentiront jamais la différence. Mais je veux vraiment que tu y réfléchisses, Miles. Parce que, qu'est-ce qui compte le plus : avoir des enfants ? Ou trouver la bonne personne avec laquelle avoir des enfants ?

— On ne peut pas forcer quelqu'un à avoir des enfants, je réplique.

— Non, c'est vrai, concède Aisha. Mais tu te dois à toi-même – et à Zoey – de lui donner une véritable chance de comprendre ce qui est en jeu. Fais-lui savoir que ce n'est pas une question sans importance pour toi. Il est temps que tu redeviennes Miles au Cœur Généreux. Pour Zoey. Elle le mérite.

Après la fête, je vais courir. Je porte un pantalon à pinces et des mocassins. Mais je m'en fiche. C'est la seule chose qui me vient à l'esprit pour me vider la tête.

Des visions de ma vie avec Jordan me brouillent la vue, de toutes les fois où nous avons couru ensemble dans Prospect Park, nous défiant l'un l'autre en sprintant autour du lac ; nous pique-niquions parfois près du terrain de base-ball pour observer les matchs de la Little League. Nous avions une préférence pour ceux auxquels participaient les plus jeunes enfants, qui ne savaient pas toujours dans quelle direction courir ou qui pouvaient à peine soulever les battes légères. C'était des moments si agréables, les premières fois.

Puis viennent les visions de Zoey. Nous n'avons pas des années de souvenirs ensemble. Tout ce que nous avons, ce sont des éclats et de l'excitation, des traits d'esprit et de la passion. Cela s'évaporera-t-il au bout de quelques mois ? Cela deviendra-t-il autre chose que les premières esquisses d'une histoire d'amour ? Je crois que nous sommes amoureux… Mais pouvons-nous le rester ? Pouvons-nous partager la même chose que mes parents ?

Je ne sais pas.

À Union Square, je saute dans le métro et laisse la clim' sécher ma transpiration. Je descends à un arrêt que je connais bien et grimpe les marches d'un perron qui ne m'est pas non plus étranger. Sauf que je n'ai plus les clés, alors je dois sonner. L'Interphone ne fonctionne toujours pas, et Jordan doit descendre les escaliers pour m'ouvrir. Quand elle me reconnaît à travers la porte vitrée, elle me sourit timidement.

Tant de choses sont pareilles, pourtant tout est différent.

Lorsqu'elle l'ouvre la porte, je dis la seule chose que je sais être vraie à cet instant.

— Si je te disais oui tout de suite, ma réponse serait motivée par la peur. (Je prends une profonde inspiration.) Je sais que je pourrais être papa et que c'est quelque chose que j'ai toujours voulu. Mais ce n'est pas la *seule* chose. Parce que dans ce rêve, il y a quelqu'un d'autre. Une personne que j'aime profondément pour ce qu'elle est. Et qui m'aime en retour aussi passionnément. Je ne peux pas y renoncer, Jordan.

Jordan cligne plusieurs fois des yeux avant de répondre :

— Moi, je t'aime, Miles.

— Vraiment ? je demande avec douceur. N'est-ce pas plutôt l'idée que tu te fais de moi que tu aimes ? Nous imagines-tu tous les quatre en photo de profil ? Les mentions « j'aime » par milliers ?

Elle pouffe d'un rire amer.

— Ce n'est pas juste.

— Tu n'as pas été juste avec moi. Et si je revenais maintenant, ce ne serait juste pour aucun de nous deux. Ni pour Doug. Ce sont ses enfants, c'est sa photo de famille. Donne-lui une chance de faire partie de cette histoire. Donne-lui une chance de te surprendre.

Elle hésite, puis finit par répondre :

— Comme la fois où nous l'avons surpris en train de dévorer un paquet entier de Pringles dans les toilettes avant un cours ?

— Tu vois ? Il n'est pas dépourvu de charme.

Elle sourit à ma repartie.

— Est-ce à cause de la fille du café ?

Impossible de ne pas repenser à ce premier baiser avec Zoey, le jour où elle a fait semblant d'être ma petite amie pour m'aider à sauver la face devant Jordan.

— Oui. Même s'il est possible que j'aie tout gâché. Mais c'est aussi parce que… nous ne sommes pas faits pour être ensemble, Jordan.

Elle baisse les yeux sur son ventre, qu'elle caresse.

— Dans *mon* rêve d'avoir une famille, je te voyais, Miles. Car tu es la première personne à avoir fait naître ce désir en moi.

Puis elle lève les yeux vers moi.

— Je savais que c'était risqué, reprend-elle. Mais il fallait que j'essaie.

— Essaie avec Doug.

34

Zoey

En tant qu'unique propriétaire de Z à A, j'ai corrigé deux rédactions pour des dossiers d'admission à l'université et une présentation d'entreprise. Je n'engrange pas beaucoup d'argent – j'ai offert des réductions si mes clients parlaient de moi à d'autres clients potentiels –, mais prendre ma vie en main n'a pas de prix. J'ai aussi essayé non pas un mais deux autres cafés non-crudité, avec des résultats mitigés. Le premier n'avait pas le wifi (*bouhh*), mais le deuxième offrait des croissants au chocolat de la veille, ce qui, d'après moi, bat largement les biscuits.

Le lendemain, je noie mon chagrin dans un déjeuner liquide au Half King. Je bois ma deuxième pinte et je suis en train d'éditer un document d'entreprise pour une présentation qui aura lieu dans longtemps. Je me sens pompette et désorientée dans une ville dans laquelle, avouons-le, je ne me suis jamais bien sentie, lorsque je reçois un e-mail.

À : Z à A service d'éditing

De : VP@Night-Light Films

Re : Pages d'extrait

Salut Zoey,

Mary Clarkson nous a envoyé quelques pages de ton travail. Nous avons particulièrement aimé la façon dont tu as remanié cette vieille interview de *Playboy* au cours de laquelle Mary déclare qu'elle n'a jamais frappé un type, qu'elle l'a assommé avec le recueil de Dorothy Parker (tu as ajouté « les œuvres condensées de Dorothy Parker, connue pour sa vélocité »). Super mignon.

Nous aimerions t'appeler pour discuter de la possibilité que tu nous fasses un retour sur un script en cours de production. Il a besoin d'être rafistolé, et nous sommes impatients de voir ce que tu pourrais y apporter. Nous savons que nous ne sommes pas la seule agence de production qui s'intéresse à ton travail…

(Ah bon ?)

Mais si tu veux bien nous accorder un instant, tu ne le regretteras pas. Si l'interview téléphonique se déroule bien, nous aurions besoin que tu reviennes à L.A. d'ici la fin du mois pour commencer. Envoie-nous tes disponibilités et nous t'appellerons. Merci.

Jon Klein, VP, Night-Light Films

Mon cœur bat la chamade. Cette opportunité pourrait être la porte de sortie que je cherchais. Je pourrais revenir à L.A. la tête haute et mettre un pays entier entre Miles et moi. Mais d'abord, il faut que j'écrive à Mary.

Zoey : Devrais-je accepter un rendez-vous téléphonique avec Night-Light Films ?

Je ne m'attends pas à ce qu'elle me réponde tout de suite, poutant mon téléphone sonne deux minutes plus tard. C'est qu'ils ont dû prendre une pause déjeuner au Roundabout Theatre.

Contrary, Quite : Comme tu veux, mais ne leur envoie rien avant d'avoir signé un contrat. Il se pourrait qu'ils essaient

de soutirer des idées à plusieurs écrivains sans en engager aucun. Ce ne serait pas la première fois. Enfoirés.

Zoey : Est-ce du népotisme ? Devrais-je me sentir médiocre/non qualifiée ?

Contrary, Quite : Tu devrais toujours te sentir comme ça. Mais NON, bien sûr que non ! Le népotisme est le lubrifiant qui fait fonctionner Hollywood. Pour info, je ne leur ai jamais dit que j'avais une fille.

Comme si les larmes que j'avais versées pour Miles ces derniers jours ne suffisaient pas, je me remets à pleurer. Il me faut faire des efforts pour écrire le message suivant.

Zoey : Merci.

Contrary, Quite : Je t'ai aidée à mettre un pied dans la porte, la suite est entre tes mains. Un dernier conseil : ne fais pas ce que tu penses que je voudrais que tu fasses, ni ce que tu penses que je ferais. Ce n'est pas moi qu'ils veulent. Ils veulent la personne qui a retravaillé mes propos. (Ne t'en fais pas pour ma susceptibilité, mon ego est une porte blindée.)

Zoey : ♥ Devine quoi : je vais à Momofuku aujourd'hui.

Contrary, Quite : Profite !

Je me retrouve ensuite dans le métro – le souffle court et parfois la tête entre les genoux, mais quand même dans le métro. Arrivée au quartier financier, je me laisse détourner de mon chemin. J'admire la sculpture Charging Bull et visite Battery Park. J'essaye un truc d'adulte en allant me promener dans le jardin de vivaces, mais je préfère le carrousel aquatique à l'intérieur d'un poisson géant en métal couleur lavande (la faute à l'alcool ou l'adrénaline, au choix). Les couleurs et les lumières me font presque croire que je suis sous l'eau. Je me sens légère, et cela me fait rire.

Plus tard, quand j'arrive enfin à Fuku, je mange un sandwich au poulet épicé avec du *vada pav*, de la salade de choux, du riz, le tout accompagné d'un granité citron fraise. Je profite du repas – long à être servi, mais qui en vaut tellement la peine – en prenant le temps de savourer chaque bouchée pour laisser les saveurs et les textures se mélanger sur ma langue. Un mot pour décrire cette expérience a certainement été inventé par des spécialistes de la pleine conscience (« lente mastication » ou quelque chose comme ça) mais aujourd'hui, je décide d'appeler ça « vivre ». Je ne consulte pas une seule fois mon téléphone. Je ne prends pas de photos de mon repas que j'aurais pu poster sur les réseaux sociaux. Je vis dans le moment présent, jusqu'à ce que je sois repue et entièrement satisfaite.

Ce n'est pas que la nourriture soit meilleure à New York qu'à L.A. Chaque ville présente des avantages différents. Je n'arrête pas de penser « Je suis impatiente de dire à Miles que… » avant de m'interrompre.

Je me remémore les raisons pour lesquelles j'ai accepté la suggestion folle de Mary de venir à New York. La raison pour laquelle j'ai accepté le billet de première classe, fait ma valise et pris l'avion pour gagner la côte Est. J'ai passé tellement de temps à redouter le changement, à ne rien essayer de nouveau, et tout à coup, alors que nous étions à l'aéroport de L.A., je me suis sentie si électrisée que mon corps pouvait à peine le supporter. Puis le rythme rapide, le niveau sonore, la foule chaotique et ma peur du métro m'ont rattrapée. Sans Miles, je ne crois pas que j'aurais pu sortir de ma tourmente.

S'il s'avère que mon séjour à New York n'est qu'une séquence de rêve prolongée et que je rentre à L.A. à la fin du mois, autant profiter de la ville.

Mon rendez-vous téléphonique avec Night-Light Films est prévu demain.

Je peux admirer Mary sans essayer d'*être* comme elle. Je peux admettre que son travail m'inspire sans pour autant en faire ma source. Je ne suis pas son clone, ni celui de qui que ce soit, et en plus, je n'ai pas besoin de le devenir. Puis-je avoir confiance en mon propre talent ? En mon instinct ?

J'imagine qu'on va bientôt le découvrir.

35

Miles

Je crois que Zoey me ghoste. Je lui envoie des messages, je l'appelle. Aucune réponse. J'ai demandé à Aisha de faire pareil et elle n'a pas réussi à la joindre. Je ne peux pas vraiment en vouloir à Zoey. Après tout, c'est moi qui ai commencé. Mais *il faut* que je lui parle.

Je ne cesse d'espérer la croiser. Mais non. Ni au café ni dans le couloir de l'immeuble. Je ne l'entends même pas. Un jour, je décide de frapper à sa porte puis d'y coller mon oreille à l'affût d'un quelconque signe de vie. Mais je n'ai même pas entendu le bruit du climatiseur. Je ne crois pas qu'elle soit là.

Découragé mais sans pour autant vouloir entretenir l'idée qu'elle soit partie pour de bon, je vais courir à Tompkins Square Park. C'est là que je croise deux visages familiers.

Bree et Jude, sortant ensemble du Cheese. Ils rient, d'une façon qui me laisse deviner que Jude vient de faire une sorte de blague digne de Petit Jude.

Jude m'aperçoit avant que je n'aie le temps de décider de passer ou non mon chemin sans leur dire bonjour, et me fait un grand sourire.

— Miles !

Il s'approche et me frappe l'épaule.

— Salut, Jude ! Comment vas-tu ? dis-je en souriant aussi.

— Super ! répond-il sincèrement avant d'attirer Bree à lui. Bébé, viens là. Il faut que je te présente quelqu'un. Voici Miles. Celui qui se faisait passer pour moi.

J'en reste bouche bée. Depuis que je fais ce travail, *aucun* client ne m'a présenté de cette façon, encore moins à la fille avec laquelle il a fini par sortir.

Mais Bree rit.

— On dirait que nous te devons une fière chandelle, dit-elle en regardant Jude avec adoration.

— Je suis désolé mais… tu sais qui je suis ?

— Oui ! s'exclame-t-elle. Parce que, tu veux entendre quelque chose d'hilarant ? Il s'avère que moi aussi j'ai payé quelqu'un pour se faire passer pour moi. Ce n'est pas dingue ?

— Dingue.

— Quand nous nous en sommes rendu compte, j'ai enfin compris pourquoi Jude n'avait vu *Undersea* qu'une fois.

— Et pourquoi Bree m'avait donné rendez-vous dans un restaurant de fromage, alors que je suis un régime paléo, renchérit Jude.

— Plus maintenant ! s'écrie Bree avec fierté.

Je regarde Jude, l'air interrogateur.

— Euh. Eh bien, quand tu commences à jouer au strip-fondue… Le pain s'avère plutôt indispensable…, explique Jude qui se met à observer le corps de Bree de haut en bas.

— J'ai compris, dis-je en levant les mains.

— Bref, c'est une bonne chose que nous ayons ignoré ce que toi et… quel est le nom de ta rédactrice, bébé ?

— Zoey.

Mon cœur manque un battement à la mention de son nom.

— Ah oui, c'est vrai. Zoey. Nous avons ignoré la plupart de vos échanges, me déclare-t-il innocemment. Tu aurais pu tout gâcher, mec !

— Eh bien, je suis content que ce ne soit pas le cas, dis-je en souriant.

— Nous aussi, réplique Bree. On doit filer. Nous avons des billets pour voir la première du spectacle de Mary Clarkson. Et j'ai convaincu Jude de m'y emmener, même s'il ne sait *rien* d'elle, bien sûr.

— À plus tard ? lance Jude.

— En fait…, dis-je, tandis qu'une idée prend forme spontanément dans ma tête. J'ai une immense faveur à vous demander…

Il ne me reste plus qu'à la trouver.

Je ne pensais pas que c'était possible, à notre époque, de devenir introuvable. Surtout quelqu'un qui vit littéralement sur le même palier que moi. Mon cerveau vibre de tous les moyens qui me viennent pour aborder Zoey. Dois-je rester assis nuit et jour dans le couloir avec mon ordinateur ? Pourrais-je alors être considéré comme un risque d'incendie ? J'ai même envisagé de contacter Clifford (*beurk*) pour lui demander de l'appeler. Bien que je me demande si elle lui répondrait. C'est quand même Clifford.

Mais qui connaît-elle à New York à part nous ?

Puis finalement, je réponds à ma propre question. Je sors lentement mon téléphone à la recherche d'une adresse e-mail à laquelle j'ai un jour écrit. Maintenant que je sais à qui appartient cette adresse, c'est beaucoup plus stressant de lui écrire sans recourir à mes pensées de fan ultime.

Elle est aussi, apparemment, en train de se préparer pour un spectacle, alors quelles sont les chances qu'elle me réponde ?

Mais je me dois d'essayer.

36

Zoey

Le café d'aujourd'hui, Hole in One, se trouve à dix-sept rues de chez moi. Je fais la moitié du chemin à pied et l'autre en métro. Je n'ai pas fréquenté le même café plus d'une fois depuis que Miles m'a ghostée. J'étends mon horizon rue par rue, élargissant la circonférence de mes explorations, et je vis à l'heure des vampires pour minimiser mes chances de le croiser dans l'immeuble ou dans la rue. J'ai même dormi chez Mary deux fois pour l'éviter.

Deux jours plus tôt, je l'ai aperçu sur la High Line, courant vers moi dans son jogging Adidas, et sans réfléchir j'ai levé la main pour le saluer. Il s'est révélé que ce n'était pas lui, et je n'ai pas compris pourquoi le fait de voir un inconnu passer devant moi en courant m'a donné l'impression de le perdre de nouveau, mais c'est pourtant ce que j'ai ressenti.

J'ai toujours la tête qui tourne à chaque fois que je descends dans les couloirs sombres du métro, et mon cœur bat la chamade au grondement émis par le train, mais ce qui a changé, c'est que je ne laisse plus ces impressions m'arrêter.

Hole in One n'est pas, comme je l'avais imaginé, un restaurant sur le thème du golf qui ne demande qu'à être conquis par Clifford, mais une boutique de doughnuts.

Je reçois un message de Mary.

Contrary, Quite : Félicitations pour « Loups radioactifs de San Francisco ».

(C'est le script que je vais réviser pour Night-Light Films.)

Zoey : Merci ! 🐺 Ah-ouhhh

Contrary, Quite : Ah-ouhhh ! T où, comme écrivent les jeunes (je ne suis pas sûre que ce soit encore le cas).

Je lui envoie les coordonnées GPS du café.

Zoey : Tu es dans le coin ?

Contrary, Quite : Non, mais j'ai une livraison spéciale pour toi.

Zoey : Noooon ! Je pars tout de suite !

Contrary, Quite : Rien d'illégal, je te le jure. Promets-moi de ne pas bouger jusqu'à ce que la surprise arrive.

Je suis assise à une petite table à l'arrière de la boutique. Je savoure une brioche à la cannelle et m'apprête à poser ma signature électronique sur mon contrat avec Night-Light quand je le vois entrer.

Oh non.

J'en ai le souffle coupé et j'essaie de me retourner, mais trop tard. Il avance vers moi, avec un visage indéchiffrable. J'avais tellement bien réussi à l'éviter jusqu'à maintenant ! Mon cœur bat à tout rompre. Je m'essuie la bouche avec une serviette en espérant que je n'ai pas de miette sur le visage. Je suis si concentrée sur mon appréhension que je ne remarque pas tout de suite qu'il tient une grosse boîte de nourriture à emporter avant qu'il ne la pose sur la table devant moi.

Il l'ouvre d'un geste dramatique.

— Cronuts. Cônes. Canelés. Tartelettes. Et… des biscuits. Choisis.

Je baisse les yeux sur l'ensemble de gâteaux avant de les relever vers lui.

— Salut… Qu'est-ce que c'est ?

— De délicieux invendus de la veille. J'ai fait tous les cafés de la rue.

Ne sachant pas vraiment quoi dire, je décide d'opter pour quelque chose qui ressemble à nos joutes habituelles.

— Tu veux dire que nous nous sommes chamaillés pour des biscuits périmés alors qu'on aurait pu se battre pour des cronuts depuis le début ?

— Et pas n'importe quels cronuts, précise-t-il. Sirop d'érable et bacon.

Il pousse la boîte vers moi.

— Je n'ai pas très faim.

— Oh. Tu as tellement de boulot que tu peux te permettre de te payer un déjeuner maintenant ?

Son regard est doux, interrogateur, comme s'il s'en souciait sincèrement.

— C'est en bonne voie.

Nous nous regardons un moment en silence.

— Que fais-tu ici, Miles ?

Je ne supporte pas la façon dont ma voix monte dans les aigus. J'aurais préféré avoir l'air indifférente.

— Ça te dérange si je m'assois une minute ? demande-t-il, et j'acquiesce.

Je n'ose pas parler ; je risque soit d'exploser de rage ou soit de fondre en sanglots, et à la façon dont bat mon pouls lorsqu'il s'installe face à moi, impossible de deviner quelle émotion l'emporterait. Je ne pensais même pas lui reparler un jour, et soudain, nous voilà, comme si rien n'avait changé, comme s'il n'avait pas brisé mon cœur en mille morceaux.

Il déglutit.

— Je suis ici pour m'excuser. Je suis sorti des radars pendant un moment, et il faut que je t'explique pourquoi. Je ne m'attends pas à ce que tu comprennes, vu ta position au sujet des enfants…

Alors là, je suis *vraiment* déstabilisée.

— Quel est le rapport avec les enfants ?

— Tu n'en veux pas, alors que moi, si…

— Attends. Il y a des jours où j'en veux, d'autres où ce n'est pas le cas. Je ne crois pas que je devrais être disqualifiée pour ça à ce stade de la partie.

— Tu as raison, mais Jordan est venue me voir, le jour où j'étais censé te rejoindre. Elle m'a demandé d'être le père des jumeaux. J'ai paniqué, je ne savais pas comment gérer la situation, et le temps que je revienne à moi, je n'arrivais plus à te joindre.

— Je t'ai bloqué, dis-je, prise de vertiges. Après quatre jours de silence, j'en ai eu assez.

— Je suis *tellement* désolé. Je t'ai apporté quelque chose pour te montrer à quel point je suis sincère.

Miles se lève et, dans sa hâte, il fait tomber son sac – ce sac ridicule, stupide, prétentieux, sacro-saint et recyclé qui me provoque un pincement au cœur à chaque fois que je le vois parce qu'il me fait tellement penser à Miles, et au fait que, même quand je le détestais, il me *manquait*.

Il se baisse pour ramasser ses affaires et en extrait une clé USB qu'il me tend, un genou toujours au sol.

— Je m'en veux de t'avoir gâché New York, alors j'ai imaginé d'autres parcours de promenade. J'ai demandé à Jude de les enregistrer parce que, on ne va pas se mentir, son accent est génial. Et aussi dans l'éventualité où tu ne voudrais plus jamais entendre ma voix, ajoute-t-il rapidement.

De loin, on pourrait considérer cette déclaration high-tech ridicule. J'examine la clé USB mais je ne la prends pas. Si je le fais, cela signifie-t-il qu'il s'en ira et que notre histoire sera définitivement terminée ? Je suis paralysée, je ne sais pas quoi dire ni quoi faire. Miles se lève alors bizarrement, pose la clé sur la table, et ce faisant, il jette un coup d'œil à l'écran de mon ordinateur sur lequel apparaît mon billet d'avion.

— Tu ne peux pas quitter New York, lâche-t-il.

Je pose les yeux sur mon écran avant de le regarder, lui.

— Pourquoi ?

— Pour la même raison que j'ai donnée à Jordan quand je l'ai repoussée. Je suis amoureux de la fille à qui j'ai parlé ces derniers mois. Je pense à elle tout le temps. À ce qu'elle dit. À la façon dont elle pense. Elle me fait rire. Et quelqu'un m'a dit un jour qu'une bonne relation se trouve avec la personne qui vous fait rire durant les jours les plus sombres.

Mon pouls s'accélère et j'ai du mal à parler. *Amoureux…*

— Qui t'a dit ça ?

— C'était… C'était mon père, OK ?

Je ne peux m'empêcher de sourire.

— Une vie sans vallée rend les sommets sans importance.

Amoureux de *moi*. Il me choisit.

— Est-ce que cela vient d'une récente conversation à cœur ouvert avec ton père, ou plutôt un moment à la *Brady Bunch*[1] ?

— Écoute, je te promets que tu peux me taquiner au sujet de mes parents autant que tu veux, réplique Miles avec animation. Seulement, ne t'arrête jamais de le faire. N'arrête jamais de me taquiner. Ne pars pas.

— J'ai accepté un emploi à L.A…

Il se penche vers l'avant, la tête dans les mains.

— Vraiment ?

— Mais je ne déménage pas. Je leur ai précisé que j'acceptais leur offre à condition de pouvoir travailler à distance.

— Alors pourquoi ce billet d'avion ?

— Ils souhaitent me rencontrer en personne toutes les six semaines.

Je ferme mon ordinateur et, tout à coup, plus rien ne nous sépare. Miles a l'air triste.

— Je viens de confesser tout ça pour rien ?

— Non, pas pour rien. Tu m'as demandé un jour ce qui me manquait

1. Série télévisée américaine diffusée dans les années 1970 qui met en scène une famille nombreuse, les Brady. (NdT)

le plus à L.A. et voici la vraie réponse à ta question. J'aime me retrouver en voiture, noyée par le son de la radio qui résonne si fort que les pneus vibrent. J'aime quand la basse bat à tout rompre alors que je parcours la route 405 avec aisance – ce qui n'arrive jamais, à moins de conduire un dimanche matin, peut-être – et que j'ai l'impression de planer, de posséder la ville. Et si la chanson parfaite vient à passer, j'ai l'impression qu'un dôme se forme autour de ma voiture. L'impression de me déplacer au sein d'une foule mais que personne ne peut me toucher.

— Ça a l'air solitaire, comme expérience, souligne-t-il.

— Je me sentais en sécurité. Car j'étais isolée. J'étais dans ma bulle et je n'étais pas exposée aux bruits des autres, je n'avais pas à me confronter au reste du monde. J'allais au travail, je rentrais à la maison, et parfois je fumais de l'herbe pour ne plus rien ressentir. Mais je ne veux plus vivre comme ça. Au cours des semaines que j'ai passées avec toi, j'ai ressenti tellement de choses, des bonnes *et* des mauvaises, mais même le fait d'avoir été blessée… n'est pas pire que de ne pas vivre.

Je fouille dans mes affaires à la recherche de mon carnet de notes, que j'ouvre – je passe la page de notre Table des Champions – pour lui montrer ma nouvelle liste.

— J'aimerais voir et expérimenter tant de choses à New York. Je ne suis pas encore montée dans la Circle Line et je n'ai pas encore dîné dans un club russe. Je n'ai pas encore flâné entre les étagères de la librairie Strand ni ne suis montée dans une calèche à Central Park. Je ne me suis pas encore promenée dans le cimetière de marbre d'East Village et je n'ai pas admiré l'architecture des maisons de Brooklyn ou visité le musée du Jazz d'Harlem, ou bien goûté à toutes les meilleures pizzas de la ville ou aux plats exotiques du Chelsea Market. Je n'ai pas non plus exploré le musée Mile ni observé ma buée monter dans les airs en faisant du patin à glace devant le Rockefeller Center. Je n'ai même pas vu de spectacle à Broadway !

Miles examine ma liste. Il la touche comme s'il s'agissait d'un objet précieux, et c'est le cas, pour lui.

— Les nouvelles promenades que j'ai imaginées comprennent beaucoup d'éléments de cette liste.

Je saisis ses mains et je le regarde droit dans les yeux.

— Je veux les entendre avec ta voix. Car j'aimerais que tu marches à mes côtés. Je suis tombée amoureuse de New York, mais je suis aussi tombée amoureuse de toi.

Il ouvre la bouche mais je pose un doigt sur ses lèvres pour l'arrêter.

— Me ferais-tu découvrir ton New York ? Peut-on repartir du début ?

En guise de réponse, il prend mon visage entre ses mains et m'attire vers lui pour m'embrasser passionnément. J'ai l'impression de rentrer à la maison.

— Oui, oui, murmure-t-il en essuyant avec son pouce une larme qui roule sur ma joue.

Il se penche pour embrasser l'endroit où la larme a coulé.

Un serveur s'approche de nous et demande à Miles s'il souhaite quelque chose.

— Vous devez payer 10 dollars pour avoir accès au wifi, précise-t-il.

— Non, merci. Nous n'avons pas besoin du wifi aujourd'hui, nous avons beaucoup à nous dire, explique Miles.

— Oui.

Nous nous sourions l'un à l'autre.

— Rien que l'e-mail de Clifford pourrait nous faire parler des heures…, dis-je.

— Son ancienne signature de mail continue de me hanter, réplique Miles en frissonnant. Il avait l'habitude de conclure par « Le gros chien rouge ».

J'éclate de rire, et cela me procure une sensation si agréable. Être du même côté, rire ensemble.

Miles a raison. Nous avons besoin de parler – dans la vraie vie, hors connexion, en tant que Zoey et Miles, et personne d'autre.

— Je crois qu'il est l'heure de commencer un nouveau tableau, j'annonce. On devrait goûter et noter tous les gâteaux que tu as apportés.

J'ouvre une nouvelle page de mon carnet, vierge de possibilités, prête à recevoir les mots composants l'histoire de Zoey et Miles.

Quatre mois plus tard

À : Tous les employés de Dis-le à mon cœur

De : Leanne Tseng

Re : Vers le haut, très haut

Chère équipe,

Bonne nouvelle : après une réunion avec nos comptables, je peux vous confirmer que notre chiffre d'affaires est en augmentation. Maintenant que nous sommes les seuls joueurs restant de la partie, je peux, avec confiance, accueillir deux nouvelles personnes dans l'équipe.

S'il vous plaît, félicitez Aisha Ibrahim, notre photographe, et notre toute nouvelle rédactrice, Stella Gonzales. Vous l'avez bien mérité, mesdames.

Bien à vous,

Leanne

À : Aisha Ibrahim

De : Miles Ibrahim

CC : Fête pour ta promotion / I came in like a wrecking ball

Bravo ! ! Nous sommes de retour de L.A. (Zoey regarde par-dessus mon épaule, alors il m'a été demandé d'avouer – sous la menace de mettre le feu à mes chaussures bateau – que leurs sushis battent à plates coutures ceux de New York. Merde !)

Enfin, bref, j'ai hâte de fêter ta promotion chez Zoey. Ou plutôt chez Zoey et moi ? Nous nous occupons de ramener des massues, le gâteau, des biscuits et du champagne bien meilleur que celui de Clifford. Mary nous a donné sa bénédiction pour démolir le mur entre nos deux appartements. Nous sommes autorisés à nous en donner à cœur joie avant l'intervention de l'équipe de professionnels.

À bientôt !

Miles

Au cas où les scènes de *Ghost* ne vous auraient pas convaincus, laissez-moi vous assurer que la rénovation d'un appartement new-yorkais est très, très sexy. Zoey a même porté une salopette Demi-Mooresque tandis que j'abattais le mur, et nous avons vidé toutes nos coupes de champagne jusqu'à ne plus en pouvoir. J'ai peut-être été empoisonné au plomb, mais tout ça en valait la peine.

Les muscles endoloris, je me retourne sur le lit pour attirer Zoey plus près de moi, mais mes mains ne saisissent que les plis du drap. Je me force à ouvrir un œil.

Non seulement Zoey s'est habillée mais elle est même prête à sortir.

— Eh, dis-je la voix encore ensommeillée. Où crois-tu aller comme ça ?

— À ton avis ? rétorque-t-elle. Il y a une grande table vide qui n'attend que moi.

— Tu plaisantes ?

— Écoute, explique-t-elle en rassemblant ses cheveux mouillés en une queue-de-cheval (elle a même eu le temps de prendre une douche ?). Si tu crois que quelques parties de jambes en l'air époustouflantes suffisent à me dérouter de ma destinée, tu me connais mal.

— Des parties de jambes en l'air époustouflantes, hein ? dis-je avec un sourire arrogant alors que je croise les bras derrière ma tête contre la tête de lit. Continue, je t'en prie.

— Je suis époustouflée, mais ma stratégie est claire, déclare-t-elle en ouvrant la porte. La flatterie m'a juste permis de gagner trente secondes de plus. Salut ! lance-t-elle en claquant la porte.

— Tu es impitoyable !

Je ne me lève pas du lit pour autant. Si c'est le prix de consolation pour la perte de la Table des Champions, je suis largement consolé.

En plus, je sais qu'elle me gardera une place.

Remerciements

Sarvenaz Tash : Salut.

Sarah Skilton : Salut.

Sarvenaz Tash : Bon… Eh bien, peut-être que Miles peut nous aider avec son manuel.

Sarah Skilton : Alors il faut qu'on s'occupe des remerciements. Comment veux-tu t'y prendre ?

Sarvenaz Tash : Eh bien, nous devons remercier Alicia Condon, bien sûr, notre incroyable éditrice chez Kensington. Il faut qu'elle sache combien nous apprécions son enthousiasme et son amour pour l'histoire de Miles et Zoey. Ce fut un plaisir de travailler avec elle.

Sarah Skilton : Victoria Marini chez Irene Goodman, notre agente superstar : intelligente, pleine d'empathie et merveilleuse en tout point. Nous sommes aussi très reconnaissantes envers Lee OBrien et Maggie Kane.

Sarvenaz Tash : À Kensington, nous devons également remercier notre chargée de communication, Jane Nutter, et saluer aussi les efforts exceptionnels de Lynn Cully, Jackie Dinas, Alexandra Nicolajsen, Kris Noble, Laura Jernigan, Susanna Gruninger et Carly Sommerstein. Un merci tout particulier à Elizabeth Trout, la toute première personne de la maison d'édition à avoir lu et adoré notre livre et qui a déclenché une série d'événements nous ayant conduites jusqu'ici. Nous souhaitons aussi remercier une super-héroïne, l'agente Lia Chan chez ICM, et l'incomparable Ronald Bass pour son enthousiasme et l'une des réunions de travail les plus plaisantes et inoubliables de nos carrières.

Sarah Skilton : À ma sœur, Rachel « HankyBook » Murphy, je t'aime tellement et ton soutien vaut tout l'or du monde. Merci d'avoir été l'une de mes premières lectrices, que ce soit des manuscrits publiés ou du reste.

Sarvenaz Tash : Et à ma sœur, Golnaz Taghavian, une lectrice et spectatrice de comédies romantiques exceptionnellement fine. Merci d'avoir été l'une de nos premières lectrices. Je savais que si j'obtenais ton approbation, nous aurions de quoi être fières. (#TeamMusicFromAnotherRoom4eva)

Sarah Skilton : Je dois remercier la merveilleuse Amy Spalding de toujours me faire rire (et de me faire à manger !) quand j'en ai le plus besoin ; Lesli Sullivant et Lisa Green pour nos soirées au pub Rose & Crown passées à parler d'écriture ; la filiale RWÀ Santa Clarita ; Lynne Kadish, première lectrice, pour ses gentils e-mails ; et Stephanie Sagheb, « la merdouille », pour de fabuleuses soirées ciné. Elliot Skilton et ses nuggets au fromage est mon petit mec préféré, et je dois l'écriture de chacune de mes histoires à Joe Skilton, l'amour de ma vie. Mes parents Earl & Ros Hoover, et Lyndia et Richard Skilton n'ont cessé de m'encourager et de me soutenir, et j'en suis extrêmement reconnaissante. Carrie Fisher et Nora Ephron m'ont inspiré cette histoire ; vous nous manquez.

Enfin, j'aimerais remercier Sarvenaz Tash, la seule personne avec laquelle je peux envisager de collaborer pour écrire une histoire. Quand nous nous sommes rencontrées sur Twitter en 2011, tu m'as littéralement ouvert ta maison durant les quelques mois où j'étais à New York (et de nombreuses fois depuis). Ta générosité, ton talent, ton dévouement et ta créativité sont inégalables. J'ai adoré écrire ce livre avec toi et j'en ris à chaque fois que je le regarde. Merci, merci pour ton amitié. Je la chéris plus que je ne puis l'exprimer.

Sarvenaz Tash : J'aimerais remercier le reste de ma merveilleuse famille, surtout ma mère, Haleh, et ma tante, Homa, pour de si nombreuses choses que je ne peux les nommer. Mes tantes Hengameh et Haideh – vous me manquez toutes les deux beaucoup ; mes beaux-parents, Arlene et Michael, pour leur soutien indéfectible et leur enthousiasme ; mon mari, Graig (que j'ai rencontré – pour de vrai – sur le ferry de Staten Island), de me faire rire chaque jour ; et Bennett et Jonah qui n'ont été d'aucune aide dans l'écriture de ce livre mais qui ont tous les deux enrichis ma vie de bien d'autres façons. J'ai hâte de me déguiser en Maman Épuisée avec vous deux pour Halloween.

Et, plus que tout, j'aimerais remercier ma partenaire d'écriture, Sarah Skilton. Écrire ce livre avec toi restera l'un des plus grands bonheurs de ma vie. Ce projet m'a apporté tant de lumière et d'espoir et TELLEMENT de rire ces deux dernières années. C'était l'endroit où je me réfugiais dans les moments les plus sombres (sans craindre les chenilles processionnaires). Je suis si honorée que tu aies partagé tes talents avec moi de cette façon. Et encore plus reconnaissante de te considérer comme l'une de mes meilleures amies.

Composé et édité par HarperCollins France.

Achevé d'imprimer en janvier 2021.

FIRMIN-DIDOT

à Mesnil-sur-l'Estrée (Eure)

Dépôt légal : février 2021.

Pour limiter l'empreinte environnementale de ses livres, HarperCollins France s'engage à n'utiliser que du papier fabriqué à partir de bois provenant de forêts gérées durablement et de manière responsable.

Imprimé en France